瀞夏

Sissycici 著

青岛出版集团 | 青岛出版社

图书在版编目（CIP）数据

溺海 / Sissycici 著 . —— 青岛：青岛出版社，
2025. —— ISBN 978-7-5736-3255-5

Ⅰ . I247.5

中国国家版本馆 CIP 数据核字第 2025S5V688 号

NI HAI

溺　海

Sissycici 著

策　　划	常春红
责任编辑	郭红霞
特约编辑	常春红
责任校对	张旭斌
插　　图	苏　桓　蕙　婼
装帧设计	蒋　晴
出版发行	青岛出版社（青岛市崂山区海尔路 182 号）
本社网址	http://www.qdpub.com
邮购电话	18613853563
照　　排	梁　霞
印　　刷	三河市良远印务有限公司
出版日期	2025 年 7 月第 1 版　2025 年 7 月第 1 次印刷
开　　本	32 开 (880mm×1230mm)
印　　张	11
字　　数	345 千
书　　号	ISBN 978-7-5736-3255-5
定　　价	49.80 元

编校印装质量服务电话　4006532017　0532-68068050

编校印装质量服务

她喜欢浪漫，他就让鲜花『长』进海里，蔓延在院子里。她想要在钢琴声里被求婚，他就去学

我要我喜欢的少年，永远正义和英勇。

里里，等我成了大英雄，我一定会娶你回家！等我，你要等我！

目录

上册

目录

下册

第一章

"野狗"

7月，雨骤降又骤停，哪怕只隔了几个小时，天气也是两种模样。上午那场雨将整座城市冲刷了个遍，茂密的树叶像被刷上了一层油绿色的漆，亮得晃眼。

狭窄的街道上，最后一家店铺的招牌是红色的，上面写着"王业军修车"几个字，这块招牌快被近40℃的高温烤化了。店铺里很破旧，墙皮都翘了起来，锤子、螺丝刀、钳子、扳手堆了一地，电线挂满了墙。

哐——

在这几十平方米的老店铺里，工具和车壳碰撞发出了声响，而后又传来了几阵摩托车发动时的轰鸣声。摩托车刚响了几声，便又熄了火。

少年的黑色背心和牛仔裤上都被蹭上了灰，他胳膊、脸颊上也有脏兮兮的印记。他又尝试着发动了几次摩托车，一用劲儿，胳膊上紧实的肌肉就鼓了起来。他比同龄的男生壮实许多，有一身蛮力，看着不是什么风度翩翩的样子。

少年一开口就像老手，说道："你这车就是火花塞坏了，上一位修车的没良心，给你换了个旧的。还好没出事，不然不是车熄火就是你'熄火'。"

摩托车的主人是个外卖员。这台摩托车被他用了几年，风吹雨淋，上个月坏了，于是他随便找了一家维修店修理。他对零件这些也不懂，一听到被坑，被吓得一激灵，问："不是吧？他们给我换了个旧的？"

少年"嗯"了一声，说道："他们连火花塞这点儿钱都坑你的。"

过了一会儿，他给摩托车换上了新的火花塞，还是最好的火花塞。随后他又启动摩托车，试了几次，车都没再熄火，他然后擦了擦车，将车还给了外卖员，也没收钱。

"做人多留一份善，会有福报的。"

这是他奶奶生前常常挂在嘴边的一句话，他将它当成了座右铭。

因此，他的舅舅，也就是这家修车店的店主，常无奈地骂他："来一个可怜人，你就赠人一把玫瑰花，这家店真快成慈善机构了。"

尹海郡修完车，去外头的水池里洗了洗手。这烈日晒得他背疼，不过他的肤色本来就不白，他也就不在意被晒黑，权当进行健康的日光浴了。

水池的墙上挂着一面包着红色的塑料外壳的镜子，也不知道上面被哪个淘气的小孩儿贴了一张漫画贴纸。

尹海郡看着贴纸笑了一声，擦了擦手，折回屋里。他修完车才看到桌上放着舅舅刚才拿来的切好的蛋糕，说是前几个月他奶奶刚走，不适合庆祝，所以拖到这个月才给他庆祝生日。

他的生日是 5 月 20 日，到今天，刚好隔了整整两个月。

尹海郡背靠着桌角，身体朝着马路的方向，端着盘子，一口一口地吃着蛋糕。父亲失联母亲去世后，他的舅舅把他当成亲儿子养。舅舅在买蛋糕时还特意挑了他喜欢的橙子味，奶油入口即化，就是这天气太热，奶制品化得快。

屋子里的那台柜式空调根本不管用，屋外的热气像海浪一样扑面而来。他的头发已经够短了，他还是嫌热，真恨不得将头发剃光。

周围突然安静下来，收音机里的声音被放大了。收音机里刚结束一个访谈节目，正在播放歌曲。

收音机里播放的是陈百强和林姗姗合唱的一首很老的粤语歌。

这是一首讲述少男少女青涩的初恋的歌：

从来没有讲出心爱的话，

从来没有渴望热情永久可永久，

但你心里头却放不了将快乐忘掉，

甘牺牲站门后情不禁地眼泪流，忘掉你谁能接受……

尹海郡听着，垂下了眼，似乎沉浸在了歌声里，叉子落在一片橙子上很久没动。直到手机铃声响起，他才从一些像梦境般破碎的画面里回过神儿来。

只是一看到来电显示他就头痛。

"哥……"

这声哭腔虽不揪人心，但令人心烦。

女孩儿愤慨地骂了一通，直到听见尹海郡问了一句"你在哪儿"才收住话音，又气愤地说了五个字：

"'知和艺术馆'。"

尹海郡的这个表妹在读初二之前一直是乖女孩儿，自从父母离婚后就开始不好好学习，可把王业军愁坏了。

尹海郡要到了王喜南的具体位置后，把帆布包一拎，跟邻居打了一声招呼，然后骑上车离开。

尹海郡到"知和艺术馆"的时候，看到她的身边跟了几个小姐妹，她们身上的裙子五颜六色的，长度最长的也没超过膝盖。

王喜南的打扮更夸张，头发剪短了，长度只跟耳朵平齐，带着一股叛逆少女的劲儿。

她朝尹海郡冲过去，说道："帮我教训她。"

尹海郡五官端正，一脸冷漠。他烦躁地问："教训谁啊？男他还是女她？"

王喜南瞪眼，说道："女她。"

王喜南忽然看到了她憎恨的人，下巴一抬，手一指，说道："就是她！他们还敢一起来，难怪我打了三通电话他都没接。"

尹海郡顺着她的手指所指的方向看去，阳光实在太刺眼，在眯起的双眼的缝隙里，他看清了那个被表妹大骂的少女。

少女背着小提琴盒，蓝色的长裙搭配束腰蝴蝶结，刚好露出了一截纤细、嫩白的小腿，"肤若凝脂"大概就是如此。她看起来乖巧、温柔，像涉世未深的小仙女。她的微笑也很甜美。

少女身旁站着的男生就是王喜南的跟班口中的"喜姐的人"，叫唐樾。其实唐樾压根儿没想和王喜南怎么样，只不过不曾明确拒绝，便让她当了真。

尹海郡像一群小太妹的头儿，不耐烦地弓着背，问她们："你们说，让我怎么教训她？"

她们忽然安静下来。

没人答得上来，她们也探讨不出一个正确的教训人的结果。

王喜南说道："这个女生我已经调查过了，和唐樾一样，是一中的，叫邱里，一个拉小提琴的。"

尹海郡冷漠地看着她，问："然后呢？"

王喜南咄咄逼人地吩咐："你过去帮我警告她，让她别再接近唐樾。"

尹海郡皱眉，又问："唐樾和你是什么关系？"

"没有关系。"王喜南垂下眼。

尹海郡笑了一声，说道："那你就应该去找男生算账，找女生算怎么回事？"

王喜南对这话嗤之以鼻，说道："我找一中的人帮忙打听过了，这个邱里对谁都是既不拒绝也不主动，唐樾肯定就是这么被她招惹的。"

小女生出于忌妒心理，总是容易对自己针对的人夸大其词。

尹海郡忽然一怔，缓缓地直起了背，看向艺术馆的入口，喉结滚动了几下。他琢磨了几分钟，朝着艺术馆的入口走去。

"哥，你干什么去？"王喜南问。

尹海郡慵懒地回头，拇指有力地朝后一指，回答道："帮你教训她。"

这家名叫"知和"的艺术馆虽然营业两年，但在祁南很有名气。据说它是馆长特意找德国的建筑师设计的，圆弧形的顶棚，阳光从玻璃顶上射下，落在水池中央，池水波光粼粼。

邱里和唐樾分开后去了自己的休息室，她一会儿要在这个艺术馆演出。她刚把小提琴盒放下，一个颇有气质的女人便走了进来，递给她一个袋子——袋子里是一款法国包包。

"里里，生日快乐。"

邱里有礼貌地接过袋子，说道："谢谢安老师。其实我的生日都过去两个月了，我真不好意思收您的礼物。"

她的生日是 5 月 21 日，今天都 7 月 20 日了。

安茹笑了起来，说道："前几个月我一直在国外演出，都没时间回来给你过生日。你是我最喜欢的学生，我当然要亲手送给你生日礼物。"

她们简单地聊了几句，然后安茹就出去了。

邱里把礼物放进衣柜，并从衣柜里取出了一件黑色的礼服——丝绒裙。这条裙子是她一会儿上台表演时要穿的演出服，家里人专门找人定制的。

她换好礼服，从换衣间里出来时就变了一副模样，刚才是邻家小仙女，此时是高不可攀的公主。礼服上极细的吊带用珍珠点缀，露出了她动人的直角肩和雪白的天鹅颈。

邱里来的时候已经化好了妆，所以此时只补了一点儿腮红和唇膏，然后用一条绿色的发带将长发束起，发带飘在长发间，格外好看。

邱里见离她上场演出还有一个多小时，便拿着小提琴去了隔壁的小练习厅。她想在此找找感觉，缓解演出前的紧张情绪。

练习厅不大，刚好适合一个人练习。邱里站在练习厅的正中央，对着身前的大镜子做演出练习。几束光从窗外投射进来，轻柔地照在她的丝绒裙上，裙子着细密的光点。

刚拉了一小会儿，她便总感觉裙子的领口在往下坠。邱里将小提琴放到地上，走到镜子前调整裙身，拉了拉肩带，扯了扯领口。明明一周前她试穿时还很合身，今天再穿就大了一圈，早知道就不为了演出而刻意节食了。

邱里有点儿发愁，只能一会儿拿别针别一下领口。

忽然，门外传来脚步声，声音最后在练习厅的后门处消失。

尹海郡双手抱胸，倚着门框，站着没动。他的眼里忽然有了光，整个人像是被眼前的一幕吸引住了！他的视力很好，看清了镜子里那个穿着丝绒裙的少女。

他看着就像一个与这里格格不入的混混儿。

邱里本应该立刻回头给他一个警告的眼神，但不仅没这么做，反而抬起双眸。镜子里，那双水汪汪的大眼睛蓦地对上了她身后的少年的视线。

此刻他们的眼里，像是在一片汪洋中隐藏了一点儿暗火。

30分钟后，尹海郡从"知和艺术馆"走出来。

王喜南的小姐妹们早就走了，只剩她一个人靠着尹海郡的车发呆。

看到尹海郡，她着急地问："哥，你和她谈了？"

阳光刺眼，他眯起眼，只答了一个字："嗯。"

他虽话少，但做事效率高，王喜南对此心生佩服。

"你怎么和她谈的啊？

"你威胁她了？

"她没被吓哭吧？"

她一连问了三个问题，越问越激动。

尹海郡这次一个字都没说，转身撑在旁边的栏杆上，看向远处。他看着路上来来往往的行人，眼中的笑意渐渐消失。

"知和艺术馆"。

邱里拎着小提琴回了休息室，刚拉开休息室的门，化妆师就着急地问她："你去哪儿了？我找了你半天。"

邱里吸了一口气，露出一贯温和的笑容，说道："我嫌这里闷，去后面的院子里转了一圈。"

化妆师点点头，邱里转身放小提琴时，化妆师指着邱里的裙子的背面惊讶地说："里里，你的拉链没拉好。"

裙子上那从腰部延伸到背部的拉链只拉了一半。

邱里一慌，用手摸背，用庆幸的语气说："可能是我刚才去洗手间里调整裙子的时候不小心拉下去的。还好这一路上都没人。"

化妆师替她拉好拉链后抬起眼，看到她的眼影花了，但不像是被热化的，而像是被水浸过，于是多问了一句："里里，你哭了吗？"

邱里摇头，回答道："我没事。"

化妆师止住了好奇心，再问也不合适了。

演出6点左右结束。

邱里换回了那条蓝色的长裙，背着小提琴盒出了艺术馆。盛夏时节天黑得晚，此刻外面还很亮。

来接邱里的是邱家的司机，不过今天车里还坐了一个人——邱里的妈妈邓倩良。邓倩良穿着一身浅色的套装，风姿绰约，温柔却不失犀利。

司机夏叔正在往后备厢里放琴，邱里便在车里和妈妈有说有笑地聊天儿。

邱里的父母教女有方，邱里落落大方，知书达礼，家教也很好，看着娇柔但并不娇气。邱里从小到大没有犯过错，也没脾气，温和到就算是被人欺负了，嘴里也吐不出一个脏字。

不过，人们对她的风评是两个极端：喜欢她的人觉得和她相处时很舒服；不喜欢她的人就觉得她很假，像一个被套在壳子里的玩偶。

这个女儿是邓倩良手心里的宝，她握着邱里的手说："昨天余老师还在问我'里里怎么非得转去二中啊'。大家都舍不得你了。"

邱里笑着回复："二中的师资力量比一中的好，尤其是英语，市里几个好的英语老师都在二中。"

邓倩良放下手，笑道："我当时还真以为你是因为晏孝捷才要转去二中的。"

邱里："他可没那么大的面子。"

晏孝捷是邱里的发小儿，晏家和邱家是世交。

邓倩良又笑道："你们两个啊，从小就在一起玩，闹惯了。说实话，你将来要是找对象，我还真只认孝捷。"

"为什么？他那么调皮。"邱里好奇地问。

邓倩良："我们两家知根知底，他虽然调皮，但人孝顺，懂分寸。

这个年纪的男孩儿都调皮，长大了就会沉稳很多……"

后面的话，邱里没听进去一个字，因为她的目光被前面那条热闹的街道带走了。

"夏叔，你在前面停一下。"

夏叔随后将车停在了马路边。

邓倩良严肃地问："怎么了？停在这里干什么？"

邱里跟她撒起了娇："我突然好想吃里面那家店里的炸鸡柳。我两个月没吃过了，让我吃一次好不好？"

"那些油炸食品对身体……"

"一次，就一次。"

漂亮女儿撒起娇来，邓倩良一下子就心软了，说道："行，让夏叔陪你去，速去速回，我刚好打个电话。"

此时天有些黑了，月亮悄悄地挂在了天边，斜阳渐渐隐去。

这条街在祁南算是最脏的一条街，街上鱼龙混杂，几个拐角的巷子里还有从下水道里发出的腐臭味，污水横流。

邱里老说夏叔就是她的亲舅舅，总是陪她做家人反对的很多事。她激动地指着前面那家小摊儿说道："到了！到了！"

店铺外有一辆小推车，篷下摆满了串串和鸡柳。老板娴熟地将鸡柳倒进筛网，然后放进油锅里，抖了抖，高温一炸，鸡柳泛起油光。

这条街上很吵。

小饭馆里啤酒瓶、饭碗的碰撞声，筒子楼里居民的喧哗声，单车的铃声，什么杂音都有。

邱里的耳畔却似乎消了音，视线落在正对面的修车行外。最后一抹斜阳的余晖落在穿着黑色背心的少年的身上，他正拿着水管冲洗地面，无意间抬起头时，又一次对上了她的视线。

时间仿佛停滞了几秒钟。

夏叔拿着鸡柳叫了邱里几声，但她能听到的只有少年的唾弃声。

"成天装模作样地活着，你不累吗？"他说道。

身后的小饭馆里的喧闹声将邱里拉回了现实。

夏叔轻轻地拍了拍她的肩，说道："小姐，该走了。"

邱里轻轻地"嗯"了一声，转身前，看到对面的少年靠在水泥墙边，就这样悠闲地看着她。

他的眼里浮起笑意。

她却开心不起来。

马路中间的夕阳像是他们之间的分界线，用清晰的影子告诉对面的少年和少女，他们本来就是不应该有交集的两种人。

一周后。

崇燕岛上火云如烧，海波万里，沙滩一望无边，海边刮着热风，没有一丝凉意。

"你不是最讨厌海岛吗？跟我过来干什么？带着你这种大小姐，跟带着3岁的小屁孩儿一样。"

说话的人是邱里的发小儿——晏孝捷。晏孝捷是一个高、瘦，看着斯文但表情总是很冷漠的少年。他戴着黑色的墨镜，印花衬衫随意地敞着，单手插在兜里，浑身充满痞气。

因为放了暑假，邱里向妈妈争取到了出游放松的机会。听说女儿是要和晏孝捷一起去附近的小岛上玩两天，邓倩良很放心。

邱里和晏孝捷从小就爱拌嘴。

她连回嘴时语气都很温柔："我又不用你管。"

晏孝捷哼了一声，说道："你长得这么美，要是被岛上的野人吃了，我怎么向你爸妈交代？"

邱里轻轻地"啊"了一声，问："这岛上有野人？"

看见她这单纯样，晏孝捷笑了。他指着半山腰处的小屋，继续吓唬她道："嗯，那屋里就住着野人。野人很壮、很凶。"

邱里知道自己被戏弄了，不过懒得跟他这种低龄儿童计较。

"晏五岁。"她叫了他的绰号。

晏孝捷烦得皱起了眉，顺便警告她："这名字一会儿别当着温乔的面叫，听到了没？"

"多可爱啊！"

"一点儿都不可爱。"

"晏五岁，晏五岁……"

在好朋友面前，邱里鲜活了许多。

邱里讨厌海是因为怕晒,只在海边待了一会儿就回酒店了。她住在岛上唯一的星级酒店里。晏孝捷说晚上叫她去吃烧烤,她给他发了很多条微信,都没有收到回复。

过了十几分钟,她终于收到了回复。

YXJ:"我对这里不熟,叫尹海郡来接你。"

YXJ:"不行,你认生,还是我来接你吧。"

邱里立刻回复道:"不用了,你忙你的,让他来就行。"

临出门前,邱里像忘了什么重要的事,又折了回去。她拿起桌上的香水,朝手腕上喷了喷,然后抹到了耳后,想起了她和尹海郡的对话。

"你今天身上的味道很好闻。"

"是吗?这是我最近最喜欢的味道。"

"什么味道?"

"罗勒与橙花。"

"哦,我也很喜欢。"

"那以后每次见你我都喷。"

"好。"

尹海郡那富有穿透力的嗓音短暂浮现又飘远。

邱里到楼下时天已经黑了,但岛上夏夜的天空似乎黑不透,隐约还能看见浮动的云层。

见到尹海郡时,邱里下意识地想跟他打招呼,但他先开了口。

他冷漠地说道:"走吧。"

一条并不长的路,邱里却想让它变长一些,最好没有尽头。

她静静地注视着他的背影。

她的举动终于挑战到了尹海郡的忍耐极限,他不耐烦地说道:"你这样走,半夜也到不了屋里。"

邱里很失望,但想再试一次。在尹海郡的脚落在平地上的那一刻,她轻声问:"你还在生我的气吗?"

即使她温柔的声音像羽毛轻轻扫过耳畔,尹海郡也没给她任何回应。邱里走上最后一级台阶，与他只有一根手指的距离时，那温柔的声音又从他的背后传了过来："还有，我没有骗你。"

这间三合院是尹海郡奶奶的家，奶奶去世后，这里便不常有人来。刚好放暑假了，晏孝捷得知自己喜欢的女生要来崇燕岛玩，就嚷着让尹海郡在院里组一个烧烤局。

院子里早已支起了烤架，闹哄哄的。

屋里有五个人，除了晏孝捷，其余三人对邱里比较陌生。于是晏孝捷向大家介绍起了她，两位女生都很热情。尹海郡只是敷衍地点了点头，随后"嗯"了一声。

晏孝捷说："别理他，他就那样，爱装酷。"

邱里偷偷看了尹海郡一眼。即使感受到了她的目光，他也未看过去。

很巧，他们被安排坐在了一起，可直到那场真心话大冒险的游戏开始之前，他们都没有任何交流，没有人知晓他们的关系。

几轮游戏玩下来，问题都有点儿无趣。

直到邱里抽到了大冒险。

游戏的题目是"喂离自己最近的异性吃烤串"。

大家都以为乖巧的小公主不会做这种事。晏孝捷和邱里平时虽然爱斗嘴，但在重要时刻，晏孝捷还是非常关心自己的发小儿的，他说换题。

但邱里不扭捏，立刻照做。

她拿起一串肉串，递到了尹海郡的嘴边，笑着示意他吃。其他人很震惊，但尹海郡没感到意外，低下头，一口一口地咬着羊肉。

烤架上浓烟滚滚，当烤串变少，欢笑声渐渐淡去时，夏夜的海边聚会也结束了。

尹海郡做了一次护花使者，将三个女生护送回去。

他回到院子里，洗完澡后已经是夜里 11 点 30 分。他巡视了一周，发现晏孝捷的房间已经熄了灯。

他走去前院关门，却看到门口站着一个穿着长裙的女生。院门上挂着两个灯泡，交错的光影里，她着急地跑上来，还气喘吁吁的，锁骨间是细密的汗。

他身后的一间屋子里传来了晏孝捷的声音。

情急之下，尹海郡拽着邱里冲进了最近的一间房。这间房是奶奶平时用来腌制泡菜的。地上都是装泡菜的坛子，他不小心踢到了一个坛子，发出了砰的声响。

尹海郡盯着邱里，问："你来干什么？"

在别人面前，邱里都是人畜无害的模样，只有在他面前是截然不同的样子。他太高，她需要费力地仰起头，才能够盯住他的眼睛。

"想向你道歉。"她说。

"不需要。"尹海郡重申，并加重了语气。

邱里轻轻地扯住了他的 T 恤，说道："我知道因为我一时贪玩，给你造成了伤害，但是后来我是真心想和你做朋友的。父母、老师都教过我，知错能改……"

"邱里，我最恨被欺骗。"这是尹海郡今天和她说的最后一句话。

小屋里光线昏暗，但邱里还是看清楚了他眼中的愤怒，令人恐惧。

她无法出声。

他拉开门，做了一个"请"的手势。

时间往前移到 5 月。

尹海郡得知邱里的生日是 5 月 21 日，和自己的生日只有一日之差。

他长到这么大，除了表妹，没接触过别的女生。他向来独来独往，总被学校里的女生说傲气。其实，他只是不善交际。

第一次有女生主动说想和他做朋友，那个女生还是一个漂亮的小仙女，他有点儿喜出望外。

那段时间，他们聊得很开心。

但谁也没有越界。

眼看快到 5 月 21 日了，尹海郡打算送邱里一份生日礼物。他记得她常常背同一个牌子的包，所以特意搜了这个牌子的店，全在祁南的高端商场里。

对奢侈品没概念的他，莽撞地走进了一家奢侈品专卖店。

他很少逛商场，平时都在网上购物，除了会每年买一双全球知名品牌的鞋外，夏天的衣服都是几十元、一百元一件，冬天的衣服会稍微贵点儿，但通常一件棉衣他能穿好几年。

奢侈品店的售货员向来很会看人下菜碟。几个售货员只看了一眼，就看出了走进来的少年的购买力，都推搡着让对方去接待，觉得这单做不成，不想费力。

最后，一个女售货员被推了出来。她笑着问："请问，您是定了款还是随便看看？"

尹海郡一愣，回答道："随便看看。"

"好的，有需要就叫我。"售货员说完就退开了。

尹海郡看着柜格里陈列着的包，看了一眼就相中了一款白色的链条包。售货员走到他旁边介绍起来："这是这个品牌的2.55系列，经典的方锁扣款，不会过时。送给妈妈或者女朋友都很合适。"

他越看越喜欢，觉得邱里背着它一定很好看。

"请问，这款多少钱？"

说这话时，尹海郡还有些底气。当听到售货员说出48900元的价格后，他不知道自己在原地愣了多久，然后像逃兵一样走了出去。

他想过这款包包不便宜，但没想过会如此昂贵。拿近5万元去买一款包包，这对于普通人来说就是天方夜谭。

这也是他头一次感受到自己与邱里的生活环境的悬殊。

尹海郡走出大门的那一刻，似乎还能感受到身后几个售货员看着自己的目光。

他走到扶手电梯旁，默默地打开某家银行的软件，看了一眼余额——1万元。

这1万元是他省吃俭用攒下的，其中有一部分要用来还债。因为去年奶奶生病时，晏孝捷大方地借了30万元给他。虽然晏孝捷老说多久还完都行，甚至不还都行，但他只要攒够一定数额的钱就会还一次。

这次他给邱里买礼物的预算是3000元。

他给晏孝捷发去微信，问晏孝捷这个预算能买到什么不错的女包，晏孝捷很快就和他说了一个牌子。

最后，尹海郡绕到三楼，找到了晏孝捷说的那个牌子的专卖店。

不过，他最喜欢的那款超出了预算，最后他还是加了 1000 元将它买下了。

5 月 20 日。

尹海郡想给邱里一个惊喜，顺便告诉她今天是他的生日。他一直小心地跟她聊天儿，不想被她察觉。

他得知她下午在"知和艺术馆"里练琴。

他在品牌的包袋外又套了一个礼盒袋，还系上了白色的绸缎丝带。

5 月，阳光明媚，不燥热，是一年里最舒服的时节。

"知和艺术馆"外有几棵梧桐树，树枝微微晃着，偶尔有几声蝉鸣。

尹海郡穿着一件黑色带字母的卫衣，明明是宽松款，但他还是显得高挺。他这种五大三粗的男生，跟艺术馆还真是毫不相配。

他在找邱里的练习厅。

他刚走到一条走廊里，眼前的两个女生就像发现了奇异的物种，其中一个女生指着他问："你不是晏孝捷的朋友吗？尹海郡？"

尹海郡一怔，问她："你们是……？"

穿着短裙、留着鬈发的女生假客气地说道："在他的生日派对上我们见过，我们是邱里的朋友。"

像想起了什么，尹海郡点头，但和她们没什么可说的。只是，这两个女生并没想放过他，一个想抢他手里的装礼物的袋子，另一个傲慢无礼地说道："这是送给里里的生日礼物？"

"嗯。"尹海郡点头。

留着鬈发的女生用手不停地拨弄袋子，依稀看到了里面的品牌标志，有些惊讶。

他还没开口，另一个女生开始笑话他："你不会不知道，我们里里只背另一个品牌的包包吧？"

虽然被人当面奚落的感觉不好受，但尹海郡此刻得承认她们没说错。他的眼神变得黯淡。

留着鬈发的女生拍了拍说话的女生，说道："里里还是有点儿本事的，真的说到做到了。我们俩得服输，一人买一个包包给她。"

尹海郡没听懂，眉头紧蹙。

看到他迷茫，留着鬈发的女生觉得这事还挺有趣，挑了挑眉，说："你去旁边的屋里待一会儿，别出声。我们一会儿给你看真相。"

另一个女生立马嘲笑道："你看着挺有阳刚之气的，怎么这么单纯呢？"

尹海郡觉得走廊里的笑声过分刺耳。

出于好奇，尹海郡去了隔壁的屋子里。他将门拉开了一条细小的缝，想看看这两个女生说的"真相"到底是什么。

她们特意把邱里叫到了走廊里。

窗外有风，树影映在玻璃上，也落在了邱里的裙子上。好像无论在哪里，她都是最美丽的，耀眼却不刺眼，但正是这份温柔让她更吸引人。

留着鬈发的女生倚着窗，目光时不时地瞟向对面的小屋。她问："里里，一个月了，尹海郡对你主动了吗？"

邱里愣了愣，敷衍地笑了一下，说道："嗯。"

"真的吗？"另一个女生激动地说道，"怎么证明啊？你要诈怎么办啊？毕竟那个品牌的一个包包要好几万元，也不便宜啊！"

这让邱里很难为情。

留着鬈发的女生咄咄逼人地说道："让我看看你们的微信聊天儿记录。"

邱里不想拿出手机。

另一个女生拍了拍她的肩，说道："行，我们信，我们里里从不撒谎的。我和子千愿赌服输，你挑最想要的款，我们当生日礼物送给你。"

留着鬈发的女生还特意说道："不过我真没想到，他看着挺冷酷，原来这么好搞定。"

邱里的眼神一直在闪躲。

可两个朋友一直在闹。

嘭——

她们的身后传来一道关门声，那声音像带着怒火，震耳欲聋。

邱里追了上去，怕抓不住他，所以跑得很快，但瓷砖地很滑，她差点儿滑倒。

直到视线里的身影停在了门口。

"尹海郡……"

邱里放慢了脚步，脚步声从急到缓。她叫了他好几次，但都没有得到回应。

好像连天气都在映衬此时压抑的氛围，刚才还灿烂的阳光，忽然被乌云遮住，天逐渐变得阴沉，树叶也被风刮得摇曳作响。

尹海郡再回头时是带着笑的，眼神中说不清是愤怒还是失望。

他将袋子递给邱里，说道："差点儿忘了把礼物给你，祝你生日快乐。"

他此刻虽笑着，但看起来比不笑时更冷漠。

见邱里看着自己，迟迟未接礼物，尹海郡直接将袋子放到了地上，然后将背包往身后一扌，大步流星地往公交车站走去。

邱里没管礼物，奔了过去，想道歉、解释。但好像除了说"对不起"，她不知道如何才能让他消气。

比起愤怒、失落，尹海郡心中更多的是疲惫。

少女道歉的声音一直萦绕在他的耳畔，可他没力气给她回应。

不知在那儿站了多久，他轻声打断了邱里，眼里没了只给她的柔光。他说道："生日快乐。"

随后，尹海郡头也不回地上了迎面而来的公交车。

在这里上车的人并不多，车门很快就关上了。

尹海郡往后排的座位走去时，透过玻璃窗，看到邱里还站在原地。她那孤独的身影，在公交车开远后渐渐变得模糊。

其实，这辆公交车并不能将他送回家，他只想随便找一辆安静的公交车，独自静一静。

他坐在后排的角落里，几丝细雨从窗缝里飘了进来。

"小伙子，把窗户关一下，雨全落在你身上了。"

要不是前座的阿姨提醒，尹海郡都察觉不到自己的袖子和牛仔裤都被雨水打湿了，他关上了窗户。他的手机一直在口袋里振动，他知道是谁在给他打电话，隔了一会儿才将手机拿出来。

　　他发现邱里给他发来了好多条微信消息，打来了好多电话。

　　他点开一条她发来的很长的微信语音消息。她在这条语音消息里把事情的来龙去脉说了一遍，并再次表达了歉意。

　　"尹海郡，一开始我的确是因为在晏孝捷的生日派对上没要到你的微信号码，觉得有点儿丢面子，所以才和她们打赌，赌我一个月内会成为你的微信好友。可是，我不是故意的……"

　　尹海郡没再听，烦得没心情去想几个女生那无聊又可笑的赌局。

　　接着，他又收到了一条微信消息，这条微信消息是婶婶发来的，一条看似温暖的生日祝福。

　　"海郡啊，生日快乐，婶婶和叔叔祝你学业有成，愿你成为一个对社会有贡献的人，将来尹家人以你为荣。"

　　但是，她紧接着又发来了一条微信消息。

　　"还有一件事，婶婶也是没办法了才提一嘴。之前你妈妈生病，我和你叔叔不是拿了6万元出来吗？你别看婶婶是做生意的，但都是小本生意，还有风险。最近资金有些周转不开，你看看能不能让你舅舅帮忙先给我1万元？等我周转过来了再给你都行，我真的是没办法了才和你……"

　　屋漏偏逢连夜雨！

　　外面的雨越下越大，肆意地冲刷着车窗，街道上的人和景已经模糊到看不清。手机热得发烫，尹海郡眼神呆滞地望着窗外。

　　他以为自己的世界好不容易能有些色彩。

　　但一夜间他什么都没了。

　　那辆公交车是开去郊区的钢铁厂的，尹海郡下了车还笑自己，兜里没几个钱，还敢坐车跑这么远。最后，他为了省钱，转了两趟公交车才回到家。

　　没伞的他被淋成了落汤鸡。

　　冒着湿气的老房子里，一到下雨天更是潮湿得不行，窗玻璃上都起了雾，屋里显得更冷清了。

尹海郡进了屋，头发全湿了，一滴滴的雨水就这么往下滴。他先擦了擦身子和头发，换了一件衣服，站在门边，想起了很多人和事。

他想起了他们一家三口无比温馨的相处的时光。

那时，他还有爸爸妈妈给他唱生日歌，还有蛋糕可以吃。不像今天，不但没一件好事，还全是糟心事，连家里也空空如也，他只能拿出唯一的泡面当晚饭。

尹海郡撕开泡面包装袋，放了半盒热水，盖上，随手拿了一本杂志压住。随后，他关上灯，打开手机里的手电筒，手电筒发出的微弱的光是这间房间里唯一的光源。

"就把你当蜡烛吧。"

来点儿仪式感，至少看上去不至于更惨，他闭上眼许了三个愿望。

其实，他每年过生日时许的愿望都一样——第一个，希望自己身体健康；第二个，希望毕业后能找一份体面的工作；第三个，希望自己能讨到老婆。

不过，在他许到第三个愿望时，睫毛微微一颤。他想起了一个人，然后把愿望改成了"希望我变聪明，不再被耍"。

他吃完泡面，这个生日就算过完了。

冲澡好像能冲走晦气，吹完头发的尹海郡，身体和心灵都舒畅了一些，随即钻到了被窝里。

随后，尹海郡打开了微信，收到了好多人发来的祝福消息。

舅舅、表妹和晏孝捷都给他发了生日祝福。舅舅在连发三条表示祝福的消息后，又转了 1000 元给他；表妹说要连着请他吃一周麻辣烫；晏孝捷搞神秘，说礼物明早送给他。

而邱里的微信头像还在时不时地往上弹。

尹海郡犹豫了一会儿，点开了，是几大段文字，字里行间都是委屈。

他的思绪却忽然飘回了几年前的一个深夜。

那会儿，妈妈生了重病在住院，他去接热水的时候，无意间听到了婶婶和叔叔的对话。

婶婶烦躁地拉着叔叔，说道："哎，我们那家小超市也挣不了几个钱。你一下子拿6万元给她治病，不是说不能，但是你那个大哥一声不响地跑去越南，海郡也才上初一，这钱谁还给我们啊？"

"你小点儿声。"叔叔左顾右盼，说道，"她到底是我嫂子，之前对我们也没话说，这钱咱得出。"

"你怎么就这么好心呢？活菩萨啊？"婶婶谴责一番后，又叹气，说道，"海郡这孩子也真是可怜。你说，这个世界上怎么就有人不配拥有点儿好事呢？"

叔叔婶婶说了那么多话，尹海郡就记住了最后一句。

好像也是从妈妈去世后，他就变得更像独行侠了。因为他的身上真没发生过什么好事，至少在他17岁前是如此。

他想：既然没有好事发生，就不要让糟糕的事继续。

睡前，尹海郡给邱里回了两个字："祝好。"

然后，他删除了她的微信。

第二天一早，叔叔给他打来了电话，说："昨天你婶犯病了，别理她。"叔叔又说了一句"生日快乐"，还给他转了1000元。最后叔叔说："在叔这里，没6万元这债。自己好好生活，有需要就跟叔开口。"

他还没从第一份幸运里缓过来，铁门突然被打开了。尹海郡都忘了，很久以前给过晏孝捷一把他家里的钥匙。原因他现在想起来都觉得好笑。

晏孝捷说，怕他这个"孤寡老人"在家里死了都没人知道。

晏孝捷还是那样，总是穿着一身名牌服装，就是个穿金戴银的娇贵大少爷，只是总是看起来一身痞气。

他把鞋盒打开，将鞋直接扔到了床上，对尹海郡说道："兄弟，生日快乐。我知道你喜欢这双，拿去。"

尹海郡拿起床上的球鞋，发现是那双他很喜欢但一直舍不得买的鞋。

有时候，他很羡慕晏孝捷，能出生在一个完整且富裕的家庭里。自己犹豫几个月也舍不得买的鞋，他轻轻松松地就买了。

"谢谢。"

尹海郡的大掌拍了拍晏孝捷的肩，作为晏孝捷最好的朋友，他对晏孝捷只有羡慕之情。

他去阳台上取了一条干毛巾，穿过客厅的时候，瞅着坐在沙发上的晏孝捷，说："一会儿跟我吃顿饭，然后去打篮球。"

"今天还真不行。"晏孝捷直接拒绝了。

尹海郡皱起眉，问："有事？"

"嗯，不然我也不会一大早来找你。"晏孝捷边在手机上打字边说，"今天是我那个发小儿邱里的生日。上次我过生日时你们见过的，就那个长得特别漂亮的女生。"

尹海郡顿了一会儿，点点头，说道："哦，那你去吧。"

话音刚落，晏孝捷就接到了邱里打来的电话。

"这么早给我打电话？大小姐，我还没给你买礼物呢。我下午去一趟商场，你想要衣服还是包？"

屋里很静，电话那头的少女的声音很清晰。

尹海郡听到了那道熟悉的声音。邱里缓缓地说出了一个字："包。"

"好的。"晏孝捷大方地说。

尹海郡把毛巾攥紧，毛巾上粗糙的纤维硌着他掌中的皮肉，有些疼。他将毛巾甩到肩上，去了卫生间冲澡。

这一晚，邱里看着对话框里的红色感叹号，窝在被子里哭了很久。能说的话她都说了，得到的结果竟是被删，她有些崩溃。但她也知道，她伤到了他的自尊心。

第二天，邱里是被家里的阿姨的敲门声叫醒的。

其实她也没怎么睡着，一扭头，看到了白色的地毯上的袋子，袋子上的丝带在晨光里泛着细碎的光。

她掀开被子，赤着脚走到了地毯上，拆开了袋子，里面是一个黑色水桶包，她只看一眼就知道它的价格。

这4000元应该是他几个月的生活费吧？一想到这里，她就更厌恶自己，跪在地毯上，不知不觉地又掉了泪。

此时，邓倩良也来敲门催她了："里里，你的生日派对下午开始。中午你要和奶奶、舅舅一起吃饭，快点儿起来打扮。"

过了好一会儿，她带着哭腔应道："好，我马上。"

邱里洗了澡，挑了一件鹅黄色的泡泡袖长裙，这是在法国定居的姑姑送给她的生日礼物。她穿什么款式和颜色的衣服都漂亮，是她称衣服，而不是衣服称她。

她化了淡妆，可拿着腮红刷，坐在梳妆镜前时又发起了呆。只要一想起尹海郡，她就会哭。

她放下腮红刷，拿纸巾擦了泪，给他打了几通电话也没人接听。她还是不死心，又重新添加他为微信好友，在验证消息里输入了很多文字。

他依旧没同意。

"里里，你舅舅来了。"门外传来了谢阿姨的声音。

"好，我马上。"邱里边应声边暂时放弃添加尹海郡为微信好友。走出房门前，她将地毯上的包包塞进了衣帽间的抽屉里。

别墅通体白色，装修简洁，楼下客厅里的窗户都是落地窗，因为邓倩良喜欢绿植，而绿植需要通透的阳光。不过，这样的设计看着的确舒服、惬意。

邱里平复情绪，一下楼就抱住了舅舅。

邓兆良是祁南南城刑警支队的法医，今年38岁，没结婚。他非常疼爱这个外甥女，把她当亲闺女看待。

他塞给邱里一张纸，她看清楚纸上的内容后兴奋得差点儿尖叫，说道："舅舅，我爱你。"

他给她的是著名小提琴家在罗马的演出票。

邓兆良："舅舅特意托朋友搞到的，演出时间刚好是暑假期间。往返的机票舅舅也给你买了，但是返程的起点是巴黎。"

邱里一下子就明白了舅舅的意思，抱着他不撒手。

这可把邱海权愁坏了。他从书房里走出来，边摘眼镜边对邓兆良说："里里这一身的娇气都是被你惯出来的。"

邱海权是祁南大学历史系的教授，长得儒雅、帅气，满腹经纶，性子也温和。邱里各方面都更像父亲一些。

他们刚聊完，司机就把邱里的奶奶接来了。老太太如今70多岁，过去是警察，即使老了，性子也烈。她一进门就朝邱海权吼："我说了我坐公交车来就好，我又不是90岁了，还派司机接我！现在要是让我出警，我还能抓贼。"

邱海权也拿这个老太太没辙。

"奶奶。"邱里太乖，而且老太太就她一个孙女，因此对她实在是宠得不行。

老太太往她的手里塞了一个丝绒盒子，拍着她的手背，说："这是奶奶送给你的生日礼物，祝你生日快乐。"

"谢谢奶奶。"邱里收下礼物后，挽着奶奶就去了餐厅。

老太太让她挨着自己坐，怎么看这孙女都是宝，感叹道："今天里里满17岁，一转眼就是大姑娘了。"她摸着邱里的头，说道，"也不知道我们里里以后会嫁给什么样的男孩儿。"

邱里一怔，垂下头来。

邓兆良边替大家沏茶边说："我姐的眼光肯定高。名下没别墅、豪车的男孩儿，肯定过不了丈母娘这关。"

邓倩良："我是俗人，可不能把我的孩子随便嫁出去。"

"有钱人不一定品行端正，你不要从小给里里灌输这种不正确的思想，"邱海权总是一副育人的教授模样，"选人，最重要的就是品行要端正。"

"我赞同海权说的。"老太太说道，"我做了几十年警察，什么人都见过。这人啊，无论男女，善良、正直、可靠，比那几个破钱重要。"

听到这儿，邱里忽然笑了，说道："我也赞同奶奶说的，钱不是最重要的，善良、正直是我看重的。"

邓兆良幽默了一下，说道："怎么？我们里里这是有对象了？看来，对方还是一个没钱但很正直的男孩儿啊。"

"舅舅！"邱里噘着嘴撒娇。

邓兆良做了个"封嘴"的表情。

一家人说说笑笑，气氛融洽、和睦。

被家人捧在手心里长大的邱里，活得顺风顺水，好像上天把什么好事都给了她。可她从没像今天这样失意过，在和长辈们一起吃饭的几个小时里，长辈们的聊天儿内容她听不进去，总在走神儿。

下午，谢阿姨在院子里筹备派对。

两排长桌上是各种饮料和点心，气球被绑在院子里的椅子上，桌上放着一个三层高的生日蛋糕，生日蛋糕是小提琴造型的。

蛋糕有一个很好听的名字——日落银河。

朋友们陆续进来，男男女女都打扮得得体、精致，送的礼物也都价格不菲。

邱里招呼完大家后坐到了椅子上，这一天下来还挺疲惫。但只要一安静下来，她就会想起尹海郡。她拿起手机，打开微信，可始终没收到他的任何消息。

"小公主，生日快乐。"

还是晏孝捷的声音最亲切，见她愁眉苦脸的，他蹲下来，关心地说道："今天你过生日，怎么一副没精打采的样子？"

"没事，有点儿累。"

邱里一把抢过他手中的礼物搂到怀里，过了一会儿，试探着问："我不是让你顺便带那个谁过来吗？"

她怕自己问得太刻意，补充道："因为上次你过生日时我也带了自己的朋友去，想着你反正和他在一起，就带他过来玩呗。"

她的心里紧张极了。

"尹海郡？"晏孝捷根本没多想，只说道："他说他不来，说派对上都是陌生人。而且他昨天过生日，说是今天有人找他吃饭。"

邱里心一疼，但还是逞强地笑着说："他昨天过生日啊？好巧啊！"

晏孝捷才想起来，说道："对啊，你们的生日一个是20日，一个是21日。"他顺手指着这气派的派对现场，开玩笑地感慨道："你们俩差一天出生，但这日子过得差距巨大啊！"

邱里的心重重一沉，但她又装出与尹海郡不熟的样子，说："我记得他长得挺好看的，应该有很多女生欣赏他吧？"

她虽问得随意，但其实胸口闷得发痛。

"嗯。"晏孝捷单手插兜，无聊地拨了拨旁边的气球，道。

邱里没再出声。

草地上的男女像极了挣脱笼子的鸟儿，围着游泳池玩得特别兴奋。

院子里很吵，但邱里的耳朵里听不到一点儿声音。

因为傍晚又突然下起了雨，蛋糕就被搬进了屋里。大家唱完生日歌，邱里吹完蜡烛、许完愿，派对算是结束了，一群人先后愉快地走了。

邱里去杂物间里取了一把伞，跟邓倩良和邱海权说她有东西落在练习厅里了，要过去取。

邓倩良说让司机送她去，她说不用了，已经叫车了。

20 分钟后。

计程车在机电厂的家属楼外停下，因为计程车开不进去，所以邱里只能撑着伞，按照记忆找着那栋楼。雨越下越大，雨滴重重地拍打着伞，雨水飘得急，模糊了本来就很暗的小路。

她记得门口有两棵刺柏和一个下象棋的石桌。摸着黑走过了几栋楼后，她举高雨伞，看到了熟悉的地方。她再走近一看，屋里也亮着灯。

于是她快步奔过去，小白鞋上都是泥。

邱里进了单元楼，收了伞，缓了一口气，在 101 的铁门外抚了抚狂跳的心。她想好了一会儿要如何再向他解释一次。

咚咚咚——

邱里敲了几下门，铁门里还有一扇木门。木门被打开的那一刻，她惊愕不已，因为来开门的人不是尹海郡，而是一个留着短发的女生。

"邱里？你找谁啊？"女生单手撑着铁门，语气不善地问她。

邱里在原地愣了很久，因为并不认识对方。她的眼眶和鼻尖都红了，她只说了一句："对不起，我找错了。"然后，她转过身落寞地走了。

"谁啊？"尹海郡侧身窝在被子里，烧得满脸通红，胳膊往外伸，想去拿水喝。

王喜南冲进来，一边把玻璃杯给他递过去，一边回答道："哦，邱里。说是找错了。"

他没听清，药苦再加上口渴，他直喝水。

王喜南往床边一坐，嘲笑床上虚弱的壮汉："你也挺厉害，昨天淋雨，今天打篮球！你还真以为自己是铁打的汉子？"

尹海郡放下杯子，又躺进了被窝里。

下午王喜南说请他吃麻辣烫，结果吃到一半，他就开始咳嗽。她立马送他回来，他吃了感冒药后睡了一两个小时。

"你快回去，等下我舅找不到你又得发火。"尹海郡扯了扯被子，对她说道。

小姑娘的脾气不太好，她说："让我藏几天呗，你又没女朋友，搞得谁会误会一样。"

算了，尹海郡也没力气跟她犟。

这场雨下得越发大了起来，席卷着城市的每个角落。地面上的积水被溅得四处乱飞，偶尔还有几声雷声响起。

斜着落下来的雨很重，车窗外的街道上的人和景很模糊，霓虹灯如细小的光圈闪在邱里的视线里。

伞被她搁在一旁，她裙角被雨水浸透，手脚冰凉。但她好像感觉不到，好像沉浸在耳机里的歌声中，泪珠一颗一颗不争气地往下落。

"还来不及再重演，拥抱早已悄悄冷却……星空下，拥抱着快凋零的温存……如果这是最后的一页，在你离开之前，能否让我把故事重写……"

车在红绿灯前停下。

透过雨雾，邱里看到对面的街道上的奶茶店旁，有一对年轻男女，他们都没有带伞，男生便脱下外套当伞，撑在两个人的头顶上。

如果彼此喜欢，连躲雨都是一件浪漫的事。

旁边驶过一辆车，高高溅起的雨水让眼前的画面从下着大雨的街道变成了午后艳阳高照的别墅。

邱里第一次见尹海郡，是在晏孝捷的生日派对上。

她的胸针掉到了外面的草地里，因为草地上刚被洒过水，底下是脏泥，所以她迟迟不敢去找。这时，一只结实的胳膊向下一伸，手向草里伸去，替她找到了胸针。

她抬起头，与少年的视线第一次对上。

少年的五官很出众，线条硬朗又充满英气。只是他看上去太冷峻。

邱里从晏孝捷那里打听到了少年的名字。

于是她走去了沙发的一角，主动向少年要微信号码，但被拒绝了。少年像很厌恶她一般，立刻起身闪到了游泳池边。

她的狼狈样被一旁的小姐妹看在了眼里。她们是在学艺术的过程中认识的，因为她们无忧无虑，所以也看不出是不是真友情。

"里里，你行不行啊？"

"一个没见过世面的男生都拒绝你？"

她们不停地刺激邱里。

随后，几个人还故意想了一个好玩儿的主意，她们也是闲得慌，拿人开涮。她们跟邱里打赌，赌她如果可以在一个月之内要到尹海郡的微信号码，并且让他主动联系她，她们就一人送一个她喜欢的包包给她；如果失败了，惩罚反着来。

邱里抱着饮料抿了一小口，看着在游泳池一角和晏孝捷谈笑风生的少年。

可能是丢光了面子吧，她较劲般说："好，我玩。"

那是邱里第一次和一个人较劲，好像把所有的叛逆劲儿用在了这个叫尹海郡的男生身上。

可少年骨子里的冷漠实在难对付。

没要到他的微信号码的邱里，打听到他经常待在他舅舅的修车行里。于是她挑了一个风和日丽的日子，下了课后，想试试去那条老街上碰碰运气。

她运气好，去了一次就碰见他了。

邱里站在卖炸鸡柳的摊位旁，看着对面正拿着水管洗车的少年。店铺屋檐下的白炽灯的灯光打在她的白衬衫和藏蓝色的百褶裙上，反射着洁净的光。一辆单车从坡上直冲而下，她的裙摆被风吹起。

水管里喷溅着水花，少年刚拧上水龙头，收起水管，抬眼间就看到了街对面那双纤细的长腿。他忍不住抬头，看见了那张他见过的脸，也是他见过的最漂亮的脸。

少女在对他笑，很美，却美得不张扬，没有任何攻击性，很甜美。

邱里大方地走进了修车行，再次向尹海郡要微信号码，但又被拒绝了。

这种结果，她来之前就料到了，所以还有对策——跟他回家。

机电厂的家属楼上了年头儿，没几盏路灯，黑漆漆的。她要是不熟悉路，很容易迷路。

尹海郡知道那个少女一直跟着自己，但一路都没理她。他走到一堵石墙的旁边，此处正好是巷子口，墙头上都是交错着的藤蔓，月光落在藤蔓上。

被跟了一路，尹海郡有些不耐烦，终于转身，对她说道："我不会加你的，赶紧回去吧。"

邱里双手拎着皮包，睫毛轻轻地颤着，睁着一双圆圆的眼睛，看着有些无辜，问他："为什么？"

"我们没什么可聊的。"

"为什么没什么可聊的？"

尹海郡将双手插在兜里，眼睛瞥向别处。月色里，他的眉骨下是一片阴影，她看得出来他想发火。

"没有为什么。"

他又自顾自地往巷子里走，走了几大步，却发现身后没动静，侧身回头，看到邱里还戳在原地。他跟被女鬼缠上了一样，脑袋都大了，吼道："还不走？"

"不走。"邱里摇摇头，就这么乖乖地看着他。

夜风灌进巷子里，吹得尹海郡更烦了，于是干脆转过身，径直奔向她。少年的身材太过高壮，他气势汹汹，她不自觉地往后退了几步，问他："你……你干吗？"

瞧着她这副没胆还装胆大的模样，尹海郡把她逼到了大树下。他的身子顺势一俯，他将一大片光影遮住，瘦小的她，就像缩在了他的胸膛里。

他拧着眉装凶，吓唬她："一个女孩子，跟着一个陌生男人回家，就不怕我是坏人？"

他的胸膛里冒着滚烫的气息，压迫感太强，邱里连抬眼都困难，但顺着他的话问："那你是坏人吗？"

尹海郡没回应，只是将眉头渐渐松开，不可思议地打量着眼前的女生。她看起来很乖巧，说话时语速很慢，但又藏着一点儿古灵精怪的可爱劲儿。

他觉得，她还挺有趣。

邱里用皮包划出了安全距离，重复道："加到你的微信号码我就走。"

"那加不到呢？"尹海郡问。

"明天继续。"

尹海郡："……"

邱里记得尹海郡当时一个字都没回复，但看到他的眼中有了波澜，像有光点在跳动。他的呼吸从轻柔变成急促，气息一直向下蔓延，扫过她的额头、鼻尖，再到锁骨。

那一晚，她如愿以偿地要到了他的微信号码。

第二章

小公主与冰山

邱里和尹海郡成为微信好友后，聊天儿其实并不顺利。

因为尹海郡压根儿没主动联系过她一次，对她提到的话题也似乎不感兴趣，回复不是"嗯"，就是"挺好的"。

这日，邱里有点儿沮丧地躺在床上，研究他的朋友圈。

他的头像只是一张海景图，朋友圈几年都没有她几个月发的多。他最近发的一条朋友圈还是过年时的一顿年夜饭的照片，文案是四个字：新年快乐。

他发的其他朋友圈大多数是风景图，连文案都没有。

他这个人无趣、乏味。

难怪他说他们没话题聊。

她无意间刷新了一下朋友圈，冒出来的第一条动态是晏孝捷发的。她想：他们俩关系这么好，怎么性格差别那么大？一个不发动态，一个成天换着花样发。

他发的是一张他打完篮球后的自拍照。照片里，他只露出了半张脸，额头上、颈部都是汗。

她自言自语道："真爱耍帅。"

但她在将图片缩小的瞬间，好像在照片里看到了一道影子，于是立刻重新点开照片，并且将照片放大。那是正在喝水的尹海郡，T恤被卷到了腹部。

她随手给这条动态点了一个赞。

邱里立刻接到了晏孝捷打来的电话，他有点儿兴奋地说道："你从不给我的自拍照点赞，老说我自恋。"

邱里无语。而后，她听到电话里传来了尹海郡的声音。

"你跟不跟我走？"

"走走走。"

晏孝捷刚要挂电话，邱里就像抓住了最后一线生机般问："那个，你照片里的另一个男生是谁啊？看着挺帅的。"

他直接跟尹海郡说："我那个大美人朋友，就是我过生日时你见过的那个，夸你长得帅。"

那头的尹海郡根本没接这话茬儿，只朝着晏孝捷又问了一遍："到底走不走？"

"走走走。"

电话被晏孝捷挂断了。

邱里倒在了床上，但又打开了那张照片。她盯着那张好看的脸庞，思来想去，从被窝的这一头钻到了另一头。

那群看热闹的小姐妹开始在群里催邱里的进度，说一周过去了，她和尹海郡连五句话都没聊上，只剩下三周了，让她抓紧。

于是这两天邱里又给尹海郡发了许多条自己拉小提琴的视频。

可他的回复依旧简简单单。

"挺好的。"

"好听。"

"你很厉害。"

…………

邱里不想耗下去了，于是改变策略，放弃了与他线上沟通，挑了一个周五，放学后直接去了祈南二中。之前她就听闻晏孝捷老爱在一家超市的地下室里混。她想：尹海郡肯定和他在一起。

她想再碰碰运气！邱里到二中的时候，校门口全是走进走出的学生。

她逆着人流去了"喜哥超市"，悄悄地往地下室里探头。

喜哥看到这个穿着祈南一中校服的漂亮女生后，笑着问："你找楼下的谁？"

邱里刚打算说尹海郡的名字，尹海郡正好从地下室里上来。他看到她出现在这里时，一惊，立刻将她拖去了旁边的巷子里。

邱里慢悠悠地说道："我这么见不得人吗？我还想下楼跟晏孝捷打招呼呢。"

尹海郡双手叉在腰间，余晖落在他的侧脸上，显得他的鼻梁更立体了。他的表情有些凶，他问："你来这里干什么？"

百褶裙下的腿细、直、长，邱里穿着一双白色的长袜和玛丽珍皮鞋，小包在腿前晃来晃去。她的眼睛总是水汪汪的，她说："和你在微信上聊，你回得慢，字也少，约你出来你又不愿意，所以我就只能跑过来看你了。"

没有男生受得了小仙女在自己面前撒娇和诉委屈。

尹海郡承认自己也俗，有些束手无策。

见他的神态有所松动，邱里顺势朝他走近了一些，夸他："尹海郡，你好红啊！"

尹海郡一愣，问："什么意思？"

邱里笑了笑，说道："我们一中也有好多女生知道你。光我知道的，就有三个。"

尹海郡怔住，她的笑容温柔、甜美，将他的冷漠一点点消融。

见离成功又近了一些，邱里又朝他走近了几步，几乎快贴到尹海郡高大的身躯上了。她还仰起了头，夕阳变得更为柔和。

巷子里的少年和少女，像极了一幅夕阳里的画作，还像撒了金灿灿的粉末般，闪着浪漫的光。

这是他们第二次对视。

但这一次，她掌握了主动权。不过，她只是扯了扯他的衣角，慌乱地指着某个方向说："晏孝捷好像来了。"

尹海郡下意识地往那边看。

这时，他感觉到有只手在往自己的口袋里伸，低头一看，是邱里塞了一封信进去，她笑着说："拿好了。"

说完，她就转身朝巷外走。

邱里站在路口，回头，朝尹海郡笑着挥挥手，说道："下次见。"

那一刹那，他只觉得少女的笑容太美，美得像她的眼里散落了星河。

同一周的周末，"知和艺术馆"。

今天，3 号艺术厅内有一场市艺术生的演奏会，没有独奏，均为协奏。邱里的老搭档周映希在上周已经远赴英国深造，所以她这次的搭档换成了她的校友唐樾。

邱里出生在一个富裕且充满爱意的大家庭里，人生的每个部分似乎都被照顾有加。比如，她每一次表演时所穿的礼服，都是由远在法国做设计师的姑姑亲自操刀。

她今天穿的演出服是一件银灰色的星空裙。她坐在休息厅里的沙发上，虽然被人催了几次，但还是攥紧了手机，每隔几秒钟就看一次，可始终没有看到想看的信息。

她想：他应该没扔掉邀请函吧？他应该会来吧？

邱里调整好状态，准备演出。

其他的只能听天由命了。

3 号艺术厅是一个小型的表演厅，座位总共有三层，红棕色的椅子错落有致地摆放着，不刻板，蜿蜒的弧线相互缠绕，这也是设计理念，如同音符。

观众已经陆续落座，几乎座无虚席，大厅的正中央摆放着一架钢琴和支起的收音麦。

开场表演者就是邱里和唐樾，他们要协奏完成三首曲目，第一首就是《D 大调波兰舞曲》。

这首曲子是邱里最擅长的。

唐樾穿着一身黑色的西服，先同邱里一起有礼貌地向观众们依次鞠躬。待灯光变暗后，他们开始演奏，配合默契。

邱里一直盯着第二排正中央的位置，可是直到开始演奏，那个少年也没有出现。

这首曲子由小提琴与钢琴配合起来演奏，堪称完美，旋律婉转悠扬。

在表演到一半时，邱里在无意间抬眼时，看到那个位置上出现了人影。忽明忽暗的交错光影里，那张脸是她最想见到的脸。

或许是因为等到了想等的人，邱里演奏得更投入了。她身上那条银灰色的星空裙在旋转着的聚光灯的照耀下，真如璀璨的星辰落在了她的身上，在灵动的曲子里，她像丛林中的精灵。

她时不时地抬眼看向尹海郡，脸上甜美的笑容也是给他的。

好像有一瞬，她看到他也在笑。

演出一结束邱里就换了衣服，背起包包往外奔。

在走廊里，她看到了在等她的尹海郡。

邱里笑着，慢慢地走到尹海郡身前，说道："我还以为你不会来呢。"

尹海郡把藏在身后的一束花递给了她。几张浅黄色的包装纸里，有黄色的香槟玫瑰、向日葵，还有一些雏菊作为点缀，很明媚，也很适合少女。

这在邱里的意料之外，她惊喜地伸出双手去接，并问他："这是送给我的？"

她问了一句废话。

尹海郡点点头，说道："嗯，来看演出总不能空手而来吧？我不知道哪种花好，花店的老板说这款适合。祝贺你演出成功。"

邱里笑着说道："谢谢你，我非常喜欢。"

两人都不知接下来该说什么了。

狭窄的走廊里，气氛渐渐变得尴尬。

尹海郡打破尴尬，问道："你有空吗？我请你吃晚饭？"

"好啊。"邱里自然乐意。

"你想吃什么？"

"麻辣烫。"

尹海郡笑了笑，说道："虽然我没什么钱，但请你吃一顿好的的钱还是有的。你也别这么看不起我。"

邱里捧着鲜花，微微歪着脑袋，笑道："可我就想吃麻辣烫，因为平时爸妈不让我吃。我好久没吃了，陪我呗。"

她选择麻辣烫有两个原因，一是她的确想照顾尹海郡的经济条件，二是她想和他走得更近一点儿。她像一个生活在城堡里的洋娃娃，所以他的生活里的一切，对她来说是那么的新鲜和有趣。

尹海郡把邱里带去了机电厂外的"李哥麻辣烫"。大多数时候，他的晚饭就是在这里解决的。这家店里的麻辣烫味道很不错，不过环境一般，和艺术馆是两个世界。

尹海郡拿纸巾把桌子和板凳又擦了一遍，才让邱里坐下。

"要不还是去商场里吃吧？这附近有一家不错的商场，里面有很多吃的……"

"我就想吃麻辣烫。"她一笑就像在撒娇。

尹海郡："总感觉这地方不适合你。"

"怎么就不适合了？"邱里装得很委屈，说道，"我就是一个普通人，怎么就不能吃麻辣烫了？你能不能不要总对我区别对待呀？不然，你总觉得和我没有共同话题。"

尹海郡怕惹她生气，连忙说道："我不是这个意思。"

"你就是啊，"邱里哼了一声，说道，"不然你为什么老说和我没有什么可聊的？"

他不知道该怎么解释，干脆转移话题，说道："我们去选菜吧。"

冷柜的玻璃上覆着冷雾，里面的菜品很齐全，看着也都挺新鲜，缕缕冷气从底部飘起。

邱里很少来这种地方，上次还是几个月前，偷偷和同学跑去一中门口吃了一次。此时，她乖乖地跟在尹海郡身边，端着盆，故意戳戳他的手臂，笑着指向冰柜里的菜盆，说道："我想吃土豆。"

尹海郡偏过头，恰好对上了她的视线，只看了几秒钟，又很快低下头，往她的盆里夹了几片土豆。

邱里又戳了戳他，说道："我还想吃午餐肉。"说罢，她顺便提醒道，"这是我最喜欢吃的食物。"

尹海郡又给她夹了午餐肉。

那个傍晚，两碗热乎乎的麻辣烫拉近了两个人的距离。

后来的几天里，尹海郡开始主动给她发微信，即使只是食堂里的饭菜、二中的风景、他打台球的照片。

他终于变得鲜活了。

他们慢慢熟悉后，尹海郡不仅话多了，并且学会了主动找她。他看了天气预报，见周末天气不错，便约邱里周六去公园里玩。

邱里自然没拒绝。

两个人简单地商量了一会儿，挑了一个在中轴线上的海湖公园。这个公园因湖闻名，现在刚好是春天，天气也格外好，湖面上都是颇具童趣的游船，草坪上也有许多人铺着餐布野餐。

尹海郡和邱里就这样并肩走在林荫小道上，公园很大，绕着逛也很难走到尽头。她穿着一件蓝色的针织裙，他穿着一件蓝色的牛仔外套，很巧，他们的衣服颜色相近。

春日午后的斑驳树影，落在两道并肩有的背影上。

走着走着，邱里的胳膊会不小心碰到尹海郡。

她轻轻地低头一看，试着摊开掌心，比了比，发现他的手掌很大。

一辆观光车的铃声在这时响起。

邱里被吓得缩回了手。

"你爸妈呢？"邱里突然问起了尹海郡的家庭成员。

这个话题虽然很敏感，但尹海郡也没遮掩，直接说道："他们在我读小学的时候就离婚了。后来我爸去了越南，再也没管过我，我和他也没有了联系。而我妈妈……"说起妈妈，他任何时候都会心痛，眼眶红了一点儿，继续说道，"前两年得了癌症，走了。"

说完，他默默地往前走去，脚步沉重。

邱里怔在原地，没有跟上去，呆呆地望着那道背影。

这是她第一次了解他所处的世界，比她想象的更灰暗。她想不到，他是如何在冰冷、无助的世界里一个人成长的。

或许是见身边没了人影，尹海郡回身，指着旁边的小摊儿，笑着对邱里说道："你吃不吃烤肠？"

不知过了多久，她才点了头，带着哭腔说道："吃。"

那一晚，是他们的关系破裂的分界点。

在机电厂的家属楼后的巷子里，邱里跟着尹海郡回了家。他赶过她几次，可她执意想来他生活的地方看看。

尹海郡走在前头，双手背在身后。

邱里就一直盯着他的手掌看，默默地跟着他，也时不时地朝四周望去。生活在别墅区里的她，从来没有来过破旧的厂区家属院。这家属院一看就是 20 世纪 80 年代修建的，房子老化严重，路灯也年久失修，甚至能闻到臭水沟的味道。

"我说了，你别跟过来。"尹海郡回头时，见"小公主"一双脚无处安放。

邱里在踏过脚底的污水时，由于路上太暗，不小心踩到了一块碎石，险些摔倒，幸好尹海郡及时伸手抓住了她。他比好多与他同龄的男生长得高、壮，手劲儿也大，扯她起来时，听见她轻轻地叫了一声。

他下意识地道歉："不好意思，我的力气有点儿大。"

"没事。"邱里揉了揉自己红红的手腕，说道。

尹海郡摸了摸脖颈儿，随便找了个话题，缓解了刚才他们肌肤相触带来的尴尬。

"你还想去什么地方逛？我再带你走走。"

邱里东张西望，随后问他："你家在哪儿？"

尹海郡一怔，指着后面一楼的屋子，说："就是旁边这间。"

"你一个人住？"邱里好奇地问道，"没有其他亲人陪你？"

尹海郡点头，说道："嗯，我一个人住。"

邱里担忧地问："你也才十几岁，一个人怎么生活？"她像是想到了什么，说，"我听晏孝捷说，你放了学经常去修车行，你是在打工养自己吗？"

尹海郡忽然觉得她着急的模样挺有趣，故意逗她，说道："嗯，是。"

邱里轻轻地"啊"了一声，头越垂越低，感慨道："你好辛苦啊，尹海郡。"

突然，尹海郡没憋住，笑出了声。

发现自己被耍了，邱里哼了一声，说道："你骗我？！"

"也不算完全骗你吧，"尹海郡解释，"我确实是在修车行打工，但是修车行是我舅舅的。他住在后面的楼里，平时是他照顾我。"

邱里松了一口气，抚了抚心口，笑了。

尹海郡一笑，说道："我还以为你们这种千金小姐都比较难接近，也不太会关心人，尤其是关心我们这种人，没想到你还挺温和。"

邱里语调上扬，哼了一声，声音在甜美之余还有点儿可爱。

她一笑，尹海郡就不知所措。

邱里伸手看了看腕表，见时间也不早了，便说："谢谢你带我来参观这个很有味道的小区。这里很有烟火气，我很喜欢。"

尹海郡："不客气。"

"那我就走了。"

"嗯，好。"

邱里刚转身，尹海郡往前跨了一步，说道："我们小区里人多，且什么人都有，你一个女孩子不太安全，也怕你迷路，我送你。"

"好。"

一条不近不远的路，他们走得很慢。

老小区的树都上了年头儿，树根粗壮，枝繁叶茂。尹海郡和邱里穿过一栋栋楼房，闻着别人家饭菜的香味，听着从别人家的电视机里传出来的声音，走到了路口。

尹海郡替邱里拦下了一辆计程车，又替她拉开车门。见她坐进去后，他轻轻地关上了车门。她扒着车窗，轻声喊："尹海郡。"

他迷茫地回头，问她："怎么了？"

小小的车窗上，邱里的脸贴在上面，她眉眼弯弯，说道："没事，我就是想确认一下，我们现在算不算朋友？"

尹海郡将双手插在牛仔裤的口袋里，挺着胸，点点头，说道："是。"

"那我们要继续一起玩，好吗？"

"好。"

"再带我吃麻辣烫，好吗？"

"好。"

…………

邱里问了很多次"好吗"，尹海郡都点了头。

直到司机催促，邱里朝外面喊："下周日是我的生日，你来参加我的生日派对，好吗？"

尹海郡顿了几秒钟，又一次点头，说道："好。"

第三章
两种人

崇燕岛那晚不欢而散后，尹海郡和邱里再无联系。

他们的关系回到了起点，两人成了再无相遇可能的两种人。

暑假转瞬即逝。

时间很快就到了 9 月。

祁南二中师资力量雄厚，每年都能出市高考状元，再加上环境不错，所以许多家长把孩子往里塞。

祈南二中离海不远，同学们坐在教室里，偶尔能听到海浪拍岸的声音。

开学的第一堂课是自习课，高三（6）班的教室里吵吵闹闹，除了几个学生在温习功课，其他人都在聊天儿。女生聊暑假去哪儿玩了，男生则在一边吹牛。

"海哥，别睡了，纪总来了。"

第一排的一名男生见班主任来了，立刻拍了拍趴在桌上补觉的尹海郡，兴奋地说道："之前他们说从一中转来的那个校花，进我们班了。"

尹海郡昨天帮舅舅修一辆面包车忙到今天凌晨，困得听不清他说了什么，什么美女，什么校花，都没他趴着睡一觉爽。

为了遮盖声音，他干脆把书本立起来，脸朝着墙。

班里发生的事似乎都和他无关。

刚才大家都在各聊各的，此刻目光都被讲台上的女同学吸引走了。尤其是男生，跟没见过漂亮女生一样，全部咧着嘴笑。

班主任纪仁就知道他们会是这副德行，他则像看闺女一样看着身边的转校生，得意地向大家介绍："这是从一中转过来的新同学——邱里。她是一名艺术生，大家欢迎一下。"

掌声雷动。

男生们就差尖叫欢呼了。

邱里长得讨喜，不仅受男生欢迎，也受女生欢迎。因为她漂亮得没有任何攻击性，一双圆圆的眼睛，甜美温柔，人也落落大方，毫不造作。

她介绍起自己："大家好，我叫邱里，之前在一中就读，很开心能转来咱们班，希望能和大家一起愉快地度过最美好的高三生涯。"

她长相甜美，声音也甜。

几个坐在前面的男生嘴角都快咧到耳根处了。

纪仁指着第二排和第六排的位置，对邱里说道："邱里，这两个座位，你先挑一个，下个月统一换座位时再给你换。"

邱里拎着书包，微笑着说道："没事，我坐在哪儿都行。"随后，她指了指第二列最后的位置，说道，"纪老师，我坐那儿。"

纪仁瞅了一眼旁边的学生，第一节课就睡觉，他恨不得把教鞭扔过去！他大声喊："尹海郡！"

尹海郡这个学生，说成绩差也不垫底，也没惹出过特别出格的事。所以纪仁对他也就睁只眼闭只眼，毕竟升学率也不靠他来提升，就让他这么混着。

尹海郡被叫醒时，脑子里是混沌的，他抬了抬眼皮，结实的双臂往桌上一搭，桌腿都晃了晃。他看到了邱里，但眼皮抬了两三秒钟就又垂下，用食指揉着眉心，缓解一下倦意。

邱里坐到了尹海郡身边，纪仁在说对新学期的展望。趁此机会，她小声地对尹海郡说："我很喜欢你送给我的包。"

尹海郡听到了，但一个字都没回，冷淡得像是她在对着空气说话。

见纪仁说得很起劲儿，他又趴下了，依旧面对着墙。

邱里料到了他会是这种反应，也做好了心理准备。她转来二中，一方面是因为二中在英语方面的师资力量的确比一中强，另一方面是想解开她和尹海郡之间的误会。

她扭过头，慢慢地摆放着书本，时不时瞅尹海郡几眼。这才刚开学，她没泄气，心想：那就慢慢来。

说来也巧，开学第一天，邱里就和尹海郡被分配到了一组做值日。

邱里在拿扫帚前，终于找到了一次能和他对话的机会。

"你扫前四排，我扫后四排，可以吗？"

"嗯。"他只说了一个字。

尹海郡脱了外套，里头穿着一件黑色的T恤，黑色的衣服穿在他身上一点儿也不显瘦，反而显壮。他的身材完全不像少年的身材，身高一米八八的他弯着腰，在狭窄的走廊里拖地，总显得憋得慌。

邱里扫着靠操场那头的走廊。

初秋天黑得快，她被暗橘色的光笼罩着，一头柔顺的黑发，发丝全部被拨到了耳后。她没有留刘海儿，露出了一张完整的鹅蛋脸，皮肤白皙、透亮。

总之，这个小姑娘天生丽质。

教室里的两个人没再交谈，只偶尔会有拖把撞到课桌的声音响起。

"我打扫光了。"毕竟是同一组的，尹海郡扫完后，还是跟她交代了一声。

邱里握着拖把，指着后面的水桶说："那个，你能不能帮我把水桶提过来？我提不动，谢谢。"

尹海郡长腿一迈，将盛满了水的铁桶毫不费力地提起，然后放到了她的脚边，他的力气重了点儿，水从桶里溅出，溅到了她的白色袜子上。他瞅着她的袜子上的污点，道了歉。只是，他在道歉时表情冷淡，语气不屑，那模样看着像是个欺负新生的浑蛋。

邱里拿纸弯下腰擦了擦袜子，说道："没事。"

尹海郡径直走到课桌前，用一只手拎起书包，往身上一背就出了门。

这几天，高三（6）班的学生谈论得最多的人就是邱里。

秋天一来，学校里的绿树都掉了些色，风倒是比夏天时温柔了许多。

周五中午。

刚从"喜哥超市"的地下室回学校的尹海郡没着急回教室，而是去了二中的后门口。

他一只脚向后蹬在后门处的墙上，发起了呆。片刻后，快要上课了，他快步走向了教学楼。

楼梯口是风口，一阵风灌进尹海郡的衣服里。他身上的 T 恤被吹得鼓起，他走到二楼时风才消失，衣服才恢复平整。

他想去厕所，刚走到拐角处便听到了议论声。

"怎么可能有人没脾气，还对所有人好？装得太过了。"

"她只是长得漂亮点儿而已，还不至于被吹成什么神仙级别吧？"

…………

高三（6）班的几个女生，此刻围在角落里说着某位女同学的坏话。

尹海郡知道她们说的是谁。

因为"邱里"这个名字，近期在二中出现的频率过高。

他觉得无聊透顶。

几个女同学离开后，邱里上了楼，走回了教室。

接着，尹海郡也回了教室，见邱里坐在座位上吃糕点，他没吱声。他往自己的座位上一坐，抬起手看了看腕表，还能睡半个小时。

他刚趴下，背部就被一只软绵绵的手拍了拍。他知道拍他的人是邱里，所以没回头，冷冷地问："什么事？"

邱里将一个小小的方形盒子递到他的脑后，对他说道："你知道吗？'元记坊'竟然出了橙子味的糕点！你不是最喜欢吃橙子了吗？要不要尝尝？"

尹海郡没睁眼，冷漠地拒绝道："不吃。"

邱里做好了被拒绝的准备，直接将盒子放到了他的桌子上。

尹海郡微微睁开眼，盒子靠着掉皮的绿色墙壁，折射着剔透的光，里面的东西不是糕点，而是橙子味的蛋糕。

他只看了几眼，没多想，便用书本遮住了双眼。

邱里托着下巴，静静地看着他的背影，阳光照在他宽阔的脊背上。

她轻轻地张开五根手指，纤细的手指伸进光里，试着去触碰的时候，她笑了。她好像碰到了一层冰冷的薄膜，于是收回了手，垂下眼，嘴唇也渐渐抿了起来。

温暖的阳光总能让人产生睡意，她也侧着身趴下了，目光依旧落在对面的少年的背上。她闭上眼时，好像又想起了那段短暂又美好的回忆。

邱里和尹海郡竟睡得很香，她甚至觉得这是她近几个月来睡得最好的一次，即便只是一个短暂的午觉。

最后一节课是体育课，能在读高三时拥有一节不被抢走的体育课是他们的福气。

尹海郡基本不被其他老师喜爱，但靠着一身发达的肌肉和蛮力，成了体育老师的"宠儿"。体育老师今年依旧指定他做体育课代表。

照例，尹海郡要先督促同学们跑完 800 米。

男生们倒是跑了起来，女生们大多不愿意跑。她们每次跑完都满头大汗，还要被几个无聊的男生指指点点。

几个女生向尹海郡撒娇，想让他高抬贵手，随便给她们记个成绩就好。

邱里可不想做逃兵，扎起了马尾辫，露出了光洁的额头，一对小巧的耳朵有些像精灵的耳朵。她穿着白色的 T 恤，正在塑胶跑道上积极地热身。

另类总是会成为别人的眼中钉。

几个女生瞬间就烦了，没辙，只能拉着彼此跑了起来。只是她们时不时还停下来走走，聊聊天儿，又不是比赛，一个小时跑完就行。

邱里热完身，特意走到尹海郡身旁，笑道："你正常记分，我会认真地跑完的。"

尹海郡挺着背，拿着班里的名单表，对她说道："跑吧。"

800 米不长。

跑完步的邱里弓着背，气喘吁吁，大口呼吸，鬓角都湿透了，脸也红扑扑的。

尹海郡冷漠地看了她一眼，随意地记下一个分数就走了。

"秦可元，跟我一起去拿器材。"尹海郡朝树下的男生喊。

很明显，秦可元很想乘凉聊天儿，不想做这种无聊的重活儿。就在他想再喊一次的时候，邱里举起手，说道："我去吧。"

秦可元指着她，开玩笑道："邱里这么想去，就让她去吧！男女搭配，干活儿不累。"

尹海郡没拒绝，对邱里说道："走吧。"

"好。"邱里迈着小碎步跟了上去。

器材室就是操场后面的小屋，成排的高树，让这里显得格外阴凉。因为没窗，光线进不来，所以屋里也散发着冷意，里面堆满了各种球类还有体育用具，灰尘味很重。

尹海郡交代着："你把那几个羽毛球、乒乓球装到筐里，我去拿篮球。"

不过身后毫无动静，他还听到了门被紧紧关上的声响，甚至听到了门被闩上的声音。

门口那一大束暖光被关在门外，器材室里显得更阴冷，只有铁门上那道狭小的口子能进来点儿光。

尹海郡没动。

邱里也没说话，注视着他的背影。

"我们聊聊好吗？"她从来没有这么着急地想解决一件事。

尹海郡依旧没回头。

邱里走近了一些，说道："我给你发的微信，每一个字、每一句话都是发自肺腑的。我承认，一开始我是有点儿贪玩，和她们打赌是我不对。但是和你接触后，我是真的想和你成为朋友。"

她垂下眸，声音一沉，继续说道："我为自己错误的行为再次向你道歉，不想和你之间存在误会，希望你能原谅我。"

乌云飘过来，连最后的那抹光影都没了。

尹海郡盯着墙角落了灰的器材，良久，他冷漠地回应："嗯。"

"'嗯'是什么意思？"邱里不明白，"是原谅我了吗？"

尹海郡没有多说别的话，又"嗯"了一声。

可是听上去，他一点儿情绪都没有。邱里并不觉得他是真心原谅她了，像是在打发她。

外面，有几个同学从这里经过，应该是来找他们的，还有拽门的声音。

尹海郡回过头，望着邱里，简明扼要地表达了自己的观点："邱里，我原不原谅你，其实都没有太大的意义。因为我们本来就不应该认识，也成不了所谓的朋友，所以你不必再纠结那件事，我不想再提起。"

邱里静静地站在原地，看起来很落寞。

她低下头，看着地面上与自己的影子重叠的身影，慢慢挪开，直到移到了门边，听见了尹海郡打开锁的声音。

他冷漠地说："你把绳分给女生。"随后，他就提着筐子去了篮球场。

最后一节课结束后，同学们收拾得飞快，拎起书包奔出教室。只有尹海郡还在操场上和体育老师闲聊着什么。

他半个小时后才上楼，刚走到后门口，正好听到邱里在打电话。

邱里像是在和家里的司机说话："嗯，夏叔，小敏不是生病了吗？你不要来接我了，刚好我晚上要去安老师家里练琴，安老师家离二中不远，我打车去打车回。没事的，你别折腾了。"

挂了电话，她拎起书包转身，一下子就看见了尹海郡。他的额头上都是汗，后门口的风吹来时，他身上的气味被吹到了她的鼻端。

邱里背上小提琴盒，朝他微笑着说道："我先走了，下周见。"

刚走到椅子后，她还是没忍住，再次表达了自己的态度："尹海郡，是我先做错的。所以，我会努力修复我们的关系。"

尹海郡反应过来时，少女的身影已经从他的眼前消失。

收拾书包的手忽然一僵，他烦躁地将书包甩到一边，坐在椅子上，看着空荡荡的教室发呆，呼吸急促，胸口起起伏伏。

想起晚上要赶去舅舅家吃晚饭，尹海郡将书包往身上一背，快步下了楼。

天色黑得快，楼下的路灯全开了。

尹海郡路过"喜哥超市"时，"黄毛"他们几个跟他打了声招呼，唉声叹气地说："过了一个暑假，一切变样了，上高三了，大家都忙起来了。"

是啊，高中生涯的最后一年，算是改变命运的一年。

谁都不敢懈怠，能拼一把是一把。

尹海郡忽然走得慢了一些，竟在想自己的未来，好像也想不出什么名堂来。

他没什么远大的志向，也没有不切实际的野心，能活着就是福，而活着的每一天，就去做点儿顺心事，这就是他的生存方式。

周末，邱里不是在补英语就是在练琴，时间安排得满满当当。深夜，她的卧室里开着一盏台灯，她趴在书桌上，在本子上写写画画。

不知她在搞什么鬼。

周一。

二中门口的早餐店里坐满了人，学生和附近的居民大多在这里吃早餐。外头还有好多人在排队打包，烟火气很浓。

尹海郡昨晚不知怎么失眠了，到凌晨4点都没睡着。他也不是在烦具体的某件事，就是觉得胸口闷，很难受。

后来，他干脆不睡了，5点多就去附近的公园里晨跑，不到7点就到了学校。

他打包了一碗卤粉，以为自己是第一个到教室的，没想到教室里还坐着一个人——邱里。

邱里扎着乌黑的高马尾辫，唇红齿白、杏眼桃腮。看样子，她睡得很好，满身朝气，热情地跟尹海郡打招呼："早啊。"

"嗯。"尹海郡应了一声，将书包放到了椅子上。他的目光无意间在那个黑色的水桶包上停留了几秒钟，但他每多看它几眼，心里就更堵得慌。

他靠着墙壁吃着卤粉，一语不发。

"尹海郡。"邱里忽然将双腿从桌下挪出来，转过身，直直地面对着他，轻轻地推了推他的手臂，问他，"我有话要和你说，你可以看着我吗？"

他的心中一阵烦闷，不过他还是回了身，问她："你想说什么？"

可能是见过他最温柔的一面，邱里就不怕他凶，知道这是他保护自己的壳。她认真地说："这两天我想了一下，我不觉得因为我们是不同家世的人就不能做朋友。相反，我觉得你的身上有很多品质是我欣赏的。"

尹海郡只听不吭声。

邱里并没泄气，拿起保温瓶，想去食堂里买热豆浆。她在绕过尹海郡的身后时，轻轻地戳了戳他宽阔的背，说道："记得看抽屉。"

尹海郡不明白。

直到她离开后，尹海郡才在课桌抽屉的物理书里发现了一个粉红色的信封。

他将信封拆开，发现里面是一封长长的道歉信。

尹海郡只看了几眼，便胡乱地将它塞进了信封里。他没管它皱不皱，就像对待一件极其不上心的物品，压到了最底下的作业本下，面无表情地起身往外头走去。

这一周风平浪静地过去了。

邱里和尹海郡除了打招呼之外，没有别的交集。

这几天，高三（6）班的同学们注意到，总有一个帅气的男生来学校里找邱里。他给她送零食、奶茶，还总在校园里转悠。

他们都在传，这是她的男友。

有两次晚上放学后，尹海郡在篮球场上撞见了沿着操场散步的两个人。他认识这个男生，这个男生叫唐樾，一中的优等生，学钢琴的艺术生。

有一天中午，尹海郡在外面打包了炒粉回教室里吃，邱里还在写试卷，他戴着耳机边看视频边吃炒粉。

不一会儿，他的身后传来了陌生男生的声音。

教室里，靠前的座位上坐着几个没去吃饭的同学。他们都在往后瞅，尹海郡摘下了耳机，听出了那是唐樾的声音。

唐樾给邱里带了奶茶和饼干，和她讲话时总是很温柔。

他们站在后门边。

唐樾在约邱里："周六有空吗？要不要去看电影？"

邱里刚想答应，一只熟悉的手就拍了拍她。不过，手的主人没看她，而是低头吃着炒粉，冷淡地说："看群消息。"

他就像只是在提醒她。

邱里愣了一下，然后赶紧打开手机，刚才做英语试卷时都忘了看手机，是班长在群里发了一条关于周末去郊区秋游的微信。

随后，她不好意思地拒绝了唐樾。

唐樾走后，邱里回到座位上，问尹海郡："你去郊游吗？"

尹海郡拿纸粗鲁地擦了擦嘴边的油渍，眼都没抬便说道："不去。"

周六。

班里有四十几个同学参加了这次为期两天一夜的秋游。班长安排了车，因为从学校到目的地开车需要一个多小时，所以让大家早上9点准时到校门口集合。

本来邓倩良说直接让夏叔送邱里过去，不必非要坐学校安排的大巴车，不舒服。但邱里坚持说，这是她转学以来第一次参加集体活动，不想搞特殊，最后邓倩良同意了。

她很早就到了校门外，天气凉了许多，她穿着一件乳白色的针织衫，里面是一条棉质的过膝长裙，扎着低麻花辫，有些俏皮。

大巴车开动前，班长在前头点名，念到最后，邱里都没听到尹海郡的名字。她坐在后排靠窗的位置上，看着外面的街道，神色黯然，有点儿失望。

她想：这次秋游要是没有他，得多没劲？

不过，秉着来都来了的想法，邱里觉得至少得过去泡泡温泉，和大家聚聚餐，到晚上再叫夏叔过来接她。

起得太早，一阵困意袭来，她缩在窗边打盹儿。

大巴车从市区上了高速。

班长怕大家无聊，组织没睡觉的人玩游戏，什么脑筋急转弯、谁是卧底，等等。一群被学业压迫的孩子，只要不学习，干什么都开心。

因为周末堵车，大概两个小时他们才到温泉旅馆。

邱里等其他人下车后才拎着包往下走。她刚醒，视线有些模糊，脑袋也有些蒙。

下车后，6班的学生在门口围成一圈，班长在清点人数。

"尹海郡，你怎么来了？"突然，班长惊讶地大声喊。

邱里立刻抬起头，尹海郡很高，即使挤在人群里也很显眼。他穿着深蓝色的牛仔上衣，身旁是一辆黑色的车。

"听说这家温泉很有名，不来就浪费机会了。"尹海郡对班长说。

这家是祁南最出名的温泉旅馆，因为坐落在山脚下，天然风景和露天浴池绝妙融合，令人心旷神怡，连邻市的人都会慕名而来。

一到秋冬季节这家旅馆就很难预约，即便是几千元住一晚的独立小院，也经常是约满的状态。

这次秋游，班长颜勇风将全班同学按男女分，两个人一间房。

班长选的是豪华双人房，房间里带一个小浴池。

"这地方是真不错啊，去年冬天我一直想来，老约不上，只剩两间3000元一晚的独院，真是欺负我等穷人。"

几个男生在前头边赏风景边感慨。

因为温泉旅馆这一年走"网红"（网络红人，是指在现实或者网络生活中因为某个事件或者某个行为而被网民关注从而走红的人或长期持续输出专业知识而走红的人）路线，在各大软件上营销，每天都有博主发表评论，因此结伴来的人也就多了起来。

"班长，我们来了43个人，就咱们那点儿班费，还够来这儿过夜？"

说话的人是谷楷伟，他和尹海郡勾肩搭背地走着。他们俩能玩到一起很简单，因为身上有很多共同点：成绩差，长得帅，爱打篮球，脾气火暴。

他们俩再加上晏孝捷，是二中比较出名的男生。

就是谷楷伟和晏孝捷有些不对付。

颜勇风生来就是做班长的料，亲和力强，脾气也温和，班里没人讨厌他。

他结结巴巴地说："那个……纪老师添了一部分。"

"纪总威武。"

大家纷纷起哄。

只有邱里没出声，对颜勇风做了一个"嘘"的手势。因为她不想太高调，只告诉了班长一个人，温泉旅馆是她家的产业，是邓倩良早些年投资的，邓倩良的名下还有日料。

这次的秋游，算是邓倩良替大家包了场。

颜勇风正儿八经地通知大家："大家放好东西后到餐厅里集合，我们 12 点先吃午饭，下午 2 点开始泡温泉……"

"班长，都秋游了，能随意一点儿吗？"

谷楷伟吊儿郎当地从他身边闪过，还拍了拍他瘦弱的肩膀，对他说道："你们吃，我和尹海郡要出去一趟。"

"你们俩干什么去？不能脱离大部队。"

只是来一趟郊区，像是出了一趟国，颜勇风对每个人的行踪都认真把控。

尹海郡拍了拍颜勇风的肩，故意吓唬他："去看美女。"

说完，两个人把背包往肩上一甩，往走廊里走。

办理入住的大堂前只剩邱里。

颜勇风怕她听到刚才那些影响风气的话后有不好的想法，连忙解释："邱里，他们俩老这样开玩笑，别当真。我们班里的男生、女生都是很阳光……"

邱里根本没听清他在说什么，"嗯"了一声，拎着包默默地往房间走。

邓倩良给女儿安排的是独立小院，房间开阔明亮，推开木窗，外面是蜿蜒的露天浴池，阳光穿过青翠的竹林，碎光照进泉水里，清澈见底。

"晏孝捷，你不是说尹海郡很单纯吗？"邱里一进来就给不靠谱儿的发小儿打电话，"你不是说，你和他关系好到穿同一条裤子吗？"

"大小姐，你嚷什么啊？"晏孝捷快被吵死了，"以前我是觉得自己挺了解他的，但现在，我已经失去了对你们的基本了解。"

邱里根本不想听这些，直接将电话挂了，整个身子趴到了松软的床上。

她好像把尹海郡说的话当真了。

这个午觉，邱里睡得并不好，时不时醒来一下。

她彻底醒来时是傍晚，班长还在门口叫了几声，让她出去吃晚饭。她稍微整理了一下仪容，然后去了餐厅，浑身跟骨头散了架一样，软绵绵的。

餐厅是邓倩良亲自参与设计的，以木色为主，通透的落地窗外对着绿竹和泉水。

因为是大聚餐，所以颜勇风让服务员将桌子拼成了三小排。

邱里面向窗户坐着，她的对面是班长颜勇风。菜陆续上齐了，她回头看了一圈，还是没看见尹海郡。

她灰心地垂下头，想着吃完这顿饭就回家算了。

"尹海郡。"颜勇风的声音响起。

邱里迫切地想回头，但又不能让其他人看出自己的异样，于是镇定地吃着牛排。

忽然，她闻到尹海郡身上的气息离她越来越近。他拉开椅子，直接坐到了她的旁边。

颜勇风其实也没那么古板，对尹海郡说道："尹海郡，你还真会挑，一来就坐在校花身边。"

尹海郡的手肘撑在桌上，他拿起玻璃杯喝了一口水，还睨了邱里一眼，说道："我们俩平常不就天天坐在一起吗？习惯了。"

这帮十六七岁的高中生，就对这些八卦嗅觉灵。

邱里没什么胃口，最后是以去洗手间为由提前离开的。

晚饭结束后，尹海郡和他今晚的室友秦可元一起离开了餐厅。

秦可元说冷，先进屋了，尹海郡就自己待了一会儿，随后裹着牛仔外套往里走。

尹海郡是从后门进来的，所以要经过那片独立小院的区域。

日式的竹林走廊里，静谧得只有潺潺水声。

他走到一半，忽然有人叫了他一声。

叫他的人嗓音很甜，尹海郡不回头都知道对方是谁。

邱里刚泡过温泉，头发湿了一截，身上披着一条毛毯，里面穿着一条黑色的连体泳衣。她慢慢地往他身边走，说道："我还以为你不会来了。"

"谷楷伟说无聊，让我来陪他。"尹海郡回答道。

"嗯。"邱里点点头，指着旁边的风景介绍起来，"这里的私汤泡起来很舒服，还能看到漂亮的山景，你一会儿可以感受一下。"

尹海郡回头，问："这家店是你们家的人开的吧？"

邱里一怔，反问道："谁说的？"

"早就在班里传开了，"尹海郡说，"说这家店的消费不低，纪老师没那么大方，愿意自己添钱，传言是你妈妈出的钱。"他将下颌朝旁边的小院抬起，继续说道，"所以你住的房间和大家的都不同。"

邱里低下头，小声说道："原来大家都知道了。"

尹海郡转过身，双手插在牛仔衣的口袋里，看着包裹在毛毯里的邱里，说道："你在一中时就很有名，转到我们班后，他们早就把你调查得一清二楚，知道你的很多事也不稀奇。"

"我明白。"邱里叹了一口气。

夜风从树梢间轻轻拂过，两个人沉默了一会儿后，邱里先开口了："尹海郡……"

邱里刚抬起眼，尹海郡就抬起手，打断了她，说道："那些说了很多遍的话不必再说了。"

外面风凉，他便劝她进屋："很晚了，快回去吧。"

邱里往前快速地走了两步，手从毛毯里伸出来，小心翼翼地扯了扯尹海郡的衣角，问他："信，你看了吗？"

尹海郡回答道："嗯，看了。"

"你没有什么想说的吗？"

"有。"

"什么？"邱里有些激动地问。

尹海郡认真地说："关于那件事，也过去好几个月了，要说还在生你的气，其实不至于，我没那么小心眼儿，也没那么闲，总惦记这件事。"

他的原谅，听上去更像是在用力地划清两个人的界限。

不知为何，邱里在这件事上十分固执，问："为什么呢？"

"原因我说过很多次，我们不一样，没必要做朋友。"

"哪儿不一样？"

"哪儿都不一样。"

气氛再一次僵住。

邱里想说的话被噎了回去。

尹海郡叹了一口气，继续说："就比如，你邀请我去参加你的生日派对，我知道你的朋友一定出手大方，所以我也跑去商场里，想给你买一份很好的生日礼物。可我这种人，竟然连你喜欢的东西的牌子都不知道有多贵。"

邱里反驳道："但是你送给我的那个包，我很喜欢。"

"可是我连买那个包都很吃力。"尹海郡冷笑，神色黯然，静静地望着她，像是隔着遥远的距离，声音又低又无力，"我命不好，爸爸是赌鬼，欠下一堆债就跑了。后来，妈妈也得病走了，我的生活比你想的还要糟糕，你知道吗？"

邱里抿着唇，讲不出话。

尹海郡缓缓垂下头，望着地上两个人的影子，哽咽了一番才又抬起头，看着她的侧脸，压低声音说："你只不过是因为和朋友打赌，激起了你的新鲜感。但真的和我这种人做朋友，其实没什么意义的。"

风吹红了邱里的脸，她垂下头不看他，只说道："嗯。"

而后，她没再说过一个字。

尹海郡看着眼前被自己说的重话伤到的少女，心轻轻一疼，温柔地说了一声"晚安"。

邱里没有回应，裹紧毛毯，头也不回地朝自己住的小院走去。

她拉开门，进屋，锁上门。

她做这一系列动作时怒气冲冲。

第四章

不同的人生

从温泉旅馆回去后，尹海郡和邱里几乎没有交流，成了最陌生的同桌。

像是刻意在逃避，尹海郡中午都窝在"喜哥超市"的地下室里，每次下课后都不在教室，放学后也是第一个从后门溜走。邱里知道他是故意的，不过也没再主动过。

将近半个月了，除了必要的交谈，他们没有说过其他话。他们好像真的在等时间悄无声息地过去，直到毕业，然后从此一别两宽。

周六下午。

王业军车行外人声鼎沸，有剧组拍警匪片在这里取景。周围架着三脚架、摄影机，围了一群凑热闹的街坊邻居，有几个人还跑去做了群演。

剧组的人本来想借用车行，但被王业军直接拒绝了。王业军觉得剧组的人给不了他几个钱，他还丢几个活儿，得不偿失。这事被王喜南骂了很久，说他目光短浅，说这部剧要是火了，把车行好好营销一番，搞不好车行还能红。

就因为这件事，父女俩又闹了矛盾。

尹海郡回回都做中间人，虽说这些事偶尔挺闹心，但吵闹的家长里短，至少能让他觉得自己其实也有家。

巷尾那个破旧得墙壁都脱皮的修车行里，旧音响里播放着老歌，正中央摆放着一辆被卸了门的面包车，零配件散落一地。

一个三十多岁的女人从巷子的另一头走了进来。她穿着皮衣、牛仔裤，看着干练、强势。仔细一看，她其实有一张美人皮，腿还又细又长。

她拨开门口的电线，盯着站在桌子边找零件的男人。

男人很高，头发很短，穿着一条工装裤，衬衫绑在腰间，像是干了很久的活儿，汗顺着紧实的肌肉往下流。

王业军回头，看到了一张陌生的脸，问女人："找人还是修车？"

女人像看入迷了，缓了一会儿才说："哦，我是警察，来找尹海郡的。"

王业军被吓了一跳，把工具往桌上一放，大步走了过去，问："我是他舅舅，他犯什么事了吗？"

王业军突然靠近她，强烈的气息扑面而来，女人往后退了几步，说道："他没犯事。"

王业军的心算是落地了，他问："那不知道你有何贵干？"

女人整理好状态，介绍起自己来："我叫晏蓓力，是尹海郡的好朋友晏孝捷的姑姑，南城刑警支队的警察。我来是想和他说说考警校进警队的事。"

王业军和晏孝捷熟，这么说来，她也算是半个自己人。他挠挠头，说道："不过阿海刚好有事出去了，你要不改天来？"

"不了，就今天，"晏蓓力突然觉得自己可能过于激动，立刻解释，"因为我很难有假期，最近就今天休息。没事，我在这里等他。"

说完，她往旁边的椅子上一坐，玩起了手机。

修完车已经是晚上 8 点多了，尹海郡顺便在街对面买了些吃的，沿着熟悉的路往机电厂走。

四周人声鼎沸。

忽然，手机在牛仔裤的口袋里振动，他拿出手机。

手机的来电显示的是"小姨"。

接完小姨的电话后，尹海郡给王业军打了一通电话，把他约到了一家烧烤店里。

附近小区里的人要是在外面吃饭，大都来这边，所以这附近随便一家饭馆都座无虚席。

男人们喝酒时的吆喝声、酒杯撞击桌子时发出的响声、食客们的笑声充斥在小店里。

尹海郡和王业军拉开塑料凳坐了上去，老来这家，菜单都不用看，两个人点了一些各自爱吃的食物。

王业军猛地喝了一口水，知道发生了什么事，气得两腮都鼓了起来，说道："王业芝的提议，你就算跟我讲一百次，我都不同意。"讲起妹妹出的馊主意，他一次比一次火大，"让你放弃读书，跑去曼谷跟她干？她就是自己这辈子没生孩子，没这份责任心，每年都要疯一次。"

老板将拍黄瓜和凉拌皮蛋端到桌上，然后熟练地将桌上的两瓶啤酒的盖子撬开。

尹海郡拿起啤酒给舅舅倒，眼神空洞地看着桌角，低声说道："其实我仔细地想过，我打小就不是读书那块料，最后顶多也就考一所专科院校，还要白交三年学费。我的确不如去曼谷跟小姨干，搞不好这几年我还真能成点儿事，挣点儿钱。"

说完，他用力地一咬唇角，重重地叹了一口气，又瞅了瞅窗外萧条的老街，眼中没有一点儿光彩，就像他迷茫到看不到自己的未来。

一起生活了这么多年，王业军自然只看一眼就知道这孩子在愁什么，弄得他也哽咽了，问："阿海啊，你是不是在烦那些债？"

尹海郡扶着额头，没看人，缓缓地点了点头。

他的心情异常沉重。

王业军不想让这孩子被债务压得喘不过气来，叹了一口气，说道："那些钱，本来就不应该让你来还……"

"我不还谁还啊？"尹海郡问，"尹家还有谁能还钱？只剩我了。"

王业军顿了一下，说："但这些钱大家也要得不急，你慢慢……"

这话怎么说都不对，因为他很清楚，亲情只要涉及钱就会变质。

他也知道阿海因为这些事，常年在尹家那边抬不起头。

尹海郡笑得勉强，说道："这债，只要一天在我身上，我就不好受。今年我过生日时，婶婶让我先还1万元，说是周转一下再打给我都行。看到信息时，我都不知道该怎么回。说没钱还？要是真找你或者晏孝捷帮我，我也开不了口。"

他说完这些，眼眶红了。

王业军半起身，用力地拍了拍他的背，见他舒服点儿后才坐下，但有些话说起来还挺难受。

王业军："舅舅呢，也就一间修车行，的确也没太多钱能帮你。不过，我还是那句话，我非常不赞同你退学去曼谷。当然，这毕竟是你的人生，你要是想好了，我也支持你。"

王业军没想到自己会先哭出来，拿起纸巾，用手指紧紧地按着眼睛。他难受不是因为阿海要去曼谷，而是他真的很心疼外甥。

阿海明明该是一个朝气蓬勃的少年，却背着沉重的包袱，一个人前行。

不想让气氛变得越来越沉重，尹海郡没再谈这件事。

两个人算是愉快地吃完了这顿饭。

他们出去时，已是夜里12点。

瑟瑟的冷风吹得落叶满地飞。没人喜欢在这样的季节谈离别，那是无比伤感的事。

两个人在萧瑟的街道上漫无目的地走着。

风有点儿大，两人没再说话，继续低着头往前走。

第二天，邱里来到教室里时，旁边的座位上没有人，也没有书包。

直到上课铃响后，尹海郡也没有来。

他发生什么事了吗？

邱里有些着急，下课后，去楼上找晏孝捷，他说没和尹海郡联系，不知道发生了什么事。

一整天，教室里始终没有尹海郡的人影。

老师也没问，邱里觉得很反常。下了课，她收拾好书包就打车去了车行。

邱里赶到车行的时候是晚上 6 点多, 此时正是老街上人来车往之时。

她穿过人群, 直奔车行, 背上都跑出汗了。她到了熟悉的车行时, 看见了满地的零件, 绕过一辆轿车, 却只看到了一个陌生的男人。

王业军看着和这里格格不入的漂亮小姑娘, 笑着问: "修车?"

邱里说: "我找尹海郡。"

与老街相邻的马路后有一个户外篮球场。这场地是这附近两片老小区里的居民共享的, 也没多大, 不过够年轻人在这里打篮球了。

灯光如昼, 刺得她眼疼。

砰——

突然, 有人一拳朝尹海郡的脸上打过去。这一拳很重, 尹海郡的嘴角甚至都渗出了血, 但他没有还手, 只是用拇指擦了擦。

打他的人是晏孝捷。

但晏孝捷似乎是更难受的一方, 愤怒得手臂颤得厉害。他指着尹海郡的鼻子骂: "就因为这些破事要退学跑去曼谷? 我怎么从来没觉得你这么懦弱呢?"

两个少年在操场边僵持了一阵。

尹海郡久久地垂着头, 心里很不好受。

冷静下来的晏孝捷走上前, 拍了拍他的胳膊, 对他说道: "对不起, 刚才是我太激动了。"

不过他还是失望的, 坐到了旁边的椅子上, 盯着塑胶地, 即使被高杆灯照得刺眼, 视线也没挪开过半寸。

过了一会儿, 尹海郡坐到他身边。

"是因为那些债吗?" 晏孝捷弓着背, 双手撑在膝盖上, 呼吸声很重。

尹海郡也弓下了背, 望着在篮球场上打球的几个少年。他们看上去都是那般意气风发, 显得他更落寞了。

他的沉默就是答案。

晏孝捷无奈地笑了, 说道: "尹海郡, 你这个人吧, 总爱将事憋在心里。我们好歹也认识三四年了，但无论是钱，还是之前你妈妈生病的事，你从来没有主动和我说过一次。"

尹海郡双手交握撑在膝盖上，骨节按得用力，说道："这些事我没办法和你开口。"

晏孝捷就讨厌他说这些特没劲的话，问他："我们是朋友，为什么不能说？"

晏孝捷向来活在明亮的世界里，所以即使他们是好朋友，有些事他依旧无法感同身受。

因为你不懂。这句太伤友情的话，尹海郡没说出口，只淡淡地回应了一句："我的性格就是这样。"

"行，"晏孝捷还在气，气他到这一步了依旧不愿意敞开心扉，晏孝捷几乎是咬着牙用力问道，"那我问你最后一次，你是不是真的要去曼谷？"

尹海郡迟疑了几秒钟，点了头。

"好，"晏孝捷笑中带怒，问，"什么时候去？"

尹海郡始终没看他，眼神空洞地望着球场，说："小姨说缺人手，所以这个月跟学校提交申请，最早下个月就走。"

晏孝捷仰头连连冷笑，又扔下一句："你真没劲。"

他拿起椅子上的外套往马路上走，刚走到篮球场的出口时，对上了邱里的视线。看上去，邱里已经来了很久。

不过，晏孝捷连跟她打招呼的心情都没有。他绕过她，走出了篮球场。

尹海郡回头时，看到了静静地站在草丛边的邱里。她似乎有点儿激动，脚步飞快地朝他冲过来。

"你要去曼谷？"她这样乖巧、有礼貌的女生，第一次在说话时失了点儿分寸。

方才在修车行里，王业军不小心说漏了嘴，邱里才知道尹海郡不去上课的原因竟然是要退学去曼谷。

来的路上，她提醒自己，要理智，要跟他好好谈，可显然她做不到。

尹海郡没有起身，也不敢抬头看她，只是摩挲着指头问："你都知道了？"

"嗯，"邱里点头，又问，"如果我没来找你，你会告诉我吗？还是说，你打算在某一天不告而别，永远消失？"

尹海郡忍着难受，扭头看向别处。

他们相处的时间虽然不长，可邱里自认为也算了解他几分，所以替他做出了回答："应该是不告而别吧。"

今晚的月亮特别明亮，月光照在长凳边的人影上时却显得清清冷冷的。

邱里调整了一下情绪，问："是因为我吗？是因为我伤了你的自尊心，所以你要走吗？"

他想冷静，但情绪还是涌了上来。

沉默了许久的尹海郡终于抬起了头，说道："不是，是因为我小姨想让我提前过去做事。这事她说了一年多了，我想，反正我也不是一块读书的好料，"他顿住，想笑得从容，却显得更勉强了，"搞不好过去干几年，我还真能发点儿财……"

啪——

他的话音未落，邱里拿起包包朝他的手臂挥了过去。

她不是故意的，只是讨厌他轻视自己，讨厌他拿自己的未来开玩笑，更讨厌他这个不经过思考的决定。

手臂有点儿疼，但尹海郡默默承受着，因为他知道自己的这个决定注定不会被旁人理解。只是他没想过邱里会来。

邱里有些哽咽地说道："尹海郡，你知道退学的后果吗？你知道如果连个高中文凭都没有，对你日后的影响有多大吗？"

尹海郡低下头，高大的身影在这一刻显得既无助又迷茫。

想着他这个荒唐的决定，邱里失了控，语气激动了一些，连连发问："你以为你去曼谷跟着你小姨打工就有出路？过几年就会发财？"

尹海郡没吭声，胸口剧烈起伏。

见尹海郡就是不吭声，不愿和自己交流，邱里第一次对他生气，说道："如果几年后你没有发财，你就是一个连高中文凭都没有的人，你想过你要怎么过好你的人生吗？"

"我的人生本来就没好过。"尹海郡突然抬起眼，望着眼前的少女，声音无力地低下来，"邱里，很多时候不是我不想选，是因为我没法儿选。我的身上背负着许多你看不到的压力！"

这次换邱里沉默了，她的呼吸从急促变得困难，眼中没有一丁点儿光彩。

有些话，尹海郡原本觉得说出来矫情，但既然决定离开，就和她敞开心扉一次，于是说道："其实我挺感谢能有那次赌局的。"

"为什么？"邱里不懂。

尹海郡无力地笑了笑，说道："因为如果没有那场赌局，我可能这辈子都没有机会认识你这样的女生。这对我这种人来说，是遥不可及的事，所以我很喜欢今年的 5 月，因为那是我做过的最美好的梦。"

他的喉咙无法再说出一个字。

邱里盯着眼前这个无助的少年，渐渐地红了眼眶。

他再次转过头，嘴巴抿紧，心疼痛无比。

球场里的欢笑声与他的心情形成了强烈的对比。

人的悲喜并不相通。

不知沉默了多久，他们彼此的视线对上了。

邱里轻声问："退学这件事，还有回旋的余地吗？"

尹海郡没有犹豫，说道："没有。"

"确定吗？"

"嗯，确定。"

知道尹海郡心意已决，邱里没再多干涉，只问："什么时候走？"

尹海郡："如果顺利，下个月。"

不想让气氛变得更沉重，邱里换了个话题，问："那走之前，我们一起吃一顿饭，好吗？"

尹海郡笑了笑，说道："好。"

"麻辣烫？"

"好。"

"再加一份炸鸡柳。"

"可以。"

邱里不想太快离开，因为想再多看尹海郡几眼，想多和他说几句话，于是坐到了他身旁。见她穿得不多，他将自己的外套脱下来替她披上。

晚风从他们身边吹过。

两个人像朋友一样聊起了未来。

"你以后应该也不会留在祁南吧？去英国、美国，还是法国？"

"美国。"

他们本来就会飞往不同的方向。

篮球场上的少年都散了。

篮球场上突然变得静谧。

尹海郡没再提新的话题，邱里也没有。

他们就只是这样坐在一起，时而望着篮球场，时而望着夜空。

邱里跷起脚，问："尹海郡，我以后可以去曼谷找你吗？"

尹海郡一笑，说道："不要吧。"

"为什么？"邱里皱起眉，问。

话题不再沉重，尹海郡伸了伸懒腰，回答道："因为那时候我可能已经有了一个漂亮的女朋友。听说曼谷有很多身材很好的混血美女。"

邱里"喊"了一声，说道："你以后的老婆肯定很丑。"

"你看着挺乖，怎么喜欢咒人呢？"显然，这是尹海郡说的玩笑话。

邱里看着月亮，笑了笑。

两个人聊了一会儿，气氛好转了些。

只是他们的目光忽然又一次对上，眼里都有笑意，但内心依旧沉重。

现实将他们推向了两个不同的世界。

第五章

改变决定

"尹海郡，你这封退学申请书我是不会提交上去的。关于原因，我和你以及你舅舅都说过了，我并不想再说一次。"纪仁特意支开了其他老师，将尹海郡单独叫到了办公室里，再次强调退学的严重性。

尹海郡将脊背挺得笔直，双手背在身后，望着窗外摇曳的树枝，说："纪老师，退学是我再三思考后做的决定，我并没有胡来。"

"即使这是你思考一百次后做的决定，我也不会同意。"纪仁一吼，讲话讲得口干舌燥，拿起桌上的瓷杯，揭开盖子，喝了几口茶水，吐掉了茶叶根，说，"其实我知道你读初中时成绩并不差，我也知道是家庭变故导致你后来成绩一路下滑。"

说到这里，纪仁稍微解释了一下："当然，我不是说去曼谷打工就没有志气。人生的确是条条大路通罗马，但是为什么要设立小学、初中、高中以及大学？因为这是一个人完整的学习生涯。"

他用力地叹了一口气，继续教导，只想扭转这个孩子的固执："你为什么要小看专科？现在专科也有很多不错的专业，专科生还可以参加专升本的考试。"

尹海郡绷着下颌，一言不发，直到纪仁说到最后一句，他的心中才有了波澜。

纪仁声音提高，又说道："我从不会放弃任何一个学生，哪怕他高考时只能考 10 分，他也是我的学生，我要对他的未来负责。"

直到从办公室里走出来，尹海郡都没有说过一句话。最后，纪仁态度强硬地退回了尹海郡的退学申请书。

尹海郡把退学申请书攥在手里，像游魂一样在走廊里晃。

他本该回教室里上课，但刚走到后门时，他的视线里出现了邱里。她正站着朗诵英文课文，背影被门遮住了一点点。

她的声音很好听，她朗诵英文课文时很流利。

尹海郡没进去，靠在墙角听着她朗诵英文课文，像他这种平时一听到英语就反感的人，却想一直听她念下去。

他想，未来的她一定更耀眼，会在全世界不同的舞台上发光发亮。

直到下午第四节课上课后，尹海郡才回教室。他以为邱里看见他后会觉得尴尬，没想到她很自然，扯了扯他的书包，说道："尹海郡，今天我就想吃麻辣烫。"

尹海郡："……"

这次他们没去机电厂，尹海郡将地址换成了修车行附近的"圆哥麻辣烫"，这家算是他吃过的环境比较好的麻辣烫店，刚翻新装修过一次，墙面、地板上都很干净。

此时正是下班高峰，店里的客人很多，店内很吵，时不时还有老板叫号时的吆喝声。

尹海郡和邱里来得早，所以已经吃上了。

他看着邱里的碗，里面又是土豆粉又是方便面，笑着问："你那么小的胃，装得下吗？"

邱里怕头发掉到碗里，先用皮筋把长发绕了几圈，扎成了一个低马尾辫。她长得美，什么发型都好看。

"怎么了？上次我也剩了一些没吃完，你都没说我，"她夹起一片土豆片，看了他一眼，说道，"你要走了，连一顿麻辣烫都不舍得让我吃饱？"

尹海郡冲柜台里的老板招手，说道："老板，给我拿一份菜单。"

"好，等一下。"老板高声应道。

随后，老板将菜单随意地扔到了桌上，尹海郡将菜单推给邱里，说道："这家店里还有很多单独的菜，什么冒宽粉啊、冒鸭血之类的，你再点一点儿。"

邱里没看菜单，咬了一口午餐肉，细嚼慢咽后说："你还挺较真儿的，我就是开个玩笑。"

尹海郡把菜单立在了筷子盒后，高大的身子弓下来。他往碗里倒了些醋，又倒了些香油，将筷子搅到底，将所有作料拌匀，在吃之前看到邱里正盯着自己。

他夹了一根香肠往嘴里塞，大口嚼完后说："我吃饭不讲究的，也没什么吃相。奶奶说我吃饭时就是狼吞虎咽，别嫌弃。"

邱里没抬眼，小心翼翼地夹起一根青菜，说道："你不要总觉得我会看不起你。"

"我没有这么想。"尹海郡解释。

"你有。"

"我没有。"

见又把气氛搞糟了，尹海郡干脆不再说话，安安静静地吃了起来。

吃完后，尹海郡接到了纪仁打给他的电话。电话里，纪仁对他破口大骂，说他没退学就还是二中的学生，让他速来学校上课。

这周温度骤降，教学楼外的大树被风吹得直晃，大风一刮，枯黄的落叶吹进了二楼、三楼的走廊里，楼道里的风嗖嗖地灌进尹海郡的校服里。

刚1点，他以为教室里不会有人，没想到邱里在做试卷，桌上放了外卖袋，那外卖袋他认识，是附近商场里的某连锁粤菜馆的袋子。

尹海郡将书包挂在椅子上，那晚在篮球场上说开后，他觉得他们之间的气氛缓和了很多。至少在他去曼谷前，他想和她以朋友的身份自然地相处。

他笑着和她打了一声招呼："你吃过了吗？"

"吃过了。"邱里回答道。

见她在做题，尹海郡便扭过了头，刚想午睡，没想到王喜南给他打来了电话。他怕打扰邱里学习，握着手机去了走廊里。

知道有人给他打电话，邱里本想克制住好奇心，不过还是好奇，很想知道他在和对方聊什么。

她放轻脚步，从尹海郡的身后经过，看到他冲着栏杆外，像是聊到了什么开心的事，大笑着说道："一个月去曼谷找我两次？我到时候肯定很忙，可陪不了你啊。"

邱里听到了敏感的字眼，脸色冷了下来。

尹海郡挂断电话时，手被风吹得有些冷，想赶紧进教室，不过一回头，就看到了身后的邱里，被吓了一跳。

"邱里。"尹海郡叫住她。

邱里微微侧过身，问他："怎么了？有事吗？"

尹海郡还没察觉她的不对劲，问："晚上要不要一起吃麻辣烫？昨天实在是不好意思。"

"没空。"邱里冷漠地拒绝道。

尹海郡怔了一下，又问："那周五？"

邱里又拒绝道："要练琴。"

"那周六？"尹海郡再问了一次。

"也没空，"邱里笑了笑，回答道，"周六我要去郊区度假。"

尹海郡记起了王喜南刚才在电话里对他说的"唐樾打算这个周末带邱里去郊区度假村玩，我担心他会做坏事"，刚想再说一个时间，邱里却冷冷地说："我这个月会比较忙。这样吧，在你走之前，我们一起吃一顿吧。"

一天而已，他们的关系就莫名其妙地变了。

回到教室里后，尹海郡想：是不是我哪里做错了？为什么邱里突然变了样？不过，他也笑自己贱，那晚话都说到那种地步了，人家好好的一个女孩儿，何必还要对自己天天热情似火？

他昨晚失眠了半宿，此刻有点儿困，趴在桌上想眯一会儿，能休息多久就休息多久。

忽然，有些声音传了过来。

似梦非梦。

男生的声音还很耳熟，尹海郡突然睁开眼，拨开半片窗帘。他看到唐樾和邱里在走廊里聊天儿，唐樾给她带了奶茶。

邱里眼里的唐樾是温柔的绅士，她被保护着长大，没什么识人术。她接过温热的奶茶，笑着问："你怎么来了？"

唐樾笑起来其实很好看，说话的声音也很温柔，他说："中午在附近补物理，顺便过来看看你。"

邱里笑着点点头，脸上是不谙世事的纯真。

"对了，"唐樾还装出害羞的样子，挠了挠头，说，"周六不是叫你去郊区吗？我怕你觉得就我们俩有点儿怪，所以我把雨婷、真真她们都叫上了。"

这样周到的安排，确实让邱里安心了一些。她朝他比了一个拇指，说道："唐樾，你还真会照顾人呢。"

唐樾不好意思地摸了摸额头，低下头害羞地笑了。

那天，邱里和唐樾说的每个字都清晰地传入了尹海郡的耳中。不过，尹海郡没出教室，虽说知道唐樾不是好人，但他也不能贸然干涉他们的来往。

周五的体育课上，跑完 800 米的邱里在树荫下休息，手机在校服的兜里振动了几下，她摸出来，两手握着，悄悄去了器材室后接听。

尹海郡从篮球场这边跟了过去，躲在墙后，听到她边聊边笑，说到了"周六""度假"的字眼。

他猜电话那边的人是唐樾。

突然，邱里不知道听到了什么，有些为难地问："你的朋友？都是男生吗？"

听到对方说了几句，她又笑着说："哦，没事。你的朋友一定也很不错，一起玩吧。"

邱里和对方聊了几句就挂了，回头时，尹海郡直直地挡住了路。她很不悦，问他："你为什么要偷听我打电话？"

她气呼呼地往前走，想绕开尹海郡，可不但没绕不过去，还被他拽住了。

尹海郡表情严肃地说道："邱里，周六你……"他没理由阻拦她度假，所以只能说，"小心点儿。"

她想：他真莫名其妙。

"关你什么事？"向来对人温柔的邱里这段时间把所有的坏脾气都发泄给了尹海郡。她不喜欢别扭的自己，但就是控制不住自己的情绪。

尹海郡松开了手，知道她想跑，所以手臂及时撑向墙壁，强势地说："确切地说，不是这个周六小心点儿，而是以后凡是面对唐樾时都小心点儿。"

她又想：装什么暖男？

邱里轻轻地踹了尹海郡一脚。

尹海郡弯下腰摸着小腿，只听见头顶上方传来她气呼呼的声音："去你的曼谷吧，永远别回来。"

周六下午 4 点左右，尹海郡套了一件黑色的冲锋衣，将拉链拉到了最上面。他本身就气质冷峻，此时穿着黑衣黑裤，看上去更冷漠了。

他骑上车往郊区骑去。

他从城市驶到郊区，速度由慢至快。

邱里他们去的是临海的高级度假村，海边的秋日比夏天时多了几分温柔，沙子细软而温暖。

那家度假村把部分海域围了起来，有常规酒店，也有独栋海景小院。

尹海郡订了一间最普通的房间，这样他才能进入度假村。

服务生替他将车存放好后，他开始找人，但是这里面积实在太大，他一时没能找到她。

天色渐渐变暗，橘色的薄雾融进海面，覆在高高的略微倾斜的椰树上，温柔又浪漫。

尹海郡绕了一大圈都没有看到邱里和唐樾的身影，索性先回了酒店，想先在餐厅里随便吃点儿东西。餐刚上，他便看到一群男女边走边笑地进来了，五男四女。

邱里也在其中，穿着毛绒短外套加一条裹身针织裙，因为裙子贴肤，她的腰臀的曲线被勾勒得很明显。旁边和她说话的男生一直盯着她，她都没有看见，但尹海郡看到了。

他们并没有在餐厅里逗留太久，只是买了几瓶饮料，然后从餐厅里走了出去。

随后，尹海郡放下筷子，擦了擦嘴，大步跟了过去。

他似乎天生有跟踪人的本领，跟得上，又不会露马脚。

靠海的马路边，是一排独栋的海景小院。

走在前头的男生按了按其中一间小院的门铃，开门的人是唐樾，他穿着一件白色的毛衣，看起来斯文、温和。他把所有人领了进去，应该是要在里面开派对。

尹海郡有不好的预感，虽然不至于会发生特别过分的事，但别的事就说不准了。

尹海郡走到了小院的墙边，听到里面已经有了音乐声，是节奏感极强的音乐声。

"唐樾，我觉得有点儿吵。"

邱里坐在草地边的藤椅上，看着眼前的几个男女跟逃出了笼子的鸟儿一样，跳着、蹦着。她有点儿不舒服，所以叫来了唐樾。

唐樾没听进去，反而还从旁边拿了一瓶饮料，递到她手边，说："你最近好像状态不对，是不是遇到什么不开心的事了？"

邱里摇摇头，说："我已经没事了。"

唐樾顺势把饮料塞到她的手里，然后拉她起来，说道："我们也过去和他们跳跳吧？我们两个天天玩交响乐的，好像是真的土了点儿。"

因为认识唐樾许久，算是知根知底，所以邱里对他以及他的好朋友们并没有过高的防备心。

突然，门铃响了，连续响了好几次。

唐樾以为是服务员，但刚拉开门，就被一道高大的黑影直接拽走。来人捂着他的嘴，将他往旁边的树林里拖拽。

这是度假村里最角落的树林，人迹罕至。月光下，海浪翻滚，树林里阴森至极。

"你是谁啊？"

伸手不见五指的地方，唐樾根本看不清对面的男人的长相，只能看出他比自己高一截，也比自己结实太多。

唐樾靠着一点儿光认出了对方，问："你是上次在我家门口带走邱里的那个人？"

"嗯。"尹海郡没否认。

唐樾只挑了挑眉，没说话。

尹海郡朝他走近了两步，压迫感更强了，面对这样一个气势汹汹的男生，唐樾哪儿敢动手？

突然，尹海郡做了一个握拳的手势，怒道："你是高雅的人，如果要继续搞事，你看谁失去得多。"

唐樾气疯了，站在原地不停地怒骂。

从树林里走出来后，尹海郡疾步朝小院奔去，里面的人玩得高兴，连门都没人来关，他往里迈了几步。

绚丽的灯光在游泳池里打转，萦绕出蓝色的光圈，音乐响得地板都在跟着颤动。

确定外面没有邱里的身影，尹海郡更紧张了。他往屋里走，在客厅里绕了一圈也没看见她，他的目光看向楼上的卧室。

果然，卧室里有声音。

尹海郡试着轻轻拧门，门竟然没被反锁，他悄悄地开了一条缝。床上躺着的人是邱里，意识模糊的她就这样仰面躺着。

两个男生没见到唐樾，烦躁起来，其中一个说道："唐樾呢，人死哪儿去了？"

忽然，屋里出现了脚步声。

两个男生一惊，往后一看，吓了一跳。

尹海郡的模样让两个男生发怵。

就这两只"弱鸡"，他随便打两拳，他们就都得倒地。

"你是谁？"

眼前的人一副凶狠的模样，他们根本不是他的对手，两个男生边喊边往屋外挪。他们根本没和人打过架，完全不敢动手。

"出去！"

尹海郡指着门，压住了所有的怒气，没有动手。

两个男生也算识相，知道打不过他，立刻溜了出去。

尹海郡走过去，拍了拍邱里的脸颊，见她有了意识，便拽起她的胳膊，扶起了她。

这下邱里清醒了点儿，知道眼前的人是谁，于是不动，胳膊搭在他的肩上，迷迷糊糊地问："你怎么来了？"

尹海郡："说了让你小心点儿，你怎么就是不听？"

邱里胡言乱语："你不是要去曼谷吗？干吗管我？"

此时最重要的事是尹海郡必须把邱里带去安全的地方。

秋日，海边的阳光是温柔的，几片薄纱窗帘根本挡不住光。阳光照着白墙和浅桃木色的地板，明亮而不刺眼。

尹海郡一翻身，手掌抚上脸，胡乱地揉搓了一把，睡眼惺忪地掀开被子，穿上拖鞋，往外走。

"邱里。"尹海郡敲响了隔壁卧室的门。

昨晚，邱里几乎没了意识，他只好叫来酒店里的女服务员，替她收拾了一番。他担心唐樾会报复，于是在二楼走廊里的沙发上睡了一晚。

他敲了三次门，里面都没人应。

尹海郡在二楼寻了一圈都没看到邱里的身影。随后，他往楼下走去。

在餐厅里，尹海郡看见了正在吃早餐的邱里。

餐椅冲着窗外的草地和游泳池。

邱里戴着耳机在欣赏一段小提琴演奏视频，看得有些专注，没察觉身后有人。

"早啊。"尹海郡跟她打了一声招呼。

"早。"邱里一边啃着面包，一边回应他。

"你吃面包吗？还是想吃别的？我让服务员送。"

"我随便，不挑食。"

尹海郡在旁边的椅子上坐了下来，托邱里的福，他第一次在这种豪华的独栋别墅里过了夜，即使他是在走廊里的沙发上睡的。

"昨天谢谢你救我。"邱里诚恳地对他道谢。

"说'救'有点儿夸张了，"尹海郡拿起一片面包，说道，"其实是我妹妹和你的朋友唐樾有一些过节儿，我是替她来出头的。正好看见了失去意识的你，就带你出来了。"

邱里抓到了重点，问："你妹妹？"

"嗯，"尹海郡说，"上次你见过的那个女生，是我舅舅的女儿。"

"哦。"邱里忽然笑了，抿着唇，去抹蓝莓果酱。

客厅里安静了一阵，邱里看向尹海郡，提了那件敏感的事。

"尹海郡，你真的还要去曼谷吗？"问完，她又补充道，"你去了曼谷，会不会担心你妹妹？"

尹海郡垂下头，没说话。

邱里挪了挪椅子，正对着他，认认真真地说着心里话："尹海郡，也许我说这些话有点儿越界，但是我们有一个共同的好朋友——晏孝捷。那天他得知你要去曼谷，给我打了很久的电话，我第一次看到他为了友情这么难过。"

她的眼眶有点儿红，她继续说道："其实我很开心能在他的生日派对上认识你，后来我才知道，你就是他常常提起的那个小小年纪就扛下重担的男生，也是他常常骄傲地说起的好朋友，他说你特别厉害，特别仗义，特别靠谱儿。"

"邱里。"尹海郡想阻止她说下去。

不过，邱里似乎想将心里话说完，于是继续说道："我知道纪老师不想让你走，一直压着你的退学申请。所以你要知道，你的朋友、亲人，还有老师，都没有想过放弃你，你不孤独的，其实你身边有很多爱。"

听到这里，尹海郡的双眼红了。

见他动容了，邱里试着继续劝他："尹海郡，留下来吧，好好读书，尽全力去参加高考，不管最后能考上哪所学校，都是最优秀的你。"

尹海郡吸了吸鼻子，鼻尖也红了。

邱里递了一小块蛋糕给他，一双漂亮的杏眼亮晶晶的。

她又说道："你别怕，你有舅舅、妹妹，有晏孝捷，还有我这个新朋友。"

尹海郡盯着蛋糕看了看，抬起头，与邱里目光相接，一些坚定的想法正慢慢被她的话撬动。他捏起小蛋糕，点了点头，说道："好，我考虑一下。"

"真的吗？"邱里激动地问。

"嗯。"他肯定地点头。

两个人聊着天儿，桌上的手机振动了几下。

邱里接通，站到窗户边煲起了电话粥。

"你凌晨下的飞机，不用多睡会儿吗？

"才8点，谢老师起来了？"

…………

因为客厅里很安静，尹海郡依稀能听见电话那端的人说话的声音，那是男生的声音。

听上去，他们的关系非常好。

邱里聊得很轻松，在问对方中午吃什么。

"那我们中午吃什么呢？

"算了，你吃不了辣的菜，我迁就你，吃你喜欢的江浙菜。"

"那就12点，'文景苑'。"

挂了电话，邱里并没有说刚才在和谁通话，而是急匆匆地准备回楼上收拾东西，想回市区。

"邱里。"尹海郡叫住了她。

站在楼梯边的邱里回了身，问他："怎么了？"她感觉自己忘了什么，又说道，"不好意思，我忘了问你，需不需要坐我家的车一起回市区？"

尹海郡摇头，说道："不用，我骑车来的，自己回。"

"好。"

尹海郡要说的并不是这件事，往前走了两步，摩挲着手掌，抿紧了唇，不知该如何开口，始终觉得有些矫情。

"你想说什么？"邱里忽然觉得，一个大块头木讷起来，还挺有趣。

尹海郡摸了摸脖颈儿，然后抬起头，直直地看着邱里。她太漂亮了，与她对视时，他说话都有点儿结巴了："就是，我想说，谢谢你。"

邱里等了半天，笑着问："就这句话？"

其实不是，只是不太会表达的尹海郡，用"谢谢你"三个字代替了一长串心里话。

他点点头，说道："嗯，很谢谢你说了那番话。"

邱里说完"不客气"后，又转过了身。

"邱里。"尹海郡又叫住了她。

邱里总是回头，都累了，没好气地说道："你又想说什么，尹海郡？"

这次尹海郡双手插进口袋里，昂着头说："以后我们要做最好的同桌，我天天请你吃麻辣烫，你能不能教我英语？"

她又一次被他逗笑了。

她低头笑了一会儿，直起身，点点头，说道："没问题。"

邱里比尹海郡先走，被夏叔接走的。

尹海郡穿好冲锋衣，绕去一侧取车，刚走一小段路，接到了晏孝捷打来的电话。

晏孝捷是诚心打电话道歉的，在电话里说道："兄弟，那天是我激动了，你知道我这个人脾气急。我想了一下，你要去曼谷就去，反正从祁南飞过去也就三个小时。"他根本没给尹海郡说话的机会，"我这两天联系了曼谷的几个房产中介人员。"

听到这里，尹海郡皱起眉，问他："你什么意思？"

"买房啊。"晏孝捷不知道哪根筋搭错了，做了一个冲动又荒唐的决定，"我以后每个月都过去找你打球，可不想老住在酒店里，之前在曼谷的酒店里住时被鬼闹过。而且曼谷的房子性价比很高，我打算买一间公寓，到时候随时过去度假。"

听到他要在曼谷买房，尹海郡低吼："你有病啊？"

好心被当成驴肝肺，晏孝捷瞬间来了火气，说道："老子为了你在曼谷买房，你骂我？"

"我不是这个意思，"尹海郡说道，"你的好意我心领了，但是……"

"但是什么？"晏孝捷察觉不对劲，说道，"你别跟我说你不去了！"

"嗯。"

"尹海郡，你闹着玩呢？"

晏孝捷的怒火快从手机里冲出来了。

尹海郡解释："对不起，我不是闹着玩的，是深思熟虑后，才……"

"滚。"晏孝捷挂断了电话。

尹海郡没将这件事太放在心上，因为太了解晏孝捷这个人，晏孝捷的脾气来得快去得也快。

尹海郡把手机放进兜里后，大步朝停车场走去。

原本打算去二中打会儿篮球的尹海郡中途接到了舅舅的电话。舅舅说王喜南又出门了且不接他的电话，于是尹海郡折回了家。

尹海郡有些担心她的精神状态，给她打了三次电话她才接。

王喜南像在做贼，小声问他："你干吗啊？"

尹海郡很急，反问道："你在哪儿？没事吧？"

王喜南捂着手机，躲去一边，声音很轻地说道："我已经没事了。"

见她的情绪好了许多，尹海郡也不再担心。他刚要挂电话时，却听到那头有男生的声音，他便多听了一会儿。

男生："你怎么跑到这儿来打电话了？"

王喜南："我哥哥，别误会。"

一波未平一波又起。

尹海郡怒道："王喜南，你搞什么鬼？又在外面乱来？"

"哎呀，"王喜南解释，"不是乱来，这个是八中的体育生，我们一群人在聚会。他是我那个在八中读书的姐妹媛媛的朋友。"

"你那个在八中读书的姐妹能认识什么好男生？"

王喜南："……"这段时间哥哥对自己百般照顾，王喜南自然不会和他唱反调。

尹海郡冷冷地问："你在哪儿？"

王喜南老实交代："就在松山路的那家江浙菜馆，'文景苑'。"

尹海郡想起了邱里早上在电话里提到的地点好像也叫"文景苑"。

还有如此巧的事？

挂了电话，尹海郡先去冲澡。

74

冲完澡出来后，他打开衣柜，本想随便拿一件衣服穿，但莫名其妙地，头一次有了认真挑选衣服的想法。

他扯一件扔一件，哪件他都不满意。

平时他都穿黑色的衣服，此时想换点儿花样，试试亮色。于是他把自己仅有的几件亮色衣服搭配到了一起，对着镜子拍了几张照片发给晏孝捷，问晏孝捷意见。

晏孝捷发来了两段语音。

第一段：长达5秒钟的笑声。

第二段：一个"丑"字拖了5秒钟。

尹海郡纳闷儿了，觉得自己长得也不赖啊，怎么就不能驾驭亮色的衣服？

这时，晏孝捷又发来了一段语音：

"海哥，你太壮了，穿亮色的衣服很像在街上发传单的健身教练，你那臂能抬十斤铁。"

这话让尹海郡火冒三丈，直接给他打去了电话。

"晏大少爷，那您说我穿什么？"

晏孝捷："首先你要告诉我，你要去哪里，要见谁？"

尹海郡想了想，说："'文景苑'，找我妹。"

晏孝捷一惊，问他："你怎么也去'文景苑'？"

尹海郡装作不知情，反问："还有谁去？"

"邱里啊。"晏孝捷说，"我们共同的发小儿回来了。他约了我和邱里，但是我有事去不了。"

"你们的发小儿？"

"嗯，我没和你说过吗？周映希。"

"没说过，他是……？"

"邱里的搭档，弹钢琴的。他早就去英国读书了，不过最近回来办点儿事，就顺便约我们见见。"

尹海郡简单地"嗯"了一声。

提到发小儿，晏孝捷忍不住多夸了几句。

"周映希这个人真是优秀到发光，我简直找不出他一点儿毛病。"

尹海郡沉默了。

"文景苑"去年才在祁南开业，就松山路一家。它整体是苏州园林的风格，通往包间的路上还有连廊、假山，小溪里的水缓缓流淌。

外面突然下起了淅淅沥沥的小雨。

王喜南刚从外面回来时，外套淋湿了一小块。她刚想问服务员有没有纸巾，旁边就伸出来一只手，是她见过的最好看的男生的手，干净、修长，打理得毫无瑕疵，甚至比唐樾的手还好看。

她在接过纸巾的那一刻，目光定在了男生的脸上。她忘了自己的目光在男生的脸上停留了多久。

男生长得太过英俊，脸庞白皙，但最吸引人的是那双眼睛，澄澈、明亮。

王喜南害羞地说了一声"谢谢"。

好像在这一瞬，她看到了光。

男生笑起来，温柔地说道："不客气。"

王喜南本想向男生要微信号码，但见他跟她身后的人打招呼时，便停下了伸手的动作。

王喜南向后看去，发现身后是邱里。

就在这时，尹海郡走了进来。他骑车骑到一半时下起了雨，牛仔衣湿透了。他一进来就看到了不听话的妹妹，大声喊道："王喜南。"

王喜南指着后面的包间说："我看到邱里和一个男生进去了。"

"哦，是吗？"尹海郡的目光顺着走廊看去，捕捉到了两道身影，他说，"听晏孝捷说，是他们的发小儿回来了，聚餐。"

"发小儿？"王喜南望着二人的背影，笑了笑，说道，"她的发小儿看起来也太完美了。"

尹海郡迟疑地点头："嗯。"

透过玻璃窗正好能看见外面的小园林以及绵绵细雨。

周映希正拿着手机给邱里拍照，她坐在走廊里的木椅上。她特意搭配了一条青绿色的刺绣长裙，还扎了双麻花辫，与江南美景十分契合。

周映希每给邱里拍几张照片，邱里就让周映希给她看一眼。

两个人有说有笑，又拍了一会儿，就一同进了包间。

王喜南也回了餐厅。

尹海郡身上的衣服全被淋湿了，他得赶紧去一趟洗手间，解决衣服的事。

洗手间是单间，很宽敞，日化物品应有尽有。

洗手间里还真有吹风机。

尹海郡花了10分钟将全身吹干，对着镜子随意地打理了一下利落的短发和衣物。他刚拉开洗手间的门，便看到门外站着刚才给邱里拍照的男生。

近距离地看了看那个男生，尹海郡确实认同晏孝捷的话。

周映希和唐樾虽然都是斯文型，也都是弹钢琴的，但明显周映希的气质更文雅。

周映希有礼貌地询问："请问，您用完了吗？"

尹海郡缓过神儿来，点点头，然后走了出去。

和周映希相比，他完全就是一个粗人，也可以说，他没法儿与周映希相比。

周一，马上就要上早自习了，学生一窝蜂地往教学楼里冲。

尹海郡才不在意会不会迟到，慢慢悠悠地走着。

纪仁抱着书本和尺子追上了尹海郡，把他叫到了一旁，还是想劝说一番："尹海郡啊，老师这段时间一直在想你这件事，始终觉得你退学去曼谷不妥……"

"纪老师。"尹海郡打断他。

纪仁抬抬手，说道："你先说。"

尹海郡不好意思地挠了挠头，说道："纪老师，我决定不去曼谷了。"

纪仁忽然一笑，将手搭向了尹海郡的肩，说道："我就知道，我和你说那么多，你一定能听进去。"

尹海郡愣了一瞬，点点头，说道："是，谢谢纪老师，纪老师辛苦了。"

做老师的，自然不会放过每个育人的机会。

纪仁拍着尹海郡的后背，语重心长地说着人生哲理。

高三（6）班的学生见尹海郡和纪老师一起有说有笑地进来，都很震惊。

同学们议论纷纷。

"早啊。"尹海郡一放下书包，就和邱里打招呼。

他们的关系缓和后，他不自觉地朝她靠近，那条"三八线"早就不见了踪影。

邱里举着英语课本朗读文章，简单地应了一声："早。"

尹海郡破天荒地加入早自习大军。他翻开书包，拿出英语课本，摆到桌上，用手肘推了推邱里，说道："教我。"

"等我读完。"邱里说罢，继续朗读。

"好。"

不巧，他们的肢体接触被从他们身边经过的女同学看到了。

女同学拍了拍邱里的肩，问她："邱里，我可以借你的英语词典吗？"

邱里答应了，然后也没细看，随手从抽屉里取出红色的小方本给女同学。

"邱里……"女同学不好意思地指着本子说，"这好像是你的日记本。"

邱里被吓得立刻将日记本抱到怀里，慌乱地在抽屉里翻来翻去。

她一边着急地找一边想：奇怪了，词典怎么不在抽屉里？

这时，她看到尹海郡从包里取出词典，递给了女同学。

"王佳，你用我的。"尹海郡说道。

王佳拿到词典后，迅速溜回了座位。

第一节课被纪仁改为自习课，因为到了新的月份，要换座位。

这次他变了规矩，将三张桌子拼在了一起。

很明显，他想让两个成绩好的学生带一个成绩落后的学生。

"纪老师，我不想和成绩落后的同学坐在一起。"

"纪老师，我也是，成绩落后的同学会影响我学习的。"

成绩好的学生在抱怨，成绩靠后的学生在翻白眼。

纪仁挥了挥教鞭，解释："什么成绩落后不落后？大家都有机会进步。如果成绩较为靠后的同学扎堆坐在后面，那我们班的两极分化会更严重。我们要给每个同学一个好好学习、进步的空间。"

底下的学生看上去依旧没几个乐意。

纪仁开始念分组名单。

他念到第六组了："王佳、邱里……"

王佳和邱里互相看了看，笑了笑。

当纪仁念到"尹海郡"这个名字时，邱里的表情是惊讶，王佳的表情则是尴尬。

"尹海郡！"纪仁突然大声喊。

尹海郡迅速起身，说道："在。"

纪仁将手中的教鞭指向邱里，说道："以后打起精神来，好好学习，有不懂的，尤其是英语，可以多多向邱里请教。"

尹海郡比了个"好"的手势。

花了小半节课，一群人像蚂蚁挪窝一样，搬着桌椅去新的座位。

全班只有邱里最轻松。

因为尹海郡为了感谢她开导他，都没让她的双手碰过桌椅。他这种成天在修车行里干粗活儿的人，很快就把桌椅摆好了，还把她的课本整齐地码放在了桌面上。

这下，同学们又开始七嘴八舌了。

王佳坐在最里面，尹海郡坐在最外面，邱里则坐在中间。

尹海郡和邱里又成了同桌，而且这次把桌子拼到了一起。

尹海郡上课时一直没精打采，把书本垫得很高，半趴着，偷偷摸摸地玩手机。

他觉得自己真不是学习的料。

一时半会儿，他进入不了学习模式。

放学后，尹海郡让邱里帮他补习了一小会儿英语。他仿佛是在听天书，不过笔记还是认真地在记。

老师讲时他听不进去，但很奇怪，邱里讲课时他能进入状态。

"海哥。"外头突然传来"黄毛"的喊声。

教室里空荡荡的，尹海郡问他："干什么？"

"黄毛"坏笑着说道:"八中那个啦啦队的小美女在'喜哥超市'里等你,让我叫你过去。"

尹海郡挥挥手,说道:"你先去,我等一下过去。"

"好。"

"黄毛"走了。

见时候不早了,尹海郡开始收拾书包,让邱里也早点儿回家。

他一背上书包就往楼下跑去。

第六章

志　向

　　尹海郡和邱里前后脚出的校门，只是一个往校外走，一个往"喜哥超市"走。

　　其实邱里也不是特意要跟踪他，只是好奇心作祟。她为了不被发现，走到"小熊文具店"后才快步折回去，躲在"喜哥超市"旁边的杂志店里偷看。

　　校门外的路灯很亮，灯光照在老墙上。

　　墙边的人影很清晰。

　　邱里看到和尹海郡聊天儿的女生很高，留着短发，看起来不太好相处。

　　她站得远，听不太清楚他们的对话。

　　女生个子超过了一米七，气质高冷。

　　在尹海郡认识的女生里，舒雁和尹海郡最熟，因为她是谷楷伟的发小儿兼邻居。

　　尹海郡问："这么急着找我，有事吗？"

　　舒雁还在扯别的，问："尹海郡，咱们俩都认识一年了，你还不肯加我的微信？"

　　"没必要。"尹海郡冷冷地说道。

　　舒雁："过了今晚，你肯定会加我的微信。"

尹海郡："……"

老小区里除了家属楼，还有一些扩建后改成的商铺，不是超市就是饭店，嘈杂声一片。

尹海郡跟着舒雁走进了坡下的一栋单元楼里。

他对这里很熟，因为老来这里找谷楷伟玩。

舒雁家在二楼，家里没人，他跟着她走了进去。

尹海郡往皮质沙发上随意一坐，双手插到兜里，望着舒雁，问："你不是为了我才这么做的吧？"

来的路上，她大概说了一遍事情的始末。

舒雁没有回答他的这个问题，拨开卧房里的珠帘，蹲在床边，伸手在床底下乱摸一通，在一本书下摸到了优盘。她将优盘拿在手里，起身走出去，递给了他，说："我用手机录的音，全部保存在了优盘里，我担心他会发现，所以不敢带在身上。抱歉了，只能让你来一趟。"

优盘很轻，尹海郡却觉得它沉甸甸的。

尹海郡："谢了。"

舒雁倒了两杯水，递给尹海郡一杯后，说道："你别多想啊，我不是为了你才做这件事的，正常交往而已。"

尹海郡攥着优盘，不知道该说什么。

舒雁眉头一皱，说道："像他这种人，专挑没背景的人。"

想起那晚对付唐樾的事，尹海郡隐约产生了紧张感，毕竟他的确是没有背景的一方。

舒雁说："这优盘里，有他亲口承认想找人打你的录音。"

尹海郡怔了怔。

舒雁："你要小心点儿，我不确定这份录音能不能在必要的时候发挥用处，但是不希望它发挥用处。"

尹海郡点头："我明白。"他长臂一伸，拍了拍她的肩，说道，"谢谢你。还有，你一个女孩子一定要注意安全，不要再做这种事。"

"嗯。"舒雁点头一笑，想了想，有些话她也想趁此机会说开，"一年前，你和王喜南一起来八中找人，不是正好撞见我被几个男的打吗？你们俩一起救了我，我一直记得。"

尹海郡想起了那件事，不过从未把那件事放在心上。

"举手之劳而已。"尹海郡说道。

舒雁却不这么认为，说道："对你来说是举手之劳，但是对我来说，就是我欠了你们。"

尹海郡不想讲这些了，将优盘揣进兜里，对她说道："你一定要小心点儿，不要被唐樾发现。"

"我会保护自己的。"舒雁用力地点头。

随后，舒雁送尹海郡出门，边走边问他："说真的，你长得这么壮，正义感又强，真不打算当警察吗？"

尹海郡摇头，说道："没这个想法。"

他们走在一条饱经沧桑的巷子里，巷子里的建筑是红墙黄瓦，连树都上了年头儿，叶子在初冬不再茂盛、鲜绿，寒风从树后吹过来。

气温直线下降，尹海郡在校服外套了一件黑色的冲锋衣，揣在兜里的右手摸着优盘，他的心情异常沉重。

他不知道那天连续做的两件事是否正确，因为的确冒着极大的风险。可他在心里问了自己几遍，如果重新回到那天，他还会不会这么做？

他心里的回答是：会。

就像舒雁说的，他的确是一个疾恶如仇、把正义放在心中的人。

"警察？"尹海郡边走边仰头望着夜空，反复地念着这个词。

这是他从未想过的一种未来，但是好像自打他有记忆以来，就有无数人让他去做这份工作。第一个说起这件事的人，是他已过世的奶奶。

上小学那会儿，他就比别人高出一大截，什么运动项目都喜欢，也老去崇燕岛帮奶奶干活儿。

他长得壮，身子比同龄人都结实。

好像也是初冬，奶奶抱了一捆柴，坐在三合院的院子里生着火。那时奶奶还没有生病，精气神很好，还总爱露出慈祥的笑，夸他：

"我们阿海啊，就是当军人、警察的料。"

在萧条的冬季，他想起了奶奶，心情渐渐变得低落，冷风一吹，他的眼眶又红又湿润。

他一直仰着头，把天上最亮的那颗星星当成了奶奶。

这两天，邱里做什么都没精神，也不知道自己到底憋着一口什么气，反正就是胸口闷闷的。

这种感觉在看到尹海郡时尤为强烈。

说好了给他补习英语，邱里也以要学琴为由推了。

她不想与他有过多的交集。

面对邱里的反常，尹海郡摸不着头脑。他想了想，觉得邱里和王喜南一样，应该是女生一个月里总有那么几天心情会莫名其妙地变得低落和烦躁。因此，他没有把她的情绪反常太当一回事。

一天，放学后。

从"喜哥超市"的地下室里出来的尹海郡，在校门外撞见了和夏叔闹脾气的邱里。她拎着皮包，就是不愿意上车。

他走近了一些，才听到他们的对话。

好像是邱里想养狗，但夏叔不让。

"夏叔，我将它放到你家里养，不会被我妈妈发现的。"

"不行啊，小姐，要是被老板发现，夏叔会被开除的。"

不管邱里如何撒娇，夏叔就是不同意。

邓倩良不喜欢小动物，也不喜欢家里人养小动物，即便邱里很喜欢猫猫狗狗，邓倩良也从来没有心软过一次。原因很简单，她不想女儿因为这些小动物而分了学艺术的心。

夏叔觉得老板的想法很正确，于是劝邱里："小姐，你想啊，你马上就高中毕业了，肯定要出国读大学的。那狗狗怎么办？夏叔要是顾不上怎么办呢？"

邱里给不出答案。

"不介意的话，我可以帮忙养。"尹海郡走了过去，冲夏叔做自我介绍，"我是邱里的同学，叫尹海郡。"

邱里问他："你真的可以帮我养吗？"

尹海郡耸耸肩，说道："当然，我不出国。"

"你万一哪根筋不对，又要去曼谷呢？"邱里没忍住，问他。

尹海郡依旧没在意她的反常，只说重点："我答应了你和纪老师留下来，就肯定不会变卦。我会老老实实地考本市的大学，留在祁南。"

"真的吗？"邱里看着他问。

"嗯，真的。"

邱里动了心。

尹海郡想到了一件很巧的事，前两天他看朋友圈时，看到崇燕岛上的邻居爷爷发了几只小狗的图片，问有没有人想养。他就将图片给邱里看了看，说道："你喜欢拉布拉多吗？这是熟人家里的狗狗生的崽，你想要的话，我可以带你去领。"

照片里是几只毛茸茸的小狗，邱里看得心都要化了，激动地扯住尹海郡的衣袖，说道："我喜欢，好想养，带我去。"

尹海郡收起手机，问她："你周末有空吗？我带你去崇燕岛。"

邱里兴奋地点头，手还抓着尹海郡的衣袖。

"好好好，我有空。"邱里兴奋地说道。

夏叔在一旁提醒道："小姐，你周末要练琴。"

"我可以提前练，我和安老师说。"现在其他事对邱里来说一概不重要。

尹海郡发现夏叔在打量自己，立即对夏叔说："放心，我不骗人的，说了可以养就一定可以养。"

这种事夏叔做不了主，只能把主动权交给邱里。

邱里挽住夏叔，说道："夏叔，你可不能偷偷告诉我妈妈哟。这是我们之间的秘密。"

"要是老板问呢？"

"你不说，我不说，狗被放在尹海郡的家里养，她怎么会知道呢？"

夏叔叹了一口气，还是答应了。

邱里开心地上了车，坐进车里后，对窗外的尹海郡道谢。

尹海郡随意地挥挥手，说道："周末别食言就行。"

"一定不会。"邱里扯着嗓子喊。

周末，邱里如约让夏叔送自己到码头和尹海郡会合。

他们乘船上了崇燕岛。

山脚下有一条羊肠小道，尹海郡和邱里慢悠悠地闲逛。

他们走在蜿蜒曲折的石板路上，空气湿润又清新。

学业和练小提琴压得邱里时常喘不过气。难得来一次乡间，她愉悦极了。

他们刚走近一个院子，就听到了狗的叫声，而且不是一只狗在叫，是一群狗在叫。

老院的院墙都是木质栏杆，后头是起伏的小山，风景很是秀美。

他们穿过带木檐的院门，看到一个老爷爷正在喂小狗吃东西，几只幼犬正摇着尾巴吃食。

尹海郡给邱里介绍："这是福爷，是我奶奶的初恋男友。"

邱里惊讶地说道："你奶奶和爷爷住上边，奶奶的初恋男友住下边，这样真的不会尴尬吗？"

尹海郡侧过头，笑着说："福爷一生未娶妻生子，所以特别讨厌我爷爷。两个人每次见面都会争风吃醋，争到了70岁，直到我爷爷去世。"

邱里偷笑。

"阿海来了啊。"福爷75岁了，但精气神特别好，说话时中气十足，见尹海郡带着一个小美女来了，都两眼放光了。

他指着邱里，对尹海郡说："搬去祁南后长本事了啊，女朋友真漂亮！"

眼前的少女有一张长辈们很喜欢的脸——她的脸有点儿圆润，有着高挺的鼻梁和一双明亮的杏眼。

邱里转过头，红了脸。

尹海郡解释："她不是我女朋友，是我同学。我们是高中生，谈什么恋爱？学习第一。"他走过去帮忙喂狗，蹲在地上倒着狗粮，"再说了，福爷，就算她是我的女朋友，也不是我长本事了，我不差的好吗？我可是'岛草'。"

"岛草。"

邱里快笑出声了。

福爷特别喜欢这个小姑娘，一直带着慈祥的笑，问她："你叫什么名字呀？"

"邱里，"邱里向来落落大方，"'邱少云'的'邱'，'里外'的'里'。"

福爷夸道："又简单又特别的名字，好听。"

厨房里还煮着汤，福爷进了屋。

尹海郡把邱里叫过来，两个人蹲在一起看狗狗。一窝拉布拉多幼犬，她看得心都化了。从左至右，她把每一只幼犬的头都摸了一遍。

邱里很开心，问尹海郡："福爷真的会送我们一只吗？"

"嗯，"尹海郡指着那毛茸茸的幼犬们说道，"我们挑一只。"

邱里像点兵点将一样，手指在它们的脑袋上来来去去，最后选了一只颜色偏黄的小公狗。

"就它了。"

尹海郡好奇地问道："为什么不选那只最白的？"

"因为它最黄，最特别。"

尹海郡："……"

"那它该叫什么名字呢？"邱里沉浸在和小狗狗的互动中，琢磨了一会儿，问，"卡卡？嘟嘟？阿黄？可乐？"

她想了好几个名字，都不满意。

"麻辣烫吧。"尹海郡说。

邱里觉得这个名字太特别，问他："为什么叫'麻辣烫'？没有狗狗叫这个名字吧？"

尹海郡也说不出原因，只是很奇妙，这是他的脑海里第一个浮现出来的名字。

"因为我们认识后，好像总是在吃麻辣烫。"

听他这样一解释，邱里突然特别喜欢这个名字。

她觉得这个名字特别有意义。

"麻辣烫……"邱里摸着挑中的那只小狗狗，反复念着它的名字，"麻辣烫……"

小狗狗似乎有灵性，知道眼前的女孩儿将是自己的主人，于是不停地摇着尾巴，用湿漉漉的小舌头舔着她的手，像是迫不及待地想要和他们回家。

夏叔将邱里和尹海郡从崇燕岛接回了祁南。

后座上不仅有"麻辣烫",还有一只乳白色的幼犬。那只幼犬是温乔挑的，叫"孝孝"。

"麻辣烫"特别乖，但"孝孝"是真调皮。

车窗开了一小半。

"麻辣烫"在邱里的怀里躺着，偶尔抬起小脑袋吹吹风。

因为"孝孝"老欺负它，还爱叫，尹海郡只能单手控制住"孝孝"。他揉了揉"孝孝"的脑袋，对"孝孝"说道："你怎么这么调皮呢？跟晏孝捷一样。"

用晏孝捷的"孝"字当狗狗的名字，邱里一想起来还是忍不住会笑。

车里闹腾，夏叔心情也好。他先将他们送去了温乔住的公寓，等他们把另一只狗狗送走后，他又和他们一起去了东口街。

马上就要和"麻辣烫"分开了，邱里抱着它不撒手，恨不得每晚都和它一起睡。

"又不是再也见不到了，明天放学了我带你过来和'麻辣烫'玩。"见再晚就真要堵车了，尹海郡劝了邱里好几次，她才放手。

他推开门时，她的声音从后面传来：

"尹海郡，你不能让'麻辣烫'饿着。

"你不能让它脏兮兮的。

"你要陪它玩小球球。"

"好，好……"这些话，这一路上尹海郡都快听得耳朵长茧了。

可能是见他单手抱狗的姿势还是有些随意，邱里急得皱眉，大声说道："尹海郡，我说了多少次了，要用双手抱着它，托着它的屁股，你动作轻一点点。"

这小公主急起来，尹海郡还有点儿害怕。他真不觉得单手抱和双手抱有什么区别，能抱住不摔下去就行了。

"好。"他立刻调整了姿势。

邱里又亲了"麻辣烫"几次，才不舍地让尹海郡离开。

东口街一到晚上就热闹。

街坊邻居四处溜达，几个小孩儿跑来跑去地玩闹。

尹海郡从崇燕岛搬来祁南后，就是在这条老街上长大的。熟人看到他后，都会热络地和他聊上两句。

"哟，阿海，你这是买狗了啊？"

"你养得活吗？"

说话的人都是看着他长大的老伯，尹海郡习惯了被他们拿来开涮。

他与他们寒暄了几句就走了。

手上还有活儿，尹海郡只能把"麻辣烫"暂时放到车行里，干完剩下的活儿再回去。

不过，车行的卷帘门像才拉开，没拉到顶。

尹海郡把"麻辣烫"放到地上后，四处寻找舅舅的身影。突然，他听到了冲厕所的声音。过了一会儿，王业军推开木门，衣衫不整地走了出来，头发也有些乱。

尹海郡动了动鼻子，似乎闻到了香水味。

"狗哪儿来的啊？还挺好看。"王业军用手捋了捋自己乱糟糟的头发，话题转得有些生硬。他蹲下身，学小狗叫，逗它："汪汪汪……"

尹海郡双手抱胸，盯着地上的王业军。他和舅舅关系好到不分长幼，所以讲话也很直接，问王业军："女朋友？"

王业军越急越显得心虚："你一个高中生，少跟我谈这成人的事。"

"跟谁啊你？"尹海郡很好奇，"楼上的阿香？还是开麻将馆的四姐妹？"

"滚一边去。"王业军懒得跟这个小屁孩儿讲，忙活了起来。

尹海郡跟在他的屁股后面调侃道："军哥，你也才38岁，交女朋友也很正常。"

"我的钥匙呢？"门口突然出现了一个穿着皮衣的女人，她像是落了东西在里头，边掏口袋边喊，"王……"

女人在对上尹海郡的视线的那一刻，紧张到话都说不出来了。

"晏阿姨？"尹海郡琢磨起来，但是不敢往歪处想。

晏孝捷的姑姑和他的舅舅？

这都是什么乱七八糟的事？

王业军朝晏蓓力使了一个眼色，晏蓓力镇定地走过去，拍了拍尹海郡的肩，说道："哦，我刚才过来修车，然后钥匙落在这儿了。"

尹海郡半信半疑地道说："那我帮您找找。"

"不用了，"晏蓓力像被吓得一激灵，"你去忙你的，我自己找。"

这时，有金属在地上摩擦的声音从厕所里传来。

他们同时看过去。

是"麻辣烫"叼着钥匙，摇着尾巴跑了出来，并且像能分辨出钥匙的主人，眼巴巴地看着晏蓓力。

晏蓓力见"麻辣烫"是一条聪明的拉布拉多犬，激动地蹲下，从它的嘴里取出钥匙后，又摸了摸它的头，问它："好孩子，你想做警犬吗？"

尹海郡真是怕她了，她走到哪儿都像在给公安局做推销。他立刻抱起"麻辣烫"，笑着说："晏阿姨，您是打算把我和我的狗都带走吗？"

晏蓓力打量他，拍了拍他紧实的胳膊，说道："我跟你说过，我只看一眼，就能看出谁适合做警察。"

尹海郡："……"

关于晏蓓力和王业军的私事，尹海郡没问，也觉得没必要问。大人有大人的生活，他也有自己的新生活。

自从决定留下来后，尹海郡的身体里像被投射进了一道最明亮的光，渐渐驱散了过去的阴霾。

他好像看到了希望，也产生了强烈的动力。他想要努力去得到过去他认为自己不配拥有的绚丽的人生。

他好像做什么事都更有精神了。

早上5点30分，尹海郡先去附近的公园里跑了几圈，回来冲完澡后，给"麻辣烫"倒了狗粮。看它吃得香香的，他走去隔壁房间。

这间房间是父母的，床头旁有一个木柜，上面收拾得很干净，只摆放了一张黑白的遗像，照片里的女人看起来温婉贤惠，只可惜走得早。

尹海郡每天都会进来和妈妈聊聊天儿，就像她还生活在这间屋子里一样。

他往窗户边一靠，把一颗粉色包装的糖果搁到了遗像底下。

这好像是妈妈走后，他第一次想要和妈妈分享喜悦。

柔和的阳光里，少年的笑容灿烂又纯真，他说："妈，跟你说一件事，我好像有了生活的动力。纪老师对我很好，晏孝捷也是，还有，"他剥开手中邱里那天塞给他的糖果，笑了笑，继续说道，"我也认识了新的朋友，一个女生，很漂亮的女生……"

糖果的粉色包装被剥开后，他将糖果往嘴里扔。糖果被他含在嘴里，一点点溶化。

是很香的橙子味的糖果。

湿润的风从窗户的缝隙里吹进来，几缕阳光透过玻璃，微微抚摩着地上的人影。

成喜路 113 号院是安茹的别墅。

教学的琴房在一楼。

安茹的父亲是伯克利音乐学院的老师，母亲是小提琴家，丈夫是法国艺术家。她每年一半的时间在国内教学，另一半的时间在法国。

此时，她正坐在一旁的椅子上，肩上披着羊绒披肩，看着一名少女练习。

邱里每次练琴时，安茹都会让她换上演出服，让她完全沉浸在演奏里。

邱里穿着白色的连衣裙，肩上的小提琴铮亮、洁净，她闭着眼享受着音乐。

一阵轻柔婉转的曲调后，是节奏顿挫的强烈颤音。

邱里正在练习的是她下个月要参赛的曲子——《卡门主题幻想曲》，是她的偶像帕布罗·德·萨拉萨蒂创作的曲子。

曲音停下。

邱里放下了小提琴，练了一个小时，她的肩和手有些酸。不过，她依旧不会弯腰驼背，始终保持优美的仪态。

只不过，从后半部分开始，安茹似乎就有些不满意了，问她："邱里，上周末你没有练琴吗？"

邱里心虚地说道："安老师，我出去度假了。"

安茹吸了一口气，说道："我知道你现在读高三，学业压力很大，所以想出去玩玩，放松放松。但你是我最器重的学生，下个月的比赛有多重要，你要清楚。"她调整了呼吸，继续说，"艺术生的竞争很激烈，优秀的小提琴手每年都层出不穷，他们的年纪甚至比你的还小。所以，你明白安老师的意思吧？"

安茹这直白的话让邱里脸上无光，邱里乖巧地点点头，说道："明白，安老师，我回家后会反复练。"

安茹怕小姑娘有太重的思想负担，但有些话也不得不说。

安茹走过去，轻轻地拍了拍她的肩，说道："从事艺术行业本就不容易，要想让自己拥有舞台，拥有欢呼声，想成为优秀的演奏家，你还要更努力才行。"

邱里控制着情绪，缓缓点头。

院里的游泳池被盖上了白布，树木萧瑟，冷风吹落枝头的枯叶。

换上了厚棉服的邱里背着琴盒走到了铁门边。

被老师批评，她虽然很失落，但并没有怪安老师严厉，而是怪起了自己。

这段时间，因为多了一只狗狗，她确实有点儿分心了。

"邱里，你怎么了？"

光线半明半暗，尹海郡的声音传了过来。

他之所以来这里，是因为答应了邱里，一会儿抽空带她去看一下"麻辣烫"。

邱里抬起眼，慢慢走到尹海郡的身边。短短的几步路，却让她产生了奇妙的感觉，好像只要这个少年站在她身边，她就有倾诉欲。

她可以无所顾忌地将糟心事都告诉他。

他算是她的树洞。

邱里拎着琴盒的带子，脸颊被风吹红了，她说道："我被安老师批评了。"

尹海郡问："为什么？"

"练习得不够，安老师不满意。"

"明白。"

见邱里没精打采，双手都拎不住琴盒了，尹海郡先伸手示意帮她拿琴盒。他接过琴盒后，带着她往坡下走，边走边说："我不懂艺术，但是听过你的演奏会，觉得你很棒，在舞台上发着光，像大明星。"

"大明星？"邱里被逗笑了，"你还是好好读书，多学点儿形容词吧。"

尹海郡边走边说："你的父母在你的身上花了这么多心血，你的压力应该很大吧？"

邱里抿着唇，没说话。

因为她偶尔的确被压得喘不过气来。

尹海郡从邱里疲惫的眼神里读懂了她的压力。

以前，他以为她每天无忧无虑地生活在美丽的城堡里，自从他们的关系变近，他才意识到，他们的身上都背负着压力。

他们身上的压力虽不同，但时常会让他们觉得窒息。

长长的路上，影子挪得很慢。

"里里……"一道熟悉的声音从坡下传来。

是邱里爸爸的声音，邱里下意识地和尹海郡拉开了距离。她看到她妈妈也下了车，还好，妈妈暂时站到一旁接电话去了。

邱海权走上坡，穿着一身风衣，身姿笔挺，气质儒雅。他看了看女儿身边的男生，问女儿："里里，这位是你的同学吗？"

他也注意到了男生的肩上的琴盒，多想了一些。

尹海郡有礼貌地回答道："叔叔，您好，我是邱里的同班同学，我叫尹海郡。我家就在后面，她的练习册忘在学校里了，我给她送过来。"

他顺手将琴盒还给邱里，动作自然，也多解释了一句："叔叔，我觉得男生帮女生提点儿重物是应该的，您别多想。"

邱里接过琴盒，点了点头。

邱海权没再多想，叫了一声"夏叔"，让夏叔把琴盒放回车上。

这时，接完电话的邓情良走了上来，也多看了尹海郡几眼，转头对邱里说："我和你爸爸刚才在附近办事，想着很久没见到安老师了，于是买了些礼物过来看看她。走，再上去一趟。"

"好。"

邱里跟着父母又折了回去，只是边走边时不时地回头。

尹海郡给她做了一个"发微信"的动作，意思是会给她发"麻辣烫"的照片。

邱里将手伸到背后，偷偷做了一个"好"的手势。

夜里 11 点。

从安老师家回来的路上，邓倩良还是问了邱里有没有谈恋爱。

邱里摇了摇头。

邓倩良信任女儿，没再问。

邱里洗完澡出来，头发还没吹，裹着毛巾，立刻滑开手机。

果然，尹海郡连发了七八张"麻辣烫"的照片给她。

邱里没忍住，给尹海郡打了视频电话。

他们此前没有打过视频电话，此时的表情都有点儿僵，尤其是尹海郡。他一本正经地对着镜头里的她打招呼，然后把"麻辣烫"抱到了怀里。

"麻辣烫"不停地摇尾巴，朝镜头里的少女汪汪叫。

邱里一见到"麻辣烫"就挪不开眼，讲话的语气也温柔了许多："'麻辣烫'，宝贝崽崽，让我亲亲，你太可爱了。"

尹海郡把手机架在桌上，抓起"麻辣烫"的爪子，将它的头推到屏幕前。邱里真凑近屏幕，噘起嘴亲了亲"麻辣烫"。

邱里发现自己失态了，抿唇，坐了回去。

"我们什么时候带'麻辣烫'打疫苗啊？

"是不是给它打完疫苗，我们就可以带它出去溜达了？"

这些与狗狗有关的琐事神奇地缓解了邱里的压力。

对尹海郡来说，同样如此。

他向来独来独往，父亲丢掉他、母亲去世后，家里冷冷清清。自从"麻辣烫"住进来后，连每天的几声狗吠，都让他感受到了温暖。

"麻辣烫"口渴了，跑下去喝水。

没了狗狗，他们隔着屏幕忽然对视上了。

是谁先不自在地低下头的，似乎没人察觉。

尹海郡轻轻地咳了两声，说了"晚安"后，准备挂掉视频通话。

"等一下。"邱里喊住了他。

"怎么了，有事吗？"尹海郡问，"想再看看'麻辣烫'？"

邱里摇头，说道："不是。"

"那是什么？"

邱里轻轻地咬了咬下唇，有些紧张地抬起头，说道："下个周末你有没有空？你帮我养狗狗，我想请你去夜市玩一玩。"

尹海郡并没有多想，很干脆地说道："我有空。"

"好，不见不散。"

"嗯。"

"妈，我好像找到活着的动力了。"

尹海郡在妈妈的遗照下压了一张新的字条。

他写的字并不好看，甚至有些潦草，但笔锋刚劲有力，如他这个人。

字条留于 11 月 22 日。

节气：小雪。

将近半个月过去，"麻辣烫"被养肥了一小圈。

尹海郡老拍着它的肚子说它胖，"麻辣烫"像听得懂人话，冲着他汪汪叫。

"你怎么可以说我们的小帅哥胖呢？"喜欢"麻辣烫"的人还有王喜南，这段时间她老往他家里钻。

套上棉服后的尹海郡从沙发上拿起运动包，朝身后一背，难得精神抖擞地问王喜南："你几点走？"

王喜南不开心地反问："你怎么老赶我？"

尹海郡："你一个未成年女生，老跟我这个大男生待在一起，像什么样？"

王喜南"喊"了一声，瞅了瞅这个向来不修边幅的哥哥。她惊讶地发现他竟然会在出门前整理仪容，于是笑道："哥，你最近怎么变得这么爱美啊？"

尹海郡摸了摸自己的头，问她："有吗？"

"非常明显。"

尹海郡："……"

尹海郡刚准备去换鞋，又想起什么，拎起王喜南的后领，说道："我最近都没空管你，你没给我乱来吧？"

"我没有。"

"真没有？"

"没有，没有，真的没有。"

两个人说了一会儿话，尹海郡抬手看表，见来不及了，一换好鞋就出了门。

冬日，街头一片银色，枯叶被风卷起。

邱里在练琴，尹海郡独自先去了一个地方。

他去了一个几乎没人愿意主动去的地方——南城刑警支队。

红瓷上的烫金色大字，肃穆庄严。

他将车停在了一旁，冷风拂面，吹着他利落的短发。

从这里进出的刑警或穿着黑色的警服，或穿着便衣，几个路过的刑警会偷瞄几眼一旁的少年。

"我的人，都别看了。"晏蓓力拍了拍几个同事的肩，示意他们赶紧散开。

"晏队，你这婚离得是真的伤到了啊！"二队最调皮的刑警何庆贤指着尹海郡说，"吃嫩草也不是这个吃法啊！这男生成年没有？"

晏蓓力没解释，反而接上他的玩笑话，顺便讽刺道："我就喜欢年轻力壮的男孩子，不像有的人在楼里抓个贼，连楼梯都不敢翻。"

"晏队，那是普通的楼梯吗？"何庆贤一急，高声说道，"我要是翻下去了，你们都得去兆园给我烧香。"

兆园是祁南的警察殉职后的安葬之所。

晏蓓力眼里只容得下那气场十足的少年，双眼放光地说道："他肯定敢。"

尹海郡朝她招手。

上午收到他要来警队找自己的消息后，晏蓓力心情大好。她将双手环在胸前，走到他身边，对他说道："走，找个地方聊聊。"

尹海郡点头，说道："好。"

于是晏蓓力找了一家咖啡馆，一人点了一杯美式咖啡。

一路过来，晏蓓力被冷着了，赶紧用咖啡杯暖暖手，问尹海郡："怎么突然想通了？"

尹海郡单手握着纸杯，想了想，说："人人都说我适合做警察，我想试试。"

第一眼见到这孩子时，晏蓓力就觉得他是做警察的好苗子，不仅因为他孔武有力，还因为他有一种不畏强权的正义感。

咖啡馆里播放着轻音乐，连空气的流动都是舒缓的。

相比那天，晏蓓力觉得此时的尹海郡眼中多了些光彩。

她好奇地问："你突然振作起来，是有什么原因吗？"

尹海郡点头道："是。"

晏蓓力："因为什么？"

尹海郡思索了片刻，看向她，说："因为朋友和老师。"

晏蓓力换了一个稍显沉重的话题，问："怕吗？"

"怕什么？"

"做警察这份高危的职业。"

关于这个问题，尹海郡并没有思考过多。

晏蓓力觉得和一个17岁的少年说这些还有些早，于是拍了拍他的肩膀，笑着说："先别想这些，我们先好好读书，把成绩提高。祁南警察学院的录取分数线也不低，你还得好好努力。"

尹海郡做好了准备，说道："嗯，我明白。"

晏蓓力盯着那双眼神坚定的眼睛，说："尹海郡，加油，我看好你。"

"谢谢。"

一个小时后，尹海郡按约定的时间到了"知和艺术馆"。

他在门口只等了一小会儿，就看见了朝自己挥手的邱里，可和她一同出来的人是唐樾。

知道他们认识多年，所以尹海郡并没有拆穿他的真面目。

只要唐樾老实安分，他就会给唐樾留面子。

唐樾看他的眼神并不友善，甚至带着一丝挑衅的意味。

尹海郡没理会他，替邱里拎上琴盒，看着她和唐樾道别后，带她坐上了自己的车。

十几分钟后，车在夜市外的马路边停下。

已是傍晚，太阳渐渐坠到了地平线下。

月水街夜市在祁南的西边，毗邻大学城和河滨，成了夜里最热闹的一方天地。即使是冬天，这里也人潮拥挤，蜿蜒的小道上支着各种摊位，混着食物的香味，烟火气很浓。

邱里很少来这里，因为邓倩良不准。

上次还是夏叔偷偷带她来这儿买的铁板鱿鱼，都已经是夏天的事了。

一家卖铁板烧的摊位，铁板上放着各种肉，烟气直冒，排队的人不少。

在摊位边弓着背的邱里拿着一串鱿鱼，吃着沾着辣椒粉的鱿鱼肉，她的手不小心一抖，油渍直往下滴，滴到了她白色的皮鞋上。

尹海郡立刻蹲下身，替邱里擦着皮鞋。

邱里笑了笑，说道："谢谢你，你好会照顾人。"

尹海郡扔掉湿纸巾，说："可能是因为有妹妹吧。"

这里人来人往。

邱里在角落里吃完鱿鱼后，两个人随意地沿着街逛着。

练完琴后能这样轻松地逛逛夜市，邱里很开心。

尹海郡站在人潮的外侧，不自觉地成了她的"保镖"。

邱里拎着包包，笑道："尹海郡，你天生就长得这么壮吗？难怪晏姑姑说你适合做警察。"

尹海郡"嗯"了一声，说道："可能是遗传了我舅舅。"

"有可能，你舅舅确实魁梧。"

从河滨吹来的冷风被四周食物的热气阻隔，这冬日的夜市里倒也没那么冷了。

走过了两家摊位，邱里忽然问尹海郡："你是不是想要做警察？"

她的声音很轻，差点儿被淹没在喧闹声里。

尹海郡听到了，点头，问她："嗯。晏孝捷和你说的吗？"

"嗯，"邱里说道，"这么重要的事，你竟然只告诉他，不告诉我。看来，你还是没有把我当成你的好朋友。"

"我不是这个意思，其实……"

"好啦，开玩笑的。"

邱里说完后，尹海郡也轻松了许多。刚才，他的确担心她会生气。

走到一个摊位前时，邱里想到了一件有趣的事，让尹海郡闭上眼。

尹海郡不明白。

"你闭上眼。"

"嗯？"

"闭上眼嘛。"

"好。"

尹海郡听话地闭上了眼。

古灵精怪的邱里总能给他枯燥的生活带来许多新鲜感。

他闭上了眼，不知道邱里要做什么，随后，感觉他的手心里被塞了一个塑料物品，听邱里说道："睁开吧。"

尹海郡睁开眼，先看到的是邱里的笑脸，然后低头，看到手心里是一把蓝色的海豚造型的玩具枪。

邱里做出崇拜状，说道："尹海郡，你穿着警服的样子一定特别帅。"

两个人挤在人群里对视着，随即都害羞地挪开了视线。

突然，有几个人在喊：

"下雪了！"

"下雪了！"

这座沿海的南方城市怎么会下雪呢？

接着，又有人高声议论起来：

"是造雪机造的雪，那栋楼里有人在拍戏……"

"天哪，好浪漫啊……"

尹海郡和邱里一同朝高楼望过。

那栋楼里不知是有人在拍戏还是在拍广告，现场开着造雪机，白雪被风吹得落到了夜市里，很巧地呼应了"小雪"这个节气。

"还挺像真的。"邱里摊开手掌，有一片雪花融化在了她的手心里，"我好喜欢下雪啊，好想去北方看雪。"

尹海郡不知道该怎么接，只回应道："好。"他又加了一句，"如果有机会，一起。"

"好。"

看时间不早了，尹海郡带着邱里往回走，她却说："我想吃冰激凌。"

尹海郡看着她被冻红的脸颊，说道："太冷了，会感冒。"

不过，邱里执意要吃，尹海郡便跑去了不远处的麦当劳店里。

几分钟后，他拿着两个奶油甜筒走回去，却没看见她。

"邱里……"尹海郡四处寻人。

这时，邱里从另一头小跑着过来，说道："大惊小怪，我 17 岁了，不会走丢的。"

尹海郡把甜筒递给邱里，随即转身，与她一同返回。

他们身后的夜市还热闹着，两人穿过摊位，看到河边有一棵许愿树，树上挂着各种颜色的字条。

树上的字条很多很多，写着人们各自的心愿。

风吹着那张挂在最前面的粉色字条，上面的墨水似乎还未干，字迹很清秀。

"我希望身后的少年永远充满正义感。"

尹海郡想好好学习，这听上去像个笑话。

不过，这几天班里到得最早的同学是他，走得最晚的同学也是他。隔壁班的几个男生叫他去打篮球，他也连连拒绝。

好几次，班里只剩他一个人。

周三中午。

邱里吃不惯学校食堂里的饭菜，去附近的商场里买了两份鳗鱼饭，回来时，教室里只有尹海郡。他还咬着笔在看书，眉头皱得紧紧的。

冬日的阳光照进教室里。

邱里回到座位上，将一份鳗鱼饭放到了旁边的桌上，对尹海郡说道："都 1 点了，你先吃点儿饭吧。"

尹海郡头也没抬地说道："你先吃，我再背会儿单词。"

自从把当警察作为人生目标，尹海郡就向晏蓓力咨询了祁南警察学院历年的录取分数线。

理科生去年的最低录取分数是 532 分，要考到这个分数，对于最高成绩只达到过 402 分的他来说实属困难。

两篇英语阅读理解文章，密密麻麻的单词凑在一起，尹海郡读了十遍才做完题。

他翻开答案开始核对，其实有一半的题目是蒙的。

尹海郡突然骂了一句脏话，将笔狠狠地往桌上一扔。

他太烦了。

八道选择题，他错了六道。

邱里被吓到了，夹起的鳗鱼差点儿从筷子上掉下来。

她放下筷子，从尹海郡的手肘下扯过试卷。她不想他再这样无意义地瞎琢磨，便将试卷全部没收了。

尹海郡想拿回自己的试卷，说道："我刚对完答案，还得再通读一次。"

"读什么呀？"邱里抱着试卷不给他，说道，"你再读十遍也还是不懂。"

尹海郡皱眉，问："你是不是看不起我？"

邱里把试卷放进书桌里后，解释道："尹海郡，我不是看不起你，而是在想办法，看看如何让你在半年内提高成绩，成功考入警校。"

一提到祈南警察学院那遥不可及的录取分数线，尹海郡又泄了气，问："你有什么办法？我底子差，怎么在半年内考到 500 多分？"

邱里先卖了一个关子，眯着眼笑道："周五给你惊喜。"

心里惦记着周五的"惊喜"，尹海郡做什么都很有干劲儿。周五上第四节课时，邱里给他塞了一张小字条，他打开。

字条上的字迹清秀——

"你先去打篮球，7 点后再进教室。"

天都黑透了，尹海郡从篮球场上回到教室里。他额头上的碎发被汗水浸湿了，校服搭在肩上。他的手里拿着一瓶矿泉水，他悠哉地将水瓶抛来抛去。

附近的三间教室里，只有高三（6）班的窗帘拉得紧紧的，前后门也紧紧地关着。

后门被锁死了，尹海郡往前门走去。

他想推开前门，但前门也被锁上了。

很快，里面传来了邱里的声音："你把眼睛先闭上。"

尹海郡听话地闭上了双眼，然后传来了门被打开的声响。他的手臂被人握住，对方将他拉了进去。

随后是锁门的声音。

"邱里……"

"别睁开眼。"

尹海郡刚想睁开眼看惊喜，但被邱里制止了。

他感觉四周很黑，教室里应该没开灯。很快，他被带到了讲台上，那双手也迅速抽离。

"邱里？"尹海郡唤了一声。

突然，有人向他靠近，火热的气息不像是女生的，是男生的！

他立刻察觉出了不对劲，猛地睁开眼时，三排白炽灯也同时亮起，刺得他双眼发疼。

"海哥……"

站在他面前的人是晏孝捷。

尹海郡转身，看到邱里走回第一排的座位旁，搂着温乔，一同笑着跟他打招呼。

原来他被耍了。

晏孝捷搭着尹海郡的肩，说道："今天的惊喜就是，有一件大事要宣布。"

尹海郡："什么大事？"

晏孝捷："接下来的半年，由我们三个人帮你补习。"

尹海郡："……"

尹海郡靠向讲台，双手抱着胸，问，"我还有救吗？"

晏孝捷笃定地答道："有救。你先坐过去。"

尹海郡坐到了邱里身边。

底下的三个人看着晏孝捷在黑板上写写画画。

晏孝捷写完后，放下粉笔，说道："你也不能只考到最低录取分数线，所以我们给你设立的目标分数是 550 分。"

这太夸张了。

"不可能。"尹海郡听了直摇头，说道，"550 分？即使我学得脑子爆浆了，也考不到这个分数。"

黑板上是红、白、蓝三种颜色的数字，分别是尹海郡以往的分数以及三个人给他定的目标分数。

晏孝捷拿着教鞭，指着黑板说："你考得最好的一次是 402 分，理综 175 分，语文还行，95 分，数学也还行，80 分，就是英语差了点儿，52 分。"

分数被念出来，尹海郡第一次觉得很丢脸。

怕他会生气，邱里替他出了头："尹海郡一个人生活，平时还要在修车行里打工，能考到 400 分已经很不容易了。"

尹海郡附和地点头："嗯。"

"嗯什么嗯？"晏孝捷拿起粉笔就朝他的脑袋砸过去，说道，"你还想不想考警校了？想不想靠知识改变命运？"

尹海郡用力点头，说道："嗯，晏老师，你继续说。"

晏孝捷敲了敲黑板，又说道："针对你目前的情况，我们给你定了目标，理综 250 分，语文 110 分，数学 100 分，英语 90 分。"

这些分数对尹海郡来说是无法实现的，他毫无信心。

晏孝捷将双手撑向讲台，说道："以后，我教你物理和数学，温乔教你生物和化学，邱里教你英语。语文没什么可以教的，你自己看着来。"

这样的辅导安排，尹海郡倒是没意见。

晏孝捷走下台阶，坐在尹海郡对面的课桌上，感慨道："这是我第一次看到你为了将来如此努力，作为兄弟，我很开心，真的。"他又直起身，一掌重重地落在尹海郡的肩膀上，"我们一定会努力教你，把你送进警校。"

尹海郡也拍了拍晏孝捷的肩，对着晏孝捷一笑，坚定地答道："好。"

这几天，尹海郡严格执行教学三人组安排的学习计划。他底子弱，要快速提分还是很难，所以只能见缝插针地学。

他必须给自己超强的信念，相信勤能补拙。

周五。

邱里要去参加一个饭局，先走了。

尹海郡留在教室里，把最后一套数学试卷做完。

夜幕低垂，墙上的时针不知不觉间指向了8点15分。

教室里只剩下那道高大的背影。

尹海郡笑自己不知哪儿来的勇气，敢去做一件从前不敢想象的事——要在半年内将分数提高到二本院校的录取分数线。

这样连轴学一天，再加上心理压力，他时常喘不过气。但只要想起自己穿上警服的模样，他就又有了奋斗的动力。

对完答案，尹海郡觉得还行，90分，达到了及格线。

以前他收拾书本时都是乱塞的，现在，他会将书本整齐地收好放到书包里。他将书包背上，把椅子放好，双手插在兜里，快步往楼下走。

他有点儿饿了，想去机电厂外面吃点儿麻辣烫。

想起麻辣烫，尹海郡也想起了家里的狗崽崽。放学那会儿，王喜南说要去他家里看"麻辣烫"，于是他给她打电话问问情况，可电话一直未被接通。

第七章
分开旅行

前一晚，尹海郡没有和邱里打招呼便走了，而第二天恰好是元旦。

他早早起了床，握着手机纠结了大半天，最后还是主动约了邱里出来过节。一开始，他以为她早就有了安排，没想到她立马同意了。他问她想去哪儿玩，她说以他的生活方式过节就行。

尹海郡却说，其实他从来不过这些节日，一年到头，好像只有大年三十能隆重些。

邱里说，那就去商场。

尹海郡问了问晏孝捷年轻人比较喜欢去哪家商场。

晏孝捷说，新开的复盛广场就不错。于是尹海郡带着邱里到了复盛广场。

邱里逛街一般会去奢侈品店，这种人潮拥挤的商场来得并不多。

担心她会不习惯，尹海郡想换个地方，问她："你不习惯吧？要不去你喜欢的地方？"

邱里一边慢慢走着，一边说道："我觉得这样才是逛街，人多热闹。"

尹海郡看到了一家奶茶店，问她："你喝不喝奶茶？"

"嗯，喝。"邱里笑着点头。

奶茶店里人有些多，尹海郡让邱里站在后面的扶栏边等，他去排队。她听话地靠在栏杆上，偷闲看了看朋友圈。

只是，她总感觉背后有异样的目光在看她。

邱里放下手机，偏过头，看到对面一家彩妆店门口，有一个戴着渔夫帽的男人混在人群里。她虽然看不清对方的样貌，但是能确定他是在看她。

"怎么了？"尹海郡抱着两杯奶茶走过来，问她。

邱里被吓了一跳，解释："刚才对面有一个男人一直看我。"

尹海郡东张西望一番后问她："是吗？"

邱里想指给他看，但男人已经消失了。

"嗯，一个很诡异的男人一直看我。"

尹海郡此前听说过这附近有心术不正的人老盯着高中生下手，他将奶茶塞到她的手里，开着玩笑，安抚她紧张的情绪。

"别怕，我这么壮，对付一个男人还是绰绰有余的。"

就权当是意外，邱里不多想了。她喝了两口奶茶暖暖胃，笑了笑，说："我们去唱歌吧。"

"现在去？"

"嗯。"

原来她是要去商场里的迷你唱吧。

一间间玻璃房子被独立地安放在三楼的角落里，迷你唱吧刚在祁南流行起来，很受欢迎。

见只剩一间了，邱里带着尹海郡跑了进去。

他们都是第一次来。

尹海郡按照屏幕上的提示进行操作，付款后，界面就可以操作了。

邱里一边操作一边问他："你唱歌好听吗？"

尹海郡哼了一声，说道："我觉得挺好听。"

他夸自己时并不会让人反感。

邱里把选歌界面让给了他，说道："那选一首你最拿手的歌吧。"

尹海郡"嗯"了一声，然后点开了林俊杰的头像。

邱里笑着问他："你喜欢林俊杰啊？"

"嗯。"尹海郡想起了一件趣事，说道，"之前我还和晏孝捷因周杰伦和林俊杰谁的歌更好听而大吵一架，差点儿打起来。"

真是两个幼稚鬼，邱里只是笑，没说话。

尹海郡在选歌前有些话想说，于是问她："我给你讲一个故事，你想听吗？"

邱里："什么故事？"

尹海郡："我外婆和外公的故事。"

"好，我想听。"邱里点头。

尹海郡点开了林俊杰的《会有那么一天》，这是他最喜欢的一首歌。

配着音乐，他缓缓说起："我外公是一名军人，参加过抗美援越战争，我外婆是战地护士，他们在战争期间相遇、相爱。也是在战争期间，外婆怀上了我妈妈，外公让她先回国，他们被迫分开。"

邱里仔细聆听，听到这里时，她的眼眶红了。

尹海郡盯着屏幕里的画面，继续说："我外公住在祁南县城，家境很一般，而我外婆是上海人，家境殷实。外婆的家人嫌弃我外公穷，但我外婆与全家人对抗，一个人在祁南生下了我妈妈。"

邱里完全听进去了，问："那你外公呢？不会牺牲了吧？"

尹海郡笑道："他要是牺牲了，我舅舅和小姨哪儿来的？"

她垂下头"哦"了一声，笑自己傻。

尹海郡继续说："后来抗美援朝战争结束，外公平安地回了祁南。再后来，他们生下了我舅舅和小姨。"

邱里像是也感受到了幸福，说道："真好。"

尹海郡掏出手机，点开一张泛黄的旧照片，说道："这就是我的外婆和外公。"

照片虽有些模糊，但能看出照片里的女生大气温婉，男生正直俊秀。

邱里用手指触了触照片，说道："你们一家人都长得这么好看啊？你外公好帅。"她又指了指他的鼻子，"你的鼻子遗传了你外公的。"

尹海郡摸了摸自己的鼻梁，很骄傲地说道："那当然。"

邱里将话筒递给他，说道："别说大话啊，赶紧唱给我听，让我这个艺术生欣赏欣赏。"

尹海郡做了一个"好"的手势。

他点了重放键，拿过话筒，唱了起来。

> 一九四三　世界大战
> 阿嬷年轻的时候
> 爷爷爱她那么多
> 他们感情很深
> 但是爷爷身负重任
> 就在离乡的那夜
> 给了阿嬷一个吻……

这是邱里第一次听他唱歌。

原来他没有自卖自夸，唱歌真的很好听。平时那么粗鲁的一个人，声线却很细腻，每个音节他都抓得很准。

唱得投入时，尹海郡还闭上了眼。

> 要等待我的爱
> 陪你永不离开
> 因为会有那么一天
> 我们牵着手在草原
> 听鸟儿歌唱的声音
> 听我说声我爱你……

副歌部分，他唱了几遍后，音乐还没结束。

尹海郡说话的声音传来："邱里，谢谢你，还有晏孝捷，愿意和我做朋友，愿意替我的人生出谋划策，也愿意帮助我实现我的人生理想。我以前总觉得自己的人生会一直暗淡下去，但是自从我下定决心想要考警校，想要成为一名警察，我好像每天都有了干劲儿。"

他又一次说了"谢谢"后，邱里朝他笑了笑。

说起警察，她也有话想说。

"我也跟你说一个小故事吧。我爷爷、奶奶、外婆都是警察，爷爷曾经遭杀人犯绑架，差点儿死在郊区的河边。我是听着诸如此类的案件长大的。"

邱里的眼眶红了，她用手拍了拍尹海郡的肩，说："你一定要活成我们心中的大英雄，好不好？"

气氛在音乐声里变得更煽情。

尹海郡注视着她的双眼，用力地点了点头，说道："好。"

后来，尹海郡带着邱里将商场里的四层楼都逛了一圈。他们玩了娃娃机，玩了好多别的项目，在商场里到处转。

一转眼就到了下午4点。

尹海郡知道邱里晚上要参加一个派对，于是劝她回家换衣服。但是她说不想回家，很想去一个地方，那里也能解决今晚的服装。

云水街——祁南最大的服装批发市场。

云水街鱼龙混杂。

尹海郡不想让邱里来这种地方，在门口再次说道："邱里，这里不适合你。"

邱里摇头，说道："你不是想报恩吗？送我一件衣服吧。"

尹海郡："可是这里面没有适合你的衣服。"

"我这么漂亮，穿什么都漂亮，为什么没有合适的？"

"你不属于这里。"

邱里不想和他多说一句话，门口的塑料帘子上都是污垢，不过她不介意。她掀开塑料帘子，直接走了进去。

里面很吵，都是搞批发的，还有元旦促销活动的红色字牌。

地上都是油渍和脏鞋印，邱里走得很慢。

她没来过这里，所以觉得这里的一切是新鲜的。以前妈妈从不让她来这种地方，她还以为这里有多恐怖！

突然，她激动地扯着尹海郡，说道："那件裙子好漂亮，我喜欢。"

尹海郡被拉了过去，挂在墙上的是一件墨绿色的丝绒裙。抛开面料和牌子不谈，款式的确挺好看。

在这里做生意的老板能在一秒钟内锁定客户。

老板直接取下裙子，介绍起来："小妹妹，这裙子是露背的哟，还有一个蝴蝶结。你气质好，穿它合适。"

邱里对尹海郡说："我喜欢这个，你送我吧。"

尹海郡不想破坏气氛，去柜台那边付钱，这条裙子原价220元，元旦打折，最后只要180元。

他看着微信里的支付记录，心里有些不是滋味。

邱里换好裙子后走了出来，长着一张小仙女的脸，穿什么风格的衣服都清新脱俗。她对着镜子随意地拨弄了几下头发，美到发光。

尹海郡看呆了，随后走过去，将棉衣递给邱里，说道："这里没空调，别感冒。"

邱里的鼻子都被吹红了，她对着他笑了笑，说道："真挺冷。"

他们从云水街出来后，天色已黑。

邱里穿着刚才买的裙子，被夏叔接走。

尹海郡回到了家，今天很开心，是重获新生的开心。他抛着钥匙，边走边哼起林俊杰的《会有那么一天》。

他拐进潮湿、阴冷的楼道里后，发现铁门里的木门是虚掩着的，里面还亮着灯。

"王喜南，你怎么又不回家？"

他推开门，脱着鞋，还以为是王喜南来看"麻辣烫"了。当他看到瓷砖地上放着一双男式皮鞋时，猛地抬起头。一个戴着渔夫帽的男人正坐在沙发上，男人放下手中的方便面，回头一笑。

他震惊地喊道："爸？"

客厅里没开灯，只有电视机里闪动的光跟着画面切换色彩，一会儿蓝，一会儿绿，一会儿红。

尹海郡大概有七年没有见过他爸，没想念过他爸，甚至在心里早已当他爸死了。

此时，见到正抱着方便面桶、看着电视的爸爸，他说不上来心里是什么滋味。他有小时候的记忆，但大多糟糕透顶。

"麻辣烫"似乎有些怕这个面相不善的陌生人，躲在卧室里趴着，时不时朝尹海郡小声叫两声。

吃完后，尹力打了个嗝儿，剔着牙，看着电视，语气淡淡地问："你什么时候养了狗？"

"别人送的。"尹海郡答得简单，然后将外套脱下放在了椅子上。

尹力做了一个狗嗅气味的动作，闻到了尹海郡的外套上有香水味。他眼珠一转，问尹海郡："最近过得怎么样？"

"就那样。"

尹力明显在兜圈子，又问："准备考什么学校？"

从尹海郡有记忆开始，他爸就没问过他的成绩。他不是很想详细回答，只说道："看发挥吧。"

他看得出来，尹力意不在此。尹力粗糙的手指在破旧的牛仔裤上弹动，他问："谈恋爱了吗？"

正在给"麻辣烫"倒狗粮的尹海郡忽然一愣，不过也没细想爸爸的意图，只敷衍地说道："我还是个学生，谈什么恋爱？"

"是吗？"尹力怕自己的意图暴露，解释道，"你是我的儿子，遗传了我的一半长相。你长得这么帅，不可能没女生追你吧？"

尹海郡还真不是自夸，单从五官上来说，他的确长得不错，只是似乎因为生活不如意，所以老得比较快，皱纹很多。

尹海郡跳过这个问题，反问道："你为什么突然回祁南？"

尹力拍拍大腿，说："我好多年没回来了，有点儿想老家，也想你了，所以回来看看。对了，我带了些东南亚特产。"

他说罢，指向桌上的两个长方形盒子。

他说的"东南亚特产"就是一盒越南咖啡和一盒泰国杧果干。

面对在记忆里快消失的爸爸，尹海郡并不在意礼物，只问："你什么时候回去？"

这生疏的对话让尹力有些不悦，他指着四周说："你在赶我吗？这里是我的家，房产证上是我的名字，我想住多久就住多久。"

这才是尹海郡印象里的爸爸——厚颜无耻之人。

算了，他懒得理，指了指两间房，问尹力："你睡哪间房？"

尹力没犹豫地指向他最熟悉的屋子，说道："我和你妈睡。"

"随你。"尹海郡转身走进了自己的卧室，锁上门，和"麻辣烫"待在一起。

他的好心情被爸爸毁掉了。

尹海郡走到阳台上，打开老旧的纱窗。

夜里的风太冷，刮得尹海郡脸颊疼，他的心情无比压抑。其实爸爸不在家的这几年，他虽然日子过得拮据，但不曾憎恨过自己的原生家庭。可今晚，他有一点儿憎恨他的原生家庭。

敲门声和尹力的声音前后响起。

"阿海，电话。"

尹海郡摸了摸自己的口袋，刚才脱外套时忘了拿手机。

他打开房门，看到尹力一直在笑，尹力说道："你可别骗爸爸，你是不是谈恋爱了？'邱里'是女孩子的名字吧？"

尹海郡闭口不答，握住手机，反扣下，再次将门锁上。

他走到阳台上后才将电话接通。

邱里："你没事吧？"

尹海郡："喂'麻辣烫'呢，没听见。"

邱里察觉出他的语气有点儿不对劲，问他："你没事吧？"

"我没事。"尹海郡筋疲力尽，真没什么劲儿了，艰难地笑了笑，说道，"我一会儿给你发几张'麻辣烫'的照片。先挂了，我想休息会儿。"

"好。"邱里挂了电话。

电话被挂断后，尹海郡的心情变得越发沉重，身子像泄了气的皮球一样，无力地靠在墙上，他时而低头看着手机。

那些好不容易积累起来的信心又在这一夜崩塌了。

他不知道这样的自己要怎样才能真正摆脱原生家庭。

隔日，二中。

这半个月以来，尹海郡上课时再没打过瞌睡，甚至比好多同学更专心致志，认真听，认真做笔记。早前，他也和纪仁表明过自己的态度。

能将一个后进生拉起来，纪仁很自豪。

不过，这天尹海郡的状态欠佳，偶尔被老师点名时他都没听见。

直到下午放学后，邱里才抽出空和他聊聊。

"尹海郡，你到底怎么了？"邱里很关心地问他。

尹海郡摸了摸头，回答道："可能是累着了。"

"嗯，那你注意休息。"

"好。"

邱里的手机在桌上振动了几下。

夏叔给她发来了微信，邱里回复后，背起琴盒，拍了拍尹海郡的肩，说道："那我先走了，去安老师家练琴。"

"好。"

尹海郡突然想起一件事，跟了出去，说道："邱里。"

"嗯？"邱里回头，纳闷儿地看着他。

尹海郡低着头，抿着唇，在思考该如何说那件事。

邱里看了一眼手表，说道："尹海郡，我赶时间，你快说。"

尹海郡抬起头，叮嘱她："这段时间，你一定要让夏叔陪着你，不要独自走。陌生人和你说话时你也不要理。"

邱里觉得有些莫名其妙，笑了笑，问他："你怎么变得这么婆婆妈妈了？"

尹海郡暂时没法儿解释过多，只再次强调道："一定要注意安全。"

邱里赶时间，乖乖地点头，说道："好，我会的。"

邱里走后，尹海郡独自站在走廊里。

他讨厌冬天，因为冬天里一切毫无生机。

昨晚，他彻夜难眠。

他有不好的预感，爸爸突然回祁南另有目的。

晚上8点。

城中坡上的老宅。

邱里今天练得特别顺利，提前结束，安茹还送给她一枚漂亮的小发卡作为奖励。

她在屋里就戴上了那枚发卡，它是粉色的蝴蝶结造型的，上面还有几颗小珍珠，很适合她。

她走到屋外时，忽然想起了尹海郡的嘱咐。

冬夜寒冷，外面人少，她没敢出门，站在铁门里给夏叔打电话。夏叔说，没想到她会提前结束练琴，他在附近加油，10分钟后就回来，让她在老师家里等他。

外面寒冷，邱里本想进屋，结果刚转身便听见有人在敲铁门。

壁灯的光实在暗，她只能看到男人戴着渔夫帽，个子很高，样貌看不清楚。

她被吓到了，微微向后退。

男人讲话时还带着笑："你好，我是尹海郡的爸爸。"

邱里并没有放下警惕。因为她听尹海郡和晏孝捷提到过一些事，知道尹海郡的爸爸好赌，当年扔下一身债务，抛妻弃子去了越南。

她只客气地回道："您好。"

尹力双手握着铁栏，笑道："那天我在商场里看到你和阿海了。"

邱里看到男人头顶上的渔夫帽后想起来了。

原来那天盯着她的人，是尹海郡的爸爸。

尹力开门见山地说道："所以，你和我们家阿海是在谈恋爱吗？"

邱里扯着琴盒，摇头，说道："不是，我们只是同学。"

尹力笑道："别怕，叔叔就是好多年没回来了，那天看到你和阿海在一起，挺开心的。没想到我儿子还能找到这么漂亮的女朋友。"

邱里又解释了一句，但尹力并不相信。

"你是谁啊？！"从坡上走来的夏叔看到门口的中年男人，语气有点儿凶地问。

尹力上下打量这个西装笔挺的男人，又看了一眼铁门里亭亭玉立的少女，坏笑了一会儿，然后下了坡。

确定尹海郡的爸爸走后，邱里才按下按钮，铁门慢慢开了。

她挽着夏叔时，才有了安全感。

她缓了缓紧张的情绪才说话："他是尹海郡的爸爸。"

夏叔放了心，说道："小姐，你早说啊，我还把他当成坏人了呢。"

邱里皱起眉，说道："但是……"

祈南二中。

尹海郡一个人在教室里复习功课，做完一套物理试卷后肚子饿了，于是飞速地收拾书包。

突然，微信和电话同时响了。

他选择了先接电话。

尹力好像坐在喧嚣的大排档里给他打电话："你到机电厂后巷的'老金烧烤'来，爸爸有事和你说。"

尹海郡答应了。

他挂了电话后立刻点开微信，发现邱里给他发来了四五条微信。

"你爸爸刚才到安老师家里找我了。

"那天在商场里盯我的男人是你爸爸。

"他是不是回来找你麻烦了？

"你会不会有事？"

…………

机电厂后巷的"老金烧烤"是一家规模比较小的店，塑料卷帘上积了厚厚的油渍。时不时有几个满面油光的大汉剔着牙大摇大摆地从店里走出来。

烧烤店面积小，十几张低矮的木桌挨得很近，人们聊天儿的声音成了噪声，吵得人头痛，还有刺鼻的酒味。

尹海郡掀开帘子，看到爸爸坐在最靠外的一张桌子旁，尹海郡在他对面坐下。

尹力的棉衣太旧，袖口都被磨破了。他给尹海郡倒了一杯可乐，推过去，说道："几年没见了，陪爸爸吃点儿。"

得知邱里受到了惊吓，尹海郡憋着气，没心思吃，也不想浪费时间，直接问："你找我到底有什么事？"

几年不见，儿子好像变得越来越硬气，没半点儿尊长意识，这让尹力很不爽。

只不过他还没表明态度，尹海郡便开门见山地问道："你是不是又欠债了？是不是回来要钱的？"

尹力刚端起酒杯，也没心思喝，将酒杯狠狠地砸到桌面上，眼神变得狠厉，说道："是。"

尹海郡怒道："我一个学生，哪里有钱给你收拾这烂摊子？"

尹力动了动腮帮子，眼睛一眯，说道："爸爸知道你很有出息，交了几个有钱的朋友，还有一个富家千金，拉小提琴的，她好像和你走得很近。你开开口，让她救济一下我，应该不成问题吧。"

他脸上的笑狡黠、丑陋。

尹海郡都料到了。他的爸爸，哪儿有什么念家、念亲情一说？

他压着怒气，问："你觉得你说的是人话吗？"

尹力没什么羞耻感，挠挠后脖，说："那个小女生背的包我认识，随便一款就好几万元，你开口让她拿个十来万元，应该很轻松吧？"

他不但没反省，反而越说越离谱儿。

烧烤店里太吵，吵得尹海郡头脑发胀，他紧握成拳头的手死死地按在大腿上。他拼命压着心底的怒气，再问："你到底又欠了多少？"

尹力清了清嗓子，胳膊肘撑在桌上，拿筷子挑着盘里的毛豆。他将毛豆一颗颗地送到嘴里，但就是不答。

"尹力，你给我出来！"

突然，一个男人疾步奔来，拨开厚重的挡风帘，一冲进来就拎起尹力的后衣领怒道。

"别在我这儿闹事啊。"老板害怕斗殴，立刻从收银台后跑出来。

尹力嬉皮笑脸地挥挥手，对老板说道："没事，自家恩怨。"

老板觉得事闹不大，便走了回去，继续忙活。

方才尹海郡在从学校过来的路上，还是把爸爸回来了的事告诉了舅舅。毕竟，他只是一个 17 岁的孩子，有些事单靠自己的确难以解决，而舅舅是唯一能保护他的亲人。

三个人前后脚走了出去。

王业军把尹力带到了后面的巷子里，并让尹海郡在巷子口等着。这里是一个死胡同，老旧的路灯是唯一的光源，巷子里寂静得没有一丝杂音。

这个给尹家带来灾难的尹力，姐姐重病在身时还要给他还债，王业军真是杀了他的心都有。后来，他想着这个垃圾滚去了东南亚也好，至少阿海往后的生活能平静点儿。

得知尹力又欠了债，王业军怒气冲天，拎起尹力的衣领，将他朝墙壁上狠狠地扔去，怒道："怎么？你外面的女人帮不了你了？"

要钱的尹力就像一只过街老鼠，他站直身子，没皮没脸地笑道："她几个月前跟别的男人跑了。"

王业军对此嗤之以鼻，说道："是啊，谁愿意跟你这个赌鬼过啊？给你填坑？你就是个无底洞！"

尹力竟还有脸唉声叹气地卖惨。

"其实这次我挺惨的，真是被人骗了。"

王业军真想一巴掌扇过去，但忍住了，因为需要解决问题。于是他心平气和地问："你要多少？"

尹力感觉到了金钱进兜的希望，眼睛都亮了，揉了揉鼻头，说道："不多，10万。"

听到这个数字后，王业军再也忍不住了，一脚朝尹力的腿踹了过去，问他："你怎么不去死呢？你还有脸回来找阿海要钱？"

倒在地上的尹力又站起来，拍了拍手上、脚上的灰，说道："他不是有几个有钱的朋友吗？儿子养父亲，天经地义……"

嘭——

他话还未说完，王业军又踹去了一脚，这一脚下了狠力，尹力站不起来了。

尹力暴露了自己的本性：

"我就是来要钱的，给我钱，我立刻走，要是不给，我就用我的办法得到。"

王业军蹲下身，一把抓住尹力的衣领，说道："我从来不咒别人，但我真希望你明天就死掉。"

"不好意思，老子命大，"尹力瞪大双眼，说道，"这么多年都活得好好的，就是死不了。你要是不给我钱，我就用我……"

"一周，"王业军冷冷地抢过话，也松开了尹力，"给我一周时间，我给你筹钱。"

见目的达到，尹力咧着嘴笑，还装模作样地拍了拍王业军的肩，说道："我这辈子最大的福气就是娶到你姐姐，有了你这样善良的小舅子。"

王业军根本不想理会这种话，愤怒地指向他，说道："但是我有两个条件。"

尹力笑嘻嘻地说道："你就别和我客气了，你说，我都答应。"

王业军喘着气，怒道："第一，阿海要参加高考了，你不要打扰他，拿着钱滚；第二，不要打扰他的朋友们。"

尹力拍了拍手掌，笑道："没问题。"怕王业军不信，他还举起手发誓，"只要你给我钱，我立刻滚，如果耍赖，我咒自己横尸街头。"

赌鬼发的誓，即使再毒，又有谁会信呢？

可王业军没有办法，只能拿钱先打发他，确保阿海顺利参加高考以及保证他的朋友们的安全。

这段人心惶惶的插曲像是暂时过去了。

尹力答应王业军这周都去宾馆里住，不打扰尹海郡。尹海郡的心里却很不好受，因为这给经济方面本就不宽裕的舅舅又增加了沉重的负担。他很清楚，舅舅根本拿不出那么多钱，一定会东奔西走地去借。

两个人分开前，王业军拍着尹海郡的肩膀，让他一心一意地准备高考，钱的事不用他操心。王业军还笑呵呵地说："如果你真觉得亏欠舅舅，那就好好努力，长大了给舅舅买房养老。"

夜色如浓稠的墨，深沉得化不开。

尹海郡的心里压着一块重重的石头，他漫无目的地走着，不知走到了哪儿，只感觉身边的一切从喧嚣到寂静。他也不记得自己这一路上叹了多少口气。

他想哭，很想哭。

有一刻，他又被打回了原形，觉得这个世界上的好事自己并不配拥有。他是很想给自己打通一条明亮的道路，可他好疲惫，疲惫得连拿起镐头凿地的力气都快没了。

忽然，手机在裤袋里振动起来，振动了好几次后，尹海郡才伸手去掏手机。

是邱里给他打了电话来。

尹海郡揉了揉红肿的眼睛，吸了吸鼻子，调整好了状态才接通。

邱里的声音很轻，她说："尹海郡，来我家，我有东西要给你。"

恒院。

祁南有一部分富人住在这里，这里的房子都是独栋别墅，安保极严。邱里给门口的保安打了一通电话，尹海郡才被放行。

到底是有钱人住的小区，和机电厂的家属楼一个天上一个地下。如果不是认识邱里，尹海郡从未觉得人与人的贫富差距会如此之大。

他走在小区蜿蜒的小路间，绕着潺潺流水，走过了一栋又一栋别墅。

邱里给他画了一幅小地图，他到了后，往前看去，觉得这里不像是她家的正门，而像后门。

一扇小小的木门打开着，少女裹着棉袄，笑着朝他挥手。

尹海郡在外面溜达了几个小时，棉衣上都是寒气。怕被她的家人发现，他带着她躲到了角落里的一棵树下。

尹海郡低下头，问："有什么东西不能在学校里给我？"

邱里仰起头，说道："我听说了你家里最近发生的事，我和晏孝捷都很担心你，怕你……"

后面的话，她没敢说。

尹海郡一笑，问："怕我什么？怕我想不开？"

邱里咬着下唇，点点头。

她的手在棉衣的口袋里，不知道她在摸什么东西。

她说："有一段时间，我因为压力大而经常失眠。有一天，夏叔给我买了一个布娃娃。很神奇，将它摆在枕头边后，我就可以睡一个好觉。"

邱里把塞在口袋里的布娃娃拿出来，递到尹海郡的手边，又说道："我把它送给你，希望它也能缓解你的压力。"

尹海郡低头看着这只穿着粉色裙子的布娃娃，不禁别过头笑了笑。

"你笑什么？"邱里有点儿不高兴地问他。

尹海郡咳了咳，说道："没事，就是我一个大男生，床头摆着一个布娃娃，挺怪的。"

"怪又怎么了？有用就行。"邱里不允许他拒绝她的好意，强行将布娃娃塞到了他的手里，说道，"好好拿着。"

尹海郡被迫收下布娃娃，一个秀气的布娃娃被他粗糙的大掌捏着，确实有点儿怪异。现在风大，他让邱里赶紧进去。

邱里裹紧棉衣，又问了一句："你真的还好吗？"

尹海郡重复道："嗯，我没事。"

月朗星稀，清冷的月光从树叶间落下，铺在窄窄的鹅卵石路面上。

邱里的脚步很轻、很慢。

她身后，高大的少年在原地看着她进屋。

"尹海郡。"邱里忽然转过身，说道，"你不能因为压力大就不好好照顾'麻辣烫'，更不能为了泄愤而虐待它。"

尹海郡这个人平时总冷着一张脸。但与他熟了以后，她发现他特别爱开玩笑。

"嗯，明天我就把它炖了，吃狗肉。"

"尹海郡……"邱里急了。

尹海郡笑了笑，挥挥手，说道："走了，学校里见。"

他转过身，大步朝门外走去。

小路上的少女看着那道高大的背影消失在光影里，头微微低下，抱着胳膊，看着水池里月亮的倒影，轻轻地笑。

有了家人和朋友的安慰与鼓励，尹力也不再打扰他，尹海郡的生活渐渐恢复了平静，他也能安下心来读书了。

邱里的布娃娃被他摆在了床头柜上。

很奇怪，他确实不再失眠。

某日午休时，邱里见尹海郡一直利用休息时间看书，便问他要不要去小卖部里转一转，透透气。尹海郡终于扔下笔，下了楼。

他们在小卖部里买了两瓶椰子水，然后有说有笑地回了教学楼。

只是，他们刚走到拐角处时，就看到了站在树下的邓倩良。

尹海郡下意识地和邱里拉开了距离，即使他们清清白白。

"妈妈，你怎么来了？"邱里扑进邓倩良的怀里撒娇。她用余光看见尹海郡独自上了楼。

邓倩良一边轻轻地摸着女儿的头，一边说道："妈妈来找纪老师说点儿事。"

"说什么呀？"邱里说道，"我这么乖。"

邓倩良看着她，说道："妈妈要和纪老师谈谈，下个学期让你在家里学习，主攻小提琴，还有托福、雅思，让你顺顺利利地去伯克利音乐学院。"

邓倩良的话音一落，邱里的心猛地提起，她呼吸不顺畅，下意识地想反驳，但邓倩良并没有给她机会。

"里里，你要听妈妈的话。"

"……"邱里不敢多说。

直到晚上放学时，邓倩良也没走，从办公室里出来后，一直坐在车里。

很明显，她就是来盯人的。她气场强大，夏叔也有几分畏惧。等邱里坐进车里后，夏叔以买烟为由，走到了杂乱的人群里，用眼神示意尹海郡去小卖部。

狭窄、昏暗的屋子里都是烟味。

夏叔买了一包烟，结账时，对身边身材高大的小伙子说："我老板的公司最近闹了点儿官司，她的心情很差。她知道你和小姐走得近，别撞到枪口上。"

尹海郡听进去了："嗯。"

雨说下就下，瓢泼大雨像要将整个祁南淹没。

无人的老街里，有人敲响了修车行的卷帘门，修车行里没开灯，那间小屋里的暗红色的光是唯一的光源。

去拉开门的是一个女人，她穿着一条性感的吊带裙，是晏蓓力，她知道外面的人是谁。

王业军没带伞，淋着雨回来，跟落汤鸡一样，全身湿透了，还透着寒气。他一进来就将手抚上了晏蓓力的细腰。

这女人脱了皮衣后是真妖娆。

晏蓓力推开他粗糙的脏手，说道："先去洗澡。"

王业军不舍地去了厕所。

20分钟后。

坐在床上的晏蓓力还没等来王业军，走到厕所外，看到虚掩着门的厕所里没人，却隐约在最里头的配货间里听到了王业军的声音：

"那个，元哥，我也是最近真的有点儿急用，要不也不会催你。那5000块钱，能先还我吗？"

…………

似乎不太顺利。

王业军满面愁容，一直叹气。他刚转身，就看到了门口的晏蓓力。

她开门见山地问："你遇到什么事了吗？怎么这么着急要钱？"

王业军握紧手机，走了出去，说道："不要关心一个对你来说无关紧要的人的私生活。"

不进入彼此的生活，是他们的原则。

不过，晏蓓力还是多问了一次：

"你真没事？"

突然，王业军将她找进了小屋里，反手将门重重地关上。他用一只手将她推向衣柜边，翻过她的身，像扣犯人一样，用一只手抓紧她的双手。

"我今天心情不好。"

晏蓓力问："所以呢？"

王业军咬牙说道："可能会撒气。"

…………

大雨下了整整一夜，第二天也没放晴，乌云依旧厚重地聚拢着，透不出一丝光亮，让人感觉非常压抑。

尹海郡主动要求三位学霸在周六给自己补习。

他坐在第一排中间的位置上，桌上摆满了课本、试卷，还有笔记。他正在听第一位老师——晏孝捷讲解数学题。

一个公式，晏孝捷教了他快八遍了，黑板上的粉笔字密密麻麻，尹海郡还是没明白。

晏孝捷这种脾气急的人真做不了老师，没憋住，骂出来了："尹海郡，你这脑子到底是什么做的？怎么教都不会？"

尹海郡被骂恼了，拿起一本练习册，朝他的头上扔去，说道："我的脑子好得很！还有，哪儿有人像你这么教的？急着投胎吗？10倍速地教！"

晏孝捷举手投降，懒懒地走了，说道："换下一个，我不教了。"

晏孝捷走下讲台时，看到尹海郡对他做了个说脏话的口型。

晏孝捷被气得要跳上桌，愤怒地问他："你敢骂老子？"

尹海郡迅速站起来，其实就是觉得好玩儿，又动唇说了那两个字。

晏孝捷就是容易被挑衅，扯起他的衣领，在走廊里打起他来。

这就是这两个幼稚鬼的相处模式。

砰——

邱里卷起了两本课本，朝晏孝捷的头狠狠地打了下去，说道："晏孝捷，你是不是想让我把你穿开裆裤、玩泥巴的照片给大家看看？"

晏孝捷示意她闭嘴。

接下来是温乔的教学时间，她教的是化学。

理综里，尹海郡就化学成绩最差。其实温乔教得很有耐心，条理也清晰，但他还是听不懂。三道题，他反反复复做了一个小时。

这会儿，打哈欠的人不仅有晏孝捷，还有邱里。

尹海郡觉得很愧疚，对温乔说道："温乔，谢谢你啊，我先自己捋一捋，要是还不懂，下周再问你。"

温乔也教累了，点点头。

两个小时后，都已经晚上8点了，天早就黑透了。

冬天的风刺骨，四个人裹着厚厚的棉衣，背着书包，走在学校里的水泥路上。

校园里只有他们的欢声笑语。

走着走着，就成了温乔和邱里手挽手地走，尹海郡和晏孝捷并肩走。

"里里，我想看晏孝捷穿开裆裤的照片。"

"我一会儿发给你。"

"好。"

两个女孩儿凑在一边笑。

"你爸没找事吧？"

"没，他住到酒店里去了。"

"钱的事，要不要我帮忙？"

"不用。"

"你就是爱跟我硬撑，你舅舅哪里有那么多钱啊？难道一大把年纪了，还要他卖脸去借钱？问题是哪里借得到啊？"

晏孝捷一想起尹海郡那个垃圾爸爸就烦透了，愤怒地说道："你那个傻爸爸怎么不去死呢？"

他一生气就讲了重话。

尹海郡没介意，知道兄弟是关心自己。

突然，尹海郡接了一个电话，是公安局的人打来的。

听到一半，手机从他的掌心滑落，他震惊到整个人发抖，那么坚强的人，第一次不顾场合地哭了出来。

"尹海郡……"

"阿海……"

…………

可不管他们怎么喊，尹海郡都像哑巴一样说不出话来，头晕目眩，听不见任何声音。

王业军刚把修车行打扫了一遍，准备回家给王喜南做饭，突然，身后出现了重重的脚步声，那不像一个人的脚步声，而像好几个人的。

他回头，是晏蓓力和两名男警察来了。

王业军突然紧张起来，问他们："你们好，请问有什么事吗？"

他以为是阿海出事了。

晏蓓力没出声。

男警察亮出了自己的证件，说道："你好，我们是南城刑警支队的警察，请问你是王业军吗？"

王业军点头。

男警察再问："尹力是不是你姐夫？"

王业军再次点头。

男警向前走了一步，声音洪亮，严肃地说道："昨晚，也就是1月5日晚，尹力死在了流沙湾。根据我们的初步调查，你有杀害他的嫌疑，麻烦你跟我们走一趟。"

憋了一天的大雨，终于在夜晚挤破云层，倾盆而下。

被雨幕罩住的殡仪馆，气氛分外压抑。

两名刑警让其他三个小孩儿在外面等，只让尹海郡进去认尸。

停尸房内格外阴森。

男刑警指着冰柜，对尹海郡说道："去看看，是不是你父亲？"

尹海郡走到冰柜旁，看到尹力全身浮肿、发白。

即使再恨爸爸，即便爸爸是一个浑蛋、败类，可当他真正失去至亲时，仍崩溃得难以承受。

尹海郡身体发抖，说道："嗯，是我爸爸。"

他眼角的泪止不住地流下。

刑警走到他身边，安慰了几句，又说明了尹力的死因："我们是在流沙湾的海里找到你爸爸的尸体的，初步判定是溺海身亡。但最终的结果，我们会在尸检后告知你。"

尹海郡的手臂在颤，他应道："嗯。"

男刑警怕少年想不开，说了许多暖心的话。

10分钟后，他们走了出去。

晏孝捷冲上去抱住了尹海郡，不停地拍他的背，也不知道该说什么，想通过拥抱给他一些力量。

尹海郡看着一直在哭的邱里，她哭得全身在发抖。他推开晏孝捷，走到邱里身边，看了看外面的天色，说："很晚了，你快和夏叔回去吧。"

邱里摇头，说道："我想和晏孝捷、温乔一起陪你。"

尹海郡知道她的母亲管得很严，便说道："回去吧。"

邱里哭着摇头，说道："不要，我不要回去。"

夏叔也进来了。

尹海郡用眼神示意夏叔带走邱里。

夏叔试着去拉小姐，但根本拉不动。

邱里说什么都不肯挪一步。

晏孝捷见这么僵持下去不是办法，便对夏叔说："这样吧，我给邓阿姨打电话，说邱里跟我和几个朋友在一起玩，让她放心。"

以老板目前的警觉心来说，夏叔并不放心他们这么做，可又心疼尹海郡，犹豫再三后答应了。

祁南南城刑警支队审讯室。

晏蓓力和男刑警坐在一起对王业军进行审讯。

王业军是懂分寸的人，从头至尾没有看过晏蓓力一眼。他没有做过亏心事，不怕被盘问。

男刑警表情严肃地问道："1月5日晚上，你是不是约了尹力在流沙湾见面？"

王业军将双手放在腿上，答道："是。"

男刑警继续说道："根据我们的初步判定，尹力死于1月5日晚上8点至10点期间。根据附近一名村民所说，他在8点10分左右，看见海边有两个男人在争吵和动手，还听到了'姐夫''小舅子'的称呼。和尹力发生争执的人是不是你？"

王业军将背挺直，很坦诚地答道："是我。"

男刑警问："你们为什么要争吵？"

王业军："尹力早在几年前就欠下一身债跑去了东南亚，中间一直没有回来。他前段时间回来，想让我帮他再次还债。我答应他，让他给我一周时间筹钱。不过我筹钱筹得并不顺利，所以约他见面聊，没谈拢，就动了手。"

男刑警记录着。

王业军继续说："但是我和尹力只聊了半个小时，随后我就打车回了修车行。"

男刑警抬起头，问："有人能证明吗？"

王业军想了想，回答道："我很少用软件打车，是在路边拦的车，支付的是现金。不过，你们可以看看当地的摄像头。"

男刑警记录后，再问："那是否有人能证明你到家的时间？比如你的亲人、邻居。"

王业军摇头，说道："没有，我一个人在修车行里。"

听到这里，晏蓓力眉心一蹙，盯着王业军，但他从未看过她一眼。

男刑警点点头，说道："情况我们大致了解了，你说的这些情况，我们会去调查核实。如果有需要，还得麻烦你继续配合。"

王业军点头，说道："没问题。"

直到走出警局，王业军都没有看过晏蓓力。

他们就像是两个毫不相识的人。

深冬，天气寒冷。

晏蓓力站在防盗窗边，看着路上的王业军。他在大树下站住，一只手撑着树干，另一只手烦躁地乱搓头发，背越弯越低，像是在哭。

晏蓓力转过身，叫住了刚才那位男刑警："小陈。"

男刑警在她面前时和气多了，问她："晏队，怎么了？"

晏蓓力问："任局这几天在吗？"

男刑警想了想，说道："应该在吧，怎么了？"

晏蓓力招手让他走近些，在他的耳边悄悄地说了几句话。

男刑警被吓到档案袋差点儿掉到地上，对她说道："晏队，这事不是闹着玩的啊。不行，这事你不能参与。"

他指着窗外的人影，压低声音说道："你了解他吗？万一他撒谎了，你就真被拉下水了。"

晏蓓力坚定地说道："但是，我的确是证人。"

男刑警："……"

市区的某高层公寓里。

晏孝捷和温乔点了很多吃的，反正把尹海郡喜欢吃的东西都点了一份，还把"麻辣烫"接了过来。

公寓里算是热热闹闹的。

他们是不想让尹海郡孤独地度过今晚。

四个人围坐在木桌边。

满满一桌美食，明明香气四溢，但他们似乎都没有心情动筷子，气氛很压抑、很沉重。

最后，还是尹海郡先吃的。他拿起一串烤鸡翅，笑着问："怎么，你们都不饿吗？"

他们不知该怎么答。

看到他笑，邱里更慌了，问他："尹海郡，你真的没事吗？你要是想哭，你就哭。"

尹海郡放下烤串，笑得疲惫，说道："我没了爸，没了妈，的确是一个孤儿了。如果没有遇到你们，我想今晚我肯定很难撑过去。所以，我很感谢你们，愿意和我这样的人做朋友……"

晏孝捷抱住了尹海郡，哽咽难语。

随后，温乔和邱里也抱住了尹海郡。

17 岁的他们的友谊纯粹又单纯，开心时，他们一起玩；不开心时，他们一起撑。

夜里 12 点。

楼上的床留给了两个女孩儿，晏孝捷和尹海郡躺在楼下的沙发上。只是，他们并没有睡着，悄悄对视后，做了一个大胆的决定。

他们打车去了流沙湾，还带上了"麻辣烫"。

流沙湾和烟海巷在城市的两个对角，但流沙湾更偏僻，那里的居民都是渔民，附近连像样的门店都没有。

雨刚停，海风刺骨。

他们裹着大棉衣沿着沙滩走，"麻辣烫"跟在他们的脚边。他们也不是非要来做点儿什么，只是尹海郡很固执地想来爸爸死去的地方转一圈。

海浪似乎要拉走人的魂魄。

晏孝捷一直搂着尹海郡的肩，一边慢慢往前走一边说道："阿海，我会一直支持你，你永远是我最好的朋友。"

说空话没用，他认为给予朋友最大的安慰，是永远站在朋友身边。

这些年来，晏孝捷给尹海郡的帮助颇多，多到尹海郡都愧疚。他的真心朋友本来就没几个，晏孝捷是和他关系最好的。

尹海郡开玩笑道："晏少爷，你以后去了香港，成了著名的外科医生，哪儿还记得我啊？"

晏孝捷看了看海，笑着说："你应该知道，那么多朋友中为什么我们关系最好。"

尹海郡当然知道。

因为他曾经替这位少爷挨过一刀，在手臂上，那是晏孝捷在校外惹的祸。此后，晏孝捷真是事事帮他，甚至毫不犹豫地拿出了30万元帮他。

风突然变大。

两个女孩儿的声音响起：

"尹海郡……"

"晏孝捷……"

他们猛地回头，是邱里和温乔跟了过来。

她们显然很生气，邱里说道："你们偷偷摸摸地出来遛弯儿，还不带我们，真没良心。"

看到大半夜不怕危险跟来的两个女孩儿，晏孝捷和尹海郡真是魂都快被吓飞了。

随后，他们四个人一起朝海边走去，站在潮水卷不到的地方，踩着细细的沙子，听着海水翻滚的声音。

阵阵冷风混着呼啸着的海浪扑向他们，他们即使穿着厚厚的棉衣也被吹得浑身发冷，脸颊都被冻得通红。

此时，尹海郡表情认真地说道："我很开心，真的很开心，能在茫茫人海里认识你们。"

没有人说话。

但笑声就是最温暖的回应。

海风一直吹。

他们时不时地抬头对视，说说话，笑一笑。

突然，"麻辣烫"在沙滩的一角狂吠，打破了这份安宁。

他们四个跑了过去。

只见"麻辣烫"叼着一只钥匙扣，不停地转圈。

第二日。

阳光终于冲破云层，天放了晴。

夏叔一早就将邱里接回了别墅。不过，在路途中，邱里就有了不好的预感。果然，她一进家门，邓倩良就将她叫进了书房。

门关上。

气氛异常紧张。

邱里还没有站稳脚跟，邓倩良就扇了她一巴掌。这是她第一次打女儿，下了狠手，因为太失望了。

邱里摸着被打疼的脸颊，不敢说话。

邓倩良拿来家中阿姨的手机，点开一张照片，说道："如果不是谢姨那天在院子里拍到你带男生回家，如果不是我昨天打了一通电话给晏先生，我都不知道我的女儿原来这么不乖，会撒谎，会乱来。"

邱里被吓哭了，身子一直抖。

邓倩良狠着心，教育自己胡作非为的女儿："你是不是和修车行里的那个男生在谈恋爱？"

"没有，我们没有谈恋爱。"邱里深深地埋着头，回答道。

邓倩良已经不再相信女儿的话，越想越气，说道："如果不是你曾阿姨告诉我，我都不知道这个尹海郡还欠他们家30万元。"

并不封闭的书房里，邱里却呼吸不上来。

邱里被邓倩良关在家中了。

邓倩良下了狠心，和校领导已经商量好，下周期末考试结束后，下学期就让邱里在家中学习。她也对夏叔进行了严厉的警告，不允许他再纵容小姐，再发现一次就开除。

这段时间，邱里和尹海郡没有见过面。

她不想让刚失去父亲的尹海郡担心自己，所以并没有说妈妈打了她的事，只告诉他，她让他来她家的事被发现了以及有些麻烦。

可尹海郡就算不知道她被打的事，心里也不好受。

这天，刚刚下过一场雨，篮球场上冷风阵阵，湿而滑的塑胶场地上只有他一个人。他几次投篮都显得有气无力。

当篮球再一次猛地砸到地上时，尹海郡没管长椅上是否还有雨水，坐了上去，弓着腰，喘着粗气。他的眼中没有一丝光亮。

邱里被她妈妈关了起来；舅舅成了越南那几个流氓的催债对象；

晏孝捷因为总帮他，被爸爸教训；晏姑姑也因为替舅舅挺身而出，被领导训斥，被全家人责骂。

…………

好像身边糟糕的事，都因为他而起。

尹海郡盯着地上那一洼水，伸出脚踩了踩，又苦笑了一下。

他在想：晏孝捷要去中国香港，日后会成为一名优秀的医生；温乔要考去公大，日后会成为厉害的法医；邱里会去美国，日后会是一名站在舞台上发光的小提琴家。

而他呢？

他的未来是怎样的呢？

他伸出手，摊开掌心，17岁的他，皮肤却比同龄的男孩子的都粗糙，他好像从未享过一天福。但他好像也从未怨天尤人过，生在什么家庭，拥有什么命运，他都认。

尹海郡慢慢握紧拳头。

和以前相比，他好像有了不一样的想法。以前，他觉得做一个普通人，不用发光，只要活下去就好。但现在，他有了一点点奢望。

雨突然又下了起来，重重地落到地上。

尹海郡没走，而是冲进了雨里，重新拾起地上的篮球，朝篮筐扔去。

一次进筐。

两次进筐。

…………

十次进筐。

他次次命中，篮筐剧烈晃动。

棉衣被雨水浇透，尹海郡的视线一片模糊，他却觉得站起来浑身使劲的感觉特别爽。

日子过得飞快。

一转眼就到了5月。

尹力的案子最终以凶手自首结案，凶手给的理由是抢劫，过失杀人。

这起案子结束得悄无声息，就像尹力的死，只是一段插曲。

这小半年，邱里没再来过学校，尹海郡旁边的课桌一直空着。不过他挺霸道，直接将两张桌子合并在一起，全给自己用。他将重心放到学习上后，成绩的确突飞猛进，上次模拟考试时，他竟考出了490分的高分。

他和邱里已经三个月没见过面，上次见还是夏叔偷偷带她来机电厂的家属楼。他们带着"麻辣烫"一起去附近散步，去了那家麻辣烫店里吃麻辣烫，又在夜市里逛了逛。

可以后他们还能否见面，谁也不知道。

5月20日是一个周六，也是尹海郡18岁的生日。

这天一早，尹海郡接到了邱里打来的电话，她说妈妈去了外地，她想利用学琴后的一点儿时间去海边给他庆生。

尹海郡犹豫片刻后同意了。

下午，邱里先去了一趟"知和艺术馆"。

唐樾近半年来似乎安分了许多，也主动提出换搭档，所以邱里和他也有一段时间没见了。

一场小型表演结束后，邱里在休息室里换好衣服，背上琴盒出了门。天气暖和了，她终于又可以穿上漂亮的裙子了，还特意挑了一条粉嫩的长裙，戴上了一根珍珠发带。

对面的房门虚掩着。

邱里刚迈出脚，便听到对面的房间传出了激烈的争吵声。

对面的房间里是唐樾一家人。

他们争吵的原因，是唐樾没能顺利地考入最理想的艺术学院。为了考入这所院校，他付出了很多努力，甚至出国面试了两次。

"怎么会呢？明明已经十拿九稳了。"

"对啊，最后一次面试时，我记得那个Frank老师还特别喜欢我们阿樾。我们阿樾怎么就突然被人挤下去了呢？"

争吵过后，是一阵唉声叹气的声音。

偷听了一会儿后，邱里顺着门缝朝里面看了几眼。看到唐樾他们郁闷的神情时，她扯了扯琴盒的带子，然后回过身，朝走廊里的明亮处走去。

经过几扇窗后，她站在阴暗处，停了停脚步，忽然笑了。

艺术馆外视野开阔、明亮，草坪旁停了一辆黑色的车。少年穿着黑色的 T 恤，倚靠在车前，看到走出来的少女后，冷峻的脸庞上扬起了只有在面对她时才有的温柔的笑容。

邱里走了过去。

她坐稳后，搂住了他结实的腰。

邱里扯了扯尹海郡的 T 恤，轻声说："尹海郡，我今天做了坏事。"

尹海郡疑惑地问："什么坏事？"

邱里说："我把别人的水杯打翻了。"

尹海郡差点儿笑出声，没说什么，往海边驶去。

现在临近夏季，海边不仅有春天的清爽，也有些许夏日的闷热。

傍晚时分是海边最美的时候，有一种余晖临水动、迟暮远山寻的感觉。

邱里静静地坐在尹海郡身旁，在他的身边，她显得很娇小。

虽然今天是一个值得庆祝的日子，但他们的脸上都没有笑容。

他们静静地眺望着大海，听着海浪声。

海岸边，还有弯着腰拾贝壳的老人，画面静谧而美好。

"'麻辣烫'，过来……"

邱里叫住了往海里冲的"麻辣烫"。

"麻辣烫"不是要冲进海里，而是叼着一串钥匙冲到了老人身边。老人眯着眼睛，惊讶地看着那串熟悉的钥匙。

老人蹲下身，抚摸着它，问："小狗狗，你怎么知道这是奶奶的钥匙啊？"

邱里和尹海郡拍了拍屁股上的沙子，跑了过去。

邱里扶着老奶奶，问："奶奶，怎么了？"

老人握着她的手，慈祥地笑了，说道："这条狗狗好厉害啊，竟然捡到了我丢了一个星期的钥匙。"

邱里和尹海郡惊讶地对视一眼。

随后，他们一起将老人送到了马路上，便赶紧跑了回去。

尹海郡一边揉着"麻辣烫"的头一边说道："你还真有两下子啊！"

"麻辣烫"特别得意地叫着。

邱里蹲了下来，戳了戳尹海郡的手臂，说道："要不真让'麻辣烫'去做警犬吧。"

尹海郡没拒绝也没同意，摸着"麻辣烫"，第一次思考起了这件事。

天色越来越暗，静悄悄的夜里，连海浪拍岸的声音都变得轻柔了，但好在这里少了压抑，多了一些希望和生机。

他们就这样坐着一边聊天儿一边等晚上 12 点的到来。

晚上 11 点 50 分。

沙滩上的小蛋糕上已经被插上了蜡烛，蛋糕是邱里挑选的，确切地说，是她画的图。一个 8 寸的蛋糕被分成了两半，一半是粉色的海，一半是蓝色的海。

邱里笑着说："快闭上眼许愿。"

尹海郡双手合十，闭上了眼，安静、虔诚地许着愿。他还没有睁开眼时，就听到了邱里对他说的祝福语：

"尹海郡，祝你生日快乐。"

少女那好听的声音伴着海浪声。

尹海郡睁开眼，并没有吹熄蜡烛，而是看了看手表。等时间来到晚上 12 点时，他对邱里说："快，闭上眼睛许愿。"

因为很巧，他们的生日只隔了一天。

邱里也双手合十，闭上眼，笑着许愿。

尹海郡问她许了什么愿。

其实他只是随口一问，邱里却说了出来。

那不是一个普通的愿望，是她心底的声音。

海风吹来，烛光摇曳。

凌晨 1 点，尹海郡才和邱里在海边的路口分别。再不舍，他还是做了先走的那个人。邱里望着那道孤独的背影一点点消失在自己眼前，站在原地哭了很久很久。

这是夏叔第一次见到小姐崩溃。他不知道该怎么安慰她，只是到了别墅的车库里时，一直替小姐擦眼泪。

车外，邓倩良似乎站了很久。

邱里颤抖着推开了车门，满脸是泪，双眼红肿到视线模糊。邓倩良虽然心疼女儿，但还是要这么做。

邓倩良抱住了女儿。

过了很久很久，邱里才带着鼻音、颤抖着唇说出了妈妈最想听的那句话：

"你不用担心我，我们以后都不会再见面。"

那一夜是不眠夜。尹海郡和邱里觉得像过了一个世纪那般漫长。他在家里的阳台上发了好久的呆；而她蜷缩着抱着自己，坐在别墅露台的椅子上，哭到眼泪流干。

再伤感的日子终会过去，就像压抑的冬季会离开，燥热的夏季会到来。

高考后的一个月，已经是炎炎夏日。

尹海郡在修车行里修车，看上去心情不错。

这几天有几个与他有关的好消息传来。

第一个，那些追债的人放过了舅舅和他；第二个，他高考考了541分，踩着分数线成功地被祁南警察学院录取。

不过，今天有不速之客来了修车行。来人是邓倩良。

邓倩良将尹海郡带到了附近街区最好的一家咖啡厅。她是做生意的，习惯了开门见山。

"我好像一直没有找过你。"她说。

尹海郡不知该如何回答，只点点头。

"因为我不想在气头上找你，"邓倩良喝了一口咖啡，说道，"我想对你做出一些基本的判断后，再找你聊聊天儿。"

尹海郡"嗯"了一声。

邓倩良的目光有些冷，她说道："你出生在一个并不好的家庭里，这不能怪你。但你在学校里做的那些恶劣的事，我也有所耳闻。"

尹海郡低下了头，因为无法解释。

"不过呢，"那些愤怒的情绪，这段时间邓倩良也消化了一些，"阿晏、里里都夸你，我想你身上也有可取的地方。"

她观察着眼前的少年。

她虽生气，但也不忍心对一个背负生活重担的孩子说太狠的话。

尹海郡始终没有出声，捧着杯子，低着头。

忽然，邓倩良笑了，说道："你知道吗？那天里里给你过完生日后，回来和我说不会再和你见面了。她还一直求我，不让我来找你，说你刚失去了爸爸，无依无靠，让我一定不要再给你的生活增添烦恼。"

深深地埋着头的尹海郡心脏难受得紧，咬了咬下唇，下巴似乎都在颤抖，他只说了一句话："邱里是一个很好的女孩儿。"

邓倩良继续说："或许你在里里的眼里是一个很好的男孩儿，可是，你也别怪阿姨护女心切。"

后面的几分钟里，他们沉默着。

邓倩良一直看着眼前的少年，反复琢磨着许多事，叹了一口气，说道："阿姨替你做了一件事。"

尹海郡惊讶地抬起眼，问："什么事？"

邓倩良："我和晏孝捷的母亲谈好了，那笔为你妈妈治病的费用你可以不用还。你可以安安心心地长大，踏踏实实地学习、工作。"

尹海郡："……"

10 分钟后，他们同时推开了咖啡厅的门。

尹海郡恭敬地朝邓倩良弯腰点头，目送她上了她的车后，独自往前面的马路走去。

车里，邓倩良盯着少年高大的背影，直至那背影变成小圆点，消失在街角。

车里还坐着邱海权，他性格温和，问邓倩良："你没吓着人家小孩儿吧？"

邓倩良没回答，而是依旧盯着路口，一直想着少年刚才的回答。她想着想着，竟然笑了起来。

8 月底。

现在正是崇燕岛最热的时候。

海天一色，海水湛蓝、透亮，海面泛起层层刺眼的波光。海里是黑压压的人，他们玩耍嬉戏，还有喜好刺激的人，踩着冲浪板和海水对抗。

某个角落里，海面平静。

水下却有一道人影。

这人穿着泳裤，双手垂落，闭着眼，憋着气，看上去像要"溺海身亡"。

他的四肢被浪推动，憋气的时间越久，他窒息感越强。他似乎不怕，就是在挑战自己。

他需要呼吸。

突然，他睁开眼，刺眼的阳光穿过了海水，直直地照射进他的眼中。

突然，水面溅起巨大的水花。

他的身子露出水面，视线被满脸的水珠模糊，他张开口，大口呼吸。这种在海水中逐渐窒息，出水突然看到了阳光的感觉，就像是获得了新生。他游到岸边，双手用力一撑，站了起来。他昂首挺胸，去感受那照射在自己身上的炙热滚烫的阳光。

他捡起了地上的衣服和手机，滑开手机，界面上显示着两种时间——北京时间与纽约时间。

他将衣服甩到肩膀上，大步朝岸边走去，慢慢走进热闹的人群里。他的背脊始终挺得笔直，头高高地扬起，脸上也挂着笑。

他在想，既然那汹涌的海水从未溺死过他，那么他的未来必定有光。

第八章

新的开始

国庆节后的第一周。

祁南警察学院建在南城的郊区，靠着山，低调、隐蔽，后山划分出了一块地，作为实操演习地。

下午3点，正是训练时间。

操场上是正在进行体能训练的新生，警校生的训练本就是超高负荷，从早上5点晨跑开始，直到下午课程才结束。

一天下来，不是一般人扛得住的。

10月中旬，祁南烈日当空。四人一组，正在两两做着极限拉练，第二组的男生干脆脱了上衣，赤着上身。

操场上全是嘶吼声。

尹海郡正和同寝室的男生进行拉练。

入学前，他将头发理成了寸头，既是为了方便训练，也算是从头开始。他本来看起来就不温和，这下显得更高冷了。

身后的男生弓背屈腿，使劲拉着绳，和尹海郡一起做跑跳的体能训练。这很考验体力，被太阳晒，全身跟被火烤一样，大汗淋漓，身体的每一处都在发力，手臂、腿部凸起青筋，尹海郡咬紧牙关，来回跑跳，训练反应速度。

以前他觉得自己的体力还算强，但这一个多月的高强度训练，还是让他有些吃力。

20 分钟后，训练结束。

尹海郡弓着背，撑着大腿，阳光刺眼，他眯着眼大口喘气，待呼吸从急促变得平缓后才起身。他捡起草坪上警校发的黑色 T 恤，随意地套到了身上。

一天的训练结束后，他回了寝室。

尹海郡先去淋浴间冲洗，水流有些大，他洗澡时向来也没那么讲究，不喜欢用沐浴露，喜欢用香皂。他将香皂打湿后，朝身上擦了一圈，他不是什么细皮嫩肉的人，搓起澡来力气挺大。

他入学一个多月了，皮肤黑了，体格壮了。

在他旁边冲澡的是刚才和他一起做拉练训练的室友——方树。方树的老家也是崇燕岛，所以他们俩走得最近。

方树敲了敲瓷砖墙，笑着问："张老师同意你请假了？"

尹海郡："嗯，同意了。"

"厉害啊。"方树知道一点儿他的事，于是问他，"几点的飞机？要送你不？"

尹海郡笑了笑，反问道："你以为我 3 岁？"

"我是怕你没坐过飞机，害怕。"

"滚。"

方树这人为人正直、善良，就是老爱和熟人开玩笑。

尹海郡不介意这些。

尹海郡走出淋浴间，方树刚好走出来，上下瞅瞅他，感慨道："到底是不同啊，难怪你能被富家千金看上。"

尹海郡没理他，扯过毛巾，在长椅边擦身子。

祁南警校的寝室是四人间，上下铺，旁边放着四张小桌。

从被子到衣物再到生活用具，都摆放得整齐有序。

桌上有手机在振动。

紧接着，尹海郡和方树回来了。

尹海郡拿起手机，是纪仁给他发的微信。纪仁问他在警校是否习惯，要不要给他送点儿吃的。

和班主任的关系变得融洽，是他从未想过的。像他这样的一个学生，之前让纪仁天天头痛。但他毕业后，像收获了一个父亲。

中秋节他也是在纪老师家里过的。他走的时候，纪老师还强行给他塞了很多吃的和一些生活费。

此时，纪仁又给他转了2万元。尹海郡被吓到了，但纪仁说，这些钱是给他出国后傍身的，他可以不花，若万一有了事，能应应急。

纪仁态度强硬地让他收下。

过了很久，他才收款。

尹海郡收起手机，沉默地看着桌面。他也不知道具体是从哪天起，自己原本充满阴霾的世界逐渐变得明亮了。

一些想不到的温暖的人和事在朝他靠近。

他的手机又振动了。

尹海郡接起电话后，飞快地跑了出去。

警校的校门把守很严，学生平时不能随意进出。校门的石礅旁站着一个留着短发的女生，也穿着祁南警校发给学生的T恤。不过她不是本科生，而是专科生。

她是舒雁。她成绩一般，分数线刚好过了祁南警校的专科线。她想着没关系，以后专升本，一样可以努力进刑警支队。

专科比本科管理得松多了。

舒雁将手中棕红色的本子递给尹海郡，那是他的护照，他接过，对她说道："谢了。"

她讲话向来不拖泥带水："刚好路过你舅的修车行，他在忙，我就顺便拿过来了，反正我也要回学校。"

尹海郡点点头。

舒雁扒着校门往里看，感叹道："我可真是没想过，尹海郡高考能考到540分。"

尹海郡只是笑笑，没说话。

山后的风，徐徐吹过。

他们闲聊了一会儿，然后分开了。

舒雁走之前说道："希望我们以后能成为同事。"

他们都不再是高中时的模样，都有了志气。

第二天是周末。

尹海郡早上 5 点就到了祁南国际机场，但祁南没有直接到夏威夷的航班，他需要转两次机，第一次在香港转机，第二次在关岛转机。这对从未坐过飞机的他来说，的确有点儿挑战。

航班抵达香港的时间是上午 10 点 20 分，中途有三个小时的休息时间。

尹海郡穿着黑色的 T 恤，背着背包，理着寸头，人看着精神抖擞。他一出出口，就看到晏孝捷趴在栏杆上等他，还举了一个牌子。

牌子上面的字还挺长——欢迎长得比我逊色一点儿的二中校草。

尹海郡嫌丢人，抢过牌子折起来，扔到了垃圾桶里。

晏孝捷迅速抱住了好兄弟，摸了摸他的背，问："壮了这么多？"

尹海郡没好气地朝他翻了个白眼。

"几个月不见，一见面就给我摆脸色？"

"你活该。"

…………

几年了，他们的相处模式一直是这样。

两个人勾肩搭背地往外走。

晏孝捷把尹海郡带到了附近的东荟城的一家饭店里，温乔在这里等了很久。很巧，她要乘坐下午的航班回祁南。

三人坐下后，点了满满一桌菜。

晏孝捷和温乔像"罪人"一般，很拘谨地坐着。

晏孝捷向尹海郡解释："海哥啊，我和乔乔当时绝对是为了你好，但是没想到……"他泄了气，继续说道，"是我失策了，没把握好邱里的心理。"

尹海郡没吭声，烦躁地揉了揉眉心。

在得知邓倩良将邱里关在家里的那周，晏孝捷和温乔就约尹海郡出来商量对策。因为有一晚，邱里悄悄和温乔透露了自己的少女心事。所以在尹海郡过生日之前，他们就把这件事告诉了尹海郡。

晏孝捷和温乔的意思是，让这场"拒绝戏"足够逼真。

当时为了邱里能顺利去美国，尹海郡选择了听他们俩的计策。等高考结束，邱里自由后，他按原计划给她发了微信，解释了一切。

可直到今日，邱里都没有理过他。

他们彻底失算了。

不过，9月初，尹海郡在修车行里见到了久违的夏叔。夏叔说明了来意，并替他办理去美国的签证。一切顺利，再后来，夏叔给他买好了往返机票，时间间隔是3天。

夏叔说道："小姐暂时对你很抗拒，你过去多哄哄她。"

去夏威夷是尹海郡最近唯一的机会，他必须见到邱里，当面向她解释清楚。

晏孝捷握着尹海郡的手，说："海哥，在夏威夷，发挥你野人的能力，征服小公主，你可以的。"

尹海郡懒得搭理他。

三个人匆匆吃了一顿饭，又一起赶去了机场。

他们陪尹海郡办理了值机和托运手续，然后在入口处聊了几句。

晏孝捷的确有些不放心，问他："你可以吗？一个人过去。"

尹海郡反问："怎么？你要和我一起去吗？"

晏孝捷："如果后天不是我外公的生日，我真想陪你去。"

尹海郡不喜欢和男人煽情，用机票拍了拍他的脖子，说道："我一个大男人，怕什么？你快点儿陪温乔去，她快来不及了。"

尹海郡跟温乔道别："温乔，我走了。"

温乔笑着挥挥手。

尹海郡又拍了拍晏孝捷的肩，说道："你找个周末回祈南，我请个假，咱们俩好久没一起打篮球了。"

晏孝捷"嗯"了一声，点点头。

随后，尹海郡大步朝安检口走去，头也没回。

从香港飞去夏威夷，的确够折腾。

从关岛转机，最后到夏威夷，总共耗费了快16个小时。

尹海郡到达夏威夷时需要倒时差，这里的时间比北京时间晚十几个小时，此时是上午11点多。

漂亮的美国空姐叫醒了他。

从走下飞机的那一刻，尹海郡就感受到了夏威夷的热浪。他取完行李，在外面拦了一辆计程车。他自己都没想到，竟有一天能在国外和司机流利地用英语交流，这都得感谢高三后半年的刻苦学习。

他那么讨厌英语的一个人，第一次觉得能说一口流利的英语确实挺酷。

直到这时，邱里依旧处于失联状态。他们之间的联系全靠夏叔。

尹海郡去了夏叔给他的地址——某度假酒店。

虽然他长在海岛上，但崇燕岛和夏威夷还是比不了，夏威夷的树木更具有热带特色，叶子更宽阔，海滩更迷人，还有身材更火辣的漂亮女孩儿。

金发碧眼的漂亮女孩儿穿着性感的比基尼，脸上的笑容张扬、自信，性感但不低俗。

阳光太烈，刺得他眼睛疼，尹海郡戴上了黑色的墨镜。或许是因为他从长相到身材再到皮肤，都是外国女孩儿喜欢的类型，他每走一段路，便有人朝他抛媚眼。甚至有女孩儿明目张胆地找他要电话号码。

这种受欢迎的感觉，尹海郡竟觉得还不错。

下一秒，他收到了夏叔发来的微信。

夏叔："小姐在东角的海滩上。"

尹海郡将手机揣进兜里，大步朝东边走去。

海滩上是密密麻麻的人群，很喧嚣。人们要么悠闲地躺在遮阳伞下喝着冰饮，要么正在海里玩。沙滩很软，偶然还能看到藏在沙子里的橄榄石。

即使戴着墨镜，尹海郡也一眼便锁定了那道熟悉的身影。

水中央，女孩儿一会儿浮入水里，一会儿仰出水面。10分钟后，她才走到了沙滩上。她穿着黑色比基尼，几根纤细的带子绕在背后，性感无比。

尹海郡故意挡住了路，但邱里就跟不认识他一样，绕过他，朝沙滩椅走去。

邱里怕晒，套上了一件白色带蕾丝的罩衫，蕾丝是镂空的，让她的好身材若隐若现。

她是和朋友来玩的，朋友中既有美国人也有华人，有男有女。

他们讲着英语，聊得很愉快。

尹海郡没过去，看到一个白皮肤的美国男生给邱里递了一瓶冷饮。他们眉来眼去，看上去还挺亲近。

几分钟后，邱里走了。

从沙滩到酒店有一小段路，天蓝得像剔透的蓝宝石，烈日烤着地面，棕榈树下只有些许热热的海风。

邱里慢慢走着，当然知道身后有人跟着自己，但就是不回头。直到走进酒店，她刚准备踏进电梯，一只强有力的手就将她推了进去。

电梯门合上。

电梯里三面是镜子。

邱里对着其中一面镜子，抓着那只被烈日晒得滚烫的手臂，生气地警告道："我要报警。"

尹海郡的手臂又一用力，他将她卡得死死的。他的声音在她的头顶上响起："报警？抓谁？抓你男朋友？"

邱里丝毫不怕，冷漠地摇头，说道："对不起，我没有男朋友。"

叮。

电梯门开了。

邱里想挣脱，但尹海郡的身材比几个月前更壮了，她根本动不了。她就这么被他的手臂卡着脖子，强行往外拖着走。

他低下头，哼了一声，说道："一会儿你就有了。"

当然，邱里根本没给尹海郡任何机会。

她是被宠着长大的，那么骄傲的一个人，能主动向他表白，她认为是他前世修来的福气。她被拒绝一次不说，后来的几个月里，他连一条微信都没有回复过她。她哪儿受得了这种气？所以即便得知真相后，她也不想立刻答应。她要公主脾气是应该的。

对于尹海郡来说，他冷漠了几个月虽有苦衷，但确实伤害到了邱里。他看到邱里开始化妆，还穿了一件极短的露背吊带衫和短裙。

"你干吗去？"尹海郡的占有欲涌了上来，他问。

邱里将口红放进包里。她高中毕业了，用的口红颜色深了许多，入乡随俗，火辣的身材一览无余。她将包挎到肩上，说道："我去参加音乐节活动了，你自己玩吧。"

尹海郡一把将邱里拉了回来，质问："穿成这样出去？"

"嗯，怎么了？"邱里耸了耸肩，说道，"我单身，谁能管我？"

尹海郡："……"

电音音乐节在海边举办，气氛火热，彩色的灯光跟火焰一样，照着夜空和海面，热浪似火。

人群里，邱里和同学们围在一起。她从小就被邓倩良严格看管，自从来了美国，像叛逆的公主，撒开了玩。

沙滩被人圈了起来。

尹海郡寻了一块空地，双手抱着胸，像保镖一样将目光锁定在不远处的邱里的身上。他刚才没仔细看，她衣服背后的带子竟然是从后面打上的结，露着极其漂亮的蝴蝶骨。

这件衣服暴露得过分。

邱里知道那边有人在看自己，她才不管。那个人越是盯她盯得紧，她就越是蹦得欢，沉浸在亢奋的节奏里。

尹海郡嫌吵，在警校那种严肃的环境里待了一段时间，是真不习惯这边所谓的自由。他是传统的中国男人，没法儿适应欧美人的生活。

不过，挤在人群里玩久了，邱里头晕目眩，和旁边的女生打了声招呼，准备去后面的沙滩椅上待会儿。她走过去时，没注意有两个黑人尾随着她。

"Hey！（嘿！）"

长得高高壮壮的两个黑人拦住了邱里。她算得上人群里最吸引人的东方美人，一下就被盯住了。

邱里本来就胆小，两个黑人有极强的压迫感，她紧张得额头上和手心里冒着虚汗，倒吸了几口气。

忽然，一道高大的身影走到了黑人身后，那人体格不输前面的黑人。他同时重重地拍了拍两个黑人。

"She is my girlfriend.（她是我的女朋友。）"

这是尹海郡第二次觉得学点儿英语的确有用，还能在国外和黑人对峙。

两个黑人对视了一眼，互相使了使眼色。对面这个亚洲男人不是什么瘦弱的人，有一身发达的肌肉，眼中带着狠劲儿，同样不好惹。

他们退开了。

黑人走后，邱里没对尹海郡说"谢谢"，反而笑话他道："没想到你还能说几句英文了。"

尹海郡往前迈了一步，双手抱胸，挑起眉。

虽然是在夜里，但邱里的脸还是红得明显，不过她没理他，独自往酒店走去。发现尹海郡一直跟着自己，她回身说："滚回你自己住的酒店。"

随便她闹，尹海郡就是不吭声地跟着她。

知道他想要干吗，但邱里还在气头上，不想让他得逞。

走到岔路口时，她被尹海郡强行拽走。

"尹海郡，去哪儿啊？那边是荒海啊。"

越走越黑，邱里真害怕了。

尹海郡只拽人，不说话。他将她拖到了一片无人的海滩边。下午过来时，他已经观察好了，其实这里既不偏僻也不危险，只是没人来。

邱里想往回跑，问他："你疯了吗？"

尹海郡用一只手捂住了她热热的脸，说道："我大老远跑来夏威夷，别浪费了这里的美景，我得带我女朋友好好玩玩。"

"我不是你女朋友！"邱里就要犟。

"哦，"尹海郡学会了耍无赖，"反正我是你男朋友。"

邱里嫌弃地皱起眉，说道："尹海郡，你读高三的后半年都学了些什么啊？怎么这么不要脸？"

尹海郡笑着耸了耸肩，然后坐在了沙滩上，将邱里使劲拽到了自己身上，让她坐在自己的大腿上。他的手臂很有力，单手撑着她的背，用手指勾了勾她衣服上的带子，他问："才来多久啊，就这么奔放了？"

"要你管？"邱里拍下他的手。

大半年前总顺着自己的温柔公主，到了美国成了小辣椒。尹海郡猝不及防地扯开她的吊带衫上的结……

夜色如墨。

海滩上笼罩着一层白光。

电子音乐的声音和人声从沙滩的那一头传来，而无人的这一头，沙滩上是男女起伏着的身影。

海浪拍岸的声音很大，一声盖过一声。

邱里累得失去了站立的能力，趴在尹海郡的身上。他正在给她系吊带衫上的带子，动作轻柔，跟刚才判若两人，抚摩着她的背。

夜更深了，沙滩边的月色变得更浪漫。

不知过了多久，邱里才缓过神来，呼吸渐渐变匀，娇娇柔柔地说道："尹海郡，这算什么？我们的顺序错了，你必须重新好好向我表白。"

尹海郡亲掉了她的肩膀上的细汗，应了她："好。"

砰——

"回你自己住的酒店。"

那晚，邱里无情地将尹海郡连人带包扔到了门外。

躺进浴缸里的邱里不停地蹬腿。她在懊悔，怎么就那么容易被他勾住？连关系都没有正式确认，就忍不住和他提前偷吃了禁果。她低头看着水中自己的四肢，拨了拨水花，害羞地笑了。

她幻想过自己的第一次。

但她从没想过，会发生在夏威夷的沙滩边。

这两天，邱里跟消失了一样，尹海郡不仅联系不上她，甚至连她的影子都看不着。

他一个人在夏威夷有点儿无聊。不过，他仗着自己学会了一点儿英语，倒也敢随意地在外头走动，还去冲浪了。

刚冲完浪的尹海郡回酒店里冲了澡，换了一身衣服，又出了门。他准备去附近的中餐厅里吃饭，还是不习惯吃那些生冷食物。

他刚要朝小路上拐，就听到马路边有人喊自己："尹海郡，上车。"

尹海郡侧头，棕榈树的树影晃在车身上。那是一辆棕红色的保时捷复古跑车，车里坐着的人是邱里，她的双手握着方向盘，长发披散在雪白的肩膀上。

来夏威夷后，她很爱穿吊带衫，漂亮的天鹅颈、直角肩、锁骨，一览无余。

尹海郡坐进车里，看着车技娴熟的邱里，好奇地问："什么时候学会开车的？"

邱里回眸，说道："你管我？"

她真的能一句话把尹海郡噎死，他避开了压抑的话题，双手扶头，靠在椅背上，吹着夏威夷自由的风，索性问了别的："邱大小姐要把我拐去哪儿啊？"

邱里将手指悬在半空中，好玩儿般绕了绕，然后一把箍住他的脑袋，说道："带你去翻云覆雨。"

尹海郡："……"

跑车漫无目的地沿着夏威夷的海岸公路慢慢行驶，音响里播放着旋律轻快的音乐。

风很热，像是狂野的、自由的。

从读初中开始，邱里像被邓倩良禁锢着，有着学业和学小提琴的压力，很多时候喘不过来气，可还要装成听话的乖孩子。

所以她叛逆，叛逆到会和身边的男人玩"刺激的大冒险"。

对尹海郡而言，从读初中开始，他的生活沉重不堪，两只脚像被套上了锁链，走的每一步都很辛苦。他一直埋着头走，从来没心情去欣赏风景。

此时，跑车钻进了晚霞里。

夏威夷的云海日落实在太美了，公路边的海面上是棕榈树的倒影，落日是静谧的，落在眼中却是震撼的。

最美的余晖，当然要和喜欢的人一起看。

跑车早已停在公路边，邱里和尹海郡靠在椅背上，闭着眼，自由地呼吸，落日覆在他们的身上，成了浪漫的剪影。

先睁开眼的人是尹海郡，他伸手，顺着邱里的胳膊往下摸去，扣住她的五根手指，问她："夏叔让我来夏威夷哄你，其实是你让他去找我的吧？"

邱里哼了一声，说道："你还不算太笨。"

尹海郡牵起邱里的手，与她十指紧扣，问："那你还满意吗？"

他像一只想要讨好主人的猎犬。

邱里瞥了他一眼，没回答。

这条公路上没什么人和车经过，余晖笼罩着跑车。仿佛这一片余晖是只给他们的浪漫。

忽然，邱里转过身，长腿朝副驾驶座上一跨，坐在了尹海郡的大腿上。他顺势揽住了她的细腰。

落日下的人影模糊不清，但在这种迷离的色调里，尹海郡眼前的女人的脸庞更令人情动。在他眼里，她就是最漂亮的女人。

"读高三的后半年过得好吗？"她问。

是久违的关心，邱里温柔的声音传来，让尹海郡的心一沉，他轻柔地抚了抚她的额角，说道："还行，和'麻辣烫'相依为命。"

他在装可怜，企图博得她的同情。

邱里摸了摸他的头，说道："你将头发剪得这么短，没以前帅了。"

尹海郡一笑，说道："我觉得还行啊，他们都说我是这一届里最帅的。"他跟她鼻尖相抵，说，"还是'校草'。"

一阵轻柔的风吹过，尹海郡闻到了邱里身上的味道。尹海郡舍不得抬头，没忍住，吻了吻她的肩。

"里里，谢谢你。"这句话压在他的心底很久了，"如果没有你，就没有今天的我。我的生活明朗了，我也有了自信，想要好好把握住你。"

"这就是你的表白吗？"显然，邱里不太满意。

尹海郡摸摸她的额头，说道："嗯，如果不够，我会继续努力。"

"不够，还不够，"邱里补充，"不是表白不够隆重，而是你还没合格。"

尹海郡不明白，问她："什么意思？"

她严肃地看向他，说道："我妈妈说的话也没错，她说我们是两个世界的人，要走到一条线上，不是一件容易的事。"

尹海郡的话被堵在了喉咙里，他只能点头道："嗯。"

"你是不是想问，下次什么时候见面？"

"嗯，是。"

邱里在尹海郡的耳边轻声说："等你回了祁南，我会告诉你。"

尹海郡挺起胸膛，说道："遵命。"

少年的誓言总是真挚的。而他也的确兑现了给她的第一个承诺，考入了祁南警校。接下来，还有更高的山等着他去跨越。

第二天。

檀香山国际机场。

邱里乘坐一早的飞机回了加州，尹海郡一个人坐在机场的候机厅里。距离起飞还有1个小时，他在陌生的国度里，看着肤色不一的行人，并不害怕。

尹海郡弯腰曲背，手肘抵在膝盖上，发着呆。他用力睁开紧闭着的眼，摊开手掌，掌心里是一个金黄色的平安符，是他刚才意外从包里翻出来的。

他知道，是邱里放的。

在夏威夷的这三天，他像做了一场梦，这场梦浪漫、缠绵。机场里投射进来的刺眼的光，像要将他的梦刺碎，告诉他该面对现实了。

他的耳畔是毕业后那晚海浪拍岸的声音。

他在崇燕岛的海边，对着大海喊出了给邱里的真挚的誓言：

"里里，等我成了大英雄，我一定会娶你回家！等我，你要等我！"

话音又随着外面的轰鸣声消失了。

梦醒了，他也该启程了。

尹海郡将平安符装入口袋里，拿着机票，去安检口登机。

排队时，他看了一眼在玻璃窗外滑行着的飞机，眼神坚定。随后，他抬头挺胸地往前走去。

尹海郡回到祁南后的第三天，收到了邱里发来的微信。

她提出了下一次见面的条件——他必须在下次月考时考进前三名。

尹海郡知道，邱里想用这样的考核方式激励他进步。只是，警校里人才济济，他想要挤进前三名，还需要努把力。

周六，尹海郡被同学约了出来，地点却让他觉得疑惑，是隐匿在闹市区里的一家画廊。令他意外的是，邱里的父母也在这里。

邓倩良穿着一身精致的白色套装，颈间的翡翠贵气逼人。她就算是挽着自己的丈夫，也遮不住强大的气场。

无论是在生意场上还是在生活里，她都不是一个好对付的人。

尹海郡看到楼上的夏叔在跟他打招呼，于是朝夏叔走了过去。

这家画廊是新开的，面积大约有 800 平方米，有三层展示空间，今天展出的是一位法国大师的油画作品。

展厅外的走廊里，夏叔和尹海郡寒暄了一番，说老板是来这里见朋友的，问尹海郡怎么来了。尹海郡指了指不远处的同学，回答道："应同学之邀过来的。"

夏叔没再细问，只说他要去附近洗车，让尹海郡有事叫自己。

尹海郡目送夏叔下楼后，同学去了三楼，他自己闲逛。在经过安全通道时，他听到了一对男女激烈争吵的声音。

他不是爱看热闹的人，只是伴随着争吵声而来的是扇巴掌的声音，还有女人的哭声。

一会儿后，安全通道的门被拉开。

尹海郡侧身躲在墙后，见到一个高、瘦、漂亮的女人捂着脸走了出来。女人整理了一番仪容后才走回展厅。

看到这里，他觉得这只是一场普通的情感纠纷。但还好他晚走了一步，才听到了男人自言自语的狠话：

"弄死你们这些人。"

因为这句话，尹海郡暂时留了下来。

男人在走廊里来回走。尹海郡不想打草惊蛇，便走进了展厅，假装欣赏门边的画。因为有一墙之隔，所以邓倩良看不到他。

说不好奇是假的，尹海郡往前迈了几步，视线所及之处刚好是邱里的父母，他们正在和一对夫妇说话。

他站在名画前悄悄看。

他正对面的几个人聊得正欢，只是因为在画廊里，所以大家都压低了声音。

那个高、瘦、漂亮的女人每走两步就紧张地回眸一次，像在确认自己的安危。从里往外看，门边的确无人，但只有尹海郡知道那男人就埋伏在外面。

女人要走，但还有点儿不敢，刚好邱里的父母和那对夫妇结伴往外走，女人便跟在他们身后往外走。

尹海郡怕被撞见，立刻躲去了楼梯边。

男人却明目张胆地出现在了走廊里，当尹海郡反应过来时，男人已冲过去拖走了女人，男人的手里有一把刀。

"啊——"

"啊——"

楼梯口响起一阵惊慌的尖叫声。

邱海权搂紧邓倩良往展厅里退，那对夫妇也退了回去。

千钧一发之际，尹海郡扑了过去。即使对面的男人有武器，他也毫不犹豫。

男人的身材比尹海郡的瘦弱许多，他不敌尹海郡，瞬间被钳制在地上，但手还用力地抓着地上的女人，企图拿刀去划她的脸。

"把刀给我扔了！"

尹海郡咬着牙，用力拽着男人的手，锋利的刀刃离女人的脸颊只有几厘米。

男人就是不松手，即使手腕被抓得发红、疼痛，他也挣扎着想要毁了女人的脸。

这时，两名保安气喘吁吁地赶了过来。

"把这位女士带走！"尹海郡吼道，身下还压着一个罪犯，他顾不上语气是好还是坏。

保安费了些力，将女人从那个男人的身下救走。

尹海郡抬腿，直接往男人身上一压。男人疼得喊叫，反手拿起刀乱挥。

"疯子！"

他挥刀的速度极快。

失去理智的疯子把怒气全撒在了突然出现的尹海郡的身上。尹海郡敏捷地闪躲并与他较量，想先将最危险的刀夺走。

见刀在半空中乱挥，保安也不敢上前，只敢在边上警告："放下刀！警察来了，你跑不了的。"

展厅里的大部分人不敢动，他们被吓得不轻。

邓倩良被吓得失了魂，身子发抖地躲在了邱海权的怀里。她的眼睛都不敢眨一下，她害怕眼前见义勇为的尹海郡出事。

最后，尹海郡将刀从男人的手里夺走，朝地板上一扔，滑到了身后半米开外的地方。在争抢的过程里，他的手臂外侧被划了一刀，衣服是黑色的，只能看到袖口的颜色越来越深。

顾不上疼痛，他先将疯男人制服，交给了保安。

此时，窗外连余晖都没了，玻璃上已经能映出人的影子。尹海郡往回走时，刚好与邱里父母对上了视线。他颔首，微笑着跟他们打招呼，然后迅速下了楼。

他刚走到一楼，被救的女人跟了下来，对他说道："你好。"

尹海郡按着手臂，疼得皱眉，问她："怎么了？"

女人惊魂未定，打开包，不知该拿出多少钱合适，便将所有的现金给了他，说道："你快去医院里看看吧，这些是我给你的医药费。"

尹海郡拒绝了，说道："没什么大事。"

女人哭着一边鞠躬一边说道："谢谢，真的谢谢你……"

她还是将钱硬往他的手里塞。

尹海郡依旧没有接受，只说："不用客气。"

如果救人还要考虑，还要收钱，那他也不会选择一条充满危险的路。

这世上总有一类人，身上并没有任何昂贵的衣物与配饰，也没有值得一提的背景，但走在人群里就是耀眼。

夏叔将洗过的车开了回来。

坐回车里的邓倩良处理起了工作。

邱海权的目光却一直看向车窗外，他盯着在路边打车的尹海郡。尹海郡看上去越来越难受，疼得按着手臂，应该是血流得越来越多了。

邱海权的心都被揪起来了，他打算推开车门。

邓倩良一惊，问他："你干吗去？"

"老夏，"邱海权没有回答妻子的问题，指着车外已经蹲在地上的人影说道，"送外面的小伙子去医院。"

见邓倩良有阻拦之意，邱海权唱起了反调，说道："你就是拦我，我也得送他去医院。"

最后，邱海权不顾邓倩良的意愿，让尹海郡上了车。如果不是因为真的疼到眼晕，尹海郡依旧会坚持自己打车走。

婆娑的树影掠过车窗，车里的人影时暗时明。

车子刚好在红绿灯前停下，副驾驶位上罩着一片红影。夏叔悄悄侧过头，看到了令他心疼的一幕：尹海郡应该是怕血滴下来弄脏老板的车，用五根手指拼命地捂住伤口，时不时低头确认。

与邱里的父母同坐一辆车，尹海郡怎么能自在呢？邓倩良其实并没有看他，不是处理工作，就是望向窗外，可正是这样的无视，更让他感到自卑。

还好离军医院不远。

医院到了夜里也人满为患，不宽的道路上塞满了车辆。看病就医谁不急？轻微堵车都能引来司机的不满，甚至有司机探头不耐烦地叫喊。

见没几步路了，尹海郡对夏叔说："把我放在这儿就行，我自己走过去。"他知道邓倩良并不会在意他，但道谢是必要的，于是说道："阿姨、叔叔，谢谢你们带我来医院。不好意思，耽误你们晚上的时间了。"

邓倩良冷漠地点头。

邱海权紧张地说道："等会儿，前面的车动起来了，几分钟就好。我一会儿让老夏陪你进去。"

夏叔自然不会让尹海郡下车，连车锁都没开。见前面不堵车了，他立刻跟上，费力地在附近找了一个空车位，停稳后，解开安全带，和尹海郡一起下了车。

车里，还有一个人想下车。

"你下车干吗？"邓倩良叫住推开车门的邱海权。

邱海权觉得她这问题问得很可笑，解释道："我过去看看需不需要帮忙。"知道她想反驳，他学会了抢话，"如果你心里不舒服，就当我去了一趟洗手间。"

邓倩良即使再生气，也拦不住要走的人。

夏叔带尹海郡绕到了一侧的急诊科，刺眼的光晕将地板染成了鲜红色。晚上来看病的人大多数是事发突然，急诊科大厅的一隅，连打个吊瓶都没位置。

看诊的医生就那么几个，应接不暇。

四周等位的板凳都只剩下一个，夏叔说什么都不坐。尹海郡坐得不安心，尤其是邱里的爸爸也站着，他还是起了身，对邱海权说道："叔叔，您回车里吧，这里人多，味道也不好闻。"

邱海权微笑着说道："没事，你赶紧坐下。"

这板凳，尹海郡真是硬着头皮坐下去的。

军医院的急诊科在地下一层，即使开了暖风也丝毫不暖和，还有满屋的消毒水味和药水味，刺鼻难闻。

可很多巧合总是在最不该发生的时候发生。

比如，邱里在这个时候打来了电话。波士顿现在是上午，她应该刚起床。尹海郡心虚地看了邱海权一眼，这会儿哪儿敢接？他将电话挂掉了，奈何他的手太疼，想给她发微信都变得很困难。

邱里最讨厌被挂电话，于是很快又打来了，尹海郡有些慌乱地将手机反扣在腿上。他能想到此时的小公主有多生气。

夏叔眼尖，和老板打了一声招呼，躲去一头打电话了。

尹海郡知道，他是去给邱里解释了。

虽然尹海郡和夏叔装作不熟，但他们无意间的一次默契对视恰好被邱海权捕捉到。

"尹海郡，在吗？"一个年轻的医生从诊室里走出来，嗓门儿很大，就是语气有些烦躁。

大家也都理解，在急诊科做事的医生，一天下来真是身心俱疲，喊号都喊到嗓子疼。

尹海郡进去了，看诊的是一名上了年纪女医生。女医生的头发有些花白，鼻梁上架了一副眼镜，态度严谨又冷漠。她让旁边的年轻医生替他先处理伤口。

脱了冲锋衣，尹海郡才知道原来自己的伤口真不是所谓的划伤。那疯子还挺有劲儿，刚才尹海郡那个按法，伤口和衣服粘在一起了，扯开时，他的头皮都疼麻了。

155

女医生仔细检查完他的伤口，拿起工具，消毒后给他上了麻药，进行缝合。

伤口不算太深，所以处理起来相对容易。

麻药过劲儿后，尹海郡也终于感觉到了缝合处的疼痛，咬着牙喘了几口气。

女医生收起工具，习惯性地嘱咐："还好，没伤到大动脉和血管。你这段时间多注意休息，辛辣的、海鲜、牛肉和羊肉都不能吃。"

尹海郡很想知道自己什么时候能好，于是问道："我问一下，下周三我能好吗？"

女医生被他逗笑了，问他："下周三你有事吗？"

"我……"尹海郡迟疑了一会儿，说，"我是警校的学生，下周三有一次很重要的测试，我得考好。"

女医生叹了一口气，这种不在意自己的身体的患者也不止一两个。她一边在病历单上签字，一边说道："你可以考，但阿姨告诉你，你不但考不好，周三晚上还得来我这儿挂号。"

第九章

正义与耀眼

尹海郡怔住。

女医生将签好字的三张单子递给他，说道："去窗口缴费，拿药。药一天服用两次，一次都不能少。"

尹海郡拿过单子，听话地点了头。

尹海郡出去后，邱海权和夏叔大致问了问病情。知道没什么大碍，他们也就放心了。只是在缴费的时候，夏叔悄悄凑过去问了尹海郡一句要不要帮忙，尹海郡自然拒绝了。

取完药，三个人一起走出了医院。

车窗是开着的，邓倩良在透气。她听到了越来越近的脚步声，只是冷漠地抬起眸，对邱海权说道："你坐左边去。"

邱海权在车外和尹海郡简单地讲了两句话，也没说别的，还是让他多注意身体。随后，邱海权上了车，夏叔也连忙上了车。

没过一会儿，车就开走了。

尹海郡叹了一口气，往另一边的公交车站走去，伤口处理好了，他也懒得打车，省吃俭用成了他的日常习惯。

匀速行驶的车里响起了争吵声。

邓倩良握紧手机，高声说道："邱海权，我从来没有说过我看不起尹海郡。"

"我不是说你看不起他，"语意被曲解，他也有了脾气，"我是说，你能不能不要摆出一副高高在上的样子？对人家态度好一点点，很难吗？"

"是，很难。"

邓倩良将邱海权压得无话可说，她还是强势的一方。

"我今天能让他上我的车，已经很大度了。我们在里里身上倾注了那么多心血，你让我怎么对他客客气气的？他今天是救了人，很勇敢，可是和我有什么关系？"

她不是心硬，是太过理智。

时隔半年，再次提起这些事，邱海权也沉默了。

争吵停止了，他们望向窗外，眼里的光越来越暗。

里里是他们的掌上明珠，对邓倩良来说更是。她知道尹海郡的不易，也清楚他不一定有坏心思，但这些与她无关。

因为，他与他们一家人永远在两条平行线上。

夜里 10 点，机电厂的家属楼里已经看不到人影。这几年，有点儿经济能力的人都搬走了。除了那些搬不动的老人，谁还会留在这种潮湿的老房子里？

之前王业军也和尹海郡提过，问尹海郡要不要他帮忙凑点儿钱，去买一套三室一厅的新房。尹海郡说，要买也是自己以后来买。

屋里只开了电视机，他故意没开灯，因为尹海郡和夏叔骗邱里，说他只是轻微的擦伤。要是光线亮点儿，她跟他们打视频电话时肯定就知道他在撒谎了。

"你藏人了？"

手机搁在客厅里的桌上，尹海郡正在厕所里洗漱，房子很小，这样聊天儿也不碍事。他吐了一口水，刷着牙反问："怎么？我不开灯就是藏了人？"

屏幕那头的环境和这间屋子是两种风格，邱里住在三层的别墅里，还有两个阿姨照顾她。此时，她正敷着面膜，坐在餐椅上看着平板电脑。

尹海郡的左手不能用力，尹海郡单手扯下一块方巾，随意地擦了擦脸后，将方巾挂回了钩子上。他没让左手出现在镜头里，在沙发上坐下。

阿姨给邱里倒了一杯鲜榨芹菜汁，她每天早上都会喝一杯。她揭下面膜，手指在平板电脑里点了"发送"键。她的社交账号运营了几个月，已经有了一万名粉丝。

谁不爱看美人的日常生活呢？

处理完自己的事后，邱里喝了一口芹菜汁，对尹海郡说道："把左手抬起来，给我看看。"

尹海郡不同意，说道："就是擦伤了。"

"给我看。"

邱里一旦认真起来，会吓到尹海郡，他乖乖伸出了自己的左手。夏叔其实已经详细地和她说过了他的伤势，但看到缠起的白色绷带上还渗了些血时，她的心还是很痛。

阿姨又将烤好的面包放到了盘里，见小姐在和别人打视频电话，于是顺便把果酱抹好，递到了邱里的手里。邱里眨着眼对阿姨说了句"谢谢"。

尹海郡看着屏幕里精致的女人，还是常常会觉得自己能被她喜欢，像是在做一场最美的梦。

他的眼眸在暗光里显得更深沉，他说："我一直在想，我该如何翻越我们之间难以跨越的阻碍。直到今天，算是因祸得福。我救了一个人，受了伤，下周也无法参加考试，却得到了你爸爸的尊重。"

邱里笑了笑，说道："瞧你这点儿出息。"

两个人沉默良久。

夜晚就是容易让人说出一些矫情的话，那些话在尹海郡犹豫了一会儿才说出。

"里里，我们隔了一个太平洋，隔了十几个小时的时差，我常常担心你身边是不是会多出来新的追求者。但我又一想，你这么漂亮、优秀，被别人喜欢上很正常。可是，只要你愿意抓住我，我就愿意在祁南努力升级打怪，去清除我们之间的阻碍。"

他的声音很轻，听在邱里的耳朵里，像是蝴蝶在轻轻振翅，扇动了她心里最柔软的部位。

"过来，"尹海郡命令，"离我近点儿。"

邱里用双手扒着桌子，身子向前伏了伏，眼里像藏了星星般明亮，问他："嗯，怎么了？"

尹海郡坚定地说道："就算最后我们没有在一起，我也希望别人在问起你的初恋男友时，你可以很骄傲地对他们说出我的名字，说'他是一个大英雄'。"

邱里僵住了，忽而有些呼吸不上来。她假装没听见那几句有些不美好的话，就记住了最后那一句。她仰起身子，拿着果汁杯从椅子上起身，说道："其实我爸爸也把今天发生的事告诉了我，还夸了你。"

尹海郡难以置信地说道："夸我什么了？"

"夸你今天的行为很勇敢！"

尹海郡半天没有说话。

他是真的被褒奖了还是她为了安慰他而说出善意的谎言，在这一刻，他不必去较真儿。

只要能给那个内心自卑的男孩儿带去往前冲的勇气，那这句话便很有意义。

尹海郡因为受伤，没能参加考试。

他以为自己错过了这次与邱里见面的机会，没想到，隔了一周，邱里又一次通过夏叔向他传达了指令，让他赶紧想想，如何带她过周末。

晏孝捷让尹海郡抓紧机会，真正表白一次。

尹海郡想了一宿，想出了一个浪漫的出行计划。

此时已是深秋，崇燕岛上已经有了萧条之感。

驱车一个多小时后，夏叔带着邱里到了码头。

下车后，夏叔推着小皮箱往前走。

毫无遮挡的码头上，阳光刺眼。

邱里戴着一顶贝雷帽，橘色的眼影在光里亮晶晶的。她往前走了两步，一眼就见到了倚靠在码头的栏杆上的男生。

尹海郡穿着黑色的牛仔衣和皮靴，高挺的鼻梁上还架着一副黑色的墨镜，双手抱在胸前。他不语不笑时看起来很冷峻。

他两步走过去，顺手接过夏叔手中的皮箱，拍了拍夏叔的肩，说道："放心吧，我不会把你家小姐扔到海里的。"

邱里戳了戳尹海郡的手臂，说道："我有点儿晕船，你要照顾好我。"

尹海郡和夏叔挥手告别后，带着邱里登上了轮船。见她登船时摇摇欲坠，于是他一只手拉皮箱，一只手揽着她的腰。

去崇燕岛的轮船一小时一趟，都是两层的普通轮船。船上人来人往的，所以环境一般。

乘客都是随便坐，尹海郡占了第二排的位置，先用纸巾将座位擦拭了几遍，然后从包里取出一件自己的外套垫在椅子上，才让邱里坐上去。

等他放完皮箱回来，邱里指指屁股下面的外套，皱着眉头，说道："尹海郡，你一定要搞得这么夸张吗？他们都在看我。"

尹海郡回头看了一圈，后面那几个去岛上玩的年轻女孩儿的确是边偷看邱里边小声说话。不过他不但不觉得夸张，反而将手臂往椅子上一搭，搂着邱里的肩，凑到她的耳边小声说："我听到了，她们在说，'这个男生长得又帅身材又好，还疼女朋友，真羡慕他的女朋友'。"

邱里突然抬起头，对上他的视线时，还见他朝她挑了挑眉。

她故作姿态，说道："我可还没有答应。"

尹海郡在她的耳边轻声说："晚上你会答应的。"

她想：听着怪不正经的。

轮船渐渐靠近岛边，邱里坐在靠前的位置上，通风好，视野开阔，所以没有晕船，只有一点点不适。

下船后，尹海郡塞给她几片山楂片，说："吃酸的会舒服点儿。"

邱里最讨厌山楂，躲开，说道："我不要吃酸的，最讨厌吃酸的。"

深秋时节，云层更显得厚，海水显得颜色更深。

海风穿过树枝间的缝隙，树叶沙沙作响。

尹海郡见邱里的腿上只穿了半截丝袜，关心地说道："快冬天了，你还露腿？"

海风呼呼地刮，邱里被吹得手脚冰凉。她将手伸进了他的牛仔裤的口袋里，这样能感受到他身上的温度。

尹海郡见这样走路也不是办法，于是将牛仔衣解开，对她说道："你把手伸进来，抱着我。"

邱里迅速钻进了大大的牛仔衣里，他将她裹住。

直到要上台阶了他们才分开。

尹海郡单手拎着皮箱，另一只手牵着那位走几步就喊一句"累"的娇公主。走到门口时，他掏出钥匙，边开锁边说："你以前跑800米时能跑到飞起，做仰卧起坐时也不喘粗气。怎么我一在你身边，你就跟林黛玉一样了？"

邱里先走进了院子，双手放在身后，俏皮地转身，说道："你们男生不就喜欢表现吗？我要是什么都能做，哪儿有你展现男友力的机会？"

尹海郡哑口无言。

邱里绕着院子溜达，上次进来的时候已经是晚上，都没看清原来这三合院还挺古色古香的。

尹海郡将皮箱推进了自己的屋里，她沿着由木板拼接而成的走廊小跑了进来，见里面收拾得干净整洁，家具有了些年头儿。

见她好奇，尹海郡拍了拍柜子，说："别小看这些，这可都是我爷爷亲手做的。"

邱里摸了摸，上面还雕刻了一些花纹，她感慨道："你爷爷真厉害。"

随后，尹海郡往床上一坐，双手朝床沿一拍，问："晚上你和我睡，没问题吧？"

"我当然得跟你睡，"邱里觉得他在说废话，"这深山老林里，我可不敢一个人睡。"

尹海郡带着邱里在海边玩了一下午，给她拍了快1000张照片，晚餐是在岛上的一家海鲜餐厅里解决的。

他在这里出生，和老板很熟。

老板上菜的时候调侃道："阿海啊，女朋友不赖哟，长得跟小仙女似的。"

邱里："所以他很有福气。"

老板没想到小仙女会跟他说话，于是说道："是……我们阿海福气大着呢……"

老板笑着走了。

满桌海鲜。

尹海郡戴着手套，拿起虾，剥去虾头，按住虾尾，轻松地剥出了虾肉，往碟子里一放。

他一只接一只地剥。

大概剥了十只后，他将盛满虾肉的盘子递到了邱里的手边，把她的空盘换了过来，对她说道："快吃。"

邱里拿起筷子，夹起一只，送进嘴里轻轻咀嚼。大概她最喜欢尹海郡的一点，就是和他的外形毫不匹配的细心和体贴。

她常常想：怎么会有男孩子如此细心？

夸张点儿说就是，跟他在一起，她好像成了一个废物。

饭桌有点儿矮，也有点儿小，尹海郡的一双长腿只能伸在桌角外，他弯腰屈背，窝得慌。他吃东西时向来不文雅，跟细嚼慢咽的她是两个极端。

见他狼吞虎咽，邱里嫌弃地说道："你吃东西时能不能斯文点儿？"

"不能。"

尹海郡摇头，手里拎着一只虾，往嘴里一送，三两下就吞下了。他扯了几张纸，边擦手边说："我这人做什么事都不斯文。"

说完，他还看了邱里一眼，她当然知道他是什么意思，不过没理会。晚饭她只吃五分饱，擦了擦手后问："才8点，我们一会儿去干什么？"

尹海郡喝了一口可乐，双手撑在大腿上，说："去玩点儿野人玩的东西。"

有过夏威夷那次的经历后，邱里心里有点儿紧张，又有一些好奇。

夜晚，无人的海太过深邃，月光洒在海面上。这里太静了，深蓝色的夜空里，连星星都过于明亮。

这是邱里第一次在深秋的夜里看海，太美了，是动人心魄的美。

她是怕黑的人，可此时只觉得浪漫。或许，和她牵着的人有关。

尹海郡的心里藏了一些事，确切地说，他很紧张。他将脚步放得很慢，问她："你最想要的表白是怎样的？"

海浪一层层地拍打着海岸，不猛烈。

其实邱里猜到了他带她来这里另有目的，但故意逗他道："我要999朵玫瑰啊，还要是进口的。然后，最好是能给我办一场派对……"

说着说着，她偷偷瞄了尹海郡一眼，发现他的脸上没了自信的表情。忽然，她用力地握住他的手，轻声哄他："开玩笑的。只要那个人是你，做什么我都觉得是对的。"

她的声音很好听，连表白也既纯粹又动人。

海风轻轻吹拂起了邱里的发丝，她白净的脸蛋儿被吹红了。尹海郡将她的外套的领子往上一提，裹紧，然后牵着她走到了某处。

"你先闭上眼。"他温柔地命令道。

邱里听话地闭上了双眼，不知道尹海郡在做什么，只知道他松了手，好像在往前走。直到他说了一句"睁开眼"，她才缓缓地睁开眼。

她的眼前突然有了光。

几串彩灯被摆成了爱心的形状，彩灯中间放着一束粉色的玫瑰花，细软的沙子上有用木棍深深地写出的一行字：

"里里，你是我的美梦！"

邱里唇微微颤抖，流下了泪。

尹海郡觉得这是自己这样一个粗鲁的人能想到的最用心的仪式，只是到现在他心里还有些没底。他望着大海，将那些酝酿了很久的话，缓缓地说给她听。

"我的名字是奶奶起的，因为我生在海边，她知道我长大后一定会离开这个小岛，所以在'海'字后面加上了'郡'字，提醒我不管去哪儿，都不能忘记养我的这方郡土。"

邱里认真地听着他的话，那些话触动了她心底最柔软的角落。

黑夜的海边，彩灯是唯一的光源。模糊的光影照着，尹海郡的脸棱角分明。

他笑了笑，望着眼前的女孩儿，说道："我奶奶和妈妈的骨灰都撒到了这片海里，好像站在这里，我就能听到她们的声音。所以我想带你来这里，在这里向你表白，我也想……"

说到这儿，他哽咽了一下，喉结用力滚动，竟有了鼻音。

"我也想让她们听到，然后开心地说一句，'阿海长本事了，还能有一个像仙女一样漂亮的女朋友'。"

邱里几乎是撞进了尹海郡的怀抱，用细细的胳膊死死地抱住他。她小声地抽泣着，说不出一个字。

她的身子被海风吹得很凉，尹海郡将衣服扯开，让她钻进了他的怀里，裹着她。他温柔的声音从她的头顶上传来："邱里，你愿意做我的女朋友吗？"夜幕下，月光照着他们拥在一起的身影。

尹海郡感觉到邱里在点头，隔了几秒钟，她带着淡淡的鼻音应道："我愿意，很愿意。"

尹海郡低头看她的脸。光线太暗，他看不到她羞涩的表情，只看到了她的眼角的泪。他伸手，将那泪抹掉，然后牵着她走到彩灯旁。

他拿起那束粉色的玫瑰花，塞到了邱里的怀里，她很乖地抱着它。她见他又从旁边拿起两根细棒，走近了才看清，那是烟火仙女棒。

尹海郡点燃了一根仙女棒，邱里小心地接过，眼前是耀眼的白光。

仙女棒燃烧时发出的声音打破了海边的寂静，火花一簇簇地亮起，唯美地绽放着。

尹海郡自己也点燃了一根，以前从不玩这种东西。当他透过火花的光影，看到抱着玫瑰花、笑得无比灿烂的邱里时，他笑了。

"里里……"

他的声音像是穿进了层层叠叠的海浪里，那是男孩儿最真诚、炙热的誓言。

"我好像找到了前进的动力，想要成为更有用的人……"

邱里的泪水掉进了火花里。

尹海郡的眼角湿润了，最后那句话，他说得无比用力且真挚。

"也想尽我所能，好好照顾你一辈子。"

第二天，邱里回了祁南市区，要马不停蹄地赶回波士顿。

她没让尹海郡送，而是让他赶紧回警校。

去机场的路上，邱里在包里发现了一个粉色的信封。

不用想，肯定是尹海郡留下的。

她迫不及待地拆开了信封。

字迹还是很潦草，但笔锋用力，信不是很长。

　　里里，一直以来，我的生活很沉重，很压抑，我像溺海了，无法呼吸。是你将我从海里拉了起来，让我重新拥有了生命。

邱里看着看着，一滴泪落在了信纸上，将字晕染开来。

她靠在车内的椅子上，捧着信，闭着眼，静静地流着泪。她想起了美国那一张张虚假的人脸，越是有对比，她越是珍惜尹海郡那张真实的笑脸。

12月初。

波士顿名校云集，哈佛、麻省理工都位于查尔斯河对岸，邱里所读的伯克利也在附近。来美国这几个月，她渐渐适应了美国的生活环境，只是不习惯吃西餐，所以邓倩良给她请了一个中国保姆照顾她的起居。

无论到哪儿，邱里都是养尊处优的大小姐。

不过，在祁南，无论是一中还是二中，有钱人都不算扎堆，但在伯克利，华人留学圈里的孩子都有些家底。就邱家那点儿资产，在这里根本排不上号，所以，没人再把邱里捧在高处。

而在有钱人的留学圈里混，邱里长了心，与人都是君子之交，大多数时候，她独来独往。

不过，在波士顿，她有三个熟悉的人：一个是同班的法国女同学Janet，她们能投缘，是因为Janet的男朋友是波士顿的一名特警，她们有很多共同话题；另一个是熟人，她的老友任瑜，不过之前因为尹海郡的赌局，她们闹掰了；还有一个，是自己的音乐史老师蒋昭逸，小时候的邻居，算是看着自己长大的哥哥。

恰逢周末，蒋昭逸在自己的别墅里办了一场派对，邀请了一些师生来玩。他喜欢让大家过来聚聚。别墅在偏郊区的位置，宽阔的草坪、茂密的阔叶树，环境惬意宜人。

别墅一层延伸出了一个大露台，刚好连着草坪，一群年轻的男女，几个人围一圈，处处是说笑声，气氛放松、肆意，无拘无束。

二楼长廊的某一角落处传来女生偷偷打电话的声音。

"再往下面一点点嘛。"

邱里窝在一个没人看得到的小角落里，手机屏幕上是男人紧实的腹肌，他像是刚刚洗完澡，麦色的肌肤上沾着雾气和水珠。

"看够了啊，再多看要收费了。"尹海郡将手机抬高，对着自己的脸。

祁南现在刚好是早上7点多，他刚训练完，趁大家都洗完澡后，悄悄地在淋浴间里和她视频通话。

邱里哼了哼。

"邱里。"

安静的走廊里突然出现了男人的声音，听着不像是学生的，是偏成熟的声音。邱里吓了一跳，转过头，像是换了一张面孔，摆出乖巧甜美的模样。

叫她的人是蒋昭逸。

她立刻挂断了视频电话。

蒋昭逸比邱里大8岁，无论是上课还是私下，都喜欢穿白衬衫，鼻梁上架了一副银丝边眼镜，气质儒雅斯文，有一种禁欲感，但并不温和，只要她同他靠近一些，就能清晰地感觉到他身上存在"攻击性"。

这也是邱里不敢与他走近的原因。

祁南警校，淋浴间里有哼曲子的声音。

尹海郡把手机放在长椅上。和邱里打完视频电话，他心情很好。

波士顿。

别墅的书房里有淡淡的檀木香，一张古典乐的黑胶唱片流淌出悠扬舒缓的旋律。书柜旁是一面通透的玻璃窗，灿烂的阳光穿过屋外的密叶，洒在暗花地毯上。

蒋昭逸把邱里叫进了书房，说外面很吵，在书房里找她聊聊天儿。她同意了，坐在椅子上，喝着温热的茶水。

他想叙旧放松气氛："时间过得真快啊，那时候，我记得你还没这么高。我最后一次在祁南见你，你才十二三岁吧？"

他们有些年没见了。

邱里都快记不起这个邻居哥哥的样貌了，更别说能有多亲近，她坐姿端正又稍显拘谨："嗯，是。"

蒋昭逸皮肤很白，身上是有些距离感的清冷气息。他揭开水壶，像随意问问："你刚刚是在给男朋友打电话吗？是晏孝捷吗？"

邱里摇了摇头："不是他。"

蒋昭逸："哦，我以为你们小时候玩得那么好，长大了也能有点儿火花。"

邱里笑了笑："他不是我的菜。"

蒋昭逸低头笑了几声，也没再追问这件事，而是说起了另一件正事："你下周有空吗？"

邱里微惊："怎么了？蒋老师找我有事吗？"

"嗯，"蒋昭逸说道，"有一个交响乐团的交流活动在上海举办，你要是有空，我带你过去，然后我们一起回一趟祁南，你看如何？"

邱里在想学业安排的事，不过好像也没事，下周都是理论课。她笑了笑："可以，我对交流活动挺有兴趣的。"

蒋昭逸抬起眼看着她，隔了半晌，说："我也有好些年没回过祁南了，一中还是那样吗？"

他想和她拉近距离。

邱里笑了笑："没什么变化。"

"那家'成文书店'是不是关了？"

"没关，还在。"

"那我得回去看看。"

"嗯……"

难得清闲的一个周六，尹海郡刚修完一辆坏了轴承的摩托车，在厕所洗脸时，从镜子里看到肩膀上有一块红肿痕迹，应该是前天上擒拿课时落下的，难怪刚刚左肩一直使不上力。

其实，他向来不在意这些小伤，疼几天也就过去了，只不过王业军心疼自己的外甥。

"别动，站好了，"王业军走进来，拧开手里的红花油，倒了一些抹在了尹海郡红得发紫的皮肤上，"我又当爹又当妈的，你什么时候能让我省心？王喜南擦破点儿皮就哭，你呢，摔断腿估计都还能爬起来抓贼。"

抹完药后，尹海郡拎起挂钩上的牛仔外套，实在讨厌红花油这股刺鼻的味道，赶紧拿衣服遮盖住。穿好衣服，他走出去就往按摩椅上躺。

"舒服吧？"王业军捞起桌上的打火机和烟，靠在发黄的旧墙上，"这玩意儿花了我好几千块钱，就怕你在警校里练得辛苦，有空回来躺一躺。"

说完，他望向街道，缓缓地吐起了烟雾。

初秋的阳光照在身上、脸上，暖烘烘的，尹海郡不自觉地闭上了眼，下午3点的老街里，气氛懒洋洋且清静，几声清脆的鸟鸣令人身心舒畅。

平时他待在封闭的警校里，严谨的校风以及高强度的训练，不容许他有半刻松懈。好在祁南警校没那么严格，每周六、周日，学生可以外出。

手摸向兜里，尹海郡掏出了手机。这部手机他从读高中时就一直用，很普通的牌子，反正他也不讲究这些，能用就行。但手机旧到王业军看不下去了："舅一会儿带你去买一部新的，都上大学了，别让你那几个同学看笑话。"

尹海郡有骨气地拒绝了："等我1月考试拿了奖金，我自己买。"

"行。"

这手机的确旧了点儿，连点开屏幕都有点儿卡，壁纸是一张"一家三口"照，是读高三那年的冬天，邱里和他牵着"麻辣烫"去海边玩时拍的。

尹海郡盯着壁纸笑了笑，可仅仅过去小半年，狗被送去了警队，女朋友也在美国放飞了自我。

他叹了一口气，滑开了置顶的微信，点开邱里的朋友圈，里面是她前天在上海的三张自拍照。应该是在音乐厅里，她穿着漂亮精致的黑色小礼服。其实她回国是稀松平常的一件事，但他气的是，直到这一刻，她都没有给他发来一条信息。

王业军像知道点儿什么："你们不是好了吗？"

尹海郡点头："嗯。"

"哦，"王业军拉长了尾音，将烟摁灭在烟灰缸里，"不会是在你心里你们是男女朋友，在她心里并不是吧？"

尹海郡将手机放回兜里，双手抱胸，说道："我们都认为我们是男女朋友。"

王业军没再说话。

尹海郡看着在马路中间追逐打闹的小屁孩儿，眼神有些疲惫："你说，我以后就是进了警队，成了一名出色的警察，我和邱里是不是还是差十万八千里？"

不管身边的人如何给自己打气，偶尔一个人静下来想这些事时，他还是难免自卑。

他做个"大英雄"就能改变出身吗？

其实，他没把握。

王业军就听不得这丧气话："你不能这样想，就拿你舅我来说吧，我当时要盘下这家车行时，你舅妈老说'开这玩意儿能挣什么钱哪'但我没有选择的余地。我没什么文化，就这点儿修车技术。但你看现在，虽然我没挣着大钱，但这几年也养得活你和喜南。"

尹海郡垂下眼皮，眼下覆上了一层阴影，叹息声很重。

王业军绕到按摩椅后，见这孩子也没给按摩椅插电，在这儿干坐着，干脆自己给尹海郡揉揉肩："人活这一辈子，别想那么多，做好眼前事，走好脚底路，凡事尽力而为。"

尹海郡拍了拍那只粗糙的手："哟，和警察处了一段时间，这精气神都不同了啊。"他又多提了一嘴，"我前两天在学校见到晏队了，她说你们分手了。"

"她是这么说的？"王业军莫名其妙地来了火。

"嗯。"

"这个晏蓓力，真是有点儿擒拿手段……"

尹海郡从按摩椅上站起来，一边收拾着地上凌乱地摆放着的工具一边说道："反正也没事做，晚上要不要喝点儿啤酒？"

王业军还陷在晏蓓力说的那些刺耳的话里。

瞧自己舅舅那副没出息的样子，尹海郡扣上工具箱，走过去开玩笑地拍了拍他："你看着挺猛的，怎么留不住心爱的人呢？"

他话中有话。

"尹海郡，我是你舅舅。"

"我没瞎。"

"你这孩子，成年就不得了了啊？"

"你养大的我，我们可不就是一个模子刻出来的吗？"

"浑死你。"

"喝不喝啊，军哥？"

"走啊，海哥。"

在每一个太阳照常升起的平凡日子里，这些沾染着烟火气的吵闹声时常会让尹海郡觉得他幸福地活着。

隔日，依旧是一个大晴天。

昨晚跟王业军聊到凌晨 4 点，两个人喝了快一打啤酒，尹海郡睡到下午才醒。醒来时，他发现家里有人，还是个女人。

恍惚间，他像在做梦，以为女人是邱里，但不是。

"我迟早要把你的钥匙收走，"尹海郡拖着疲乏、困倦的身子走到客厅里，"你 18 岁了，动不动往我这里跑，羞不羞啊？"

沙发上，王喜南蜷缩着腿，抱着膝盖，抽泣到背在抖动。

见此情况，尹海郡紧张起来，问："你怎么了？"

王喜南扯着他的手，哭成了泪人，眼睛红肿，问他："哥，我爸要是结婚了，是不是就不要我了？"

尹海郡蒙了："你爸跟谁结婚？"

"就那个，"王喜南扯了一张纸，擤了把鼻涕，"你哥们儿晏孝捷的姑姑，我知道他们在一起了。"

尹海郡也不知她从哪里听到的风声，不过重组家庭这件事，的确对小孩儿的影响不小。他往沙发上一坐，说道："他们俩早分手了。"

王喜南睁大了眼："真的吗？"

"嗯，"尹海郡说，"放心，你爸暂时没人要。"

缓了缓后，王喜南提起了一件正事："哦，对了，我朋友说，今天在一中看到邱里了。"

尹海郡怔了怔，问："是吗？"

他以为邱里只是到上海参加活动，原来她还回了祁南。他不想被王喜南看穿，假装镇定地回房取手机，但手机中一条未读消息都没有。

"云上阁"是南城的一家"黑珍珠餐厅"，是江南庭院风格，院里流水潺潺，烟雾迷蒙。最好的包间在三楼，很难订，需要点儿人脉关系。

此时，包间里面传来愉悦的笑声。

蒋昭逸和邱里两家走得很近，因为蒋父和邱海权是同事，一个是历史教授，一个是物理教授。

邱海权同蒋父一直在相互敬酒。

只要是夫妻俩一起参加饭局，邓倩良通常不喝酒，因为邱海权一张口就是教授理论，她懒得给他打圆场。她更擅长交际的事。

她笑眯眯地看着蒋昭逸："我和你邱叔叔知道你是里里的老师时特别开心，这几个月，在学校里有劳你照顾她了。"

蒋昭逸穿着一件白衬衫，皮肤也白，显得更斯文俊逸。他给邓倩良敬酒时看了邱里一眼："哪里，哪里，邱里和小时候一样，很乖，根本不用老师费心。"

邱里回应了一个礼貌的微笑，淡妆很精致，一双圆眼亮晶晶的，似乎在哪儿她都会发光。

以前女儿被夸乖，邓倩良会立刻接住这样的夸赞，但此时笑得有些勉强，略过了这个话题，闲聊起来："你还没处对象吗？"

这话题引来了蒋父的不满，他明显喝多了，额头都红了："以前上大学时谈了一个，那女孩儿和里里一样乖。可惜啊，我这个儿子不争气，只知道读书，后来又一心扑在事业上，"他摊了摊手，"现在还在打光棍儿。"

蒋昭逸一把搂住蒋父，哄着长辈："放心，我会找到的，蒋家后继有人。"

散场后，蒋父和邱海权走在前头聊天儿。

蒋昭逸跟在他们身后，时不时陪着聊几句。

邱里从妈妈欣赏的眼神里瞄到了一些端倪，问妈妈："怎么，你很喜欢蒋老师吗？"

邓倩良笑道："他任何一方面我都很满意，如果你们交往，我非常支持。"

小包在腿前晃来晃去，邱里垂着头，没说话。

有些事，邓倩良本以为已经烟消云散，但看女儿这副神情，她有了一些猜测："你还在和那个尹海郡来往？"

"没有。"邱里沉静地否认。

邓倩良打量了邱里几眼，对女儿已经失去过一次信任，所以此时保留了一些怀疑的空间："我还是那句话，你可以和他乱来，但你们不会有结果。"

重重的脚步声，显示着威逼的气势。

两家人围在门边。

蒋昭逸和蒋父都喝了酒，所以只能叫来了代驾，不过，邱里意外地提出想和蒋昭逸出去走走。

邓倩良自然开心，觉得女儿还算懂事。

等双方家长都走了后，蒋昭逸叫来了一辆车，问邱里想去哪里，也说了几个地方，她却让司机把位置定在了机电厂。

"这是哪里？"很久没回祁南了，蒋昭逸一头雾水。

邱里笑起来娇俏可人："一个朋友家。"

蒋昭逸："……"

饭店离机电厂不远，十几分钟的车程。

邱里推开车门时，那道熟悉的高大身影已经在路边静候多时。尹海郡看到她，并没有亲密的行为，像只是普通朋友。

蒋昭逸好像猜到了什么，问："你是怕被你妈妈骂，所以才特意让我帮你打掩护，带你来见朋友，是吗？"

"嗯。"邱里拎着小包，含笑点头，"蒋老师，谢谢你，我好不容易回来一趟，想好好玩一玩。"

蒋昭逸指着眼前这个留着寸头的高个儿男人，问她："你男朋友？"

尹海郡倒想听听邱里的回答。

邱里摇了摇头："不是，牌友。"

"牌友？"蒋昭逸皱着眉。

邱里："嗯，我们约了打扑克牌。"

她说得跟真的一样。

尹海郡别开头，用指骨揉了揉鼻尖，憋着笑。

送走蒋昭逸后，尹海郡和邱里并肩慢慢朝老房走去。

时间不算太晚，一群小孩儿绕着厂子跑着，捉迷藏、玩摔炮，偶尔还有一楼住户里传来的电视剧的声音。

没出国前，大家都挤破头想去外面看看，可在外面待了一阵，又会贪恋这种邻里间的烟火气。

邱里最喜欢和尹海郡在厂子的树影下散步，看着月光下两个人被拉长的身影，剪影里，她伸出手，做了一个戳他的鼻孔的动作。

这种行为很无聊，但是有一种天真的稚气。

"打扑克？"尹海郡将邱里揽到怀里，紧紧箍着她瘦弱的肩，"我家没扑克，得买一副。"

她太瘦了，窝在他宽阔结实的胸膛里，就像一只被困住的羊羔。她甩着包包，别开视线："外面的没有你这个牌子的好用，你这个牌子，打起来比较开心。"

尹海郡笑出了声，宠溺地戳了戳她的额头。

怕他想多，邱里解释了自己没有提前告知他她回来的原因："阿海，我没说我回来，是因为担心我说了实情，你会乱猜我和蒋老师的关系，怕耽误你训练，所以想直接回来找你。"

尹海郡："我没乱想。"

邱里哼了一声："你肯定很想我，肯定怕我不是真的想和你在一起。"

她还上了手，去挠他的腰。

尹海郡握住她的手腕，盯着她："嗯，是，我很害怕，怕死了。"

迎着树下的月光，邱里踮起脚，撑着尹海郡的手臂，吻住了他的唇。

她轻轻的一个吻，却勾得尹海郡火烧火燎的。他伸手扣住她的后脑，缠绵地深吻起来。

祁南的冬天多雨，隔日，天刚蒙蒙亮，小雨淅淅沥沥地浇湿了机电厂的老路，一团拨不开的雨雾里，是防盗窗刺鼻的铁锈味。

十几平方米的卧室里，窗帘拉得严严实实的。

邱里在沉睡，醒不来，半梦半醒间，感觉自己似乎被什么重物压住了。

这感觉像梦，但又比梦真实一些，直到熟悉的气息覆到她的鼻尖上时，她才猛地睁开了眼。

见邱里醒了，尹海郡将双臂压在枕头上，小公主连睡颜都漂亮，他忍不住含住了她的唇，轻轻地碾磨。

邱里本就没从昨晚的激战里恢复过来，此时双手像柔软的棉花，无力地推着他："我没漱口，别吻了。"

"你怎么都香，"尹海郡的目光舍不得离开她半寸，"怎么办？醒来我就想抱你，想吻你，"语气忽然又有些怅然若失，"因为不知道下次又要多久才能见到你。"

他的声音中带着分别前的淡淡忧伤。

邱里抱住了他的腰，仰起头吻住他的唇。

两个人窝在热气滚滚的被子里，肌肤相贴，黏腻的汗水磨来磨去，她的脸红得像柿子，他的胸膛像灼烧般发烫。

或许是又要分别，那种对未来的惶恐情绪在尹海郡的心底蔓延，至少目前，他没有能力给她一个未来。又或许是太害怕失去，他紧紧抱着身下娇气的小公主，真挚地承诺："里里，我一定会很努力地往前走。我一定要娶你，等我。"

清晨的一场春意过去后，两个人先后去浴室收拾。

先洗完的尹海郡在厨房里做葱油面，对面已经起床的邻居大叔跟他打招呼：

"阿海，回来了？"

"嗯，一会儿又要走了。"

邻里间的一点点嘘寒问暖，都会成为支撑他的动力。

怕邱里去了美国会想吃点儿西式早餐，尹海郡学着视频里的教程，在面包片上涂抹着果酱。

刚吹完头发的邱里随意地扯了件他的T恤穿，倚靠在门框边，看着那个笨拙地抹酱的壮汉，很想笑。

知道她会笑自己，但尹海郡不介意这些："我和老师请了假，下午晚点儿再回校，一会儿我带你去看'麻辣烫'。"

"嗯，好。"

尹海郡把早餐端到桌上后，邱里扑到了他的怀里，他宽阔结实的胸膛是她最为依赖的地方："喂我吃。"

他哪里能拒绝？

邱里坐在尹海郡的大腿上。

"抬头，吃饭。"尹海郡像在宠一个孩子。

"哦。"

他喂一口，她吃一口。

无论她怎么要小性子，他都能包容。

他们隔着大洋彼岸，他一个人在祁南的日子很难熬。警校的训练强度也挺狠，尹海郡难免会压力大，会胡思乱想，可很神奇，他只要在睡前看一眼邱里的照片，所有的消极情绪和倦怠感就会消失。

所以能抱到她的时候，他就想多抱抱；能吻的时候，只想一直吻下去。

过了一会儿，雨停了。

湿漉漉的地面很滑，尹海郡紧紧地牵着邱里，生怕她滑倒，空气里是雨后的泥土味，还有些湿冷。他们在机电厂外上了计程车，去了郊区。

位于偏西一隅的警犬训练基地临着山，视野极其开阔，守卫同样森严。

围栏里是广阔的草坪。

天气阴沉，但训导员精神抖擞，正带着自己的警犬进行各项训练。每天早上8点不到，训导员就要对自己所带的警犬进行散放，为训练热身。

1岁多的"麻辣烫"是里面唯一的拉布拉多，而且本就毛色较黄，更打眼。很久没见到"儿子"了，邱里刚兴奋地想叫它，却被尹海郡捂住了嘴："嘘，保持安静。"

在严肃的警队氛围里，她乖乖地点头，缩到了他身旁："嗯，嗯。"

"跳……"

一声声口令后，警犬疾驰飞跃，敏捷地跳进了从低到高排列的铁环里。训导员换着不同的指令，反复让它们进行一项项严格训练，当然，警犬漂亮地完成指令后，训导员也会给予它们爱抚和奖励。

双方像战友，也像朋友。

邱里看入迷了，说实话，这有些震撼到她，一只警犬带着使命感的帅气样子，她无法用言语形容。

轮到"麻辣烫"了，训导员是一名女警，给"麻辣烫"按摩放松后，便开始了跳跃障碍的训练。"麻辣烫"从小就乖，到了警队，服从性也特别强。

它轻而易举地越过了所有障碍物，跑回去后，训导员给它喂了精心准备的奖励食物。

搜救犬对气味的辨别能力比人高出百万倍，听力是人的18倍。"麻辣烫"被晏蓓力挑中，就是因为它比一般的狗狗更胜一筹。

尹海郡牵着邱里的手，说："这还只是'麻辣烫'的基础训练，下个月它还要进行实地搜救训练。"他笑得很得意，"以后，我们的'麻辣烫'会持证上岗，明年初还要参加祁南第二届警犬技术比武竞赛。"

邱里双眼瞪得圆溜溜的："真的吗？我'儿子'一定是第一。"

她说得真跟"麻辣烫"是自己的"孩子"一样。

训练结束后，女训导员牵着"麻辣烫"走了过来，跟尹海郡打招呼："你的'儿子'很听话。"

虽然有很长一段时间没有见面，但"麻辣烫"早就记住了邱里的味道，兴奋地扑到她的腿边，开心地扒着她，不停地摇尾巴。

"'麻辣烫'，"她蹲下，兴奋地用双手摸着它的头，然后抱住了它，"妈妈好想你啊，你有没有想妈妈啊？"

人对宠物，总是幼稚到没逻辑可言。

邱里和"麻辣烫"玩了一阵后，训导员必须带警犬回队，邱里被尹海郡拉了起来，她很不舍。

训导员下指令："海啸，走。"

"海啸？"邱里对这个新名字有些疑惑，"'麻辣烫'进警队，不能用原名吗？"

尹海郡把手放到她的头上，宠溺地揉了揉："里里，'麻辣烫'要是不改一个威武一点儿的名字，恐怕会被其他狗笑吧。"

邱里哼了哼："那海啸是什么意思？你和晏孝捷的名字谐声缩写？你们两个大男人可真有意思。"

尹海郡："……"

她这古灵精怪的脑袋瓜儿让尹海郡笑出声来。

训练基地不能久待，两个人手牵着手走出去后，夏叔已经到了。他将车停在了山脚下的马路边，笑着同尹海郡打招呼。

"大帅哥，好久不见。"

尹海郡笑了笑："夏叔，好久不见。"

邱里推着他往前走："上车，我和夏叔把你送到警校。"

"嗯，好。"

他们一起坐进了车里。

警犬训练基地挨着祁南警校，开车十几分钟就到了。

车停了许久，尹海郡还是不舍得松开掌心里那只软绵绵的手。虽然外表看着粗犷，但他其实是一个很感性的人，一直轻轻地揉着她的手背。想到分别，想到迷茫的未来，他竟有些想掉泪。

邱里先抽出了手，拍了拍他的肩膀，将书包塞到了他的怀里：

"快进去吧，已经耽误了一上午，别让老师对你留下不好的印象，又不是见不到了。"

忍了忍在眼中打转的泪，尹海郡和前面的夏叔道别后，拎起书包推开了车门。

那高大的背影，在雨后的秋风里显得孤独又落寞。

"尹海郡……"

邱里忽然叫住了他。

尹海郡回过头时，她已经下了车，朝他的怀里扑来，紧紧地抱着他。她没哭，只是吸了吸鼻子，声音微颤："记得吃点儿好的，不要舍不得那点儿钱，还有，也不要太拼命。"

一个大男人在警校门口掉泪是一件很丢脸的事。

尹海郡强忍住眼泪，像收到上级命令般认真回应："嗯，收到。"

细雨又飘了下来，还刮起了微凉的秋风。

两个人眼前是迷蒙的雨雾，尹海郡给了邱里一个吻后，劝她回了车里。他再回身往校门口走时，心底用力扯住的最后一根弦彻底断了，滚落的泪珠混进了绵绵的细雨里，沾湿了牛仔衣。

缠绵时有多美好，分别时就有多像是一场梦，他们之间总是那么虚无缥缈，也摇摇欲坠。

尹海郡迫切地希望自己的臂膀能变得更宽阔，希望自己的双脚能更稳地站在这片土地上，因为，他想实实在在地抓住他们的未来。

目送窗外的人影走后，邱里扯了一张纸巾按住了自己的双眼，闭上眼的那一瞬，纸巾被泪水浸透。

忽然，她身旁的手机振动。

不用看，她也知道是妈妈打来的电话。

夏叔懂分寸地撑开伞下了车——他从不听老板的家事。

邓倩良的语气很严肃："跟尹海郡分开了？"

像妈妈这么聪明的人，邱里觉得没必要隐瞒："嗯，刚送他回警校。"

"邱里，"邓倩良遏制着怒气，压下了声调，"我和你说过，我不会同意……"

"妈妈，我知道，"邱里突兀地打断邓倩良的话，漂亮的眼里无光，"所以在我结婚前，你别管我怎么做，因为我不想后悔，这是我唯一可以疯狂的七年。"

电话里是邓倩良重重的喘气声。

邱里揪着裙边，垂着头，眼泪滴到了白裙上，将白裙一块块地濡湿："这是我18岁生日那天，你答应我的。如果七年里，尹海郡还是没有做到让你满意，我会同意你所有的安排，包括婚姻。但是这七年里，请你不要管我，也不要打扰他。"

她还是哭了出来，纤瘦的身子抽泣得发抖："因为他现在需要我，如果没有我，他很难在警校里坚持下去。即便最后我和他不能在一起，我也希望他可以成为特别特别优秀的人。"

邓倩良竟第一次被女儿的话噎到胸口发闷，过了一会儿才应道："好，我不会打扰他的生活，也不会拦你。我倒要看看，我女儿的眼光到底能有多好。"

因为上次艺术厅见义勇为的事迹，尹海郡成了祁南警校的名人。

尹海郡从不喜欢刻意为了得到他人的赞扬而去做一件事。从小到大，他每一次大大小小的勇敢、正义行为，都只是当时本能下的选择。

就好像他10岁时在崇燕岛救了一个落水的小女孩儿，女孩儿的家长夸他很勇敢，他也只一脸正气地回答："见死不救，我做不到。"

女孩儿的家长很吃惊，这男孩儿小小年纪竟然就能说出如此有震撼力的话。

教他做人的，不是父母，是奶奶。

那时候，鬓角斑白的奶奶戴着一副老花镜，阳光暖烘烘地洒在藤椅上，她边织着毛衣边对他说："这人呢，要多做善事才有福报。我们阿海啊，一定会有福气的。"

奶奶和妈妈去世后，纵使生活过得再不如意，尹海郡也没有怨天尤人过，而是始终把奶奶的教诲记在心中。他也不是奢求多做点儿善事就能逆天改命，而是希望在遇到危险时，能靠这点儿福报让自己化险为夷。

比如那天的疯子如果再使点儿力，他一定会被伤到大动脉，后果不堪设想。

尹海郡救人的英勇事迹传遍了整个警校。

像尹海郡这样低调的人，不习惯这种走一步被夸一次的感觉。

"牛啊，尹海郡。"

"救人时眼都不带眨的啊。"

尹海郡因为手伤没能参加考试，但还是很关注成绩排名。

而对第一名，尹海郡心服口服。

曹飞凯是尹海郡最佩服的同级同学，家境普通，但特别刻苦，和尹海郡算是同一类人，两个人惺惺相惜。他们问过彼此的规划，尹海郡一心想进南城分局当刑警，而曹飞凯的志向是做特警。

两个人一起上完实弹课，曹飞凯想回寝室休息，尹海郡就去食堂里打饭，老样子，两荤两素。他端着盘子，随意找了角落的空位坐下。

尹海郡从口袋里摸出手机，发现晏孝捷给他发来了微信消息："手好点儿了没？"

尹海郡："没事了。"

晏孝捷："我真是越想越来气，最后一个知道这事。你到底有没有把我当朋友？刚毕业几个月，你就开始隐瞒我……"

有一个讲话不过脑、随时随地胡侃的朋友，也算是能调节尹海郡枯燥的警校生活。

只是，他的快乐戛然而止。

对面来了一位不速之客。

尹海郡夹了一块肉，头都没抬："有事说事。"

姚彬将筷子用力地朝米饭里戳了戳，说："你以为故意在邱里的父母面前要要勇敢，他们就会把宝贝女儿嫁给你吗？"

尹海郡生气不是因为姚彬嘲讽他配不上邱里，而是生气姚彬对他的职业的侮辱："姚彬，我们读的是警校，以后我们就是警察，如果连救人都要犹豫，那为什么要选择这条路？就算那天邱里的父母不在展厅里，我一样会冲上去。"

他就是一头藏着脾气的虎狮，一旦被踩到底线，并不好惹。

姚彬着实被吓到了，而他的针锋相对在尹海郡的怒斥下，显得毫无格局可言。

饭后，尹海郡回了寝室。他睡不着，干脆躺着玩手机。邱里刚好将动态同步到了国内的社交平台上，账号叫"Joy怕小虫"，粉丝已经过万。

人要想红，要么就够接地气，要么就让普通人羡慕。

很显然，邱里是后者。

尹海郡枕着胳膊，人朝墙壁一侧躺着，拇指慢慢滑动着那些漂亮的日常照。他每天都会看，想了解她的动态以及保护她的安全。

只要有空，他就会看一看评论。

自从进了警校，他的警惕性非常高，而邱里发这些照片比较随心所欲，有些时候，毛衣落到肩下她也不介意。但她太惹眼了，他担心会有图谋不轨的人盯上她。

不过还好，大多是女孩子在和她互动。

但有一条评论还是引起了尹海郡的注意。

邱里发了一张在纽约吃烛光晚餐的照片。她说过，是去了晏孝捷的姨妈家，正好赶上了他的表姐的女儿过生日。其实她发的就是一条很普通的图文，但底下那条高赞的留言让他不舒服。

一个账户名叫"yi"的人，没有留任何文字，只留了一个爱心符号。模棱两可的评论，外加IP（互联网协议地址）显示在波士顿，很容易让人浮想联翩。

下面跟了一连串的评论。

"是博主的男朋友吗？"

"我们Joy原来有男朋友了啊。"

"好神秘啊，能不能别锁相册啊？想看。"

尹海郡感到不舒服不是因为醋意，而是紧张。

此时的波士顿已是晚上12点，早上邱里说晚上要去参加一个朋友的派对。他再三嘱咐，以她的酒量，一定要少喝酒，她答应了。

不过，她的电话一直无人接听。

波士顿郊区的某幢别墅里，空气里弥漫着烟酒味，几个美国男生站在桌前，将音乐声开到最大，手里拿着酒，正跟着嘈杂的音乐摇头晃脑。

　　过生日的人叫Fiona，是邱里的同班同学，纽约女孩儿，家里做石油生意，确实富得流油。女孩儿性格也外向，除了伯克利的同学之外，还请了许多朋友。

　　如果有熟人在，邱里就不太怕生，气氛升温了，她也完全融入了群体里。墨绿色的丝绸裙太贴肤，只要她动一动，婀娜的身姿就性感到令人遐想。

　　无论是在国内还是在国外，她都很受人喜爱。

　　她才来波士顿几个月而已，对她表白的人能排长队。只是，比起国人委婉的追求方式，欧美男生大胆太多。在这里，没有什么情书、小心翼翼的追求行为，只有狂放到无礼的邀请，比如"要不要一起去我家过周末""要不要去汽车旅馆"……

　　每遇到一次这样的场面，她就更加视尹海郡为稀有之物。

　　比起张扬自信的人，她更偏爱沉稳的人。

　　她来玩之前，尹海郡打电话提醒过，让她少喝一点儿酒。邱里一开始真的很乖，一滴酒都没喝，但连她自己都不知道，是从哪一刻开始，手里就多了一杯酒，又处在嘈杂的环境里，一杯调过的洋酒就稀里糊涂地被她吞入了胃里。

　　没过一会儿，她就感觉头有点儿晕。

　　"Mr.Mark."

　　好像是有人进来了，围在门边喝酒的几个金发女生打了声招呼，听称呼，不是朋友而是老师。

　　然后有华人学生用中文叫了他一声："蒋老师，怎么这么晚才来？"

　　棕色风衣上都是冬夜的寒意，蒋昭逸脱下后，抖了抖，挂在了门口的衣架上。他是一个很有趣的人，能把枯燥的音乐史教得极其生动，外加他身上那种儒雅又倜傥的气质，使得他深受女生喜欢。

　　蒋昭逸一进门，目光就落在沙发上，边看着喝醉的女人边回应学生："我忙着给你们几个挂科的同学弄补习课件，要是你们好好考，我也能轻松点儿。"

几个华人学生羞愧地低下了头，走开了。

即使蒋昭逸看上去目的不明显，但直勾勾的眼神还是出卖了他。他走到沙发边，撑着丝绒沙发的边沿，轻轻地拍了拍身子已经窝到了角落里的邱里。

"邱里，你还好吗？"

刚刚闭眼休息了一会儿，邱里稍微舒服了点儿，不过洋酒太刺激，意识还是有些模糊，但她能认清眼前的人是蒋昭逸。

"还……行。"

邱里困难地坐直了身子，但丝绸太滑了，细细的肩带在她挪动身子时滑到了肩下。屋里本来就光线暗淡，走动的人影更像是给此时的氛围推波助澜。

是该守本分，做一个有礼貌的人，但蒋昭逸还是没忍住朝邱里多看了两眼。发丝半遮住了她绯红的脸颊，清纯里又露出了些风情。

感觉到胳膊被什么卡得不舒服，邱里及时将肩带扯好，但只是动了动上身，就弄得她胃里一阵不适，她捂着嘴，有些想吐。

蒋昭逸紧张地扶住了她，她的胳膊的肌肤又细又软，他的喉咙猛地发紧："我陪你去洗手间。"

邱里的一张脸通红，烫得她难受。本来意识就不清晰，她借着他扶着自己的力量站了起来，绕到另一侧，往洗手间走去。

虽然现场一片混乱，但还是有两个学生瞥到了刚刚过去的人影。

"Mr.Mark？ Joy？"

两个人挑眉弄眼地对视。

在美国，谁会在意身份？无非是一对对上眼的男女而已。

洗手间的门被关上后，耳边终于清净，邱里伏在池台上呕吐起来。

松开手后，蒋昭逸没有做越界的事，保持了他绅士的一面，取了几张纸递给她："擦擦。"

水池里是刺鼻难闻的味道。

吐了后，邱里也清醒了一半，接过纸巾，道了声谢："蒋老师，谢谢。"

其实这称呼很正常，蒋昭逸却显得有些失望，眼眸垂下了一会儿，再抬起来时，他露出温和的笑容："外面下大雨了，这里离你家很远，要不要去我家暂住一晚？别多想，我和我姐姐住，她可以照顾你。"

从洗手间出来的邱里清醒了一些。她并不想和蒋昭逸走，可在混乱的派对里怎么也找不到自己的同伴。

"邱里，"喧嚣的杂音里，蒋昭逸提高了声音，"跟我走吧。"

音乐震耳欲聋，连地板都在震。

邱里的胃又一次感到不适，她乏力地站在原地，冒出了虚汗。蒋昭逸拿上了她的大衣，替她披上，然后带着她出了别墅。

入了冬，夜里的雨像夹了碎雪，如针一般刺骨。

只是刚到院子里，邱里的脸被冻红，她知道蒋昭逸想带自己走，想推开他，但身体无力到连双腿都软了，头昏昏沉沉的。

"Joy。"

这时，院子门口停稳了一辆宝马车，邱里抬眼看去。她认得，那是蒋昭逸的姐姐蒋昭绘。小时候，蒋昭绘经常带邱里玩，邱里来波士顿后，两个人也见过两次。

蒋昭绘特意下了车，让蒋昭逸去开车，她扶着邱里，摸了摸邱里的额头上的虚汗："别站在外面了，快上车，今晚先到我那里住。"

姐姐不是强势的长相，知性温婉，再加上一些小时候的好印象，邱里没再拒绝，上了车，和蒋昭绘坐在后座上。

即使在大雨滂沱的夜晚，蒋昭逸开车也很稳。

蒋昭绘轻轻揉着邱里的胃，声音令人舒心："一会儿到家了，我给你泡一杯蜂蜜水。"怕她担心，蒋昭绘补充道，"你放心，Mark 住楼下，楼上只有我们两个女孩儿。"

外面的雨势不见减弱，邱里选择相信了握着自己的双手的大姐姐。

蒋家的别墅离办派对的房子很近，车程不过 10 分钟。蒋昭逸没有上楼，是蒋昭绘扶着邱里去的二楼的小卧室。房间收拾得干净整洁，还有好闻的香薰精油。

"你到床上躺一躺，我给你拿一套睡衣。"

"好，谢谢。"

身子冰冷到发颤，邱里钻进了松软的被窝里，空调的热风萦绕在屋子里，不一会儿，她就暖和、舒服了许多。

蒋昭绘将一套棉质睡衣放在了椅子上："你先换，我去给你泡蜂蜜水。"

"嗯，谢谢。"至少在回不去家的大雨夜里，邱里还是很感激蒋昭绘的照顾的。

不知是酒精刺激还是刚刚吹了冷风，换好睡衣的邱里没等到蜂蜜水，窝在被子里睡去了。只是，在半梦半醒间，她听到了脚步声。

有人将水杯放到了桌上，但明显动作不轻柔，应该是男人。邱里的心抖了一下，她想睁眼，却疲倦到动不了身。不过，男人没做什么，只是站在床边打了一通电话。

蒋昭逸压低了声音："喂，邓阿姨，让您担心了。里里去参加我的一个学生的生日派对，一群人很吵，她估计没看手机。"

电话那头，邓倩良的心落了地。

蒋昭逸："刚好我家离得近，我姐开车过来把我们俩接回来了。放心，有我姐姐照顾她。"

屋里太安静，以至邱里隐隐约约能听到妈妈的声音。

邓倩良："有昭绘照顾，我很放心。昭逸，你也早点儿休息，辛苦了。"

蒋昭逸："我小时候没少被您照顾，现在里里一个人在波士顿，我照顾她也是应该的。"

电话被挂断，人却未走。

在沉睡边缘挣扎的邱里已经不记得蒋昭逸是什么时候从卧室里离开的，但她可以确定，他没有对她做任何不轨的事。

雨在半夜停了，在波士顿这座老城里，冬日的清晨有几只鸟儿停在窗棂边。邱里从清脆的鸟鸣声里醒了过来。

头终于不沉了，她揉了揉眉心，翻了个身，想再赖会儿床。看到墙上的钟，指针指着 6 点 30 分，她算了算时差，手在枕边摸到了手机。

果然，手机上显示的全是同一个人的未接电话和微信。

完了，尹海郡肯定生气了。

祁南那边是晚上，他应该还没睡。邱里试着打去了视频电话，电话几乎是一秒被接通。

"里里，你在哪儿？没出事吧？"

她原本以为尹海郡肯定气炸了，会凶自己，但被他温柔的语气弄出了愧疚感。

"我没事。"她缩在被子里，低喃。

得知她平安后，尹海郡免不了担心地指责："你答应了我不喝酒的，怎么又喝大了？"

屏幕里有树影在晃，邱里还能看到后面的塑胶跑道，他应该是躲在操场的角落里。

"没喝大。"邱里想撒谎，"只喝了一点点。"

"那怎么不接电话？"

"玩兴奋了。"

尹海郡目光深沉，半信半疑。

这时，屏幕里传来了叩门声，还有男人的问候声："邱里，起了吗？"

操场的树下，光本就不明亮，此时，尹海郡的半边脸上被覆上了阴影，他僵立在原地，盯着屏幕。

邱里敷衍地回答了门外的蒋昭逸后，转过头，慢慢向尹海郡解释："昨晚我的确在派对上喝多了，不巧外面又下起了大雨，蒋老师的家在附近，他姐姐把我接了过来。我没有和他孤男寡女共处一室，还有他姐姐在。"

沉默了半晌，尹海郡点头："嗯。"

"没骗你。"

怕他心存怀疑，邱里又强调了一次。

屏幕那头被寂静的夜幕笼罩，尹海郡的眼神沉静："嗯，我知道你从不骗人。但其实你去哪儿，同谁在一起，我并没有权力干涉，那是你的自由。我只是很在意你是否平安，所以，不要和我断联，刚刚那几个小时，我过得很煎熬。"

现在的他，没有身份，没有地位，没有任何一个像样的支撑点，能让他光明正大地挽着她向全世界宣示主权。但他唯一能做的就是保护她，他愿意做那个1万多千米对岸的骑士。

警校管得严，尹海郡简单嘱咐了两句后便挂了电话，奔回寝室。

手机熄了屏，邱里慢慢地从床上坐了起来。她望着窗外从阴沉云缝里挤出来的阳光，伸手捉住了一缕，几颗泪从眼中滚落。

她闭上了眼，睫毛在颤，心有余震。

要见到花开，需要两颗心执着奔赴。

从她主动向那个与自己相距万里的少年抛出橄榄枝的那一刻起，溺海的就不只有他一个，还有她。在幽深不见光的海底，除了他，还有一只手在拼命抓住那些破碎虚幻的光斑，想要冲破海面，抓住阳光。

阴云散去了些，光更刺眼地照在床上。

准备离开蒋昭逸家前，邱里去洗手间里换衣服。

或许她昨晚真喝醉了，没有此时这般强烈的直觉。她的眼珠转了一圈，她总觉得有人看着自己，但确定屋子里没有人。于是她将视线锁定在了正对面的镜子上。她也不敢盯得太明显，拿起衣服回了房，钻进被窝里，将衣服换好。

不过，此时的祁南是深夜，尹海郡已经睡了，警校也有规定，过了11点，学生不准使用任何电子产品。

邱里只能等到第二天，才将憋在心里的疑虑告诉了他。

结束晨训的尹海郡坐在食堂的一角，喝了半瓶矿泉水后，胸口堵着气说："你确定吗？"

昼夜交换，邱里窝在被子里："嗯，我的直觉一向很准，我觉得镜子后面有摄像头。"

尹海郡喘了几口粗气后，下一秒，眼神变得严肃起来，问她："你昨晚换衣服时，全脱了吗？"

邱里想了想，摇头："没有。"

尹海郡："他去过你家吗？"

"没有。"

"他有没有表示过很想去你家？"

邱里迟疑了一会儿，抿唇点头："有。"

电话两端的人都陷入了沉默。

不想产生误会，她解释："那次也是下雨，刚好我们都在一个课外活动上，他说想顺便送我回去，没别的意思。"

"我没想别的。"尹海郡真没工夫想那些没劲的事，一心只有她的安危，"你在拒绝他后，他大概提出过几次想进你家门？"

邱里回想后，答："大概三次。"

"好。"

"好什么好啊？"邱里听笑了，无聊地揪着被角说，"尹海郡，我怎么感觉我在报警呢？"

尹海郡歪着脑袋，用肩膀夹着手机，接过了曹飞凯手中给自己打的早饭，对着话筒笑着说："没错啊，我不就是警察吗？"

听到她轻松的笑声后，尹海郡言归正传："我相信你的直觉，他八成有偷窥的癖好。你一定不要让他有机会去你家里，我担心他会在你家安摄像头。"

"嗯。"邱里很乖，"知道了。"

说完这件事，尹海郡开始假装教育不听话的小公主："知道了，知道了，你嘴上答应我不喝醉，不还是喝到被他带回家了吗？"

"尹海郡……"邱里的撒手锏是撒娇，"别生气嘛，绝对没有下次了。"

尹海郡故意端起了架子："嗯。"

等他挂了电话后，曹飞凯喝了一口米粥，抬头笑问："女朋友啊？"

尹海郡害羞地摸了摸脖颈儿，垂下眼："嗯。"

曹飞凯好奇地道："首先声明啊，我这人不八卦，就是之前听他们传过，你的女朋友是一中以前的校花？"

尹海郡这人不喜欢高调，尤其是私事，对谁都一样，打马虎眼就过去了。

都是成年人，曹飞凯懂得尊重隐私，只不过提了一嘴周六的事："两个班组织周六去KTV，你去吗？"

尹海郡摇头："没兴趣。"

"我也不想去，"曹飞凯叹了一口气，"但是张老师组织的，感觉不去不好。"

"张老师组织的？"

"嗯。"

老师都去，做学生的也不能不给面子，最后两个人商量好了，去简单打个招呼就走。

想回寝室休息一会儿，9点要连着上两节刑侦课，尹海郡揉了揉酸痛的脖子，慢慢往楼上走去。

忽然，他收到了邱里发来的微信：

"对了，我周五要去加利福尼亚州的蒙特利公园市，我和晏孝捷的小学同学朱玲玲过生日，她也很想跟我见一面。"

尹海郡："晏孝捷也去？"

邱里："喊，他？他的眼里只有温乔。他说他们俩要去台北买周杰伦的唱片，还要去MV拍摄地，反正就是两个幼稚鬼搞什么追星。然后他给了我一笔钱，让我给朱玲玲买一份好一点儿的礼物。"

尹海郡："那你一个人去？"

邱里："不是，和三个女生朋友。"

尹海郡："好，一定要注意安全。"

邱里："这次我一定听话，不喝酒，不喝酒，不喝酒。"

尹海郡再三嘱咐她注意安全。

周六早上，尹海郡约了曹飞凯在公园里晨跑，就算是休息日，他的体能训练也一日不落。晨练了两个小时左右后，他们挑了一家粉店坐下。

这家店就是那种小餐馆，旧彩电安置在墙上的三脚架上，此时正播放着国际新闻。

两个大男生满身是汗，运动衫贴着后背，背部宽阔结实。起初他们俩根本没在意新闻，吃着粉，聊着天儿。

志趣相投的两个人有聊不完的话题。

"近日，美国加利福尼亚州接连发生枪击事件……"

新闻里的女主播字正腔圆地播报着新闻。

曹飞凯对着电视机坐着，气愤地撂下了筷子："这帮畜生，真想一枪毙了他们。"

听到了"加利福尼亚州"几个字，尹海郡立刻回头，右眼皮忽然跳得厉害，有非常不好的预感。他立刻给邱里拨去了电话，但连拨三次都无人接听。

曹飞凯说回去休息一会儿，下午见。

分别后，尹海郡继续给邱里打电话，谢天谢地，大小姐终于接了电话。她好像在车里，几个女生唱着欢快的英文歌，难怪听不见手机铃声。

"怎么了？"邱里问。

尹海郡把刚刚看到的新闻和恐慌感都告诉了她，但她说人已经在路上了，现在回去不合适，并且他们一群人是在朱玲玲的家里过生日，不会出什么问题。

见没法儿中途折回，他挂了电话后，给她发去了一份"遭遇暴力冲突以及枪击事件该如何自保"的文档。

尹海郡始终不放心，让邱里务必看完记下。

邱里这次很听话，说一定会看。

或许是因为心里的恐慌感，尹海郡一个上午都心神不宁，时不时看一次国际新闻。这是他心中第一次警铃大作。

下午，尹海郡按时到了 KTV。

张近是两个班的老师，在警队也有一官半职，和晏蓓力是老朋友。可能是晏蓓力老在他面前夸尹海郡，再加上尹海郡本来就出色，张近对尹海郡青眼有加。

"平时唱歌吗？"张近问。

尹海郡在角落区域坐下："都是自己在家哼着好玩儿。"

张近指着机器前的一位同学说："给尹海郡点几首歌。"

尹海郡让那位同学给他点了一首林俊杰的《会有那么一天》，是邱里最喜欢听他唱的一首歌。

不过他现在没心情唱。

敷衍地唱完后，尹海郡把麦克风递给了同学，躲到离门口最近的角落，因为这里信号最强。他几乎每 10 分钟让邱里报一次平安。

此时，加利福尼亚州正是凌晨 1 点。

邱里说，他们刚吃完生日蛋糕，要开车去附近的超市买几瓶啤酒回来。尹海郡让她待在屋里。但邱里说，朱玲玲说没事，有四个男生保护大家，他们都想出去透透气，枪击事件不是发生在本市，而且上次的事件已经引起了警方的重视，他们只出去十几分钟而已，没关系。

但尹海郡执意要求邱里留在家中，几乎是第一次强势地用了命令的语气，她答应了。朱玲玲说她可真怕男朋友，不过还是选择留下来陪她。

四个男生带着四个女生出去吹夜风透气，朱玲玲和邱里则坐在沙发上等。

对尹海郡来说，难挨的不是这十几分钟，而是邱里不回到波士顿，他便不会安心。

那种糟糕的预感又汹涌地袭来。

他不间断地让邱里给自己发信息，直到加利福尼亚州时间 1 点 40 分开始，他没再收到她的信息，拨出去的电话都遭到了信号干扰。

尹海郡骂了一声，起身拉开门，朝明亮的通道外疾步走去，不停地给邱里打电话，电话都无法接通："里里……邱里……"

他急疯了。

这时曹飞凯追了出来，因为上午尹海郡将疑虑告诉了曹飞凯，所以曹飞凯也在关注实时国际新闻。就在 3 分钟之前，弹出了"美国加利福尼亚州蒙特利公园市枪击事件"的新闻。

词条滚动，火速登上了热搜榜。

尹海郡一边继续打电话，一边看着曹飞凯手上的手机。新闻显示："美国加利福尼亚州洛杉矶郡警方称，蒙特利公园市枪击事件中，已经有三名伤者不幸遇难，其中两名为中国籍女子。"

与此同时，邱里的电话依旧打不通。

指甲都嵌进了手心的皮肤里，尹海郡的大脑里一片空白，但他告诉自己，在官方没有公布遇难者名单前，要沉着冷静。

突然，手机在掌心里振动。

看到熟悉的备注，他立刻接通电话："里里，你在哪儿？你还安全吗？"

那头，四周是嘶鸣的警笛声、对讲机低频的电流声以及女人的哭声。

邱里仿佛处在极度恐惧的情绪之中，连哭声都颤抖不已，她根本拼凑不出一句完整的话。只要她没出事，尹海郡就暂时放下了心，耐心地给她时间缓冲。

过了很久，她才说出了一句话："阿海，我好怕，好想见你。"

庆幸的是，上次夏叔托人帮忙办理的美签是 10 年，尹海郡可以说走就走。他将张近老师叫了出来，诚恳地说明了请假理由，张近同意了，并且让他小心。

其实他并不想麻烦别人，即使是自己最好的朋友，但尹海郡还是让晏孝捷帮自己处理了一下机票的问题，然后转了一笔钱给晏孝捷。晏孝捷没收，说钱不重要，让尹海郡先去见邱里。

晏孝捷买的是最近的一趟航班，从祁南直飞洛杉矶。

尹海郡回家简单地收拾了行李，和舅舅打了一声招呼后，就马不停蹄地往机场赶去。夏叔说，两个老板和他乘坐的是同一趟航班。

他哪里顾得上这些？他一心只想见到邱里。

他从未这样焦急过，恨不得立刻飞到她的身边，将她拥进自己的怀里。

蒙特利公园市警局。

外面下起了雨，玻璃门上雨痕斑驳，红色的警灯时而模糊时而刺眼，里面是一群穿着制服的警察，警察正在忙碌地处理刚刚的枪击事件。

嘈杂声吵得邱里头痛，她坐在一角的长椅上，蜷缩着身子，抱着自己。从一旁走来一个体形彪悍的洛杉矶警察，递给她一杯热水。

她的手还在抖。

家中的阿姨已经从波士顿匆忙赶来，警察希望邱里离开警局，但她惊魂未定，只有被警察围起来，她才能有安全感。

只要闭眼回想起刚刚的枪击画面，她就会害怕到全身发抖。她又哭了，眼泪止不住地往下流。因为两名死者是和她同行的朋友。

丧心病狂的暴力分子一路跟着车扫射到了别墅的院子里，还闯了进来。

邱里按照尹海郡给的求生指南做，躲到了房屋里最安全的地方。但暴力分子上楼的脚步声仿佛还回响在她的耳边，震耳欲聋，让人心惊肉跳。

嘭嘭嘭——

连发的子弹声扫射在别墅的每个角落。

还好警察及时赶来，制服了 4 名暴徒。

警察拍了拍邱里的肩："Miss, You can't stay here.（小姐，你不能一直待在这里。）"

邱里放下茶杯，哭着举起双手："Let me stay, Please...Please...（求求了，让我留在这里……）"

她不停地请求，除了这里，她哪里也不敢去。

警察双手叉腰，有些为难。

邱里崩溃地哭了出来："I'm going to wait here for my parents and my hero.（我要在这里等我的父母，还有我的英雄。）"

"hero？（英雄？）"警察皱眉。

邱里点头："Yes, my hero.（是，我的英雄）。"

几名警察商量了一下，最后同意让这名中国籍女子在后面的屋子里待一晚。

家中的阿姨从车上抱来了毯子，让邱里横躺在椅子上，抱着她，抚摸着她的身子，给她压惊。可邱里怎么都睡不着，从包里掏出耳机，点开了那首 *Same Sun*（《同一个太阳》）。

Just look up

抬起头

Don't close your mind

请勿自我囚禁

It's all alright

没事的

It's all alright

会好的

Just look up

别沮丧

No don't you cry...

不 别哭泣……

漫长的一夜在舒缓的歌声里度过。

邱里不记得自己沉睡了多久，又醒了几次，耳机放下又塞入了几回，她只清楚地记得，歌词似乎又循环到了那几句。

We're all under the same sun

我们都生活在同一轮太阳底下

We go until the days done

我们携手共进直到时日终结

So maybe just for once

所以或许就是这一次

We could try to be one...

我们可以试着连为一体……

在朦胧的意识里，邱里听到了熟悉的脚步声和男人呼唤她的声音。那熟悉的声音，像是在梦里。

"里里……"

"邱里……"

邱里猛地睁开眼，拔下耳机，在喧嚣的警局里，那站立在几名警察中间的高大身躯，就是她全部的安全感。

那不是梦，是真实的。

她奔向了尹海郡的怀里。

在拥邱里入怀的瞬间，尹海郡没忍住掉了泪。13 个小时的飞行时间，再加半个小时的车程，他终于跨越了海洋，奔赴到了她的身边。

她全身还是抖得厉害，他难以想象她到底经历了怎样的恐惧。他温柔至极地抚摸着她的背："里里，别怕，我来了。"

就算是要跨越 1 万多千米的距离，就算是有山海阻隔，骑士也会义无反顾地奔向他的公主。

蒙特利公园市警局的警灯被雨蒙上了一层雾气。

"我爸妈呢？"刚刚抱了一会儿尹海郡，终于缓过来的邱里四处张望，却没看到令自己安心的身影。

即使隔着玻璃门，冷气也能从缝隙里灌进来。

尹海郡替邱里将身上的棉衣扯紧，解释："这里太危险，下飞机时，我建议叔叔阿姨转机先去波士顿，他们应该快到了。"

也是，这里刚刚发生了枪击案，邱里也不敢让自己的父母贸然赶来，即使她很想很想见到他们。

尹海郡和邱里交代了一声，说他们的航班是两个小时以后的，让她和阿姨先在椅子上休息一会儿，可他只要离开半步，她就会害怕地扯住他。

"我找警察说点儿事。"他像在哄孩子。

邱里揪着他的衣角："你能沟通吗？"

尹海郡笑着揉了揉她的头，起身走向了对面，打断了几个警察的谈话。

椅子上，邱里缩着身子，发呆般看着眼前的男人。她发现，尹海郡和那几个人高马大的美国警察站在一起，气势也完全不输，甚至她觉得他比欧美人更威猛帅气。

别说，听起来，他的英语还挺流利。

几分钟后，刚刚照顾邱里的警察同尹海郡一起走了过来。警察用拇指指向尹海郡，问邱里："He's your hero？（他就是你的英雄？）"

邱里终于笑了，眼里有星星："Yes.（是。）"

雨似乎停了，警察带着他们往外走，拉开了一辆警车的车门。尹海郡本想让邱里和阿姨坐后座上，但她哭着摇头，说想抱着他。

于是他和阿姨换了位置。

警车驶过潮湿的雨地。

后座的车窗上满是雾气，虽然窗户紧闭着，但邱里只要听到一点点声响，就会回想起别墅里的惊魂一幕。尹海郡将她抱入了怀中，又用外套遮住了外面的光线，拍着她的背，声音轻柔地安慰道："不怕。"

把脸全埋进熟悉的胸膛里，闻着他身上熟悉的味道，邱里才完全感到安心。

从后视镜里瞟到后面的情侣，警察单手握着方向盘，笑着调侃道："Strong, sweet, you're a real man.（这么壮还贴心，你是真男人。）"

尹海郡听懂了，笑了笑回应，他的心思只在怀里的女人的身上。手掌轻柔的抚摩动作一直没停，他时不时低下头，拨着她的发丝，吻她的额头，驱散她心中的阴影。

蒙特利公园市的警察将尹海郡等人送到了洛杉矶机场，嘱咐了几句，在走之前，对邱里说："He must be a good husband.（他一定是个好丈夫。）"

邱里没回应，但心里很骄傲。

她选的人，就应该被全世界的人夸赞。

他们仓促地办理了登机手续，一路赶着，是最后登机的一批人。本来是可以在洛杉矶落脚的，但尹海郡觉得邱里一定想在最有安全感的地方好好睡一觉。

他们的确有默契。

邱里根本不敢在洛杉矶多待一秒钟。

他们抵达波士顿时夜幕低垂。

邓倩良和邱海权一直焦急地站在窗边，尤其是邓倩良。刚才她想给女儿打电话，但被邱海权制止了，邱海权说里里睡着了，她便知道他加了尹海郡的微信，此时也顾不上这些，问："他们到哪儿了？"

邱海权边看手机边说："快到门口了。"

"嗯。"

看见院外驶入了一辆车，邓倩良着急地拉开了大门，喊声传进裹着细雨的风声里："里里……"

她一夜间头发都急白了一些。

车门被打开后，邱里不顾雨水，冲进了妈妈的怀里，刚抱上，就哭了出来。这时，邱海权同时抱住了妻子和女儿。

"妈妈……"邱里泣不成声。

虽然尹海郡的怀抱能给她带来安全感，但永远也比不过爸爸妈妈身上的温度。

这是世界上最温暖的拥抱。

见女儿身子发抖，邱海权赶紧让家里的阿姨带她去泡澡，一会儿出来吃点儿热菜、喝点儿热汤。但邱里不敢一个人待着，她和邓倩良撒娇，说要妈妈陪。

邓倩良怎么能不心疼？她摸了摸女儿的头，搂着女儿往浴室走去。

一时间，尹海郡像是完全融不进来的外人。但事实上，他也的确是外人。

"邱叔叔，那个……"尹海郡搓着冻红的双手，"邱里，我平安送回来了，我就先走了。"

邱海权惊了："你要去哪儿？波士顿有你认识的人？"

尹海郡随意地指着外面说："我刚刚订了酒店，我明天就回去了。"

这孩子就是太实在，来回折腾了几十个小时，也不喊一句累。邱海权实在不忍心放他走，况且也不像妻子那么排斥他。

邱海权指着尹海郡满身都是雨水的衣服："你也先去洗个澡，一会儿出来吃饭。"

尹海郡不敢同意："邱叔叔，不用了，我随便去外面吃点儿东西就好。您和邓阿姨担心了这么久，我不打扰了，不太好。"

只要站在自己面前，这小伙子就永远一副没底气甚至是卑微的模样。人心到底是肉长的，邱海权有些心疼。

僵持了几番，尹海郡还是留下了。

吃饭的时候，尹海郡连坐都不敢坐，最后是邓倩良松了口，他才孤零零地坐在了三个人的对面，也不敢动筷子夹菜。

最后是邱里盛了三碗汤，分别端给了三个人，坐下后，眼泪又盈满了眼眶，说话时还带着鼻音："一知道我出事，能义无反顾、不远万里地跑来看我的人，只有你们。"

在这个夜晚，他们用实际行动证明了邱里说的是实话。

邓倩良没有说刺耳的话，而是看了一眼邱海权，这是无声的默许。

邱海权给大家斟酒，举起杯："我女儿能平平安安地坐在这里，就是大吉。"

随后，邱里和邓倩良同时举杯，尹海郡也举了杯，但在面对她的父母时，他总是胆怯的，连眼都不敢抬。

邓倩良那句"谢谢你"让尹海郡蒙了。

邱里点他："我妈妈在谢谢你呢。"

反应过来的尹海郡和邓倩良碰了杯，第一次自信地对上了她的目光："不客气，阿姨，这是我应该做的。"

语气正经到像是警察在处理公事。

画面像静止住了，随后被邱海权的笑声打破。

他们聊了些轻松的话题。

晚饭他们吃到很晚，结束时已经是夜里 11 点。

阿姨将尹海郡安排到了一楼的小客房里住，邓倩良则在楼上哄着邱里睡觉。

终于回到了安全的城市和卧室里，被自己的气息萦绕着，邱里终于恢复了平静。她侧着身，枕在妈妈的手臂上，抱着妈妈，闻着妈妈身上熟悉的香味，慢慢地闭上了眼。

邓倩良就算是个再冷血的生意人，女儿也是自己一手带大的，小时候女儿一哭，她抱着哄哄，女儿立刻就安静了。

女儿嘛，到底还是和妈妈亲。

屋里很静。

过了好一会儿，邱里没睁眼，轻轻地说："妈妈，你回去吧，我爸爸胆小，肯定不敢一个人睡。"

邓倩良抚摩着她的背："今天晚上锻炼一下你爸爸的胆量，妈妈陪你睡。"

邱里微微睁开了眼，把妈妈往外推："没事，我真的可以，但是爸爸不可以。"

邓倩良听后笑了，将枕头叠好，让女儿躺得舒服点儿："嗯，反正我和你爸爸就睡在隔壁。"邓倩良摸着她的额头，"而且我选的区域是波士顿最安全的，你好好睡一觉，明天妈妈带你去吃火锅。"

"嗯。"邱里窝在被窝里笑了笑。

深夜的别墅里静悄悄的。

回了隔壁卧室没多久，邓倩良翻来覆去睡不着，吵醒了邱海权。她开了床头灯，穿上拖鞋："我还是不放心里里，今天你自己睡吧。"

邱海权也想看一眼女儿，跟了出去。

不过推开隔壁的房门后，邓倩良却发现拱起的被子里是一只玩偶，邱里不见了。有了枪击事件的阴影，她本能地紧张起来，以为是有恐怖分子进来了。

直到她在楼梯的缝隙里看到邱里偷偷摸摸地推开了客房的门，才明白女儿为什么要把自己支开。

"干吗去？"邱海权拉住了要下楼的邓倩良。

邓倩良微怒："我不允许我的女儿乱来。"

她刚挣脱开，邱海权又把人拉了回来，和她讲起道理："里里成年了，我们不应该再干涉她的自由。她刚刚从劫难里走出来，需要父母的爱，也需要她喜欢的人的爱。比起其他的，我今晚只想让她安安稳稳地睡一夜。"

怒气消下去了大半，不过依旧排斥尹海郡的邓倩良还是想下楼。可这次她整个人被邱海权抱了起来，还是一个公主抱。

"邱海权，你……"她多久没脸红过了？

邱海权："你一个做生意的，要说话算数。你自己答应了里里这几年不干涉他们的事。"

"你怎么胳膊肘往外拐，老帮那个尹海郡？"

"我不是帮尹海郡，只是希望我们能做一对说话算话的父母。"

"邱教授，别老教育我。"

"女儿就是太像你，当初你可比里里更主动，各种强迫我。"

"邱海权，你……"

"12点了，睡觉，睡觉。"

"里里……"

浅睡中的尹海郡在听到屋门被推开的第一秒就警觉地睁开了眼，

翻过身，却发现来人是邱里。

一头乌黑的长发散落在背后，睡裙的肩带慵懒地滑落到了肩下，清瘦雪白的肩颈被窗外照进来的月光覆上了一层浅影，那么皎洁、纯净，却又有勾魂摄魄的妩媚感。

显然，他的魂被勾走了。

"里里，回去睡觉。"

再情不自禁，尹海郡也懂分寸，不允许自己在这里乱来。但为时已晚，缠人的小公主已经爬上了床，钻进被窝，扑向了他。

邱里揪着他的耳朵："不抱我，你睡得着吗？"

她很轻，轻盈的身子根本无法带来压迫感，但对尹海郡来说，压迫感来自她的挑逗言行。

她天生会撩人。

小巧的下巴抵在他的胸口上，她半抬眼，右手摸到了那只粗糙的手掌，两人五指相扣："你知道，我躲在衣柜里听到暴徒在楼梯上开枪，以为自己要死的时候想到了什么吗？"

尹海郡垂下眼，问："想到了什么？"

他以为是什么正经的话，可猜错了，邱里俏皮地眨着眼："想到还有好事没和你做过，好遗憾哪。"

一句话逗笑了两个人。

月光顺着百叶窗的缝隙斜着照了进来。

光影那么不明亮，但他们似乎总能抓到彼此眼里最明亮的星光。

尹海郡摸了摸邱里的头，温柔得与他的外表形成极大的反差："乖，回去睡。"

邱里摇头撒娇："不要，我不要，只要闭上眼，就会听到枪声。"她又向上爬，用鼻尖抵着他的鼻尖，轻轻闭上眼，"阿海，抱抱我，好不好？"

尹海郡拿她没辙，乖乖地抱住了她。

邱里被尹海郡搂在怀里，调皮地戳了戳他的脸："你想让我回祁南吗？"

"当然。"尹海郡揉着她温热的手，"如果你在我身边，我就能随时保护你。我不想下次你遇到危险发微信给我，说你害怕，很想见我时，还要在冰冷的警局里等我 20 个小时。"

邱里任由眼泪顺着眼角流下。

尹海郡用指骨轻轻拭去她的泪，声音温柔："但你来波士顿是完成梦想的，不应该回祁南，应该站在更大的舞台上，像明星一样闪耀。"

邱里闭了闭眼，忽然抽泣起来，心里有很多很多话想说，却被感动得将话咽了回去。过了一会儿后，她才说："如果我飞得更远了，怎么办？"

尹海郡抚摩着她的头，笑了笑："鸟儿不管飞多远去觅食，只要愿意回到原来的窝，我会把它的窝越织越大。"

"尹海郡，你……"邱里抱住了他，哭到说不出话。

头顶的声音是那般炙热又真诚："邱里，我说过，在遇见你之前，我一直沉在海底，是你将我拉了起来。因为你，我在原本混浊到看不清路的生活里找到了人生方向，有了清晰的目标。所以就算你有一天不愿意回巢，那我也成了能让你骄傲的人。"

邱里将头埋在他的胸膛，吸着鼻子。

尹海郡双臂环抱着她，轻轻摇晃着，想打破沉重的氛围："如果有一天我真能变成大英雄，你说我会不会很吃香哪？"

"尹海郡！"一旦占有欲上来，邱里听不得半点儿玩笑话。

可尹海郡老爱逗她："那我到时候得好好享受一下被女人簇拥的感觉。"

"尹海郡！"这是邱里的警告。

看了看时钟，都 2 点了，尹海郡扯过棉被，将两个人盖好后，关了灯，翻过身："好困哪，睡觉。"

邱里踹了他一脚："你什么意思？不抱着我睡吗？"

"嗯，刚刚抱够了。"

邱里："……"

"啊——"

气鼓鼓的邱里，这一下咬的是尹海郡的头顶。他摸着脑袋："你这姑娘，也不嫌男人的头油。"

她就这么坐在床上，鼓着一张脸："抱不抱，你抱不抱？"

尹海郡也就是开个玩笑，将她抱住，按在被子里："抱抱抱……"

时钟嘀嗒嘀嗒地响着。

突然，有细小的声音从被子里闷着发出来。

"尹海郡，你要是敢在祁南看别的女人，你就完蛋了。"

尹海郡："……"

天刚有了一丝曙色，尹海郡便从沉眠里醒来。就算有时差，警校训练的作息时间成了肌肉记忆，到点就自然醒，哪怕他只睡了四个小时。

一整晚，邱里躺在他的怀里，细细的胳膊紧紧揽在他的腰上，就像生怕一觉醒来，枕边人会消失一样。

尹海郡下床的动静很小。

但邱里很警觉，听见一些声响，紧张又疲倦地睁开眼："你去哪儿？"

尹海郡边套黑色毛衣边说："我请不了那么久的假，机票是上午11点的。"穿好衣裤后，他回身摸了摸她的头，"你睡一会儿，我去给你们做葱油面。"

"阿海……"邱里爬起来，身子软绵绵的，心里泛着疼地扯住他，"其实你不用刻意讨好我的父母，你大老远地跑过来也很辛苦，多睡一会儿，早饭让阿姨去做就好。"

她撒着娇，想让他多休息一会儿。

"别多想，我没刻意讨好谁。"尹海郡真不是这个意思。

邱里睡眼惺忪："那你干吗一大早起来煮面？"

尹海郡还真在想，给出了一个正经又不正经的回答："很奇怪，每次和你过完夜，我都想吃葱油面。"

邱里："……"

波士顿的冬日，连穿进百叶窗里的晨光都略显萧瑟，窗外的冷风刮得满院枯叶。屋里开了暖气，邱里就穿了条毛线裙，还赤着脚，缩在尹海郡的怀里。

他小心翼翼地切着葱花，怕伤到她："里里，你坐到椅子上，好不好？"

他每次哄她都像在哄小女孩儿。

邱里摇头，皮肤在浅金色的晨光里显得通透粉润："不要。"

"但你这样，我怕弄到你。"

尹海郡明明说的是句正经话，她不知道又联想到哪里去了，踮起脚蹭了蹭他："你就是弄到我了。"

警校里的同学不止一次调侃，说他既无趣，又是一座不近女色的冰山，但只有他自己知道，面对邱里时，他根本经不起半点儿挑逗。

小妖精要是决定扑向猛兽，他根本拦不住。

怕家长会突然出现，尹海郡抓住了邱里的手："里里，好了，让我好好做早饭。"

他用仅剩的理智在做最后的挣扎。

奈何邱里小猫挠人似的轻哼了一声："我再给你一次机会，要不要？"

尹海郡将燃气关上，锅里的面刚煮软了一半。

楼上的卧室里，是男人酣睡时的轻微呼吸声。

邱海权倒是没有打呼噜的毛病，就是胆小这点有时候挺折磨邓倩良的。只要不在自己家睡，他都得让她抱着才能入睡。

其实邓倩良也认床，住不惯这欧美风的屋子，刚把胳膊从邱海权的腰上松开去摸手机，他就醒了："嗯？这才几点，再睡一会儿。"

"你睡吧，我睡不着了。"她看了看时钟，显示 7 点 30 分。

邱海权："你一年四季不着家地满世界飞，是习惯了时差，我这一年都出不了一次祁南的人，真扛不住。"

这话入了邓倩良的耳朵里，邓倩良就听出了别的意味："邱海权，你讲话不要阴阳怪气的，我不着家是因为要挣钱……"

也不怪她，最近这位邱教授老拿这说事。

"是，是，你的资产都能在祁南建宫殿了。"邱海权翻过身，把妻子搂到了怀里，"这钱哪，是挣不完的，但是人哪，是会老的。"

"你到底想说什么？"

"我想说，你要学会放松，多陪陪女儿，多陪陪老公。"

老夫老妻了，被这么抱着，邓倩良还有些不适应，用手肘顶了他一下："邱海权，我当初看上你是因为你清清爽爽又意气风发，怎么你越老越油腻呢？"

邱海权略过她的指责，抱着人不放，还顺便扯了扯被子："嘘，一起再睡一会儿。"

邓倩良根本睡不着："你自己一边睡去，我要起床去看看里里。"

邱海权将她的手臂压下："睡觉。"

"你再这样，我真的要发火了啊。"

"随便发，我扛骂。"

"邱海权，我发现你这个人……"邓倩良哭笑不得，"你这个人真是……"

对这个相濡以沫了二十几年的老公，她放弃挣扎了，拍了拍他的手，又闭上了眼。

不过，这回笼觉睡不踏实，邓倩良和邱海权没过多久就醒了，换好衣服后一起下了楼。

此时的桌上整齐地摆放着两副碗筷，窗帘卷到了顶，金灿灿的阳光洒满了木桌，浓浓的葱油放在筋道的面条上，酱香浓郁。

"嚯，行哪，你在美国请的这阿姨还会做葱油面？"邱海权拿起筷子，忍不住尝了一口，一股被美食征服的舒畅感涌上，"这真是我吃过的最好吃的葱油面。"

邓倩良都不想瞧他那没出息的样子。

"面条不是阿姨做的。"

邱里突然从后面的房间里走出来，换下了刚刚的家居服，穿了一件厚大衣，揽着爸爸妈妈的肩膀说："这是尹海郡给你们做的。"

邱海权和邓倩良对视了一眼。

邓倩良自然不会做出任何回应，拉开椅子先坐下。邱海权看到背着包的尹海郡，温和地笑了笑："谢谢你，辛苦了。"

"不辛苦。"尹海郡站得笔直，有礼貌地点了点头。

邱海权指着两个孩子："怎么就两碗，你们不吃吗？"

心情好，邱里笑起来很甜美："我们早就吃过了，我现在要送他去机场。"

邓倩良背对着所有人，没回头，盯着桌上的葱油面，严肃地问："就你一个人去送？"

"还有阿姨。"邱里说。

隔了一会儿，她得到了邓倩良的同意："嗯。"

尹海郡走到餐桌边，即使面对两位长辈时心底会打鼓，但还是用不卑不亢的眼神看向他们："叔叔、阿姨，谢谢你们收留我一夜。我也不知道面合不合你们的口味，要是你们吃不惯，我还做了三明治，在厨房里放着。"

邱海权全程是一副赏识的模样。

椅子上的邓倩良将视线从厨房拉了回来，并没有因为这些冒着热气的食物就心软半分，只是作为邱里的母亲，客气地嘱咐："一路平安，这趟辛苦了。"

"不辛苦，那我先走了。"

"好。"

最后是邱海权热情的回应声。

随后，尹海郡退后几步，想先去门外等邱里，但没料到，邱里故意追到他身边，仰起脖子说："你帮我系围巾。"

在家长的眼皮底下来这出，势必引来两位家长的注视，尤其是邓倩良，眉毛都要皱在一起了。

"里里。"尹海郡哪里敢动手，朝邱里使眼色。

邱里瞬间将眼睛闭上，假装看不见，嘴里却在调皮地威胁："你快点儿，不然你会更想死。"

这双精壮有力的手从来没像此刻这么抖过，尹海郡迅速地将围巾围到了她的脖子上。可能是因为害怕，他不小心把她的鼻子都捂住了。

邱里差点儿闷得喘不过气来，把围巾往下扯了扯，瞪了他一眼："胆子真小。"

关上门后，家里清静了。

"唉，"邱海权叹了一口气，目光挪回了身边人的身上，手从椅背上搁到了妻子的肩上，"我们年轻的时候谈恋爱，好像也挺甜的啊！"

从昨晚女儿偷偷钻进楼下的房间开始，邓倩良心里就憋了一口气，刚好他再次撞上了自己的枪口："要不，你们仨一起过？"

　　邱海权从厨房取过一瓶酱油，不慌不忙地给两个碗里都倒了一些，坐下后，吃起了面条："你别总摆出一副有你没他的恐怖架势，我们一家人不是都谈妥了吗？咱们有七年的时间，能慢慢观察这个尹海郡到底能不能进我们家门……"他火速改口，"不对，进您邓总的家门，你急什么？"

　　邓倩良想发火，但忍住了。她顺手握住了手边的玻璃杯，想喝口水解解渴，只是，她忽然盯着里面的柠檬和冰糖发起了愣。

　　耳边，邱海权的碎碎念没停过。

　　"我是没想到，像他这种成长环境里长大的孩子，竟能如此谦卑、有礼貌、懂事。实属难得，不易啊，不易。"

　　感慨完，他继续吃起了面，香味浓郁的葱油面到了胃里，让他一早的心情都跟着愉悦起来。吃了几口，他擦了擦嘴，又忍不住地夸道："这面做得是真不错。"

　　邓倩良飘忽的思绪被邱海权催促吃饭的声音骤然拉了回来。她轻轻抿了一口柠檬水，眼前浮现出一些画面。

　　大概是在半年前，她第一次叫尹海郡去咖啡厅谈话时，尹海郡要了一杯美式咖啡，而她在喝的上有些挑剔，对服务员说："我要一杯柠檬水，加三片柠檬和三块冰糖。"

　　她没想到，这个小伙子竟然细心地记住了她的习惯。

　　开车的是家中的阿姨，车子匀速地行驶在路上，还有 10 分钟就到洛根国际机场了。

　　后座上的邱里依依不舍地依偎在尹海郡的臂膀上。他到底还是疲惫，上车后就一直在休息。

　　车身晃着晃着，邱里忽然仰起头去看他。

　　阳光轻扫过他的面颊，侧脸立体俊秀，尤其是那高挺的鼻梁，的确长得很好看。她伸手轻轻地摸了摸，想：要是他能出生在一个家境优越的家庭该多好？有疼爱他的爸爸妈妈，有宽裕的经济条件，有不用发愁的未来。

她又低下头，看着他们十指紧扣的手。

她喜欢手被尹海郡大大的手掌包着，但触碰到他掌心的老茧时，心中还是会有扯着皮肉般的疼痛感。

他永远这样，报喜不报忧，但凡她问他在警校里辛不辛苦，他只会略过她的问题，笑嘻嘻地说起令他骄傲的事："你知道吗？我今天进行枪支拆解训练，92式手枪，10秒钟我可以拆完，不过不够，听说有前辈不到5秒钟就可以拆完，我还得继续练。"

邱里知道，尹海郡不是故意不回答自己的话，而是的确根本不在意那些所谓的苦，觉得就和吃饭、睡觉一样稀松平常。而她也在他的兴奋与骄傲情绪中，看到了他心里燃起来的光。

驱散阴霾，有了目标的他，正往属于自己的天空高飞。

10分钟的路程而已，很快就到了。

外面风大，尹海郡不让邱里下车，他们在车上拥抱后，他下了车。在他下车前，她塞给了他一张卡片，说是让他进去后再看。不过他哪里能不好奇？他边走边看。

卡片里的字迹如人，清秀轻盈。

"阿海，我很开心，因为你真的变了，现在的你越来越像一只雄鹰。所以，你要记住，雄鹰不会低飞，而是要盘旋于高空中，俯瞰大地，振翅九霄。"

尹海郡怕人走了，收起卡片，立刻回头。在呼啸的冷风里，他扒开穿梭的行人，追上了那辆刚刚发动的车，急切地拍着车窗。

车突然刹车。

车窗被摇下，邱里的脸慢慢露了出来，漂亮的脸蛋儿上挂满了泪痕。方才她躲在车里一直哭。尹海郡捧着她的脸，弓着腰，将头探进车窗里，不顾旁人的目光，吻上了她。

异国萧瑟的风里，两个人的脸被冻得通红。

但再冷的风，也吹不走他们心底的炙热。

不能过久逗留，这个停留在车窗里、让路人羡慕的吻，匆匆忙忙地结束了。

尹海郡直起了身子，周边是对他们的指点声，但他眼里只容得下这个他想永远守护的小公主。他站着军姿，用一个标准的军礼，回应她在卡片里的祝愿。

　　将车窗里那个灿烂甜美的笑容收进眼底后，他扯了扯背包带，转过身，昂首挺胸地离开。

　　他希望，下次再相见，他能更自信，更有底气。

第十章

好　运

又是一年夏日，修车行外，骄阳炙烤着大地，阔叶间刺耳的蝉鸣声真是扰人午休。

睡不着，王业军干脆关了里屋的空调，边揉着被凉席硌出红印的脖子，边往外走。他看见蹲在地上修车的男人，睡眼使劲一睁，吃惊地说道："你这周不是要参加那个什么侦查技能比赛吗？"

三年过去，尹海郡依旧留着利落的寸头，不说话时，还是一张生人勿近的冰山脸，早没有了年少时的青涩样子，骨子里的自卑渐渐被显露的锋芒掩盖。

他撬着车胎："我和你说过，改到下周了。"

他还有半年就毕业了，最近不是忙着比赛，就是在准备公安联考。不过，以他在祁南警校这几年取得的优异成绩，南城警队早就把他算为一分子了。

王业军也变了样，相比过去的疲惫不堪，现在开朗振作了许多，像是所谓的人逢喜事精神爽。

"是吗？"睡得口渴，他喝了几口水，"最近事多，忘了。"

换好轮胎，尹海郡在门外的水池里洗了洗手，走进去前，环顾着这间重新粉刷布置过后的修车行，感慨："我们军哥现在是转运了，活儿越来越多，忘事也正常。"

调侃归调侃，他是真心替舅舅开心。

王业军看着两侧整齐的柜子和一批新购置的工具、配件，有种时来运转的兴奋感。

之前他只修车，所以只能维持生计，前年突然脑筋一转，加了改车业务，一下子成了附近性价比最高的修车行。老师傅的技术可比外面那些坑人的修车行值得信赖。

尹海郡从冷柜里取了一瓶冰可乐，拉开拉环，笑了笑："没想到，我们低估了喜南的本事。"

王业军走过来顶开他，从冰柜里抱出冰镇了一上午的西瓜，三两下切开，熟透了的瓜瓤，吃起来冰凉甘甜。

"是啊，没想到我还生了个……"

"老爸……"

王喜南突然到来，打断了王业军的话。

转眼小姑娘都读大三了，长开后的五官更精致了，加上她很会化妆，漂亮得丝毫不输明星。

她成绩一般，只考上了专科学校，报了个外语专业。她非常聪明，一将这聪明劲儿用到正事上，便真能逆天改命。

读大一时，她就瞄准了网络市场。她知道这是像自己这种家境一般但长得漂亮又有点儿才艺的女生挣钱的捷径。

当然，做网红也不简单，头一年，她坚持不懈地在社交平台上发照片和视频，也只能成为小透明。可能是皇天不负苦心人吧，有一天，她跟风发了一条变装视频，竟在一夜间获得了上万人的点赞。

让她真正小火起来的是一条她在修车行帮爸爸改车的视频，明艳与酷妹风格的反差感，让她一个月疯狂涨粉 10 万。

拿到第一笔费用，王喜南就全部给了爸爸，还把车行翻新了一遍。

连尹海郡都感慨，这个表妹长大了。

女儿懂事，王业军自然开心，给她递去了一瓣最红的瓜："老爸上午买的，冰过了，特别甜。"

王喜南放下包包，坐在椅子上吃西瓜，吃了几口后，提起了正事："都忘了，我来是要和你们说一件事的。"

尹海郡靠在卷门旁的墙边，点了一根烟："什么事？"

王业军："你说。"

没妈的孩子，事事得过这两个大老爷们儿这关。

王喜南放下啃了一半的瓜，擦了擦手，然后打开手机里的一份电子合同，亮给他们看："我的账号不是小火了一把吗？然后有两个MCN（多频道网络）……"

怕这两个粗鲁的老爷们儿不懂这些，她换了个通俗易懂的词："就是有两个网络公司同时想要签我。"

"签你？"王业军这个"70后"实在不懂什么网络这些套路，只是听到"签"这个字时有些紧张，"意思就是说，这两个公司要签你这个人？"

"军哥，你这段废话说得真好。"尹海郡笑话他。

"我这不是害怕阿南被骗嘛。"女儿到底是自己一手带大的，王业军当然得问清楚，"我是不太懂什么艺人哪、网红哪，但听说水挺深、挺乱的。阿南，这两个公司什么来头，你查过吗？"他紧张过了头："阿海，这事警察能帮忙吗？"

尹海郡无奈地摇头，扔了烟后，走到王喜南面前，拿过她的手机，仔细看着合同。

王业军还是不放心，也想看，走过来抢手机："你能看懂吗？"

尹海郡躲开他的手，皱起了眉："现在警察不是正在帮你吗？"

王业军："……"

这对舅甥就爱互闹，王喜南习惯了。

她把手机夺了回来，笑着说："我只是来通知你们的，合同已经有人帮我看过了，对方帮我挑了'美寻'，后天我去公司签约。"

这事开不得玩笑，王业军问："谁帮你看的？"

说到这里，王喜南看了看尹海郡。从她胆怯的眼神里，尹海郡知道那个人是谁了："你们什么时候关系变得这么近了？"

王喜南捧着手机："她也在做博主嘛，所以我就找她问问。"

"谁？"王业军一头雾水。

怕哥哥不悦，王喜南扯着尹海郡的T恤解释："我没想瞒着你，只是，一来，我也是前段时间和她互动，才加了她的联系方式；二来，你在警校很忙，怕打扰你。"

听她说到这里，王业军知道这个人是谁了。

尹海郡叹了一口气，让王喜南等等，拉着王业军去了里头的休息间，关上门后，拨了一个电话。

邱里这段时间在上海、杭州演出，所以没有时差，很快就接通了电话。

只是和他通话的第一秒，她永远是娇声呢喃，甚至是挑逗："怎么，才下午就想我了？"

王业军撑着腰，眼不知该往哪里看。

尹海郡咳了几下，提醒道："邱里，我舅在。"

"哦……"邱里立刻调整了声音，变得温柔乖巧，"王叔叔，你好。"

"里里，下午好。"王业军略显尴尬。

电话两端的人静了几秒钟。

"里里，我有正事找你。"尹海郡扯回了正题。

邱里："你妹妹的事吧？"

"嗯。"

王喜南怎么可能在外面待得住？她躲在门外，扒着门缝，偷听他们三个人的对话。

这几天邱里的确忙于演出，没空顾上这些事，百忙之中帮王喜南解答了合同问题后，也忘了和尹海郡联系。这会儿，她认认真真地和他们解释，也把利弊都一条条地说清楚了。

大概过去了 10 分钟，尹海郡问王业军："你听懂了吗？"

王业军反问："你呢？"

邱里："一半一半。"

"……"

邱里讲得其实条理分明，但网红圈还真是这两个五大三粗的男人的知识盲区。

最后，尹海郡和王业军选择相信邱里，同意让王喜南去签约。

电话刚被挂断，门就被推开了。

王喜南冲进来，抱住了他们："'美寻'这家公司在国内的 MCN 机构里能排前三名了，而且刚好总部设在祁南，就在华昌街那边，就那栋最高的楼里，三层都是他们的。放心，不会出问题的。"

她的脸上都是要挣大钱的兴奋的表情。

王业军虽然管女儿管得严，但从不在精神上打压她，尤其是她难得找到了一条有曙光的路。尹海郡更简单，妹妹若出了事他绝对管，但她要去挣钱，只要路安全，他绝对支持。

王喜南抱着他们，蹦蹦跳跳："我以后要是更火了，挣上几百几千万，一定要给我爸换一个更大的修车行，把我们家那破房子换了，在市区换一套大平层，让我爸享福。"

"还有，"她凑到尹海郡的脸边，"我要给我亲爱的哥哥买一栋大别墅，让他昂首挺胸、风风光光地把邱家大小姐娶回家。"

三个人都笑了。

谁不喜欢畅想美好的未来？虽然这听起来像是白日梦，但一家人心拧在一起，没说任何打击和泄气的话。

相反，三个人拳头抵拳头，鼓舞彼此："加油。"

王喜南和邱里接触后，发现彼此有很多相似点，自然而然就做起了朋友。

王喜南去华昌街茂风大厦的路上，邱里一直给王喜南发微信鼓励她，让她别紧张。王喜南这两年做网红也见过一些世面，但去"美寻"这样的大公司见老板，难免会紧张。

下车前，她收到了一条不抱希望的回复。

周映希："加油。"

即便是简单的两个字，也能让她充满能量。

"美寻"的前台工作人员带着王喜南去了二十八层的会议室，前台工作人员让她等一小会儿，老板开完会就来。

可王喜南这一等就是 20 分钟。

王喜南背对着玻璃门坐着，听到了推门声，还有男人吩咐工作的声音。她回头，就被男人那英俊的五官吸引住了。她之前没打听过"美寻"的老板，以为对方是上了年纪的人，没想到竟然这么年轻，还如此高大帅气。

"你好，不好意思，会开得有些久。"男人是"美寻"的老板薛桐，

214

确实年轻有为，短短三年就将"美寻"做到了 MCN 机构的前三名。

王喜南很有礼貌地说道："没关系。"

随后，助理从屋外走进来，将手里的资料放到了薛桐的手边。

薛桐边翻阅边问："合同你都看过了，是吧？"

"嗯。"身处大公司里，王喜南有些拘谨。

薛桐问："听我的助理说，你对合同有一些疑义，是哪一条？"

对面的男人气场很强，王喜南不敢与他对视，揪着裙边小心翼翼地说："第九条，说乙方不能随意拒绝甲方的活动安排。"

薛桐："嗯，这里有什么问题？"

王喜南说："我想知道甲方的活动安排是否都合理。"

薛桐笑了笑："你指的是……？"

王喜南壮着胆子说："我想知道，你们有没有让签约的博主去陪客户这样的不合理安排。"

薛桐被眼前这个正在读大三的学生逗笑了，身子往后靠去，饶有兴致地打量起了这个漂亮的小姑娘。

最终，花了一个小时，双方把细节都谈妥了。

王喜南兴高采烈地抱着合同出了电梯，但在旋转门里看到了一个久违的人——唐樾。而他像是冲着她来的。

同一天的杭州与祁南是两种天气，湿润的风吹过，阵雨时下时停，压抑的乌云里偶尔还闪过几道电光。

一场音乐会刚刚结束，邱里穿着黑色丝绒抹胸礼服，抱着小提琴走出了音乐厅，身边的人依旧是她的老搭档——周映希。

若不谈别的，他们的确登对。

只可惜，他们对彼此从来无意。

他们有说有笑地回休息室。

突然，邱里收到了尹海郡的微信："里里，晚上我没法儿去机场接你了，喜南进医院了。"

晚上 7 点，太阳才刚刚落下。

给邱里发完微信后，尹海郡就火急火燎地赶到了军医院，急切的脚步声在走廊的拐角处猛然停下。

推车摩擦着冰冷的地板，药瓶、仪器在金属盘里撞出刺耳的声响。玻璃里映着一张男人的愤怒的脸，他望着窗外那被暮色染黄的池塘，想起了半个小时前发生的事。

矗立在三环的一幢艺术大楼里，尹海郡连连撞开两扇门，将人拽进了楼梯间里，强劲有力的胳膊卡在男人的脖子间。男人太过清瘦，根本不是尹海郡的对手，已经被卡出红印的脖颈儿间又被用力一顶，喉间涌出反胃般的不适感。

尹海郡紧盯着人："我以前就警告过你，你要是敢碰我妹妹，你该挨的拳头不会少。"

唐樾不但不慌，反而盛气凌人地说道："尹海郡，你斗不过我的。"

话音一落，脖颈儿上的那只胳膊明显失了力。

尹海郡因愤怒而变得赤红的眼珠忽然黯淡下来。

从以前到现在，唐樾从没把他们兄妹放在眼里。对他来说，他们只不过是他用一只脚就能踩死的蝼蚁。

唐樾一掌将脖颈儿间的胳膊推开："你不要以为读了警校，南城队里有个小领导看重你，就觉得自己翅膀硬了。"他朝尹海郡的胸口拍了拍，"你就算拼一辈子，也赢不了我。"

相由心生，唐樾的面相在这几年里变得越发刻薄："不过，你们家还真有点儿服务女人的基因。你死掉的爸爸以前在越南就靠傍女人维生，你舅舅在祁南也挺厉害的，你呢？"

那一声冷哼，极其侮辱人。

即使怒气填满胸口，尹海郡还是遏制住了动手的冲动。

他是理智的，暂时将那些对自己的羞辱话语嚼碎了往肚子里吞。

在拉开铁门前，唐樾理了理自己的衣领，说道："还有，我可不是去欺负你妹妹的。我是看她最近做了小网红，比读高中时更漂亮了，想追求她。"他委屈地指着自己的脸，"但是她不乐意，先扇了我一巴掌，我都被打了，总不能不还手吧？"

一个男人能无耻到这种地步，尹海郡也算是开了眼。

他依旧强行将怒火压下，直到耳边传来更无耻的辱骂声："你妹妹还真是越来越……"

最后那个恶心的字，唐樾是用唇语念出的。

砰——

紧握的拳头凶猛地闪过唐樾的侧脸，直直地砸上后面的白墙，只差半毫米，定会破了他的相。刚刚那股擦过耳边的疾风将他吓得魂飞魄散，他半天缓不过神来。

尹海郡皱紧浓眉："唐樾，你信吗？善恶终有报，天道好轮回。"

幽暗的楼梯间里，连一丝风都吹不进来，只有彼此对峙时粗重的呼吸声。

而唐樾没有给出回应。

一道刺眼的金光射进尹海郡的眼中，晃得他闭上了眼。他再睁开眼后，抬起手背，指骨上还留着砸向墙壁时的红印。

说他单纯也好，迷信也罢，他信。

穿过两个科室的走廊，尹海郡看到了坐在骨科门诊外的椅子上的王喜南。后来他们又通了一次电话，她说，唐樾刚要动手时，有人替她出了头，而那个人现在正在诊室里。

"你没事吧？"尹海郡紧张地确认着她身上是否有伤。

人被他转了一圈，王喜南头都晕了，站稳后，愧疚地指着诊室说："我没事，但不知道薛总有没有事。"

尹海郡听她说过，薛总是"美寻"的老板。

两个人坐在椅子上等了一小会儿，医生拉开了诊室的门，叮嘱旁边的斯文人："切记不要吃辛辣的食物，不要……"

男人耐心地听完，点了点头："谢谢医生，我会注意的。"

等下一个病人进去后，王喜南胆怯地挪动着小碎步，走到了薛桐身边，给薛桐和尹海郡介绍起对方："这是'美寻'的老板，这是我表哥。"

薛桐稍显困难地抬着手臂，和尹海郡打了一声招呼。

见他的手臂上缠着绷带，王喜南紧张地说道："薛总，医生怎么说？那个……医药费多少？你和我说，我转给你……"

"没事，就是轻微骨折。"薛桐看着她。

王喜南："……"

刚签约，还没坐上"一姐"的位置，自己就先把老板得罪了，王喜南蒙了。

尹海郡很镇定，一副有事就解决事的态度。

只是，薛桐忽然笑了："和你们开玩笑的，一点儿皮外伤而已。"

王喜南："……"

短短几分钟里，王喜南的心情犹如坐过山车，她根本笑不出来，含糊地低语："薛总，你还真幽默。"

讲回重点，薛桐说："以后再遇到这种事，你就叫保安，不要怕。"

"嗯，好。"

三个人一起下楼梯。

王喜南看到薛桐的衬衫都脏了，应该是刚刚被唐樾推到门上时蹭上了污渍，但是说帮他洗衣服又怪怪的。于是她只能说："薛总，刚刚门诊的费用总共是多少？还有你这件衬衫多少钱？我转给你。"

可薛桐忽略了身后的声音，似乎对身旁这个高壮的男人更好奇，他的手臂上鼓起的结实肌肉，连薛桐看到都忍不住惊叹："看你这身板，搞体育的还是警察？"

尹海郡："警察。"

薛桐点着头："不错，我爸爸也是警察，我本来想子承父业，但……"

"但什么？"尹海郡问。

他们都在等答案。

薛桐笑了笑："但后来，我一个不小心考上了剑桥大学。"

尹海郡："……"

尹海郡放慢了脚步，揽上身后的王喜南："你这个老板，还真是我见过的比晏孝捷更自恋的人。"

这一天过得乱七八糟，她疲惫得已经不想说话了。

在薛桐上车前，王喜南一直有礼貌地陪着他。

医院门口全是来往的人，在嘈杂的人声里，她听到薛桐在问她："刚刚那个要打你的男人是你的前男友？"

王喜南愣了愣，摇头："不是。"

刚好，车到了。

薛桐坐进车子前，撑着门说："以后要是传绯闻，至少品位好点儿，不然我公关起来都难。"

"……"王喜南又一次听蒙了。

见这位受了伤的老板进车困难，尹海郡立刻走上前扶住了薛桐，却刚好碰到了那只缠着绷带的胳膊，细皮嫩肉撑不住碰。

薛桐疼得蹙眉："那个……我自己来。"

他慢慢将胳膊挪进了车里。

尹海郡有点儿尴尬："我好像没怎么使劲。"

薛桐："你要是真使劲，我这胳膊得废。"

在去自助火锅店的路上，王喜南和尹海郡的聊天儿对象是刚刚见义勇为的老板。

见了本人，尹海郡对薛桐印象不错，算是放心妹妹签去对方的公司。

这家自助小火锅已经开了八年，生意依旧火爆，这么多年价格没涨，味道还是地道的重庆味。

只要发生好事，他们必定来这里吃一顿。

最里头的桌子上垒着高高的盘子。

兄妹俩围着小火锅聊天儿。

"你吃得完吗？"

"今天我开心，长胖十斤我也要吃。"

"嗯，今天签约，明天就跟你解约。"

后来王喜南没有再说话。

被盯得太久，尹海郡一只手涮着肉，一只手摸了摸脸颊："你哥我是长得帅了点儿，但你也别一副没出息的样子。"

王喜南笑了，搅拌着碗里的香油碟："我好开心哪。"

"怎么了？"尹海郡往她的碗里夹了一片肉。

王喜南："你会开玩笑了。"

哥哥脸上的光彩是她从未见过的。以前，他即使在学校和那群人混在一起，也张狂，但身上始终覆着一层厚厚的自卑阴云，但当他朝那个敞亮的出口全力以赴地奔跑时，好像阴云就被抖散，落在地上，化成了云烟。

尹海郡笑了笑，低下头，将蘸过芝麻酱的丸子塞入口中。大好的日子，他并不想提起过去那些糟糕透顶的事，吩咐道："去，帮哥哥拿碗面来。"

"好嘞。"

汤底在锅中沸腾，两个人就这样边吃着小火锅边继续聊天儿，两张脸庞上是仿若重获新生的表情。

他们的日子，的确比过去轻松了数倍。

在王喜南去洗手间时，尹海郡见她的手机在振动，不小心看到了那个名字。

王喜南回来时，知道哥哥看到了什么。她没想隐瞒，滑开手机，将自己和周映希的聊天儿记录都摆出来给尹海郡看："我是喜欢他，但也有自知之明。我和他联系不是因为想追求他，更不是幻想和他能有什么出其不意的好结果。只是，很神奇，每次看到他和我说'加油'，哪怕只有这两个字，我再疲惫，也有了继续闯的动力。"

尹海郡没想过妹妹会坦诚到将心底的卑微感情剖给自己看，揉了揉她的头，手机里的聊天儿记录和刚刚的那段话让他心疼。

他替王喜南把手机锁了屏，然后去旁边的冰柜里抱来了四罐啤酒。

"明天有事吗？没事一起喝点儿。"

"嗯。"

喝完一瓶啤酒，尹海郡摊开手掌。

"干吗？"王喜南纳闷儿。

"把手放上来。"

王喜南听话地将手放了上去。

尹海郡看着相叠的手掌，眉眼带笑："哥哥分一半运气给你，希望我们……"

"不要。"王喜南突然抽出手掌，埋下头，脸颊上像是掉了两滴泪，"你过得那么不容易，现在好不容易转运了，我才不要抢你的运气。我恨不得你做什么事都成功，恨不得上天把最好的东西都给你，因为……"

她哽咽到唇都在抖："因为，我的哥哥是天底下最好的男人。"

在火锅店里煽情，尹海郡都笑了，开了一罐新啤酒，凑过去，碰了碰她手边的杯子："你这半杯酒都没喝完，能不能行？"

王喜南抹了把眼泪，拿起皮包里的小圆镜："烦死了，眼线都花了，丑成鬼了。"

后面王喜南喝大了，成了话痨，最后是王业军把她拖走的。几瓶啤酒而已，尹海郡倒不至于喝高，回到机电厂时已经是晚上10点多，他掏出钥匙插进铁门锁孔里，发现门没有反锁。

还能有谁？总不可能是晏孝捷那家伙来了吧？

铁门哐当一声被关上，尹海郡见屋里没开灯，沙发上的女人连一件像样的衣服都没穿，细、白、笔直的双腿搭在茶几上，分外妖媚。

他用力敲了敲墙壁，装模作样地凶道："警察临检，把身份证交出来。"

玩花样，邱里从来都很配合，乖乖地将双手像犯人一样合拢："警察哥哥，我这么漂亮，你舍得抓我吗？"

一张娇艳的脸，再配上那软得出水的嗓音，尹海郡瞬间失去了理智，欲望在胸口呼啸。他大步朝前一跨，扔下钥匙，将沙发上的女人抱起，往里屋的床上放去。

两个人一同倒下时，床都颤了颤。

尹海郡的身躯又重又火热，而且邱里发现，他比几个月前又壮了一些，被压得难受，还有他身上的酒味太刺鼻。

"你这是喝了多少？"她真想捏鼻。

他撒了谎："一点点。"

"好臭，你去洗澡。"邱里直蹬腿。

尹海郡摇了摇头，不知是酒精的作用，还是最近心情太好，他这种粗鲁的男人竟破天荒地撒了撒娇："这是男人味，你喜欢的。"

她被逗笑了，两指戳了戳他的眉心："恬不知耻。"

"哼，"尹海郡伸手，摸了摸床，"我恬不知耻？也不知道是谁，当初非跟着我回家。"

"尹海郡，你是不是喝大了？"邱里抬起膝盖，还真顶到了脆弱的那里。

尹海郡揉了揉，然后整张脸压向她的脸，轻声细语里尽是挑逗之意："这玩意儿被踢坏了，一会儿怎么伺候我们的小公主？"

"尹海郡……"邱里绷不住，笑出了声。

尹海郡暂时不逗她了，扯起自己的T恤闻了闻，皱起了眉头，酒精和火锅味熏死人。他起身想去冲澡，却被身下的邱里抓住。

轻柔的手指摸着他粗糙的皮肤，她低声唤他："阿海……"

尹海郡重新压向她，抚着她的发丝，问："怎么了？"

这段时间发生了一些不愉快的事，邱里都没和他聊过，但今晚见到了他，不想隐瞒："蒋昭逸要回国了，下个月就去祁南大学音乐系教书。我不知道他是不是有意跟着我，但我妈妈的确很喜欢他，一直想方设法地撮合我和他。"

听完这些话，尹海郡只轻轻"哦"了一声。

邱里眉心微皱："你不担心吗？"

"担心什么？"尹海郡仿佛并不在意，笑了笑，"他要回，我还能拦住他不成？至于你妈妈喜欢他，我觉得我也没输。"

"为什么？"邱里很好奇。

尹海郡长呼了一口气，高高挑眉，用指骨刮了刮她的鼻梁："因为，你爸爸喜欢我，现在我和他是平局。"

邱里："……"

本来邱里还想多问点儿细节，但尹海郡显然已经失去了耐心，抱起她就往狭窄的洗手间走："走，一起去洗澡。"

"不要，"邱里嚷嚷，"你这洗手间太小了。"

第十一章
大英雄

高温似火，城市像座熔炉，下午 2 点的天空中没有一丝云彩。

三名穿着便服的刑警刚刚会合，站在一幢废弃的老楼下，全身湿透。

资历稍深的老刑警徐东胡乱地抹了把脖颈儿间的汗，甩掉："尹海郡呢？"

年轻人孟振停喘了一口气，指着房子后面说："从后面的垃圾堆分开后他就不见了，我赶紧过来跟你汇报情况，他八成是跟着赵伟跑了。"

徐东一着急，差点儿发火："他不知道那家伙嗑药了吗？"

随后，他让另外两名警察在楼下伺机夹击抓捕嫌疑人，然后带着孟振停大步朝垃圾堆跑去。

一个月里，祁南接连发生了两起针对未成年少女的强奸案，引发了社会的高度关注，而破案的压力自然都给到了南城分局。晏蓓力带着一队的同事连熬大夜，最后将犯罪嫌疑人锁定为瘾君子赵伟。

他们刚刚得到线报，在龙塘村的一家麻将馆里找到了正在吸食毒品的嫌疑人，不过这赵伟看着瘦成麻秆样，但人特别狠，扔出的那根木棍直接砸中了晏蓓力的小腿，然后抄起家伙就从后门逃了。

眼看就能将嫌疑人缉拿归案，尹海郡怎么会因为害怕单枪匹马就退缩？刚刚在门缝里看到了赵伟的影子，他立刻悄悄跟着上了楼。

这栋要拆迁的楼早就没人住了，墙壁、地面脏乱不堪，电线交错乱绕，连房门都被卸空了，这刚好给了赵伟躲藏的机会。

透过那扇碎了一半的老花玻璃，尹海郡看到赵伟躲在屋里的椅子下。尹海郡知道赵伟手上有刀，但不确定他是否还有其他凶器。不过，赵伟比他想象的要生猛，虽然嗑了药，神志不清，但搬着椅子冲出来就直接砸向他，好在他敏捷地躲过了。

尹海郡再次亮明身份警告："你已经被警察包围了，以为你能躲掉？"

赵伟抖着腿，歪着嘴笑，突然伸出了双手。

过于反常的行为引起了尹海郡的怀疑，他慢慢挪动着脚步，果然，在他的手刚绕到背后取手铐时，赵伟箭步向前，趁机立刻箍住他的脖子，将一包白粉强行塞入了他的嘴里。

"你们警察应该没尝过这种神仙东西吧，我请你吃啊。"赵伟面目狰狞。

尹海郡紧闭着双唇，身手矫健地将赵伟摔倒在地，先立刻吐了几口口水，将唇边和鼻边的粉末全部擦干净。

这时，已经完全丧失理智的赵伟突然掏出了随身携带的 30 厘米长的蒙古刀。其实以赵伟的身材，他根本不是尹海郡的对手，但一个再高大的人，对瘾君子还是有所忌惮的。

"把刀放下！"

尹海郡大吼，回音响彻空旷的走廊。他边用吼声震慑赵伟，边见机冲上去控制赵伟持刀的右手。但赵伟丧心病狂，拿起刀疯狂劈砍。

"放下！"

训练有素再加上经验丰富，尹海郡迅疾地躲过了砍过来的刀，但刺眼的刀光还是骇人。他根本顾不上恐惧，浓眉紧锁，和赵伟进行着搏斗。

赵伟就是个疯子，就算刀已经把自己的掌心割出了血，他依旧不扔。在尹海郡将赵伟推向墙角，抓住了他手中的蒙古刀时，赵伟却拼着最后一丝力气，想刺穿尹海郡的腹部。

"赵伟，放下刀！"

孟振停和徐东听到搏斗的动静，火速跑到了三楼，徐东冲上去意图强行制服赵伟。

瞬间，双人搏斗成了三人搏斗。

赵伟掌心鲜血直流，好像就想给这帮警察点儿颜色看看，最后手一抬，刀朝尹海郡的手臂上划去，但他也被徐东按倒在地，铐上了手铐。

嫌犯终于落网，但队里的两名干将都进了医院，还好晏蓓力的小腿和尹海郡的手都没大碍。

不过，这趟医院行他们得知了其他结果。

包扎好手臂后，尹海郡去急诊病床找晏蓓力，想跟她一起回局里。不过护士说她去了妇产科。他有一些预感，赶到楼上的妇产科时，见晏蓓力刚从诊室里出来，脸色虚弱地撑着大腿，一瘸一拐地走着。

尹海郡顾不上自己手上的伤，赶紧扶住她。

"你啊，还真是像我，拼起来不要命。"晏蓓力明显在岔开话题。

这是不是句夸奖的话，对尹海郡来说不重要，他更好奇心里的猜测。

都是干刑侦的，晏蓓力知道他应该猜到了，没瞒他："嗯，要不是今天受伤来医院，我还以为是自己内分泌失调。答应我，暂时别和你舅说。"

"你……不……"那句话，尹海郡有点儿难以启齿。

晏蓓力没说明，只语气淡淡地说："生不生，再说吧。"

这是工作两年来的第几次受伤，尹海郡已记不清了，像他这种雷厉风行又不怕死的人，或许得真丧命，他才能记住疼。

他回到机电厂时都晚上 8 点了。

手受伤了，也做不了饭，他干脆拿了一桶方便面凑合一晚。其实，他哪里是今晚凑合？即使挣钱了，他还是不舍得花钱。

吃饭前，尹海郡先去了父母的卧室，照例给妈妈点燃一炷香。看着遗像，他说了说自己今天的英勇事迹："妈，你儿子今天特别帅，亲手抓住了强奸犯。"他压低了声音，"不过，我又躲过一劫，一定是你在天上保佑我。"

从房里出去后，尹海郡闻了闻自己这一身的臭味。他得先洗澡，但手碰不得水，只能倒了一盆温水，给自己擦擦身体。

他费力地脱了 T 恤，身材比在警校时更健硕，结实的胸肌和腹肌线条坚硬，尤其是腰，结实有力却又有种勾人的性感。

刚拧干毛巾，尹海郡忽然滑开手机，给小公主拨去了一通电话。

但她又一次拒绝接听。

见电话打不通，他点开微信，按下语音键，还学会了卖惨："里里，我今天抓犯人手受伤了。"

"啊……"他还故意喊疼，"我的手都用不上力，要是你现在能过来帮我擦擦身体就好了。"

当然，微信也石沉大海。

转头，尹海郡给晏孝捷拨了一通电话。

明明才 8 点多，电话一接通，却是这位大少爷和女友的嬉戏声，没羞没臊到尹海郡直接挂了电话。

不过，他还是收到了晏孝捷的回复，一条欠揍的语音消息：

尹海郡："兄弟，这次我真帮不了你了。"

"……"

这个月，尹海郡和邱里吵了一架，这让他这个直男头疼死了。这小公主是怎么哄都不听，他上门送花送礼也被夏叔轰走，没辙，只能走一步看一步。

抓到强奸案的嫌犯后，一队里的人全部神清气爽。徐东看到带伤上班的尹海郡，边在门边接着开水，边笑道："你还真是，有假不休，我是想休没假。"

领导让尹海郡在家里休息几天，养养伤再回局里，但他真是闲不住。而且女朋友暂时不要自己了，他还不如和一群大老爷们儿待在局里忙活点儿事。

尹海郡坐到工位上："反正在家里也没事做，过来看看祁南大学教授夫妻地库案的进展。"

徐东喝了一口水："嗯？这案子给二队了，你不知道吗？"

"是吗？"尹海郡问，"那上次我带回来审问的历史教授邱海权，没问题吧？"

"不清楚。"徐东摇头。

尹海郡又站起身，径直往外走去。

"你干吗去啊？"徐东叫住人。

尹海郡："我去问问情况。"

"哟，"旁边的孟振停摘下耳机，开了句玩笑，"上次我看你对那个邱教授客气得啊，感觉你就像是他的……"

尹海郡不知道他要说什么。因为自己和邱里的关系还没有被邱家人承认，所以整个局里，除了晏蓓力，没人知道自己和邱海权的关系。

"唉，"孟振停忽然话锋一转，"那个邱教授的老婆可是祁南数一数二的富豪，他们的女儿好像还是一个很出名的博主，你不会是查案查到想解决自己的终身大事了吧？"

他冲过去拍了一下尹海郡的背："看不出来啊，平时这么硬汉，想吃软饭？"

"滚。"尹海郡低吼。

"玩笑话，玩笑话啊，别当真。"

徐东都习惯了几个年轻人在屋里闹来闹去，平时打岔几句，但大家都没坏心眼儿，出警时永远拧成一股绳，和嫌犯搏斗时，为了对方拼命是常事，有非常难得的战友情谊，所以他们队的破案率极高。

"外面来了一个超级大美女。"拎着午饭的韩至光几乎是疾步冲到了屋里，"我长这么大就没见过这么美的女人，那脸漂亮得跟芭比娃娃一样，人间真仙女。"

徐东狠狠地拍他："你是人民警察，能不能不要一副没出息的样子？"

孟振停有点儿好奇："能有多美啊？"

韩至光把他往外推："开着豪车来的，又美又酷，绝了。"

屋里的几个男人对视了一番。

孟振停说："不然，哥哥我先出去确认确认？"

没人理他。

没过几分钟，回来的孟振停比韩至光更没出息，讲话都口齿不清了："仙女，真是仙女。"

徐东这40多岁的中年男人感慨年轻人的激情，坐回工位上，喝着茶水，看起了报纸。

等他再一转头，屋里的三个男人都消失了。

走廊里，孟振停一直夸："海哥，你在机电厂长大的，绝对没见过这么漂亮的女人。"

尹海郡不屑地笑了笑。

其实他心里想的是：能有多美？再漂亮的美人他都见过，而且完完整整拥有过。

三个人嘻嘻哈哈地往大厅走去。

脚刚迈进大厅，尹海郡双眼都直了。美人背对着他，长长的鬈发垂肩，细腰如柳枝。

后边的孟振停和韩至光嘲笑他："装得挺淡定，眼珠都要掉出来了。"

尹海郡看到人，瞪大了眼，一来是因为女人太美；二来他在惊讶，为何邱里会出现在这里？

听到身后有动静，邱里回过了头。

"里……"

当尹海郡刚喊出她的名字时，邱里却满脸冷漠，甚至是一副和他不熟的模样。就像是真的找不到一个询问的人，她走到尹海郡面前，微笑着问："你好，请问晏蓓力队长在哪儿？"

尹海郡："……"

第十二章
男朋友

这局里八百年也出现不了一个这么漂亮的女人，几个年轻男警都看痴了。

邱里脸上笑容灿烂，声音也悦耳："我叫邱里，我爸爸叫邱海权，我来是想问问祁南大学教授夫妻案的情况，希望没有打扰到你们工作。"

韩至光和孟振停惊讶，原来她就是那位邱教授的女儿，的确美到不可方物。

韩至光那句"晏队不在"刚要脱口而出，却被尹海郡抢了话，尹海郡有礼貌地为美人引路："这边走，我带你去。"

邱里双手背在身后，肩上的包包荡来荡去。她跟在尹海郡的后面往前走着，自以为这不熟的样子装得像模像样，哪里料到，尹海郡故意将脚步一收，她险些撞到他，下意识地推他的后背的举动出卖了她。

"你的背是钢筋做的吗？好痛。"她揉着头。

尹海郡侧过头，小声说："你抱着我的背咬的时候，说的可是'好性感，好喜欢'。"

又是出于亲密的本能，邱里踢了他一脚。这可把后面两个局外人看蒙了。

韩至光的瞳孔都要震掉了，他问孟振停："尹海郡和这小仙女是什么关系？"

孟振停摸摸下巴，疑惑地说道："晏队早上不是说在家里休息吗？她什么时候来的？我报告还没写完。"

"尹海郡……"

"啊，你别拽我，好痛啊……"

几乎不费力，邱里就被尹海郡拽进了办公室旁的楼道里。她这弱不禁风的小身板，被他这庞然大物罩着，光线被挡得严严实实。

尹海郡就这么盯着她。

邱大小姐要脾气的时候的确挺难哄。想起那天发生的事，她仍然恼火："我好不容易说动了我妈一点点，你倒好，直接大早上把我爸从家里带走。"她用指尖用力地戳了戳他的胸口，嫌他不争气，"你现在在我妈心里，一夜回到原点，知不知道啊，尹海郡？"

尹海郡挺直了腰杆："但那是我的工作。"

"我能不了解你、不支持人民警察办事吗？"邱里咽下一口气，"但是我妈妈不理解啊，你但凡挑个别的时间和地点带我爸爸去问话也行，别当着我妈的面嘛。"

尹海郡义正词严地说道："我也是按领导的指令办事，警察办事也不会挑时间和地点。"

"啊……"邱里气得直跺脚。

她生气的样子很可爱，尹海郡忍不住想招惹她，轻轻地捏了捏她的脸蛋儿："我的里里小公主，别生气了。"

"你别碰我。"邱里胡乱地拍着他。

"啊……"尹海郡抱住自己受伤的手臂，弯下腰，假装疼得皱眉头。

"怎么了？"只是闹着玩的邱里被吓到了，"没出血吧？"

她说着说着，声音闷进了他宽阔的胸膛里。尹海郡抱住了她，结实的手臂圈住了她整个人，他晃来晃去，委屈地求原谅："对不起，不要不理我，好吗？你看，我昨天那么英勇地抓到强奸犯，手被他砍了一刀，你都不关心我，我活着都没意思了。"

夸张的用词逗笑了邱里："你少和晏孝捷玩，无赖死了。"

"你能不能原谅我，能不能接我的电话，能不能抱着我睡觉觉？"

尹海郡的进步在于，他已经学会了用叠词。

邱里还在傲娇："我再想想吧。"

"还想？"尹海郡低下头，"是你自己送上门来的，别怪我不客气。"

邱里下意识地撑着他的胸口，慌了："这里是警局，你别乱来啊。"

尹海郡在邱里的脸颊上亲了一下。

邱里擦了擦脸："都是口水。"

"原谅我吗？"

只是一秒没等到回答，尹海郡就继续亲，不停地亲，直到邱里求饶："好了，好了，我不生气了。"

他没再吻，大掌压低，摸了摸她的头顶。

邱里在漆黑的楼梯间里整理好仪容，然后跟着尹海郡走了出去。不过在局里，他们还是很低调，没牵手。

直到刚从外面办完事的邓兆良迎面朝他们走来："里里，你怎么来了？"看到尹海郡，他嘲笑自己老糊涂，"查岗呢？"

"舅舅，"邱里跟邓兆良太亲，上去就挽着他的手撒娇，"我是想你了，你和乔阿姨谈恋爱以后，都很少关心我了。"

"哎哟，"邓兆良戳了戳这机灵鬼的脑袋，"是谁先有异性没人性的，嗯？"

无巧不成书，一队的三个大老爷们儿刚好撞见了这一幕，好像听懂了又没听懂。

邓兆良本想同大伙儿解释，但没想到自己的外甥女格外大方。

邱里介绍起来："你们好，邓医生是我的舅舅。"她指着尹海郡，眉毛一挑，有些传情的意味，"你们队里的这位大帅哥，是我的男朋友。"

这秘密确实惊呆了三个人。

徐东手中的茶杯差点儿掉地上，韩至光眼神都呆滞了，只有孟振停想逗逗尹海郡："我们要的是证据，除非尹海郡吻一个，不然我们不信。"

"你们给我正经点儿。"尹海郡可不敢在局里明目张胆地秀恩爱。

孟振停指着邱里："人家大美女都不害羞，你一个大男人扭捏什么？快去，我饿了，塞点儿'狗粮'给我吃。"

见四周没人经过，尹海郡斗胆走到邱里身前，弯下腰，刚准备朝她的唇上吻去，就听见孟振停喊道："周局好。"

尹海郡真以为局长来了，吓得立刻回身，背后却连个人影都没有，那几个人也逃之夭夭了。

连邱里都笑话他胆小。

尹海郡和邱里上了邱里开来的车，不过驾驶座被让给了尹海郡。

这辆车是年初王喜南非要送给他的，一辆上百万元，他不愿收，况且他的工作并不适宜过于高调。但王喜南还是坚持要送，说她念恩情，如果没有哥哥，就没有今天的她。

最后，他收下了车子，但转送给了邱里。

手上那点儿划伤也不影响开车，车里的尹海郡也是穿着一身黑衣，不得不说，这车的确很适合他开，越野车的冷硬线条，和他有着同一种野性。

他开车四平八稳，所以通常他在身边，邱里就只用窝在车里享受，安心地做个大小姐。

"不是去商场吃饭吗？"见车驶入了去往修车行的街道，邱里放下手机，"来这儿干吗？你舅舅不是早就搬走了吗？"

尹海郡将车拐到街道口，停稳，习惯性地先替邱里解开安全带："晏孝捷不是要求婚吗？他的校徽落在我舅这里了，我替他找找看。"

尹海郡从兜里取出生锈的钥匙，打开了卷帘门。当门帘弹起的那一刻，屋里的灰尘扬了他们一脸，他让邱里在外面等，但她不想离开他。

前年，王喜南被"美寻"捧成了网红，挣了大钱后，第一件事就是帮爸爸开了连锁车行，日子也过得越来越好，他们早就从机电厂搬去了市区里的顶级小区。她劝爸爸把这里卖了，反正留着也没用，但王业军舍不得，说金窝银窝不如过去的狗窝。

里面的布局没变，尹海郡在休息间的柜子里翻出了校徽，然后拉着邱里往外走。

"去吃什么？"

"嗯，"她在想，"吃烤肉，你烤，喂我吃。"

"行。"

她开心地往他身上贴。

在商场吃完烤肉后，邱里拉着尹海郡去了三楼的一家男装店，给他挑了一件冲锋衣。尹海郡本来五官就帅气出众，身材也挺拔，是个衣服架子，黑色的冲锋衣特别称他。

尹海郡站在镜子前："干吗带我买衣服？"

"你那些衣服都旧了，"邱里替他拉好衣服拉链，挽着他的胳膊，指着镜子，"你看，多帅啊，我们真般配。"

他低头，望着她笑。

结账时，邱里冲到前头刷了卡，这引得尹海郡不满。出去后，他还和她生气了："你干吗刷卡？我不会让女人给我花钱。"

邱里笑了笑："刷的是我的卡，但钱是你的。"她拉起他的手，"阿海，你真的不需要每个月给这张卡里打钱的。你拿性命挣钱，很不容易，你应该全部留给自己花，对自己好点儿。"

尹海郡语塞。

工作的第一年他就开了一张卡，每个月往里打几千元。相对于邱里的零花钱来说，这些钱连零花钱的零头都不够，但这是他对她的真心，是为他们的未来积少成多的印记。

只要有邱里在身边，尹海郡通常睡得很香，要不是翻身把被子踢到了地上，他估计还能继续睡一会儿。发现身旁没了人影，他掀开被子，随意套了件T恤和裤子就往外走。

"里里……"他伸了伸懒腰。

而邱里的回应是一声尖叫。

循着声音，尹海郡几个大步跨到了厨房里，原来这大小姐心血来潮，在煮面，但就是这鸡蛋，她学着煎了一年，还是会煎煳。

"烦死了，"邱里一大早就生闷气，"也不知道你从哪里买的鸡蛋，根本不听我的话。"

怪天怪地怪鸡蛋，她反正不会怪自己。

邱里将三个煎煳的鸡蛋盛到了碗里，然后将碗端到了桌上，下命令："浪费食物不太好，你把它们都吃了。"

"遵命。"心甘情愿被欺负的尹海郡对他的小祖宗唯命是从。

在伯克利读完研究生的邱里月初正式回国，以后除了必要的国外演出活动，她都会留在祁南。这也意味着，他们终于结束了漫长的异国恋。

或许是日子过得愈加明朗，尹海郡整个人看着都没过去那么紧绷了。他懒懒地从身后环抱住了她，出其不意地撒娇："喂我。"

当一个男人变成黏人精时，邱里有时候真会感到生理不适："尹海郡，你知不知道你很不适合这样？"

尹海郡不满地哼了一声："凭什么剥夺我们壮汉撒娇的权利？"

他在她的脸上亲了一口后，也不闹了，走回洗手间去刷牙："哦，对了，有件事忘了和你讲。"

"什么事？"

他咕噜噜地吐了一口水："电视台想找几个警察去录节目，领导派我和北城分局的一个同事去。"

"录节目？"邱里好奇，"什么节目？为什么要找你去？"

其实尹海郡也只听晏队粗略地说过一次，也还云里雾里："一档综艺节目，叫《周六不打烊》，说那期的主题是'祁南的英雄们'，好像请了警察、特种兵、法医，还有很多相关的人。"

邱里瞪着水汪汪的大眼睛："这个节目是在黄金时间播的。"一兴奋，她还猛地拍了拍他的屁股，"尹海郡，你要出名了。"

"什么出名不出名的？"话是这么说，但尹海郡还是冲着镜子自恋起来，拿起剃须刀慢悠悠地刮着胡子，"不知道我上镜会不会也这么帅。"

邱里发现他真是极端，过去生活沉重的时候，压抑到连笑容都很少有，现在比她还自恋。

周五，尹海郡和北城分局的同事一起去祁南卫视录节目。这是他第一次出镜，王喜南特意调整了两个视频录制的工作，全程陪同。作为顶流网红，她走到哪里都光彩照人。

以前是哥哥罩妹妹，现在是妹妹给哥哥开道。

三个小时的节目录制异常顺利，对于节目播出效果，尹海郡没多想，只把录制节目当作局里安排的一次工作任务而已，甚至连节目什么时候播出他都没上心。

录制那天，邱里因为有场小提琴演出，没办法和王喜南去现场，所以节目播出那晚，邱里哪里也没去，还特意打开了客厅里的电视机。

刚应酬完的邓倩良听见客厅里有动静，放了车钥匙走过去，就见女儿竟有闲情逸致地在看电视，还是一档很吵的综艺节目。

她随口问："你今天怎么突然想到来客厅里看电视了？"

穿着白色宽松睡裙的邱里窝在沙发上，露出的肌肤白到发光。她边吃葡萄边说："在客厅里看，热闹。"她撒了撒娇，"妈，你来陪我看，好不？"

反正也没工作要处理，邓倩良答应了，回房换衣服的时候，顺便把邱海权从书房里揪了出来。

一家人其乐融融地坐在沙发上，邱里挽着爸爸妈妈，有说有笑的。

电视里，主持人介绍道："下面我们请来了两位年轻的刑警，让我们欢迎他们出场。"

明明上电视的不是自己，邱里却紧张得心跳加速。当尹海郡和另一名刑警身穿制服走出来时，她竟然有点儿想哭，像是沾了他的荣光那样激动。

"这不是尹海郡吗？"邱海权也稍显激动，身子往前倾去。

邓倩良算是读懂了女儿的这点儿小心思，不过没戳破，靠在沙发上继续看。

尹海郡握着话筒，虽然面对镜头略显紧张，但始终挺直着身躯，肃穆凛然，有条不紊地自我介绍："大家好，我叫尹海郡，毕业于祁南警察学院，目前是祁南公安局南城分局的一名刑警。"

主持人夸道："现在的刑警都长得这么帅吗？"

电视里是现场观众的一片笑声，而沙发上的人也在笑。邓倩良扭头，看着这对父女像犯花痴一样盯着屏幕，女儿用双手托着下巴，爸爸就差冲到电视机前了。

这倒好，她成了不懂趣味的局外人。

下一个环节是主持人让他们讲述自己破案的心路历程。尹海郡滔滔不绝地说着，不像是背过台本，而是真情实感地在回忆。

他说的这件"3·16鱼塘村灭门案"，邱里听他说起过，但再听一次，还是感触颇多。

主持人听完，沉声夸赞："不久前轰动全城的强奸杀人案就是他们队破的，听说尹海郡在和罪犯搏斗的过程中，手臂还被刺了一刀。我们再次用掌声感谢他们的付出，我们的平安都是因为有人一直在负重前行。"

现场随即响起一片热烈的掌声。

一直提不起兴趣的邓倩良，不知是因为尹海郡在阐述案子时过于声情并茂，还是因为主持人刚刚的那番赞扬的话，她的心被触动了。

严肃的环节很快过去，下面是主持人提议几个嘉宾表演才艺，问尹海郡有没有会的乐器。尹海郡说，有，架子鼓，还幽默地补了一句，很久没玩了，献个丑。

灯光暗下，尹海郡坐在舞台一侧，当镲片被敲响时，他演唱的是一首粤语歌，陈百强、林珊珊的《再见 Puppy Love（青少年的初恋）》。

应该是在上节目前练习过，沉浸在音乐里的他丝毫不紧张，整个人放松下来，和刚刚穿着警服的模样不同，像变回了学生时期那个浑身躁动的刺儿头。

镲片和鼓皮在空气中震动，他还唱了起来。

> 从来没有讲出心爱的话，
> 从来没有渴望热情永久　可永久，
> 但你心里头却放不了　将快乐忘掉，
> 甘牺牲站门后　情不禁地眼泪流……

沙发上，邱里捧着脸，笑得眉眼弯弯。这种全世界的人以为这只是一首普通的歌，只有她知道这是他们之间的定情曲的感觉，有一种背着全世界的人偷偷摸摸秀恩爱的刺激感。

邓倩良提醒她："里里，往后坐点儿，你要掉下去了。"

要不是妈妈扯了自己一把，邱里都没察觉自己快坐空了。可她舍不得往后坐，就想清清楚楚地看着电视里的"大帅哥"。

表演结束后，主持人又把尹海郡请了回来，掰着指头调侃道："长得帅，身材好，本职工作是英勇无畏的刑警，私下又会打架子鼓、会唱歌，肯定有很多女生追你吧？"

尹海郡只是笑笑，想避开话题。

"有女朋友吗？"主持人突然八卦起来，"我是替前排的几个女生问的啊，她们的眼睛都看直了。"

女人翻脸如翻书，看到镜头扫过前排那几个花痴的女生，邱里双手放下，脸色变得难看起来。她在等着听尹海郡的回答，但他没直白回应，最后主持人放过了他，换了另一个问题。

"大家都知道做刑警很不容易，你在成为刑警的路上，有没有很想感谢的人？"

尹海郡："有。"

主持人："哪些人呢？"

尹海郡用双手握着话筒，认真地感谢："首先要感谢在天上看着我的妈妈和奶奶。其次要感谢一直辛苦养我长大的舅舅和给我支持鼓励的表妹。"

连王喜南都被感谢了，邱里都没听到自己的名字，不过尹海郡还没说完，补充道："最后还要感谢警校的周老师和我的警犬海啸。"

到这里，切进了广告，节目结束了他的部分。

邱里不敢相信，那么一长串的感谢名单里竟然没有自己。她握紧了拳，不悦地急促喘息，低头闷闷不乐了一会儿后，起身离开。

"我困了。爸爸妈妈，晚安。"

上周《周六不打烊》节目播出后，"祁南最帅刑警"的词条在热搜榜上挂了整整两天。

谁也没想到那个曾经被生活踩在脚底，所有光芒被收走的少年，如今能一跃翻身，被尽人皆知，甚至成了许多女生讨论的"理想型"。

一夜间，尹海郡从高中到大学的照片都被挖了出来，在网络上留言的大多是女生，痴迷于他的长相，被他的成长经历所打动。

人处在低谷时，无法预判自己的那些艰难险阻有朝一日会成为他最耀眼的光环。

"人长得帅，没想到品行还如此之高尚。"

"这种男人真是万里挑一了，求那些'普信男'看看好吗？什么叫优秀的男人。"

"太厉害了，他太厉害了，是怎么走过来的啊？要是我，我可能会抑郁到自杀。"

…………

尹海郡在警校就因为成绩优异而格外打眼，这次因为节目"红了"后，南城刑警支队的同事真把他捧上了天。

平日里，他为人低调、谦逊，做事也拼命，还特别讲义气，所以他在网络上小红一把这事，根本没人忌妒，大家都是真心夸赞。

当然还有一个原因，就是队里的人都知道，他这一路走来非常不易，可以说，一个个都巴不得他能越来越好。

不过，尹海郡倒是平常心对待。他本就没有什么功利心，认为这就是节目给自己带来的一时热度，过两天也就无人问津了。日子照过，他该干什么干什么。

但有两个人，关于节目上的感谢一事搅翻了他的生活。

先是晏孝捷，第二天的那通电话，他拿出了与尹海郡绝交的气势。

"尹海郡，你自己数数，我们认识多少年了？我对你多好，你心里不清楚吗？我敢说，我晏孝捷在这个世界上只要有一口饭吃，绝对少不了你的那一口。当然，我不是道德绑架你，但是你的确没良心，上那么火的节目，感谢那么多人，你都不感谢我？是不是我们距离远了，你在祁南有了新朋友，就不把我当回事了？我还跟温乔讲，尹海郡感谢的第一个人肯定是我，我觉得我就像个傻子……"

一长串话，他几乎不带停顿地狂喷而出，气着气着，最后还委屈上了。

尹海郡花了半天时间才安抚好这位情绪暴躁的大少爷。

至于尹海郡为什么没有提到晏孝捷，是因为觉得在节目上一本正经地感谢一个男性友人很怪，另外确实觉得他们之间的兄弟情不必刻意高调宣扬。

这位少爷的脾气来得快去得也快，他算好哄，但另一个大小姐就难哄了，即使尹海郡拼命解释，邱里也只冷冰冰地回应一个字："嗯。"解释不成，他道歉，但她又用阴阳怪气的语调说，"我没事，真没事。"

他真是一个头两个大。

徐东还笑话他："找邱家大小姐做女朋友，你在节目上还敢只字不提她，你也真是头铁，小心人家把你踹了。"

可能是因为这句无意的话，尹海郡第一次紧张邱里会来真的，于是主动出击。

周五下午，邱里在"知和艺术馆"有一场小型的演出和艺术交流活动，直到傍晚活动才结束。她走到停车场时，看到那个讨人厌的壮汉靠在自己的车前，便冷淡地绕过他，拉开了车门。

尹海郡扯住她的衣袖："里里，别闹了。"

邱里脸上露出僵硬的笑："我闹什么了？我和你说了，我晚上约了朋友吃日料，没法儿陪你。"

"里里……"尹海郡拽着她不松手，眉头皱紧，再次道歉，"你听我说，我……"

邱里完全忽略了他，从包里拿出手机，优哉游哉地打了通电话："嗯，你到了吗？那我们先买衣服好不好？"

她握着手机，斜着眼示意，让他识趣点儿。

他不爽地呼出一口气，还是放开了人。

邱里开着车到了市中心的一家商场，尹海郡则打车跟了过来。邱里和女性朋友开心地会合后，逛起了商场。他则成了不讨喜的跟屁虫。

逛街加吃日料，邱里和朋友分别的时候已经是夜里 10 点，商场即将关门。她到地下停车场时，果然在车旁看到了尹海郡。

"我晚上要回家，不会跟你……"

她的话还没说完，整个人就被尹海郡毫不费力地扛到了肩上。

"尹海郡，我现在要是喊'救命'，你就是犯了绑架罪，你知法犯法。"邱里一个劲儿地捶他的背。

"你随便叫，我不怕。"尹海郡赌她不会叫。

他赌对了，邱里刚扯起嗓子又泄气，烦得咬红了他的脖子。他单手拉开车门后，扭头说："留点儿力气。"

邱里整个人被甩到了副驾驶座上，尹海郡抢走她手上的购物袋，全部扔到了后座上，然后迅速上了车。他又赌这大小姐绝对不会下车，果然，他又赌对了，她只是气得缩在座位上。

替她系好安全带后，他启动了车子。

车子在夜幕里匀速行驶，夜景绚丽的光晕一层层扫过洁净的车面，尹海郡开着车，偶尔侧头瞥邱里几眼。

小公主爹了毛，生气时，眉头皱得难看得很。

看着看着，作为"罪人"的尹海郡却笑了。

这可惹怒了邱里："你还好意思笑？你还有脸笑？全世界现在只有晏孝捷懂我，男朋友到底不如从小玩到大的发小儿。"

尹海郡转回头，平视前方的道路："嗯，既然他那么懂你，那你把他从温乔手上抢过来，我大度点儿，祝福你们。"

"尹海郡！"邱里的喊声差点儿冲破车顶。

车里暂时消停了，没人再说话。

车子开上了山道，外面越来越黑，邱里顿时紧张起来，扒着窗户瞄了几眼："你干吗带我来这里啊？我怕黑，你赶紧送我回去。"

尹海郡不听，继续开。

最后，车子在半山的一块空地上停稳。

邱里是真的很怕黑，见尹海郡先下了车，更加害怕起来："你干吗去啊？"

尹海郡自然不会把她抛在荒郊野外，拉开副驾驶座的车门，将她从座位上抱下来，扔到了后座上。

嘭的一声，车门被用力关上。

"尹海郡，你搞什么鬼啊？"

后座还算宽敞，邱里被逼得反手撑在座位上，仰面盯着眼前这个令人恐惧的男人。尹海郡坐在皮椅上，盯着她，故意吓唬她："没办法，女朋友油盐不进，我只能把她带到这里来谈谈心，谈不拢就……"

"就什么？"邱里一惊，坐了起来。

尹海郡指着窗外的山崖，还没说话，她就紧张地护住自己："你不是想玉石俱焚吧？"

"嗯。"他还在演戏，"我为了你，辛苦熬了这么多年，绝对不可能失去你。你要是抛弃我，那我们都别……"

啪——巴掌声响起。

因为害怕，邱里下意识地扇了尹海郡一巴掌，下手倒不重，他就当小猫挠人了。她没消气，没心情跟他在这里谈心，刚转过身去，人又被他拽了回来。

尹海郡干脆换了个位置，坐在前座的缝隙间，将邱里的身子摆正，朝自己坐着，她瘦弱得就像任他摆布的洋娃娃。

"尹海郡，"她的确还在为节目的事生气，"我特意叫我爸爸妈妈一起看节目，当主持人问你有没有要感谢的人时，我坚信你肯定会提到我，还做好了和妈妈炫耀的准备，结果你连'麻辣烫'都感谢了，就是没有提我。你知不知道那一刻我在他们面前多丢脸哪？"

"我知道，我知道，"尹海郡握着她的手，诚恳地道歉，"但我不提你，确实是因为我们的关系还没有得到你父母的认可，尤其是你妈妈，我怕贸然在节目里说出这种话，会让你妈妈更讨厌我。"

这些话翻来覆去听了有一百次了，但邱里就是听不进去，只要一想起这事就不爽。当然，她此时更不想在黑暗的半山里多待一秒。

邱里的手握向门把手："送我回家。"

尹海郡再次拽住她："你回去又不会见我了，我们今天必须在这里把心结解开，好好地说个明白。"

在一个完全不舒服的环境里谈心，邱里毫无心情，情绪越来越暴躁，挣扎了起来。两个人打闹时，她不小心踢翻了脚边的购物袋。

在微弱的光里，尹海郡似乎看到了类似蕾丝的边边角角，不像是成衣，而像是情趣内衣。他大手一捞，果然猜中了。

他盯着手中的内衣，笑道："款式不错。"

"又不是穿给你看的。"邱里戗过去，想将内衣抢过来。

尹海郡抓得牢，内衣没被抢走，他结实的身躯往前俯："那你要穿给谁看？"

邱里睨了他一眼："你凭什么管我？网络上有那么多你的小迷妹。不要以为我不知道，连着好几天有女人跑去局里看你。"

原来她是吃醋了，还是一大缸醋。

尹海郡一只手的手臂绕过她的脖颈儿，手里的蕾丝轻轻扫过她的脸颊，弄得她麻麻痒痒的，他忽然压低声音说："穿给我看。"

"不要，"邱里用双手推着他的胸膛，但他的胸膛厚实得如一堵硬墙，她根本推不动，于是有点儿烦，"你是警察，强迫我在这里做这种事属于犯法。"

海郡听笑了，炙热的气息喷洒在她的鼻尖上："要真这么算，你也没少强迫我，上次在伯克利，你闯进男洗手间把我按到墙上，难道不算吗？嗯？"

邱里："……"

这座开放式的山道公园临近祁南的郊区，白天都是徒步运动的人，但到了晚上就黑黢黢一片，晃动的树影覆住整个车身，阴森可怖，邱里就是想逃，也没那个胆量。

20分钟后，车内恢复了平静。

事后，尹海郡替她把衣服换回来，不过他用布条蒙住了她的双眼。

邱里不知道他要搞什么鬼："干吗蒙我的眼睛哪？"

她先是听到了车门被打开的声音，而后又听到后备厢被打开的声音，但不管她怎么闹，尹海郡都避而不答，只说："一会儿我叫你。"

后备厢外传来像是拆纸盒的动静，邱里联想到开来半山的路途中有人搬了几个纸箱上来，她当时只顾生气，也没多问。

尹海郡在后面折腾了一小会儿后，走到前座，扶着她下车："好了。"

深夜的半山上阴风阵阵，邱里紧张地皱着眉："尹海郡，外面好黑啊，我不要在外面待，让我回车里。"

尹海郡笑了笑："你不下车会后悔的。"

"你到底在搞什么啊？……"

话音刚落，尹海郡解开了邱里的眼睛上的布条。眼前忽然出现了

242

一片零星的亮光，她被眼前的画面震撼了，嘴角有了弧度。她用手抚住心脏，露出了难掩兴奋的笑容。

原来那些纸盒里装的全是玫瑰花，尹海郡没有摆成任何形状，而是随意地让粉色玫瑰花布满整个后备厢，一串小灯藏在绿叶间闪烁，就像是满地的鲜花顺着藤枝蔓延长出了车。

灯串上面还系着一条细绳，晃荡的卡片上写着——我喜欢在安静的地方高调宣扬我们的浪漫。

没有谁能看到满车的鲜花还不为所动，就算是再冰冷的一颗心都能被融化，更何况邱里的心本来就是水做的。

她扑进了尹海郡的怀里，眼圈泛红："尹海郡，你要知足，我多好哄啊，只要一车玫瑰花，我就被收买了。"

外面风冷，尹海郡手臂一揽，她几乎半个身子都在他的怀里。他将最真诚、炙热的话一字一顿地说给她听："虽然我没有胆量在节目里大声感谢你，但总有一天，我会站在婚礼现场的台上，对着你所有的亲朋好友大声地说——我爱你。"

树影在空旷的山间微微摇晃，皎洁的月光也拉长了他们缠绵拥吻的身影。

而这一刻，连风都在享受他们的浪漫。

第十三章
威　风

节目带来的热度很短暂，一周后网上便没人再讨论"尹海郡"这个人了，取而代之的是更新鲜的话题。

--切恢复了原样。

一队的人又忙到歇不下来。

这次的新案件是一起性质恶劣的迷奸案，报警的人是祁南大学音乐系大二的女学生，她所指控的人正是自己的教授，也是尹海郡的熟人——蒋昭逸。

蒋昭逸隔日就被尹海郡带回来问话了，不过蒋昭逸这个人智商、情商都在线，回答得滴水不漏，说只是见女学生在派对上喝醉，便扶她回房间休息，并没有对她做任何不轨之事。

由于女生隔了一周才报警，已经无法提取身体里的体液，警方只能暂时放他走，再进行详细调查。

周六，尹海郡抽空去了一趟舅舅的新家。一年前，王业军搬到了市区的华茂府，女儿王喜南豪掷千万元买下了这里的顶楼大平层，最绝的是，推开阳台的玻璃门，外面竟然有一个几十平方米的空中小花园。

住在这里的人非富即贵。

尹海郡听王喜南说，光这栋楼里就住了五位艺人，还说老板薛桐也住在隔壁那栋楼里。

他开玩笑地说："暴发户都没你会花钱。"

王喜南穿着舒服的裙子，手里抱着一盆蓝莓："这个楼盘是我读高二那年开售的，我当时就一眼相中了，发誓要是我这辈子有钱了，一定要买一间顶楼的房子。"

她往嘴里扔了一颗蓝莓，眯眼笑道："只是没想到，比我预估的计划早了 10 年。"

尹海郡拍了拍她的肩："我妹妹超级有本事。"

"我哥也是，"王喜南说得特别认真，"你和我们还不一样，你是英雄，大英雄。"

两个人相视而笑。

转眼间，他们都长大了，也在各自的领域发着光。

阳光通透的书房里，男人被光线刺得睁不开眼，耳边的这通电话也让他恼火，他烦躁地拉下窗帘："晏蓓力，这么大的事，你要瞒我到什么时候？你就算是不想生，也要和我商量，而不是像你现在这样通知我说要去做人流。"

"而且，我不会让你打掉孩子。"他加重了语气。

晏蓓力提高了嗓门儿："肚子是我的。"

"我不管。"王业军强势地驳回。

两个人僵持不下，进行了一轮又一轮的争辩。

他们的争吵声被门口的王喜南和尹海郡听到了，尹海郡捂住妹妹的耳朵："出去，出去，少儿不宜。"

王喜南低着头往沙发走去："其实我很喜欢晏阿姨，如果没有她，我现在也没办法走向正轨。我也接受爸爸有新的家庭，有另一个孩子……"

尹海郡看得出来她难掩低落的情绪。

自己的爸爸要和别人组建新的家庭，任谁都无法敞开心扉地去接受。

他抱住了妹妹，轻声安慰："其实呢，你也长大了，过不了多久碰上合适的人，也会结婚生子，建立属于自己的家庭。而军哥呢，也不是那种有了新家庭就不要你的人。你换个角度想，你会多一个正义、善良又爱你的后妈，还有一个弟弟或妹妹，其乐融融的一家人，多好啊，是不是？"

王喜南推开他，笑了笑："哥，我觉得你这几年在安慰女人这件事上进步神速啊！"

尹海郡转过身，靠到沙发上，枕着手臂，深深地叹了一口气，假装委屈起来："你以为和一个小公主谈恋爱很容易吗？你要多心疼心疼你哥。"

王喜南不屑地"嘁"了一声，还做了一个吐舌的鬼脸，然后捞起桌上的手机。

尹海郡慌了："我刚才开玩笑的，你别给邱里发。"

她把手机按到怀里，溜到了阳台边："我就要发，要和她说，我哥在背后说她的坏话，说她很难伺候……"

另一头，在温泉酒店的邱里收到了王喜南发来的微信，不过发来的内容是——我哥他好肉麻啊，刚才在我家不要脸地说"我怎么越来越爱里里了呀"，后面还跟了几个小表情。

邱里才不觉得这种话肉麻，恨不得天天听尹海郡说。放回手机后，她在洗手间里补了补妆，又欣赏起身上这条新买的山茶花裙子，只是看着心情并不太明媚，似乎是被强迫来的。

今天是蒋昭逸的生日，他包下了这间温泉酒店的宴会厅庆生，不仅邀请了自己的好友、学生，还有父母的好友，包括邱家人。

如果不是妈妈邓倩良要求，邱里根本不想来。一来，她不想让尹海郡误会；二来，自从在波士顿发现他存在可疑行为后，她一直与他保持着安全距离。只是他这人实在太圆滑，深得这些长辈喜爱。

走出洗手间后，邱里意外地发现墙上的液晶屏里正在播放祁南刑警支队的宣传片，名为《城市英雄》。她兴奋地举起手机等着尹海郡出现的镜头。

尹海郡穿着制服持枪出现在镜头里，大约有 5 秒钟的画面，她全录下了，还骄傲地默默夸道：邱里，你的眼光实在太好了。

"他果然是你的男朋友。"

从一侧走来的是今天的主角蒋昭逸，他穿着一身笔挺的灰色西服，成熟儒雅，只不过刚刚那句话隐约带了些敌意。

邱里垂下胳膊，将手背到身后，对这个敏感话题，她不觉得需要再躲藏："嗯，尹海郡是我的男朋友。"

在向蒋昭逸承认与尹海郡的关系时，邱里心中萌生出一种很奇妙的感觉。如果放在几年前，她并没有勇气向亲朋好友提起自己的男朋友，但此时提起尹海郡的名字时，内心的骄傲感浮现在脸上，仰起头时，眼神从容又坚定。

是现在的尹海郡给了她对抗世俗的力量。

"嗯，警察的确是非常伟大的职业。"蒋昭逸看着屏幕上的宣传片，夸道，"前段时间，他在网上很火，我也看了一些相关文章，听说他的原生家庭不是很好，现在他能有这一番作为，很厉害！"

转眼，他补充了一句很现实的话："但是，邓阿姨会同意你们在一起吗？"

这话一针见血。

就是这样一句话，让邱里越发厌恶眼前的男人，不过良好的家教让她从来不会在外面对人摆脸色，她依旧保持着礼貌又漂亮的微笑："蒋老师，我妈妈虽然很看重门当户对，但绝对也不是一个特别势利的人。古语说，英雄不问出处，这个世界有那么一群人，他们在做着普通人永远做不到的事。"

邱里这张脸小时候长得乖，现在又美到不可方物，就算她讲话绵里藏针，对方也根本发不出火。

她笑得眼角弯弯："蒋老师，我觉得我的眼光还挺好的。当时你问我，你要不要回祁南教书，我说现在祁南发展得很好，而且祁南大学音乐系非常缺你这样优秀的老师。你看，你回来还没有两年，就拿到了这么多教授级别的荣誉。"刻意顿了顿，邱里才继续说，"当然，我的眼光，从选男朋友开始就没错过。"

蒋昭逸怔住，迟迟说不出一个字。

回到宴会厅后，邱里大度地为自己曾经的教授演奏了一曲，并且送上了生日祝福和昂贵的礼物。

一旁的圆桌边，邓倩良和蒋母几个朋友聊得正欢，话题无非是想撮合蒋昭逸和邱里。内容无聊透顶，邱海权几度想离场，刚想去洗手间时，忽然听到她们谈起了一个人，被勾起了兴趣。

话题的发起者是蒋昭逸的姨妈，她经营着一家影视公司，刚刚在外面看到警队宣传片时，想起了一件事，说："你们看上次那个综艺节目了吗？我女儿看完，就跟着了魔一样，天天夸尹海郡，说中国香港那边有很多男艺人以前就是做警察的，又说内地缺少这种硬汉气质的男演员，非要我将他签到公司培养培养。"

谁都没出声。

邱海权的声音却不合时宜地飘进了她们的耳朵里，他摇头说道："尹海郡的毕业词上写的是'一身警服，一生警察，一生担当'，社会需要这样有警魂的警察，他才不会做什么电影演员。"

要不说邓倩良不怎么喜欢带这位教授老公出门应酬呢，他不说话还好，一说话就搅局。她拍了拍邱海权的腿："闭嘴。"

邱海权起身："行，我去外面待会儿。"

众人没在意这小插曲，蒋母继续聊："菲菲从小就喜欢长得帅的男孩儿，是不是喜欢那个警察啊？"

蒋昭逸的姨妈笑道："我猜也是。"

邓倩良都懒得搭腔，就是听她们这么议论尹海郡，心里并不舒服，尤其是蒋母那句"要是他没有女朋友，就让菲菲先和他谈呗，至于能不能入赘到你们家，到时候看你的心情嘛"。

即便是一个优秀的人，如果他毫无背景，在这些所谓的上流社会的人眼里，也是随拿随弃的商品。

生日宴结束时是晚上 8 点多，尹海郡提前半个小时在门外等着邱里，是邱里让他开王喜南买给他的车来的。本来他并不想在她父母面前行事高调，但她一语驳回："阿海，你要自信点儿，这辆车本来就是你的。"

有人从酒店里走出来，尹海郡在几个打扮优雅的女士身后看到了邱里。

邱里朝他挥手，别说，这辆车还真给了他底气，他同样不遮掩地招手回应。

"邓总，这是谁啊？"蒋母扯了扯肩上的丝巾，问道。

邓倩良没出声，但邱海权脸上满是笑意。

尹海郡手上搭着一件开衫朝邱里走了过来："出来也不知道带一件外套，别着凉了，穿好。"

邱里张开手臂，噘嘴撒娇："你给我穿嘛。"

众目睽睽之下，尹海郡旁若无人地替女朋友穿好了开衫，然后走到邓倩良和邱海权身前，有礼貌地打招呼："邱叔叔、邓阿姨晚上好，要不要我送你们回市区？"

邓倩良越过他的肩膀，看到了尹海郡开来的那辆车，眼里满是疑惑之色。

邱里立刻上前说道："妈妈，车不是我的，是尹海郡的。"

尹海郡补充解释："我妹妹给我买的。"

知道他表妹是现在最当红的网红，邓倩良立即懂了："嗯，你送里里回去就好，我们有司机。"

"好，你们路上小心。"

这样的画面和对话让蒋母不悦，她转身对儿子蒋昭逸小声抱怨："自己的女儿有男朋友了也不说，还想从我这里靠联姻捞项目，真不要脸。"

这些人之间哪里有什么真友谊？都只不过戴着一副面具罢了。

蒋昭逸没说话，但目光对上了不远处的尹海郡的眼神，他虚伪地朝尹海郡笑了笑后，牵着妈妈向自家的车走去。

"禽兽不如的人，小心出门被撞死。"

突然，从旁边的花丛里冲出一个女生，女生还朝蒋昭逸泼了一身红油漆。

蒋昭逸握紧拳，怒不可遏。

情急之下，蒋母将女生推倒在地。

现场立刻乱了套，两名保安冲出来拽走了女生。

尹海郡自然一眼就认了出来，她是状告蒋昭逸迷奸她的女大学生。他让保安放手，并拿出证件亮明了身份："我是南城分局的警察，她是我手上的案件的受害人，把她交给我。"

砰砰砰！

南城分局的训练基地内，枪声划破天际。

尹海郡做出标准的握枪姿势，眼神犀利地盯着靶子，身上的深蓝色制服被肌肉绷出硬朗的线条，持枪、屏息、瞄靶、射击，所有动作一气呵成，每一枪都正中靶心，弹壳四处乱飞。

他在祁南警校就已经有了响亮的名号——校草神枪手。到了南城分局，他们又给他改了名——警草神枪手。

晏蓓力确实有一双慧眼，一眼看出了他的天赋。

上个月，他时隔一届再次拿下了市射击比赛的冠军。

不过，尹海郡此时的心情有些压抑，最后那几枪明显是在泄愤。

他放下滚烫的手枪，摘下降噪耳机，盯着地板发呆。

那起恶性迷奸案在调查中依旧取不到有力的证据：一来，受害者过了取证最佳时间才报的案；二来，嫌疑人蒋昭逸几乎是滴水不漏，给取证带来了很大的难度。

案件被喊停，整个一队都士气低迷。

训练完刚好是午饭时间，尹海郡刚准备去食堂吃饭，路上被邓兆良叫住，他们一同去了附近的川菜馆。邓兆良说这家菜馆的麻婆豆腐和毛血旺特别好吃，让尹海郡尝尝。

局里的案子，即使不需要经过法医流程，邓兆良也知晓一二。他给尹海郡舀了一勺麻麻辣辣的豆腐："警局也是一栋楼，既然是楼，就有住得高的人。"

尹海郡明白邓医生的言外之意，可能是情绪到了，提起了一个尘封的秘密："'麻辣烫'是一只很聪明的狗，当年在我爸爸死去的海边，它嗅到那串钥匙扣后，不停地对我狂吠，我不认为这是巧合。"

当年尹力的案件草草收尾，可他这样一个无人问津的小人物，没人会在意他的真正死因。

这么多年来，无人再提起这个案子。

邓兆良听到这个熟悉的名字，心扑通一声，猛地往下坠，筷子在红油锅里戳了半晌，他的脸上才浮起僵硬的笑容："你爸爸的死，对

250

你来说始终是一种解脱。”

侧面的回答其实就是一种正面的肯定，尹海郡很聪明，没再提，拿起筷子大口大口地吃起饭来。他们随后聊的话题，从工作变成了家长里短。

“里里就是这样的，从小就被全家人宠得不行，搞得性格娇娇气气的。你也够辛苦的，白天累死累活，晚上还要伺候这位小公主。”

“异国的时候，她黏不了我，现在天天能黏着我，我更开心。”

“要不怎么说处对象这种事，就是一个愿打一个愿挨呢？”

“邓法医也是啊，听说温乔的妈妈也不好伺候。”

邓兆良：“……”

当有新案子进来时，尹海郡也没空再想那起案件，不过在繁忙之余，又发生了一段小插曲。

周六，他抽空跑到了烟海巷处理一件事，路上接到了晏蓓力的电话，晏蓓力说，有一家影视公司的人联系到了局里，询问他有没有意向改行做演员。他想都没想，一口拒绝，不过晏蓓力说对方想见面聊，最后他还是同意了赴约。

尹海郡压根儿没把这件事放心上，下了计程车后，走在深秋的海边小路上，迎着冷而湿的海风，黑色冲锋衣被吹得变了形。忽然，口袋里的手机振动，他掏出手机，是邱里打来的电话。

在围栏边，他听着电话。

明明他一会儿就要来听自己的演奏会，她还是想趁排练空隙和男朋友聊聊天儿。

“外面多冷啊，进来，进来。”

女人推开门走到草坪边的说话声传来。

听到女人的声音，邱里立刻警觉起来：“谁啊？你不是说就韩至光他们几个男人吗？怎么会有女人？”

小小的意外，尹海郡也有点儿慌，尽量平静地解释：“是韩至光的妹妹。”

“你确定？”

“嗯，确定。”

随后，要继续排练的邱里便挂了电话。

尹海郡握着手机松了一口气。他撒谎骗了人，但这次必须做个"坏蛋"，这个完美的秘密，他不能告诉任何人，要等到一个春暖花开的日子亲手揭开。

演奏会在晚上 6 点开始，"知和艺术馆"从一间小众艺术馆直接挤进全国知名演奏厅行列，仅仅用了三年时间，当年祁南的许多老艺术馆的投资人都钦佩"知和艺术馆"创始人的眼界与运营手段。

创始人很低调，直到这两年才在大厅里摆放了自己的介绍——Penny Zhou 周晚。

尹海郡在演出前 10 分钟赶到，邱里给他留了最好的位置，确切地说，是最能欣赏到她的美的位置。他刚坐下，旁边的男人就引起了他的注意，男人的手腕上戴着一只名贵的机械手表。他微微抬头，男人有着极其俊朗的五官，穿着一件过膝的棕色风衣，打扮不俗且很有品位。

男人朝他点了点头。

尹海郡也礼貌地回应。

随着几束灯光打下来，邱里和周映希一起走到舞台前鞠躬。

邱里身上那件墨绿色丝绒水钻礼服是尹海郡亲自挑的，因为他觉得她特别适合穿丝绒裙，像一只高不可攀的白天鹅。

随着一阵掌声响过后，演出开始。

这些年，邱里参加过世界各地大大小小的演奏会，如今站在舞台上的她和 17 岁时的青涩样子早已不同，美得大气高雅。而对换过无数个搭档的她来说，依旧和周映希最有默契。

他们演奏着一首首世界名曲。

小提琴与钢琴的音符美妙交织，犹如幽谷里的清澈山泉，蜿蜒流淌。

异国恋的那几年，尹海郡在警校的训练每日都是高负荷的，他唯一的放松方式，就是在睡前听她的小提琴曲，像他这样一个粗俗的男人，硬生生地被培养出了文艺感。

此时，他的目光更是无法从"白天鹅"身上挪开半分。

一个半小时左右的演出很快接近尾声。

回响在厅内的演奏声暂停了一小会儿，忽然，从舞台两侧走进来几名演奏者，待他们落座后，邱里握着话筒，站在圆弧形舞台的正中央，丝绒裙在耀眼的光里像是遍布细碎的钻石。她大方地对全场观众说："最后一首曲子，我想来一点儿不一样的风格，献给大家，也献给我做刑警的男朋友。"

她的目光触及的方向很明显。

全场的视线瞬间跟着移动。

一道道灼热的目光让尹海郡的心都提到了嗓子眼儿，他真是佩服这个不按常理出牌的小公主。

而接下来的一切，更让他觉得不可思议。

前奏一响，全场沸腾。

邱里演奏的不是什么世界名曲，而是《黑猫警长》。

尹海郡听着听着，低头笑了，当再抬起头时，清楚地看到邱里朝自己的方向调皮地眨了眨眼，因为曲调很轻松，她整个人也活泼了很多。尹海郡的耳边还传来了男人有趣的跟唱声音："啊啊啊，啊啊，黑猫警长……"

演出结束后，尹海郡朝休息室的方向走去，奇怪的是，旁边座位上的男人也跟了过来。直到男人喊住了周映希和邱里，尹海郡才知道原来他们认识。

邱里对男人像是很熟悉："托映希的福，一中的风云人物能来看我的演奏会，是我的荣幸。"

男人浑身散发着成熟的气息："你还是谦虚了，你在一中可比我有名。"

吹捧了一会儿，男人跟着周映希离开了。

周映希边走边轻轻笑道："谢谢你百忙之中抽空来看我的演奏会。"

男人搂住他的肩膀："你很难回祁南演出一次，我当然得给你捧场。我订了一家新开的日料店，一起？"

周映希："嗯，等我一会儿。"

男人搂住他的肩膀的手没松，佯装轻松地问："你姐姐呢？不如一起？"

周映希："……"

收拾完东西后，邱里和尹海郡上了车。

尹海郡准备带她去新开的韩餐店吃烤肉，出发前，她想起一件事："有影视公司想挖你去做演员？"

"嗯，"他替她系安全带，"挺无聊的。"

邱里捧着他的脸，眨了眨眼："那你会去吗？"

尹海郡摇头："完全没兴趣。"

邱里缩着脖子，"咦"了一声："但是万一那个老板是个有钱人，看上你了怎么办哪？"她还上手了，从他结实的胸肌摸到腹肌，"你这种年轻力壮的硬汉，她们最喜欢拿到床上补补气血了。"

"……"尹海郡轻轻弹了弹她的脑门儿，"你脑子里每天都在想什么呢？"

邱里委屈巴巴地说："要是你为了钱想离开我，你和我说，我给你自……自……呜呜呜……"

话都没说完，邱里的唇就被尹海郡如猛兽般狠咬了一口，他将手覆在她的后脑上，将她整个人压下，啃咬厮磨着她的唇。她想求饶，但根本张不开嘴，被吻到渐渐缺了氧。

日子转眼到了周一，尹海郡结束了下午的工作后，副局长把他和晏蓓力叫到了办公室，简单说了一下影视公司的事，然后让晏蓓力陪同尹海郡一起去见公司老板。

一路上，尹海郡都没当一回事，顶多就是客气地吃完一顿饭。

对做演员，他毫无兴趣。

影视公司的老板一直是让助理在跟进这件事，晚餐的地点选在了度假酒店的米其林餐厅。这种高消费的地方，尹海郡几乎不怎么进，一身轻便随意的打扮显得和这里格格不入。

他们到了门口，助理前来迎接他们。

不过，助理说，老板暂时只想见尹海郡一个人。

尹海郡同意了，但和助理说，自己的领导有孕在身。助理听后，非常和善地给晏蓓力安排了舒服的休息室。

这种场合，尹海郡还是第一次单枪匹马地应对，但现在的他活得越来越有底气，不惧怕同任何人打交道，即便对方是身家过亿的人物。

穿着旗袍的服务员推开了包间的门。

尹海郡在看到圆桌前的女人时，傻了眼，有一种在做梦的错觉。

邓倩良起身，先打了声招呼："怎么？很怕我？"

水晶灯灯光折射在圆桌上，刺得人眼疼。

尹海郡看着满桌的佳肴，又看向邓倩良，说不胆怯是假话。包间里面的冷气开得有些低，邓倩良将披肩拉紧，让他落座，还说了一句："别紧张。"

或许是从警校就养成的习惯，就连坐姿，尹海郡都威武笔挺，线条流畅的脸上，眼睛里透出的光永远澄澈而坚定。

邓倩良回想到距离上一次和他单独相处，似乎已经过去了六年之久，一晃，他已经从一个青涩的少年变成了成熟的男人。她也记得那一年在咖啡厅里，他自卑到都不敢与自己对视，胆怯得连握着玻璃杯的手都在发抖，可如今，他已经能从容地对自己微笑。

尹海郡起身给邓倩良倒了一杯热茶，然后坐回原位，说："没想到影视公司的老板是邓阿姨您。"

邓倩良的语气很轻松："我的生意做得广。"

"也是。"尹海郡点了点头。

邓倩良言归正传："考虑得怎么样？"

她抿了几口热茶，耐心地等着答复。

几乎没有犹豫半秒，尹海郡直白地拒绝："我对做演员没有兴趣，谢谢邓阿姨看得起我。"

邓倩良放下茶杯，眼珠一转，抬眼笑道："可是做演员能挣的钱是警察的无数倍。"她又连忙解释，"当然，我非常敬佩和尊重人民警察，没有任何歧视的意思，只是单纯从收入的角度出发。"

"嗯，"尹海郡点头，"明白的，邓阿姨。"

打量的目光又在他身上停留了一阵后，邓倩良切入了真正的重点："可是你有没有想过，这可能是你人生中的大好机会，我的公司有最好的资源，可以把你包装成当红演员，让你挣到数不尽的钱，这样也许我会容易松口，让你如愿以偿地娶到我的女儿。"

这听上去的确过于诱人，如果换作别人肯定会心动，可尹海郡的内心依旧毫不动摇，他再次坚定地表态："对不起，邓阿姨，我只想做警察。"

三番五次地拒绝，连如此诱人的条件都不为所动，这勾起了邓倩良的好奇心："哦？可以和阿姨说说原因吗？"

尹海郡垂下眼，望着地板想了片刻，然后扬起头，说："首先，我很喜欢做警察，或许有人觉得这个职业很危险，工资也不高，但它能给我带来任何事都带不来的成就感。每次只要能为受害者抓到凶手，我受的累和身上那些伤，都不算什么。"

他缓了缓情绪，接着说道："我也爱钱，可是认为有很多事比钱财更有意义，而这些事总要有人去做。当然，我也不是在夸自己有多高尚，只是发自内心地喜欢做警察，喜欢到对其他事一概没有兴趣。"

邓倩良怔住，移开目光，喝了一口热茶。

尹海郡并没有说完，把最想说的话放在了最后，呼吸渐渐沉重："还有，我答应过邱里要做一名大英雄。如果我今天答应了您的邀请，或许日后真能红到发紫，有用不完的钱财，您也会松口，可是，我会失去里里。"

他说到这里，情绪有些失控，眼角灼热，长呼了一口气，尽量平静地说："因为如果我失去了初心，她会讨厌我一辈子。"

邓倩良的心像被细绳紧紧拉扯住，而后她像在给他最后一次选择的机会："尹海郡，错过这村可没这店了，你真的想好了吗？还有，如果我最后还是不同意你们在一起，你该怎么办？"

尹海郡屏气，目光炽热地望过去："我想好了，我的答案永远都不会改。至于您后面的那个问题，我很早就和邱里商量过，如果最后您还是不同意我们在一起，我会放手。但即便我放手，也希望我在邱里心中永远是她最喜欢的样子。"

桌上的山珍海味没有被动过，包间里恢复了原有的安静状态。

尹海郡以晏队有孕在身为由提前离开了。

邓倩良坐在椅子上，望着桌上的碗发呆，可想着想着，嘴角竟微微扬起了弧度。

"邓倩良，你输了。"邱海权大掌一拍，高兴地从后面的屏风里蹿了出来。他几个大步跨过去，将出一把椅子拉到妻子身前，跟个老顽童一样踢了踢她的脚，"愿赌服输啊。"

邓倩良没工夫搭理他，拿起筷子想吃口菜。

"欸欸欸，"邱海权用手指戳了戳她的肩，"您可是上市公司的老板，不会这么不讲信誉吧？我们怎么打的赌，你给我大声念出来。"

"邱海权，"邓倩良直接摔筷子，"我最近是不是太给你面子了？"

邱海权抱住自己："哎哟，50多岁了，还凶自己的老公呢。"

随后，他一把将起身想逃的邓倩良扯进自己的怀里。即使是老夫老妻，但背后拥抱坐大腿的姿势还是有几分羞耻，她狂拍他的手背："邱海权，这里有摄像头，你给我把手放开。"

又没做坏事，不就是夫妻调情而已，他一副不要脸的样子："你把赌注念出来，我就放。"

邓倩良实在拿他没辙，面无表情地说："是，你赢了，尹海郡的确拒绝了我，你也的确有眼光，但是，"她顿了顿，眼神变得凌厉，"你那个不正经的惩罚，你想都别想。"

邱海权竟在她的大腿上拍了一下："我当时可是问了你三遍，你都说'嗯'，怎么现在你跟我耍无赖呢？"

邓倩良没说话，的确不占理。

邱海权忽然笑了笑，像以前谈恋爱那样捏了捏她的耳朵："只是让你替自己的老公洗一个月澡而已，怎么还害羞了呢？"他凑到她的耳边，"以前又不是没洗过。"

"啊——"邓倩良这一脚可是用了狠力，踩得邱海权直喊"疼"。

她拎起包就往外走，可还是被他从身后抱住，他像个无尾熊一样贴着她走路："哎，我的眼光一向好，比如娶到你，比如我一直看好尹海郡。"

邓倩良被他弄得心烦，最后干脆顺了他的意，没再乱动，只是垂下眼，琢磨起一些事来。

酒店外面的小路上，偶尔吹来一丝晚风，还挺舒服。

刚在隔壁吃得有些撑的晏蓓力提出想散散步，于是她和尹海郡就沿着小路一直走，算是详细地听他讲了一遍刚刚的事。她知道他这人单纯又淡泊名利，而且一心热爱警察这份职业，但没想到当邓倩良以松口为诱饵时，他依旧不为所动。

"你真不后悔？"晏蓓力边走边问。

尹海郡摇头："不后悔。"

"我听说一线演员，一部戏就是上千万元的酬劳啊。"

"上亿元我都没兴趣。"

两个人走过一些小摊后，街道越来越静。

晏蓓力欣赏地拍了拍尹海郡的肩膀："我果然没看错你。"

尹海郡将双手插在冲锋衣的口袋里，深深叹了一口气，仰头看着夜空里漫天的星辰，说："我们都是凡人，也是俗人，怎么会不为金钱所动呢？可是很早以前，我奶奶就和我说，'阿海啊，你知道吗？以前有个人跑来岛上，劝你爷爷别打鱼了，说和他一起去投资什么彩电事业，一定能挣大钱，但你爷爷是个保守的人，把机会给了另一个人。结果，那个人一开始是挣钱，但后来行业不景气，自己又没那个做生意的能力，不仅赔光了家产，还负债累累'。"

"所以呢？"晏蓓力好奇地问。

尹海郡笑着慢慢说："我和我爷爷一样，都有自知之明。我一直认为，每个人都有他的命数，不是每个人都能像邓阿姨一样，拥有能扛住大财的气数。有的人天生就是大富大贵的命，而我肯定不是，我的命里啊，注定只能干一件事。"

此时刚好有一辆警车开过，他指着刺眼的警灯说："就是和你一样，成为一名优秀的刑警，不辜负你和里里的期望。"

"要是邓总真不同意你们在一起呢？"

尹海郡晃着脑袋往前走去："那就换个人咯。"

跟在他身后的晏蓓力都笑出了声："猪会爬树，你和晏孝捷这两个恋爱脑都不会换人。"

尹海郡还不乐意了，回头指着她："欸，别把你侄子和我相提并论啊。"

小路上的树影和风声里充满了笑声。

最后，尹海郡打电话让舅舅把准舅妈接走后回了机电厂。他在门口的石桌边抽了一根烟，再进去时，发现门没反锁，知道邱里来了。

"里里……"

脱下带着烟味的冲锋衣，他随意地将其甩到了沙发上，里面就穿了件黑色 T 恤，刚刚那几阵夜风还是把他给吹冻着了，手臂都红了。

邱里没应，他走到卧室里才发现，她好像睡着了。

床头开了一盏小夜灯，尹海郡看到拱起的被窝稍微动了动，他才扑到床上，爬到邱里的背后，隔着棉被抱住了她，用胡楂蹭了蹭她光滑的脸。只是，他好像蹭到了几滴眼泪。

他紧张地问："怎么了？"

邱里吸了吸鼻子，盯着木桌上的篮子发呆："没事。"

顺着她的目光，尹海郡看到了篮子里放着雪梨，想到她下午说去了一趟下溪村，问："你去看付紫了？"

"嗯。"邱里沉重地点头。

付紫就是迷奸案的受害者，因为蒋昭逸成功脱身，付紫在祁南大学遭到了他的冷落以及其他同学的非议，而出身贫寒的她，学小提琴是姑姑打工和借钱供的，姑姑只希望她能完成梦想，但胆小敏感的她承受不住舆论的压力，只能提出了休学。

得知这件事后，邱里特意抽空去看望了她，但只要想到那件恶心的事，就既愤怒又像窒息一样难受。

她的眼神很空洞："阿海，我觉得我特别没用。"

尹海郡握住她的手揉了揉，轻轻地笑道："你是小提琴家，有那么多人来看你的演奏会，你又创立了自己的品牌，就这样，你还说自己没用？你让我们怎么活啊？"

"可这些都不是因为我，而是因为我有一个很好的妈妈。"邱里忍着泪说，"他们来看我的演奏会，不是因为我优秀，而是因为他们不敢驳我妈妈的面子。我能创立品牌，东西能卖好，也是因为背后有我妈妈在运营。"

这是尹海郡第一次看到邱里这样的一面，她不再像平日里那个娇气的公主，他有些被惊到，但还是先安抚她的情绪："冷静点儿，你别这么想。"

邱里沉浸在自己低落的情绪里，泪水微微模糊了视线："我生来好像就过得很顺，只要我想要的东西、我想做的事，妈妈都能满足我。在遇见你之前，我都不知道原来还有人活得那么糟糕。就像今天，我看到付紫抱着小提琴说她要去打工了，那一瞬，我突然想把我的顺利分一半给她。"

尹海郡将她完全拥进自己怀里，用下巴蹭了蹭她的头顶，然后又亲了亲她的脸颊："不要这么想，每个人都有自己的人生轨迹，但如果你想帮她，我支持你。"

邱里缩在他的怀里，点了点头："嗯，我把她安排到了安茹老师那里，也替她付清了学费。"她的眼神忽然变得凌厉，"我一定不能让蒋昭逸得逞，一定要让她闪闪发光。"

"嗯，"尹海郡温柔地摸了摸她的头，"你做得很棒。"

邱里翻过身，搂着他的脖颈儿说："还有，我决定去做一件很有意义的事。"

"什么事？"

"三个月后告诉你们。"

"哎呀，你手劲儿怎么这么大，要谋杀亲夫啊你？"

宽敞的浴室里，愿赌服输的邓倩良正坐在浴缸外替邱海权擦背。他本来舒舒服服地泡在温水里，但现在被她掐得肉疼。

因为一直在想事，她下手没轻没重，低头一看，他背上的皮肤还真红了一大块。她泼了点儿水："一个大男人，怎么这么娇气？又是怕黑又是怕鬼，还怕疼。"

邱海权哼了一声："你这钱是挣得越来越多，对老公也是越来越不上心。记得你弄公司上市的那半年，我们做那件事的次数屈指可数。"

这是来自男人的不爽的斥责。

而等待他的是被巴掌扇脑，邓倩良低吼："再讲这种不正经的话，给我去睡一个月的客房。"

那不行，惩罚他什么都可以，但他绝对不能一个人睡。

邱海权闭上了嘴，不过紧接着换了一个正经话题："怎样？"

邓倩良："什么怎样？"

"现在是不是对尹海郡有所改观？"

邓倩良："……"

感觉她的手明显没再使力，邱海权又说："邓禹南阳来，仗策归光武。孔明卧隆中，不即事先主。英雄各有见，何必问出处。孙曹与更始，未可同日语。"他拍了拍身后的那只手，"看人要看品行，这几年，尹海郡无论是对里里，还是对自己的人生，甚至是每次见我们两个，都真诚得没话说。"

邓倩良用力地叹了一口气。

邱海权继续说："拿我们俩举例，你刚追我那会儿，我不愿和你多接触，是因为我的确不喜欢你们这些做大生意的人，但接触后发现你和他们不同，很真实，所以长时间相处骗不了人。"

邓倩良望着浴缸里的水光，心似乎不再那么硬邦邦的了。

讲到这里，邱海权又多感慨了几句："这么多年来，我也只愿意和老晏、老周家多来往，之前和老蒋做邻居的时候，我就不喜欢他们那一家子人，极其虚伪，但你们有生意往来，我就没干涉。"

邱海权滔滔不绝地说着，邓倩良的脑海里却浮现了一个画面。

在几周前，她和蒋母约了喝下午茶，刚好蒋昭逸也在，不过中途她从洗手间出来，走到他的背后时，看到他的手机里像是摄像头拍摄的画面，里面有人在动。不过他察觉得太快，立刻关了屏幕，还从容地解释，说是家里的摄像头，看狗狗用的。

现在看来，她觉得事情没那么简单。

一会儿的工夫，邱海权都擦完了身子，趁邓倩良不留神时抱住了她，亲了亲她的颈窝："要不要老公帮你洗？"

"邱海权。"这是邓倩良对他没羞没臊的警告。

这几天，邱里变得神秘兮兮的，一天到晚不见踪影，尹海郡给她打电话，她不是在村落里就是在菜市场里，反正就是一些她平时根本不会出入的地方。他不放心地叮嘱了几句，她说自己绝对安全。

这天他们约了晚上在私人影院见面。

尹海郡先到，在外面买了些零食和奶茶，过了一会儿，门被推开，戴着棒球帽的邱里取下口罩，背的包变成了运动背包。

他闻到她身上有鱼腥味："里里，你到底在搞什么？"

邱里摘下帽子，脱了外套，瘫倒在了沙发上："说了，秘密嘛。"

尹海郡是真怕她出事，又唠叨了一句："不要胡来啊。"

邱里委屈，还不忘戗他："难怪我爸爸喜欢你，你和他一样啰唆，我都多大了，做事怎么会没分寸呢？"

像抓到了什么把柄，邱里眯起眼盯着他："你不也一样搞神秘吗？没事就去烟海巷，你的好朋友孝哥已经不住那里了，而且韩至光没有妹妹。"她捏了捏他的脸颊，"尹海郡，你知不知道，你这个人根本不会撒谎。"

尹海郡动了动眉，是被拆穿后的心虚表现。

"不过呢，"邱里又靠到了垫子上，双腿朝他结实的大腿上搭去，"我相信你肯定不会乱来，估计也是在给我弄点儿什么惊喜。既然都有小秘密，那我们扯平，不找碴儿，不过问，好吗？"

她伸出了小拇指，尹海郡立刻拉住她的手指。

两个人像小孩儿一样幼稚地念道："拉钩上吊一百年不许变，谁变谁是小狗。"

随后，邱里舒服地抱着枕头，吩咐她的裙下臣："本公主今天太累了，快好好给公主揉揉腿。"

"遵命。"

不过第二天，尹海郡并没在自己的床上醒来，而是在舅舅家。原因很简单，昨晚和邱里在电影院时，他接到了一通紧急电话，他亲爱的舅舅和准舅妈吵架了。

只不过他刚在洗手间里洗漱完，就看到了厨房里你侬我侬的两个人。他可是真服了这对暴脾气的中年情侣。

"你吃不了这么油的东西，听话，喝点儿粥，好不好？"王业军搂着晏蓓力，温柔地摸着她的小腹，哄起人来的他和平时的他判若两人。

怀孕后的晏蓓力明显温柔了许多，将头靠在他的胸膛上："嗯。"

两个人还旁若无人地接上了吻。

尹海郡无心搅局，但锅都在冒泡了，他冲过去赶紧关火："军哥啊，我领导现在有孕在身，你能不能先注意安全？"

王业军踹了他一脚："去去去，一住我这儿就打扰我的好事。"

因为王喜南去法国出差，下午才回来，尹海郡的确成了唯一的"电灯泡"。

因为怀孕头三个月很重要，晏蓓力向局里请了假，很多事她交给了自己信得过的尹海郡和徐东。吃完早饭后，尹海郡伸了伸懒腰，准备出门，王业军提醒他，晚上一定要穿得正式点儿，这可是第一次和邱家人聚餐。他能不能娶到漂亮老婆，今晚的表现很关键。

尹海郡虽然老没长幼之分地和舅舅开玩笑，但他们的关系早就胜过父子，他很感谢舅舅对自己的照顾，就连他已经成年，有了稳定的工作，舅舅依旧不放心他的婚姻大事，主动找到邓倩良，诚挚地邀请邱家人共进晚餐。

令他意外的是，邓倩良并没有推辞。

队里的人都知道尹海郡晚上有大事，徐东说那点儿文档他来搞定，让尹海郡提前下班回家，赶紧洗个澡，换身西服去搞定终身大事。只是，尹海郡走到大堂时，看到一个老婆婆对警察大喊大叫。

"我儿子不孝，你们为什么不能抓他？"

女警察耐心地解释："警察也没权随便抓人的，不然你做个笔录，我们帮你记一下？"

"别骗我做什么笔录，快去抓他。"

"老奶奶，我们真没法儿随便抓人。"

…………

不管女警察怎么说，老婆婆就是不理解。

尹海郡问完女警察情况后，去劝老婆婆先回家。还真是奇怪了，老婆婆一下就不犟了，只是走到公安局门外后，问尹海郡能不能送她回家。尹海郡看了看手表，想了想，还是同意了。

因为今天要和邱里的父母见面，所以尹海郡破例开了那辆豪车来局里。

车行驶到老婆婆说的巷子口，是祁南比较脏乱差的一条街，老婆婆下车后，就被几个年轻混混儿围住了。这里离机电厂很远，开回去要一个小时左右，尹海郡开始着急，再耗下去真会迟到，但看到手足无措的老人家，又于心不忍，还是下了车。

站在人群旁，尹海郡凶狠地瞪眼："干吗呢？"

他一旦想到警察的身份，立马变得威严。

"关你屁……"

"我是警察。"

混混儿立刻噤了声。

尹海郡扶着老婆婆："你家住哪儿？我送你回去。"

混混儿拦住了他们，吊儿郎当地说："警察叔叔，我们也不想为难老人的，但事情是这样的，她儿子欠了我们点儿钱，欠一年了，我们人好，都不算利息的，只是找不到他儿子，只能找亲妈了。"

老婆婆害怕极了。

尹海郡从冲锋衣里掏出手机："多少钱？"

混混比了个"5"。

"5万？"

"5000……"

尹海郡真想给他们几个一拳："5000而已，你们至于恐吓一个老人吗？"

混混儿委屈地捂着心脏，语气夸张："警察叔叔，你开豪车，当然不知道这5000块钱对我们有多重要啦。"

尹海郡懒得和他们一般见识，给他们转了5000块钱。

人，他都记住了，后面再有事，一个都跑不掉。

"谢谢你啊。"老婆婆比着感恩的手势。

尹海郡笑了笑："没事，应该的。"

不过老婆婆好像还有事求他帮忙："那个……能不能带我去另一个地方？我想找我儿子。"

尹海郡："……"

虽然再送老婆婆去另一个地方，尹海郡铁定迟到，但作为人民警察，身上有为人民服务的职责，况且他本来就是一个实在人。于是他干脆放弃回家换衣服，只是没想到老婆婆要去的地方竟然和自己要去的是同一家酒店。

车子平稳地行驶在夕阳里，尹海郡边开车边问："老奶奶，你儿子在这家酒店工作？"

老婆婆的脸上并没有笑容："嗯，他在里面当保安，好久没见过他了，不知道今天能不能找到他。"

别人的家事多问不礼貌，尹海郡点到即止。

到了酒店后，尹海郡将车停到了户外停车场上，然后扶着老婆婆一起走进了酒店。

到一楼时，老婆婆感恩地握着他的手："真谢谢你，你赶紧去忙吧，我真怕耽误了你的大事。那5000块钱，等我找到我儿子了，就让他还给你。"

尹海郡点头后，就朝电梯飞奔过去。

四楼餐厅的包间里，其他人早就到了，尹海郡迟到了整整20分钟。邱里看到他后，气得踩着高跟鞋就冲了过来。

"你干吗去了？衣服也没换。"

尹海郡气喘吁吁，着急地抹了抹额头上的汗："里里，对不起啊，刚才出了点儿事，一言难尽，等吃完饭，我好好和你说。"

邱里站在原地生气："你确定这顿饭能愉快地吃完吗？到底什么事，大到能让你迟到？"

"我……"尹海郡一时不知该怎么解释。

"他帮我去找儿子了。"

忽然，走廊里传来老人的声音。

声音听起来很耳熟，尹海郡立刻回头，看见是刚刚的那位老人。他刚想问她是不是没找到儿子，没想到邱里却抱住了她，还软软地叫了一声"奶奶"。

王业军作为尹海郡的长辈，为了给足外甥"提亲"的排场，诚意满满，订的这家酒楼在祁南数一数二，中式包间里连墙壁上的水墨画都是大师真迹。刚刚开车来的路上，晏蓓力笑他，别一会儿像个土包子一样出洋相，给阿海丢脸。

确实，王业军还真的很少来这种地方，就算这几年做了名副其实的老板，荷包富足，但省吃俭用成了习惯，钱都只给老婆孩子花，自己恨不得还是馒头配咸粥。不过既然要给孩子撑场面，他还是特意去买了一身昂贵的西服。

晏蓓力看着里面那快撑破的衬衫，又笑他："军哥，别再练胸肌了，都快成爆乳了。"

包间里，悠扬的古琴声伴着石阶旁的潺潺泉水。

要让王业军一直保持正经的坐姿真是要了命，时间一分一秒地过去，他心里怨怒，阿海怎么连这种场合都能迟到，但又想，阿海不是这种没时间观念的人，他又开始担心是不是出事了。当然，他更怕邱家两位家长会失去耐心，时不时地给他们斟茶，扯点儿别的话题。

邱海权穿着一件中式的盘扣衬衫，儒雅斯文，邓倩良则穿一身干练的白色裙装。她喝了一口热茶，看了看晏蓓力的小腹，然后问道："你哥哥同意了？"

晏蓓力握着王业军的手："我的事，我做主。"

别人的私事，邓倩良没再多问，不过抬手看了看表，脸色越来越难看。

性子温和的邱海权拍了拍她的腿，安慰道："别生气，肯定是局里有事。"

突然，包间的木门被穿着旗袍的服务员推开。

刚刚邱里钻到男洗手间里帮尹海郡简单打理了一下，擦了他的头上和手心的汗，真恨不得脱了他的衣服，给他换身像样的正装，但事已至此，只能硬着头皮上阵了。

出来时，她开玩笑道："还好你是寸头，不然头发汗湿了，你就丑死了。"

此时的尹海郡算是以最佳的状态出现在了双方家长面前。他礼貌地同邱家的两位长辈握手："邓阿姨、邱叔叔对不起，下班时发生了点儿意外状况，耽搁了一会儿，抱歉，希望你们不要太介意。"

邓倩良还没回应，邱海权先松了口，笑脸迎人："没事，没事，人民警察嘛，理解的。"

当看到一道灼热的目光时，他立刻退到了座位上。

"阿海，里里呢？"那头的王业军起身探头探脑。

"哦，她……"尹海郡刚想解释，木门再次被推开。

邱里搀扶着奶奶陶敬莲走了进来。

"妈……"

"师父……"

所有人迅速起身。

晏蓓力算是陶敬莲带出来的，两人有段时间没见面了，没想到在这种场合相见，喊"师父"喊久了，都忘了她是邱里的奶奶了。

邱海权揽住了她的肩："您怎么一声不吭地跑来了？"他转头问邱里："里里，你告诉奶奶的？"

邱里摇头："不是。"

陶敬莲的目光停在邓倩良身上："里里要嫁人这么大的事，没一个人通知我。你是不是觉得自己挣钱多，要踩到我头上当一家之主？"

老人家哪里看得出来有80多岁，精神气比有的年轻人还足。

邓倩良试图解释："妈，我不是这个意思……"

"我看你就是这个意思，"陶敬莲在她旁边的椅子上坐下，"我还没死呢，我乖孙女第一次见男朋友的家长，我必须在。"

邱海权扯了扯邓倩良，让她别委屈。

邓倩良忍下一口气，给陶敬莲倒了一杯热茶，将话题引到了她奇怪的衣着上："妈，您怎么把这件旧衣服拿出来穿了？"

外套的确很旧，甚至连线头都开了。

陶敬莲却握着茶杯，得意地笑道："我去替我乖孙女演了一出戏。"

"演戏？"

疑惑声此起彼伏，所有人面面相觑，一头雾水。

听这位老太太花几分钟阐述了事情的全过程后，所有人将目光投向了主角尹海郡。

王业军拍了拍他的背，欣慰地给他竖了个大拇指。

邱海权则指着自己笑："妈，您也太逗了，这种事您都做得出来，所以我今天的身份是保安？"他又指着尹海郡说："海郡哪，这位老奶奶口中那个不孝顺的儿子一会儿给你转 5000 块钱过去。"

说完，他差点儿笑出眼泪来。

其实刚刚在洗手间里，邱里已经听奶奶说了事情的经过，但再听一次还是很震惊。她的确没想到自己的奶奶会特意演出戏来替自己验人，当然，她又一次骄傲自己没有选错人。她依偎在奶奶身边，粉色的粗花呢外套里配上了一条珠光白的珍珠项链，衬得她整个人娇贵精致。

她摸了摸项链，轻声在奶奶的耳边嘟囔："阿海给我买的，您看，漂不漂亮？"

这是尹海郡参加工作半年后，送她的圣诞节礼物。

陶敬莲顺着孙女的话，说了声"漂亮"，然后轻轻拍着孙女的手，朝圆桌前的尹海郡说："其实你进南城分局前，我就听蓓力提过你几次；后来你被局里选到市台的节目里露脸，我算是第一次知道你长什么样了；再后来，我才知道你和里里在谈恋爱。"

尹海郡不知该如何回应，便只恭敬地点点头。

倒是陶敬莲想起了些往事，揉着邱里的手，说："读高中那会儿，你舅舅问你是不是谈恋爱了，你说钱不是最重要的，善良、正直是你看重的，那时你舅舅问你，对方是不是一个没钱但很正直的男孩儿，你没有正面回答。你们是不是那时候就处上了？"

"奶奶，"邱里就是太会撒娇，将巴掌大的脸埋到了陶敬莲的怀里，"您的记性怎么这么好啊？"她侧着身，娇羞地指着对面坐姿直挺的男人，"那个时候没谈，只是好朋友。"

陶敬莲都被逗笑了，当然，也因为她对尹海郡的印象很不错。

房间里一片其乐融融的笑声。

邱里在妈妈邓倩良的提醒下才规矩了许多，就是一直在看着尹海郡，甚至悄悄地对他飞吻了一下。尹海郡轻咳了几声，示意她收敛一下。

她做了个鬼脸，给他发去了微信：

"我们威武雄壮的海哥胆子真小呢……"

后面是一串搞怪的表情。

今天的气氛比想象中的好太多，王业军点的这满桌佳肴被吃了一半，就是他要开车照顾有孕在身的晏蓓力，没法儿陪邱海权喝酒。两个人聊到了兴头上，过后，王业军见时机不错，拉起尹海郡，用力挽紧外甥的胳膊，以长辈的身份发言："我呢，粗人一个，也没什么文化，如果一会儿说话冒犯到各位，请你们见谅。"

他看了一眼尹海郡，心中叹了无数口气，转过头继续说："阿海从小就不容易，我那个姐夫好赌，欠了一身债。我姐姐也可怜，走得早。阿海读初三开始就一个人生活，我那会儿开个修车行，也没有几个钱，勉强能维持他的基本生活。不过我们阿海很争气，考上了警校，顺顺利利地当了警察，现在也算是有点儿本事。"

说话的过程中，他几度哽咽，因为那是一段灰暗到甚至压抑的日子。

王业军看着这间阔气的包间和一桌子昂贵的菜，仿佛觉得自己在做梦。三年前他都不敢想，自己有一天能以"父亲"的角色，自信地坐在这里给足外甥面子。

尹海郡何尝不感慨，他落在舅舅背后的手掌，就是无声的感谢。

邱海权也听不得这些话。他不是非要站在妻子的对立面，只是单纯心疼尹海郡的不易，而尹海郡的人品的确经得起时间的考验。

邓倩良面无表情地默默地听着。

说完这些不愉快的陈年旧事，王业军重新拾起了气势，把话切入重点："大好的日子，不说这些有的没的。我宴请邓总和邱教授还有德高望重的奶奶，是来替我的外甥提亲的。"

"提亲？"邓倩良微惊，也很好奇。

"嗯，提亲。"这事，王业军只和晏蓓力提过，确切地说，是他们商量好的，"阿海没有父母，你们就把我这个舅舅当成他的父亲。我给他置办了一套婚房，就在我所住的华茂府，一套四室两厅的平层，不过是毛坯房，准备让两个小孩儿商量着怎么装修，装修费由我承担。"

听到这里，尹海郡震惊不已，邱里也脑袋发蒙。

可王业军继续送上了更大的惊喜："除了婚房之外，我这边还会奉上 100 万元的彩礼，如果邓总觉得不够，我还可以加。总之，我不会亏待你们的掌上明珠。"

一番阔气的壮语，让全场沉默。

邓倩良和邱海权的确没想过王业军会如此大方。

邱里震惊到都捂住了心脏，悄悄用唇语说：你怎么没提前和我说？

尹海郡皱眉摇头，告诉她自己也不知情。

说完重点，王业军又揽住外甥感慨了几句："我也是这两年靠我女儿发了点儿财，但肯定比不过邓总您的资产，我就是再开十家修车行也做不到上市。我没那么大的野心，也没那个脑子发大财。我这两年这么拼命干，一来是因为我想让姐姐在天上能欣慰一些，二来也想给阿海一点儿底气，因为我很喜欢你们家里里，很想让她嫁到我们这个大家庭里。"

他刚说完，晏蓓力又站了起来，以茶代酒："我作为尹海郡的领导和他的舅妈，也说两句吧。尹海郡是我一眼就相中的警察苗子，他也的确没有辜负我对他的信任，事事尽责尽心，几乎挑不出一点儿毛病。我这不是偏袒他，你们可以去局里随便问个同事、领导，他们的答案只会比我的更好。"

邱里本来就敏感，陪他走过那段路，更听不得这些话，拿着纸巾揉了好几次眼睛，将那些要溢出来的泪压了回去。

尹海郡也低头用两指揉了揉发红的眼眶。他和舅舅的感情早就胜似父子，可他没有想过舅舅对自己的爱会如此厚重，他拼命绷住心底最脆弱的线，不让自己失控落泪。

全场的感动气氛，似乎无形中在给邓倩良施压，她虽然对王业军的话和行动有所感触，但始终是理智、冷静的，目光只望向那个男人："尹海郡，刚刚那些都是你舅舅对你、对里里的付出，那你自己对里里、对你们的未来，做出过什么努力吗？"

包间里沉默下来。

陶敬莲虽不喜欢这个儿媳老拿气势压人，但也好奇尹海郡的答复。

只是邱里有些急了："妈妈，阿海是公职人员，是警察，你不能让他买别……墅……"

"里里，安静点儿。"邓倩良抬手，冰冷地挡住了邱里要说的话。

迫于压力，邱里只能乖乖地坐好，满心焦灼地替男朋友担心。

大家都以为尹海郡会被刁难得无言以对，但他像在打一场有准备的仗，脊背挺得笔直，没有弯下过半寸，语气是炙热诚挚的："邓阿姨，您放心，我有准备。"

　　"哦？"邓倩良皱了皱眉，笑问，"准备了什么？"

　　尹海郡应对得从容不迫："从我参加工作，有了稳定收入以来，我一直在做这件事，不过，还要过两个月才可以告诉你们。我不确定邓阿姨是否会满意，但那是我目前来说能付出的最大诚意。"

　　顿了几秒，他终于鼓起勇气说了那句多次快从胸口溢出的话："里里是我的初恋，我也没多余的目光再看别人，心里只有她，只想娶她回家。"

　　猝不及防的当众表白的话语，肉麻到让所有人起了一身鸡皮疙瘩。

　　当然，邓倩良最后点了点头："那阿姨就等两个月后验收你的诚意。"

　　"嗯。"尹海郡颔首。

　　尹海郡刚坐下，就看到邱里托着下巴，冲自己做了一个"哇"的表情，眉眼弯弯，俏皮到他想冲过去亲一口。

　　王业军在桌下拍了拍尹海郡的大腿："你这小子，还搞了惊喜？连你舅舅我也瞒？"

　　尹海郡只说了两个字："保密。"

　　一场提亲结束后，又开始一轮热聊。

　　邱海权成了饭局里的气氛担当，一喝高就喜欢吟诗作对，邓倩良拉都拉不住。他还和王业军对起了打油诗，别说，这两个文化差异极大的男人，却莫名其妙地兴趣相投。

　　突然，服务生叩门，推开门后，外面的人是王喜南。

　　她摘下墨镜，探着头打招呼："打扰了，不好意思，我刚下飞机。"

　　陶敬莲问邱里这个女孩儿是谁，邱里介绍说，是尹海郡的表妹，他舅舅的亲女儿。

　　王业军连忙过去招呼："我都以为你赶不上了，我们这都快吃完了。"

　　王喜南调皮地说："我不是来吃饭的，是来给我哥撑场子的。"

　　转眼，王喜南叫进来了自己的助理，助理将手上大包小包的礼物搁在了地上，她指着精品袋说："这些是我从巴黎带回来的礼物，给邓阿姨、邱叔叔还有里里姐姐买的。"

邱海权点头:"谢谢。"

不过王喜南要给邓倩良的礼物可不是这个,她的排场必须送到刀刃上。她走过去,有礼貌地询问:"邓阿姨,我可以跟您说两句吗?"

王业军怕出事:"喜南,别胡来。"

邓倩良却说:"没事。"

随后,王喜南拉着邓倩良在屏风后说了几分钟,出来时,邓倩良满面春风,这"礼物"她很喜欢。

走到自家人身边的王喜南,挽着尹海郡的手,底气十足地说:"还是那句话,没有我哥就没有今天的我,我的钱就是我哥的钱。"

她又挽起爸爸王业军的手:"我们这个家以前穷是穷了点儿,但心一致,能一起吃苦,也能一起享福。还有,我哥哥他超级超级棒,如果有谁看不起他,我一定会为他出头。"

晚餐结束后,尹海郡先送走了邱家的三位长辈,然后折回了走廊里。水晶吊灯的光晕一圈圈覆在地毯上,落在三个人的脚边,他张开双臂,拥抱住了舅舅和妹妹,那声低语是诚挚的感恩:

"谢谢。"

他怕会掉泪,所以忍住了后面的话。

王业军心中也有情绪在翻涌,说不出话来,只是抓住了尹海郡的胳膊,五指用力就是对尹海郡的回应。

同样,敏感的王喜南也在拼命忍住眼泪。

三个人无声的拥抱,胜过千言万语。

那是他们齐心协力走过的阴暗长河。

可他们这个小家,就是能一起躲乌云,也能一起拥抱太阳。

顺顺利利的日子,谁都不想把场面弄得太伤感。

王业军说明天一早要陪晏蓓力做产检,晚上就住她那边,打了声招呼就先走了。

尹海郡转头问王喜南要不要送,她说不做电灯泡了,自己能回去。

深秋的山道公园里,尹海郡将车停在了和上次一样的位置上,此时开着窗，里面的男女吹着微凉的夜风，时不时眺望远处热闹的灯火。

树叶在沉寂的道路边沙沙作响。

邱里躺在尹海郡的腿上，身上盖着他的冲锋衣，嘴里随意地哼着音响里播的英文歌，刚好，是她很喜欢的，*The Reason*（《理由》）。

她总是那么贪玩，将食指伸进他刚吐出烟圈的口里，深情又娇媚地哼着。

Knew it was you from the first moment
一瞥，便是永远
You are
是你
You are
是你
You are
是你
You are the reason I wake every morning
你是我拥抱每个黎明的理由
Cause it's the only thing that gets me by...
我爱一切美好的事物，因为有你……

尹海郡将手搭在车窗上，手指间夹着的烟还在燃烧，飘了一地的零星火花。他轻轻咬了一口邱里的食指，因为开心，找不到任何词来形容那样的心情。

像是终于能大声宣告恋情那般兴奋，邱里摸了摸他温热的唇："尹海郡，你真的好有福气啊，有这么爱你的舅舅、那么护你的妹妹……"当然不能落了自己，她握住他的手，让大掌抚在自己的脸颊上，"还有一个这么漂亮、可爱又爱你的女朋友。"

拇指轻柔地摩挲着她细嫩的脸蛋儿，尹海郡凝望着她："嗯，我以前以为是上天太讨厌我，所以才没收了我的福气，直到今天我才明白，老天不是讨厌我，是太爱我，我好像真的真的很幸福。"

一滴温热的泪从邱里的眼边滑落，她抬起双手捧住他的脸："不是好像，是真的。"

尹海郡忍不住笑了笑，此时的他身上再也看不见一丝阴霾，像一个被糖果砸中的孩子，竟有些稚气。

车里的音乐环绕，几句旁白是扑朔迷离的呻吟声。

"老公……"

可能是气氛到这儿了，邱里忽然很想这样试着叫一声。

尹海郡却被吓到："还没结婚呢，别乱叫。"

其实他心中是兴奋的。

一声不够，她还继续叫："老公……"

没有男人能招架住自己的女人叫自己"老公"，尤其还是一个又仙气又妖娆的美人，尹海郡灭掉了烟，随手扔掉，滚烫的庞大身躯迫不及待地重新压住了她："这样叫，我听得不够爽。"

"那你想要我怎么叫？"邱里明知故问。

尹海郡身上未散的浓烈香烟味笼住了她，他粗壮的手臂实在太有力，轻轻一箍，她就无法动弹。他有些下流地说出了后面几个字。

邱里的脸一下就红了。

这晚，尹海郡和邱里在半山腰上待到凌晨 1 点才回机电厂。

第二天早上，天气似乎有些差，透过窗帘模模糊糊能看到大雾。难得周末两个人能休息，但一大早，才 8 点，桌上的手机就在振动。

邱里闷在尹海郡的怀里，根本不想起，还有点儿起床气，不想让他接电话。他连续哄着喊了几声"乖"后，她才不闹了。

看到来电时，尹海郡有些错愕。

这是一个不常联系的熟人——舒雁。

简单通完电话后，尹海郡着急地起身穿衣服。邱里有些害怕，问他是不是有大案子了，他边套 T 恤边解释："不是，是舒雁在医院里。"

很久没有听到这个名字了，毕竟把对方当过情敌，邱里坐在床上没吭声，凌乱的长发贴在脸上，显得委屈又楚楚可怜。

尹海郡伸出手臂，揉了揉她的头："你不是在吃醋吧？"

"如果我说是呢？"邱里不想抬头，噘着嘴，就是个长不大的小女孩儿。

尹海郡单手撑在床上，用手指揉了揉她的鼻尖："穿好衣服，洗漱完，我们先去外面吃你爱吃的肠粉，然后一起去医院里找舒雁。"

听到一起去，她立刻抬头笑了："好。"

两个人也不敢在路上耽搁时间，尹海郡开着车迅速赶到了军医院。他牵着邱里朝急诊科跑去，在吵闹的角落里，他们看到了手上缠着绷带的舒雁。

双方大概有一年没见过面，难免有些距离感。

不过舒雁总是从容大方，简单打过招呼后，看着尹海郡，直接切入正题："我百分之百确定是蒋昭逸找的人。"

尹海郡做警察以来，觉得自己够拼命了，但比起舒雁，他依旧自愧不如。他刚刚在电话里得知，舒雁为了取证，做诱饵去勾引蒋昭逸，但应该是被蒋昭逸识破了，他找了四个男人群殴她。

尹海郡吸了一口气："舒雁，你还没做警察，不应该贸然行动。"

他真的不敢想象，如果早上不是有清洁工路过，她会有怎样的后果。

舒雁并不怕："当了警察，脸就不陌生了，干不了这事。"

尹海郡一时间不知道该说什么，心里像压了千斤重石，喘不过气来，思绪也是乱的。舒雁反过来安慰了他两句，然后将手机滑开："不过我没有白做饵，他以为我只拍到了针孔摄像机，但那天我本来只是想碰碰运气，没想到真在后院的垃圾桶里找到了三颗氟硝西泮。"

邱里惊讶："氟硝西泮，这不是毒……"

她脑袋一片混沌，话都说不完整。

尹海郡有不好的预感，扣着舒雁的肩，神色严肃："舒雁，你最近一定要小心，好好待在警校里，哪里也不要去，明白吗？"

"嗯。"点头后，舒雁还有一件事要说，"还有一个线索，我想提供给你。"

"什么线索？"

舒雁又翻出一个保留的视频："这是我和蒋昭逸第二次在酒吧约会时偷拍到的画面，他说有老朋友过来，去打个招呼。后来我发现，这个老朋友是……"

尹海郡盯着视频里被蓝光笼罩的熟悉的脸，惊疑地说出了那个名字："唐樾？"

邱里还有事，提前走了，尹海郡则负责将舒雁送回了警校。两年前舒雁专升本成功，目前还有半年毕业，他不希望自己的朋友出事。在校门口，他劝告她，不要再盲目勇敢，也许诺她，他一定会将坏人绳之以法。

舒雁答应了，并且强调："一定。"

好久没有回过母校，尹海郡在附近溜达了一圈，打包了一份以前最爱吃的虾饺回了机电厂。或许是有事压在心底，他将打包盒放在茶几上后，推开了父母的卧室的门，但并没有走向妈妈的遗像，而是去了另一边。

一晃，爸爸走了快七年了。

时间仿佛将日子啃噬得一干二净。

看着黑白相框里的照片，尹海郡忽然双目呆滞，回想起了一些遥远的画面。

那是他唯一感受到的爸爸的温暖。初一的暑假，爸爸拎了一双白色运动鞋回家，说是送给他的月考礼物。他兴奋得跳了起来，可温暖不到半刻就被无情地打破，因为他在房间外偷听到了父母争执，才知道这双鞋是爸爸用赌博的钱买来的。

他也记得，自己愤怒地将球鞋扔到了外面的垃圾桶里。那时，他觉得这双洁白的球鞋十分肮脏。当然，他也被追出来的爸爸指着鼻子痛骂了一顿：

"王八羔子，装什么正义？这么正义，你去做警察啊，亲手送你爸爸去坐牢啊。"

尹海郡点了一根香插上，却没有祭拜。

随后，他拿起桌上那个钢琴钥匙扣。

这是那年他和邱里、晏孝捷、温乔四个人待在爸爸死去的海边时，"麻辣烫"找到的，起初他以为这只是一个普通的钥匙扣，但邱里说上面有"知和艺术馆"的标志，这是艺术馆给经常去表演的人发的。她也说，钢琴扣只给了三个人，其中一个就是唐樾。于是第二天天刚蒙蒙亮，他们就奔去了南城分局，提供了线索，但案件的侦查难度颇大，他们只能耐心等待。

尹海郡虽然对尹力没有什么感情，但还是不想亲生父亲死不瞑目。

他将钥匙扣死死地握在手心里，指骨都发了白。很多事和人，他曾经不敢乱联想，但现在看来，眼前那一层阴霾，仿佛正渐渐被刺眼的光驱散。

下午，王喜南和薛桐坐在"美寻"的会议室里等人。

大概10分钟后，邓倩良带着助理走了进来。双方简单地打了招呼后，她坐下就开门见山，表示对上次在饭局上王喜南的提议很感兴趣。

邓倩良的气场还是压过了年轻人："关于温泉推广计划，我想听听你们的具体合作细节。"

其实合作方式很简单，王喜南有条不紊地阐述了一遍，把每个重点都在幻灯片里加粗标记了出来，邓倩良兴趣越来越浓，脸上浮现满意的笑容。

屏幕暗下，助理随即拉开了窗帘。

一大片亮光铺在桌面上。

听到最后，震惊的不只邓倩良，还有薛桐，因为到刚刚进会议室之前，王喜南都没有和他提过合作细节，否则他一定会以老板的身份强行制止这次合作。

其实王喜南那晚是想和邓倩良谈一笔生意。王喜南知道邓氏旗下的温泉在这两年处于亏损状态，于是大胆地提出用自己的名气帮温泉做推广活动，保证能转亏为盈。并且，前半年她挣的所有钱，当作哥哥尹海郡的提亲费。

这听起来的确是一个诱人的合作方式，邓倩良饶有兴致地笑了笑："有名的网红很多，你怎么这么肯定，我一定会和你合作？"

"因为我性价比最高。"王喜南很自信，"一来，我肯定是最卖力地为你做宣传的网红；二来，前半年所有的盈利，你不用分我一分钱，我想没有第二个人比我更有诚意。"

沉默了半分钟后，邓倩良又问："你这么帮你哥哥，值得吗？"

"值得，"王喜南坚定地说，"没有人比他更值得。"

关于合作的事，邓倩良同意了，和薛桐说了后续跟进合同的细节。

王喜南来到一家酒吧。这家酒吧的气氛介于清吧和夜店之间，这一年网络营销做得好，火得一塌糊涂，王喜南约了几个品牌公关好友晚上在这里消遣。

不到10点，酒吧里已经人满为患，音乐声、人声喧嚣刺耳。

包间里稍微能安静点儿，莎琳算是王喜南圈子里不错的朋友，性格开朗，就是有点儿恋爱脑，被前几任对象伤得体无完肤。

刚失恋的她撂下了豪言壮语，说要在今晚泡走一个。

一开始，包间里气氛还算和谐，直到去洗手间的莎琳半路带了两个男人过来。而这两个男人王喜南都认识，并且其中一个还是她的"噩梦"。

"好久不见。"

先打招呼的人是唐樾，他比读高中时成熟了不少，白衬衫外搭了一件针织衫，还是一副斯文的模样，真是生了一张能骗人的脸。

王喜南随口回应着，没多热情。

莎琳："你们认识啊？"

王喜南语气很冷："读高中时的朋友。"

即使灯光昏暗，她还是能感觉到唐樾不怀好意的目光，她的目光往左边移去，看到一张还算熟悉的脸——邱里的老师，前段时间性侵案的嫌犯蒋昭逸。

在这种混乱喧嚣的场合，谁顾得上谁的话？

莎琳很快进入了勾搭模式，场子瞬间热络起来。

在聊天儿中，王喜南才得知，原来唐樾也在祁南大学音乐系当老师，和蒋昭逸是同事。她靠在沙发上，握着冰凉的酒杯发笑。

两个衣冠禽兽披着人民教师的高尚外皮，真是讽刺。

中间，王喜南去了一趟洗手间。嫌吵嫌闷的她想绕到后门去抽根烟，边看手机边往外走，刚刚过臀的短裙下，一双踩着高跟鞋的细长的腿诱人犯罪。

她握着手机，手指夹着香烟往外走，却突然收住脚步，小心翼翼地退到了旁边。她知道如果被发现肯定有危险，但听到了一些敏感的话，冒着风险偷听起来。

后门的巷子里也能听到里面躁动的音乐声。

唐樾不屑地骂了一声，吐了口烟圈："你换个人吧，她都被那警察睡烂了，一个二手货有什么好惦记的？"

笑声很小，但够猖狂无耻。

在同类人面前，蒋昭逸现出了原形，恶狠狠地接了一句话："我迟早要问候问候他。"

唐樾将烟在垃圾桶上用力摁了摁："嗯，别搞太大。"

他们没有提到过任何一个名字，但王喜南知道他们口中的"她"是邱里，"警察"是尹海郡。她不敢再多停留，悄悄地离开，混进了哄闹的人群里。

蒋昭逸和唐樾一起回来后，似乎变得比刚才积极了，就像是午夜的恶魔开始挑选盘中餐。

莎琳第一眼就看上了蒋昭逸，一直和王喜南说，她好喜欢这种长得帅又有才华，还在国外待过的教授。王喜南提醒她长点儿心，但莎琳根本听不进去，身子和蒋昭逸越靠越近，手中的酒就没断过。

这边，唐樾开始瞄准王喜南下手。她早就不是当初那个卑微地围着他转的小女生了，很不给面子地三番五次拒绝和他碰杯。

趁没人往这边看时，唐樾在她的耳边说了一句悄悄话："宝贝，我还留了几张你的清纯照，你说，你那几千万粉丝里的男粉看到，会不会很兴奋哪？"

音乐声震耳欲聋，王喜南脑袋混沌到窒息，根本不知道这个恶心的男人什么时候偷拍过自己。就在她恐慌、愤怒到极致时，抓住她的手腕的温热手掌，成了她此时唯一的安全感来源。

薛桐有礼貌地对唐樾说："不好意思，我女朋友酒量不好。"

唐樾愣住。

一旁的莎琳捂住嘴，惊到语无伦次："喜南，你竟然瞒着我，薛老板和你……你们……竟然，搞到一起了？"

薛桐顺着她的话点头："嗯，搞到一起了。"

这种环境，薛桐根本待不住，拉起王喜南就往外走。

王喜南被保护着穿过拥挤的人群。这是除哥哥之外，第一次有人能给她强烈的安全感。

隔日，王喜南起得很早。她一宿未眠，翻来覆去地在想昨晚发生的事，给莎琳发微信、打视频电话都没人接。她好怕朋友出事。

情急之下，她给哥哥尹海郡拨去了电话。

那头是在户外跑步的风声，尹海郡很自律，每天早上必须锻炼一个半小时。

他听完王喜南的话，在公园的长椅上坐下，喘着气，反复问她情况是否属实。还好，她聪明地留了心眼儿，录了音。

听完录音的尹海郡脸色沉重，隐隐担心起一些事来。

王喜南越想越害怕："哥，我怕你出事。"

尹海郡扯起肩上的毛巾，擦着头上的汗，安慰她："我是警察，不怕他。"

王喜南很着急："但是唐樾就是个疯子。"

"没事的，"尹海郡耐心地安抚着她的情绪，"别瞎担心，倒是你，不要再冒险，明白吗？"

"嗯，好。"

锻炼完的尹海郡回了一趟家，给邱里拨了通电话，让她记得下午3点去警犬训练营看"麻辣烫"，她说去趟祁南大学就过去，一定不会迟到。

最近邱海权和邓倩良商量，想让邱里在祁南大学音乐系任个职，也有利于她的艺术事业道路。

她今天就是和爸爸一起过去，和几个教授、副校长谈谈这件事。

教授围着邱里打量，其中一个女教授朝邱海权说："那会儿见你家里里，她才读高三吧，真是越长越漂亮哪，这去了一趟伯克利，气质真是不同了啊！"

其他几个教授附和地笑了笑。

一切很顺利，邱里也不反感当老师，尤其是爸爸那句："你看哪，尹海郡当警察，你当老师，你们是不是更配了啊？"她承认自己对尹海郡就是长了颗恋爱脑，只要听到夸他们相配的话就无比开心。

不过，邱里的快乐被蒋昭逸打碎了。

她的脸色沉得很快。

趁邱海权和副校长聊天儿时，蒋昭逸走到了邱里身边。他很会装，礼貌地问她，要不要去楼下的咖啡厅聊聊最近的音乐会的事。

邱里说一会儿还有事，连续拒绝了三次。

最后，蒋昭逸用威胁的语气说："为了你的男朋友，我劝你还是和我喝完这杯咖啡。"

秋高气爽，尹海郡到警犬训练营时心情很好。他也有一段时间没有看到"麻辣烫"了，听说它又立下了大功，一会儿他必须好好奖励"儿子"一番。

他站在门口没进去，因为邱里的电话一直打不通。

想起上午王喜南说的事，尹海郡紧张起来。他知道邱叔叔也在学校，于是给邱海权打了电话。

邱海权立刻接通电话，说："海郡哪，我在开车送里里过去。"

他转头就斥责一旁目光呆滞的邱里："里里，你怎么也不看手机？海郡担心你出事。"

邱里这才反应过来，冲着爸爸的手机说："阿海，我快到了，没事。"

"嗯。"尹海郡便没再打扰邱叔叔开车。

几分钟后，邱海权的车从高架桥上开下来，在旁边的空地上停稳。

邱海权和尹海郡打了声招呼，把邱里送到后就走了。

邱里那张巴掌大的脸塞在粉色的高领毛衣里，尹海郡忍不住捏了一下她粉嫩嫩的脸蛋儿。他弓着腰，轻声细语地哄她："我们里里小公主怎么了？"

魂不守舍的她，思绪飘在外太空，根本听不见他的声音。

这样的邱里，尹海郡还是头一次见，他搂着她清瘦的肩："里里，你怎么了？我感觉你不对劲，发生什么事了吗？"

路上的几十分钟里，邱里都快被害怕情绪折磨疯了。忽然，她用力地抓住他的手腕："阿海，我想和你说一件事。"

第十四章
暴　雨

　　一阵秋风扫过地面上枯黄的落叶，有几片落到了邱里的粉色毛衣上，尹海郡替她从肩上拿掉，牵着她的手继续往前走，安抚着她的不安情绪，想让她慢慢地把事情说出来。

　　邱里心中的情绪很复杂，有惶恐、紧张，还有罪恶感。

　　大概花了 5 分钟的时间，她说完了事情的全部经过。

　　邱里紧紧地握着尹海郡温热的手掌，咬了咬唇，问："阿海，我是不是很坏？"

　　尹海郡沉默了。

　　原来他们分手那天，她说的那句"阿海，我好像做坏事了，我把别人的水杯打翻了"是这层意思。为了替自己出头，她找人举报了唐樾，将他品德败坏的事传到了他理想的艺术学院里，使他失去了顶级学府的录取名额，让他的学业受阻。

　　听起来，她确实做了坏事，但她不是坏人。

　　与她十指紧扣的手更用力地握了握，尹海郡给了她最温柔和坚定的力量："不是，你不坏。"

　　邱里往他极具安全感的身躯上紧靠，尹海郡抬起手臂，把她搂进了自己的怀里："至于蒋昭逸拿这件事威胁你和我，你不用担心，我第一天做警察时和你说过的话，现在我依旧坚信。"

他用拇指轻轻地摩挲着她的肩，清晰地说出了那四个字："邪不压正。"

邱里抬起头，脸色又恢复了红润，微微一笑："嗯。"

"今天我们什么都别想，好好和'麻辣烫'玩玩，好吗？"

"好。"

长长的铁网里，几只警犬正在接受训练。警犬训导员的吼声像爆破般冲破天际，聪明的警犬敏捷无畏地跨过一个个障碍物。

尹海郡和邱里看得十分兴奋。

不过，训练场里已经没了"麻辣烫"的身影，因为它三个月后就要退役了，这算是一件提起来既伤感又幸福的事。伤感是因为，它作为搜救犬，在这六年立功无数次，也受过伤，有一次在搜救人质的任务里，差点儿被炸药声震得耳聋；而幸福是因为，退役后，它就可以"衣锦还乡"，回到那个阔别了六年的家，从英勇的警犬"海啸"，变回他们的"儿子"。

女训导员喊了一声"尹海郡"，然后解开了"麻辣烫"的牵引绳。虽然有一段时间没见面，但"麻辣烫"太聪明，好像分得清该为谁效力，而谁又是自己真正的主人。

"'麻辣烫'……"

"麻辣烫"冲进了邱里的怀里，她蹲在地上抱住了它，不停地抚摩它的毛发。当摸到日渐清晰凸出的骨骼，还有那块在任务中不小心被烫伤的疤痕时，她有点儿想哭。一方面，她骄傲自己有一只为警队效力的狗狗；另一方面，她心疼它。

训练场里的每只狗狗，本都该窝在恬静的小世界里，享受十几年无忧无虑的日子，可正是因为它们大胆、勇敢和忠诚，日复一日地进行高强度训练，勇敢地完成每个艰巨的任务，才让人类的社会更加安定。

它们就是无名英雄，甚至比某些人类的品格更伟大。

许久不见，尹海郡和邱里有好多话想和"麻辣烫"说。他们坐在地上，一会儿抓着它的腿，一会儿摸摸它的脑袋。

不知道为什么，尹海郡摸着"麻辣烫"的鼻头时，不禁说了一句："好好闻闻'爸爸妈妈'的味道。"

后面半句话，他及时止住了，因为怕邱里恐慌。

——如果"爸爸妈妈"遇到危险，你一定要第一时间找到我们。

关于蒋昭逸和唐樾的事，尹海郡觉得并没那么简单。他不觉得这是单纯的性侵案，很有可能与一群人的利益链有关。他们能对女人下迷药，就代表一定还有更猛的药物，不排除有毒品交易的情况。

南城分局刚结束一起入室杀人未遂案后，一队的人稍微能轻松几天，刚好办公室里有人又提到了上次的性侵案，尹海郡也讲了最近的新消息。

徐东上来就破口大骂："这帮人，人模狗样的，仗着家里有钱，为所欲为，违法乱纪的事一件没少干。"

烦到极致，他拍腿怒骂了一声。

韩至光也在那边叹气："我真是不明白啊，你们说，这几个家伙一个个要什么有什么，何必冒险搞这种事呢？"

"为了刺激。"尹海郡哼了一声。

不过，尹海郡并不想就此罢休。

周五下班后，他先去了趟舅舅的修车行，取走了一辆不起眼儿的黑色小汽车。

走之前，尹海郡被王业军叫住。王业军说买了特别新鲜的大闸蟹，让他叫邱里一起过来吃晚饭，他说会通知邱里，不过自己要加班，说只能赶回来吃夜宵。

只搁下这么一句话，尹海郡就急匆匆地走了。

一直等到夜幕低垂，酒吧街人声鼎沸时，尹海郡才从车上下来。他戴着鸭舌帽，换了件破了边的水洗牛仔衣，吊儿郎当地拐进了酒吧的后巷，双手一直揣在兜里，做贼似的左顾右盼。

像是马上有一场大雨，巷子里充满闷热的臭味。

水泥地两侧的推拉板车上堆满了泡沫箱和东倒西歪的纸盒，有人影从墙角出现，尹海郡假装镇定地走过去，偷偷摸摸地朝西服男的手里塞了一包白色药丸。

检验了货后，西服男将药丸揣到口袋里，回了酒吧。

给完货后，尹海郡还没走，靠着墙壁，从兜里拿出一根烟和打火机，按了三次，打火机都打不出火花。他甩了甩，又试了两次，最后朝对角的男人说："借一下火呗。"

男人留着寸头，穿着件不起眼的黑色夹克。

"你是谁啊？"其实男人刚刚躲在旁边观察了一会儿。

尹海郡手指娴熟地夹着烟，懒懒地站着，推了推帽檐，装出一副地痞流氓样："跟耀哥混的。"

男人一听"耀哥"，立刻放下了警惕心，加上刚刚的确见到了熟悉的"交易"画面，把他当成了自己人，上前给他点了烟。

寸头男也抽了一根烟："新来的？"

尹海郡朝地上吐了一口痰："嗯，叫我'阿俊'就好。"

寸头男伸出手："阿邦。"

两个人站在阴暗的墙边，有一搭没一搭地聊着。

见寸头男越聊说得越多，尹海郡循序渐进，故意叹了一口气："最近几个老板都换人了，手上的货都出不去，听说光哥那边生意还行。"

他看向寸头男。

寸头男也叹了一口气："我这边也一般。"

尹海郡以为寸头男不会多说，原本打算换一种方式，没想到寸头男跟着就下颌一抬，冲着酒吧的后门示意："不过，光哥最近让我跟的两个老板还行，活儿简单，就是走点儿小货，一周三天，老板也大方，每次还给我点儿小费，11点就能下班。"

"走小货？这么纯？"尹海郡继续套话。

"光哥只让我负责小货。"寸头男眯着眼抽了口烟，轻蔑地笑道，"反正这种文化人比我们这种流氓玩得还开，都是一帮有钱人，什么女的睡不到？偏偏喜欢下药。"

尹海郡嫌他没见识，将烟叼在嘴里，哼了一声："这算什么？"

那坏到极致的痞笑，他不亮身份，真像市井里的流氓。

寸头男他竖起拇指，然后把话绕了回来，语气分不清是羡慕还是唾弃："还真是不公平。前几天，这两个老板带走了四个二十来岁的小姑娘。"

尹海郡听了这话后，大脑飞速运转。

应该是时间到了，寸头男看了一眼手表，脚后跟从墙壁上收回，拍了拍尹海郡的肩膀："不说了，老板来了。"

尹海郡悄悄躲到了杂物堆后面。

寂静的巷子里，昏暗的路灯闪了一下，又灭了。

从酒吧后门走出来的自然不是蒋昭逸和唐樾，一个矮瘦的男人像是惯犯，和寸头男躲开了摄像头，没有半句言语，只用眼神对接。男人拿走货后，立刻进了门里。

他们的交易快到甚至没有超过 1 分钟。

高高的纸箱后面，尹海郡一直保持冷静，但肮脏交易在眼皮底下发生，怒气拧成一团，呼啸般冲向了他的胸腔，可更多的是一种无力感。

对面，寸头男干完活儿后，感觉马上要下暴雨，双手揣在兜里，朝巷口疾步走去。

突然，他的嘴被人用力捂住，双手也被钳制，一股他根本推不开的强力将他连拖带拽，撞开了垃圾桶边的铁门。身后的男人鼻息很重，一声低吼在楼梯间里震出了回音。

"别动，警察。"

10 分钟后，尹海郡上了车，脱了外套，甩到后座上，摘下帽子，随手抹了把头上的汗，目光一直盯着前面的两辆车。大概又过了半个小时，他等的人终于出现了。

蒋昭逸和唐樾一人搂了一个女人，分别上了自己的车。

尹海郡将手机导航打开，放到手机支架上，跟上了前面的车。

车一路穿过灯红酒绿的街道，他既不能跟丢，也不能被发现，始终全神贯注，自然也忽略了几条弹出的微信。

他要想找到这帮地沟里的老鼠的证据，还是需要靠线人。

尹海郡最后找到了喜哥。虽然喜哥早就改邪归正，但要打听点儿黑市的消息，还是有点儿法子的。果然，喜哥给尹海郡提供了两个人，一个是耀哥，祁南很多货出自他的手，还有就是散货的寸头男阿邦。于是尹海郡刚刚找人和自己在酒吧外演了给货的戏。

他要将人一锅端，就要沉得住气，也要"用人"。

导航里的红点越移越偏，刚驶入北边的郊区时，一阵狂风骤雨，石子儿大的雨滴拍在车窗上，砸得很响，都不是模糊了视线的程度，而是隔绝了视线。

好在道路上的车不多，尹海郡沉着冷静地握着方向盘，目光不敢挪开半分。

雨势不见小，天像裂开了无数道口子，雨水朝大地猛烈地倾来。

车子开出了宽阔的主干道。雨水冲刷着玻璃，尹海郡的车子和前面的车的距离越拉越远，但他还是锁住了车牌。不过两辆车在岔路口拐进了丛林小道，门口似乎有人站岗放哨。

不能再跟了，尹海郡拿起还剩百分之一的电量的手机，先朝窗外拍了几张照片，然后立刻截下了导航的红点位置截图，刚准备将手机放回原位，来了一通电话，不过手机立刻熄了屏。

关机速度太快，"里里小公主"的备注一闪而过。

市区的华茂府，电视里放着欢快的综艺节目，一家人饭后窝在沙发上闲聊。

见外面暴雨如瀑，抱着手机的邱里担心起来。她扯了扯王业军的衣袖："舅舅，阿海一直没回我的消息，我怕打扰他工作，刚刚才敢给他打电话，但他的手机关了机，我有一种不好的预感，怕他出事。"

王业军刚才还和晏蓓力聊，说过 10 分钟就做香辣蟹给阿海当夜宵。

他看到邱里越来越急，先安抚住她的情绪，然后让晏蓓力给队里的人打电话。因为几周没去局里，晏蓓力也不知道他们的工作情况，只能给最信得过的徐东拨去了电话。

听了徐东那句"没啊，我们早散了，没加班"，一时间，所有人陷入了恐慌之中。

王喜南连电视都看不进去了，拿起车钥匙："我去找我哥。"

"你回来。"王业军吼住她。

他起身，扯下衣架上的棉衣，说："你们都在家里待着，我去找他。"

邱里跟着起身，连大衣都没拿，连忙穿鞋："我也要去，必须去。"

因为蒋昭逸撂过狠话，她的惊慌感不是没理由，她知道这个人面兽心的男人的确什么事都干得出来。

王喜南同样藏了事，也在穿鞋："我也必须去。我不能让哥出事。"

王业军嗅到了一丝不对劲的味道，严肃地问："你们是不是有事瞒着我？"

低着头的邱里和王喜南默默地对上了视线，但都在纠结。

然后，身后传来急吼声："说！"

"这么大的事，你们没一个人告诉我。怎么？如果今天没出这事，你们是不是打算永远瞒着我？"

藏蓝色的吉普穿过疾风骤雨，一行人在各种可能的地方寻人。

王业军也是气不过，才头一次对邱里说了重话。

邱里坐在副驾驶座上，愧疚地道歉："对不起，舅舅。"

王业军用力地叹了一口气："算了，先找人。"

他也怕胆小的公主会紧张到崩溃，还是软下语气安慰她："里里，别太担心，阿海毕竟是警察，懂得防身，也有处理危急情况的经验，手机关机很有可能是没电了。"

心紧紧缩成一团，过了一会儿，邱里自我欺骗地点头："嗯……"

那边，尹海郡将车开下高速路才能往回折去，雨太大，路又偏又绕，尹海郡顾不上手机是否有电，只想赶紧回到市区。外头一片漆黑，他根本无法辨认方向，两边还有分岔到树林里的小路，透着通往地狱的恐怖气息。

说不怕太假，即使他是一个身强力壮又经验丰富的警察。

突然，车熄了火。

尹海郡试了两次都无法发动车子，想着应该是爆胎了，不过好在他出门前在后备厢里放了备用车胎。他摇下车窗，确定四周无人，然后推开车门，冒雨冲到了车尾，打开后备厢，将手电筒叼在嘴里。

滂沱大雨直直地砸向他的身子，又冰又重，手臂不一会儿就被冻得发红，换个车胎对他来说是小意思，只是大雨的确成了障碍。

他被罩在巨大的雨幕里，艰难地撬起坏掉的轮胎。

伸手不见五指的小路上，突然开来了一辆小卡车。

"要帮忙吗？"一个男人将头从车窗里探出，大喊道。

隔着大雨，尹海郡无法分辨陌生男人的身份，不过男人已经冲了下来，也拿来了一些修车工具，蹲在地上帮忙。

"这地方偏，路也不好走，车子特别容易抛锚。"

尹海郡看到卡车后面的塑料布下好像是玉米之类的农作物，又看了一眼男人的样貌，应该是当地的村民。

他的声音被雨声盖过，他提高了音量问："能借你的手机用用吗？"

村民听见了他的话，被雨水冲刷得困难地撑着眼皮："手机在车座上，你去拿。"

尹海郡拍了拍他的背："谢了。"

他冲到卡车边，摸到了车座上的手机，立刻给邱里拨了电话。

邱里着急到像哭了，鼻音很浓："阿海，你在哪儿？你没事吧？"

"我没事，"尹海郡解释，"我的手机没电了，刚刚路上轮胎爆了，现在在修。"

知道他没事，邱里暂时放下了心："我和舅舅开车在外面找你，现在的位置是双林路往北的方向，你现在在哪儿？走的哪段路？我们找中间点会合。"她好像知道他会说什么，抢先一步说，"我不会回去，必须第一时间见到你。"

随后，尹海郡全部交代清楚了。

挂断电话后，他回到车边，和村民一起将车胎换好。他从外套里掏了1000块钱给村民，村民很淳朴，连连拒绝："不用，不用，路过帮忙而已，不必，不必。"

冒着大雨，他们也不适合继续僵持。

等村民上了卡车后，尹海郡最后将钱塞到了那堆玉米里。

虽然换好了备用车胎，但尹海郡也不敢开得太快，怕再出事故，于是沿着小路减速前行，按照路牌指示慢慢驶入了宽阔的大道。

终于，车子冲破雨幕，他看到了明亮的光。

驶了20分钟后，车开到了他和邱里约定的路口。

雨刷不停地刮着玻璃上的雨水，深秋的夜晚还有团团雾气萦绕，尹海郡刚停稳车，抬起头，就在模糊的雨雾里看到了邱里的身影。那么爱美又娇气的她，此时却没有撑伞，甚至连外套都没穿，不管不顾地踏雨狂奔而来。

尹海郡迅速推开车门，黑T恤又一次被浇湿。他刚刚往前跑了两步，邱里就撞进了他的怀里，裙子被淋到湿透，单薄的身子仿佛都没了温度。

此时，一个拥抱还不够，她还要用更汹涌的爱意驱散自己的不安感。

邱里踮起脚，捧着尹海郡冰冷的脸颊吻了上去。

耳边是噼啪的雨声，而她忽略唇边冰冷的雨水，感受那浓烈又缠绵的湿热气息，这就是她要的安全感。

王业军不放心尹海郡一个人开车回去，反正也是辆旧车，他明天让拖车公司的人拖回去就好，然后让小情侣坐到了后座上。大雨夜，路难开，大概一个小时后，他们才回到家。

王业军打开门的那一刻，扑鼻而来的饭菜香味，让人感受到了家的温暖。

在黑暗里爬行后再回到家的感觉，和普通的一次回家不一样。

每一次出完任务回家，尹海郡都反复告诫自己——我有家人，我要为了他们活着。

王喜南都急疯了，扔了手机就跑过来抱住了尹海郡："你吓死我了，你要是出事，我也不活了。"

"呸掉，"尹海郡拍了拍她的背，"你这小孩儿讲话怎么还是不过脑子？"

"那你做事能不能先过过脑子？！"

客厅里的电视机早就被关了，这低吼声仿佛都震到了地板。

门边所有的亲昵、关怀动作，都变得悄无声息。

看得出来，这次晏蓓力是真的火大了，指着书房，用上级的口吻命令："尹海郡，跟我来一趟书房。"

"是。"尹海郡脱了鞋，走了过去。

换好鞋的邱里也立刻跟了过去，扯住了尹海郡的手臂。他以为她是在担心自己，轻轻地拍了拍她的手背："没事的。"

但邱里不是要安慰他，而是害怕晏蓓力动怒会伤到胎气："阿海，虽然你在做一件很正义的事，但这次的确是你不对，你该认错就认错，不要顶撞姑姑。"

原来她是在指责自己，尹海郡点头："嗯。"

以前尹海郡跟着队里的人一起出警，都是团队作战，王业军并不是那么担心，但这次自己的外甥竟然悄悄地搞这么大的事，他理解但不支持。

他气得朝尹海郡的屁股踹了一脚："你小子，这次，真是……"

确切地说，他是气到找不到词骂人。

还没过一分钟，书房里就传来了一声怒吼：

"尹海郡，你到底知不知道你在做什么？！"

站在沙发边的三个人默默地坐下了。

王业军重新打开了电视，好让家里有点儿声音。见邱里一直担心地望着书房，他扭过她的头："看会儿电视，没事，你舅妈就是这样，骂我的时候比这还大声。"

邱里无精打采地看着他："我知道，上次舅舅不是还被打了吗？我看到你的手上、脖子上都青了，舅妈下手真是挺狠的。"

"……"王业军咳了几声，一个大男人被老婆打，简直颜面无存。

尹海郡被晏蓓力训斥了将近一个钟头，全程垂着头，承认所有错误，没有反驳半句。不过晏蓓力也懂，他终究是为了揭开那群富家子弟的真面目，不过因为涉及毒品，光靠刑警很难侦破这个案子，要查下去，她必须和上级汇报。

出书房前，晏蓓力摸了摸小腹："你今天真快把我肚子里的孩子都吓没了。"

"对不起。"尹海郡再次道歉。

"行了，行了，赶紧洗个热水澡，早点儿休息。"

"嗯，你也是。"

客厅里鸦雀无声。

王业军留了一碗温粥和香辣蟹肉在桌上，晏蓓力回房后，尹海郡一个人坐在餐桌边吃饭。他一晚上没吃饭，不一会儿，粥就被吞掉了一大半，他身上又是汗又是雨，整个人像是从垃圾堆里爬出来的一样，臭烘烘的。

　　连他自己都闻不下去了，迅速吃完饭，收拾完碗筷，去了浴室。

　　换了件舒服的 T 恤，尹海郡才真算是活过来了。刚刚脱了衣服站在灯光下，他才发现左臂被铁丝剐出了一道口子，应该是拽寸头男去楼梯间时不小心剐到的。此时客厅里只留了一盏小台灯，他蹲在柜子边找着药。

　　不敢惊扰屋里的人，他尽量放轻了动作。

　　"尹海郡。"背后传来女人的声音，幽幽怨怨的。

　　本来就没开灯，邱里还穿了一条白色的睡裙，披头散发地站在暗处，真吓了尹海郡一跳，他撑着腿站起来："你怎么出来了？"

　　"找好药后进来。"她面无表情地说。

　　"好……"

　　进屋后，尹海郡以为邱里要替自己擦药，没想到看到邱里抱着手臂严肃地坐在床边，指着桌上的笔和纸，冷淡地说："擦完药后，写一份检讨给我。"

　　"里里……"尹海郡想求饶，"我知道错了。"

　　和王业军、晏蓓力一样，邱里理解尹海郡单独行动的动机，但作为他的女朋友，他的家人，她不支持。

　　无论他说什么都不好使，她的态度头一次如此冷冰冰的："写，写不完就别睡。"

　　她连一个眼神都没给他。

　　尹海郡知道她是真生气了，没什么理由可说，听话地拉开椅子，也没上药，拿起笔就开始写检讨。

　　他写到一半，手臂突然一疼，眉头紧锁地喘了一口气。

　　桌上的药还是被邱里拿了起来，她拧开盖子，用棉签蘸了蘸紫红色的药水，几滴温热的泪先一步滴下，浸得尹海郡手臂更疼了。

　　就算邱里再心疼，也不想夸他什么英勇无畏，她不要。她要他记住，不能再单独行动："这次的小伤是教训，你知不知道？你不是每次都这么命好，可以平安回来。"她越说越激动，"一个队的人出任务，就算出了状况，还有人能呼应。你一个人闯到那群禽兽的地盘里，他们要是发现你了，想除掉你根本不成问题，你觉得他们眼里有王法吗？他们会怕警察吗？"

尹海郡沉默了。冷静下来后，他也对自己胆大包天的行为感到后怕。

他伸出手臂，将邱里抱入了怀里，搂着她，轻声细语地道歉："我知道错了，我发誓，不会有下次了。"

眼里的水雾模糊了她的视线："阿海，自从你进了刑警支队，只要你出任务，不管多晚，我都会抱着手机，一直等你给我报平安了才睡得着。我知道，好几次你都没跟我讲实话。你记得吗？有一次，你被一个通缉犯砍伤了背，我问你怎么不去上班，你骗我说你休年假，其实你在住院。要不是后来我觉得蹊跷，悄悄地从美国飞回来，看到你的背上那么深的刀口，都不知道你要瞒我多久，以后又要瞒我多少次。"

她从来没有发过这么大的脾气，确切地说，不是发火，是太心疼。

尹海郡刚替她擦掉眼泪，她的眼泪又止不住地流了下来。

他亲了亲她的眼眶，誓言轻柔却也真诚："我不会了，以后都不会瞒你。"

邱里捧着他的脸颊："你现在有我、有舅舅、有姑姑、有喜南，以后还会有我们的宝宝，所以你要时刻记住，要肩负警察的职责，但也要为自己、为我们想一想。"

"嗯。"尹海郡亲了亲她的两只手掌。

咯吱——椅子被人用力地往后一挪，他抱着邱里往床边走去。她指着桌上的纸："你没写完检讨，不许睡。"

把人往床上一扔，尹海郡直接压住她，结实粗壮的大腿将纤细的她压制得死死的："写什么检讨啊？"他摸了摸下巴，故意皱着眉头，"你刚刚说什么来着？我们的宝宝？"

邱里脸红了："我……随便说的。"

"那择日不如撞日。"

"我不要。"邱里不停地推开他，"你还没有求婚，还没有给我买钻戒，还没有给我布置婚房。啊啊啊，我不要怀孕。"

房间里，必然是一场酣畅淋漓的激战。

深秋的雨后艳阳，比任何季节都舒服。

一大早，尹海郡在去局里上班的路上收到了晏孝捷的亲切慰问："听说你也写检讨了？"

尹海郡一下就察觉了不对劲，之前听温乔说过，晏孝捷写过好几次检讨，有难同当这种事，这家伙绝对做得出来。

尹海郡怎么会光听他笑话自己不还击呢，于是平稳地开着车，说："是，我是写了，但里里心疼我啊，写到一半就抱着我去睡觉了。不像某些人哪，面壁思过。"

最后那两声冷笑简直嘲讽到了极致。

没过半秒钟，晏孝捷玩不起地挂断了电话。

这帮富家子弟的案子，晏蓓力让尹海郡和徐东几个人通气，按照她的指示行动，至于上面的人，她会想办法解释。

最后，尹海郡还是交了一份几千字的检讨书给晏蓓力。

这是他的错误，他必须悔过。

不过，尹海郡更担心的是，蒋昭逸和唐樾会对他身边的两个女人下手。他给邱里和王喜南分别发了很多条信息，告诉她们目前的情况，让她们加以小心，注意安全。

邱里说，每天都是夏叔接送，很安全。

王喜南也说，自己会小心。

这晚，王喜南恰好要去参加一个美容品牌的晚宴，主办方邀请了一些艺人和网红，作为大牌网红，她自然享受到了最高级别的待遇。一套流程下来，刚好来了"大姨妈"的她累得都站不住了。助理娇娇给她又换了一片暖宝宝，问她要不要吃药，她说没事。

自从在莎琳面前暴露了与王喜南的情侣关系后，薛桐几乎与王喜南形影不离。

晚宴结束后，薛桐支走了一堆工作人员，说会送王喜南回家。

他都表现得这么明显了，大家都看在眼里，非常识趣地走了。

薛桐说："我去一趟洗手间，你在这里等我。"

本想同意，不过王喜南摸着自己有些疼痛的小腹说："我想先去车上待一待。"

薛桐想了想，车虽然停在户外停车场里，但这家五星级酒店四处都有安保，而且面朝宽阔繁华的马路，应该不要紧。他把车钥匙给了她："上车吹吹暖风，我很快。"

"嗯。"

王喜南拿着车钥匙，往熟悉的车走去。好在刚刚娇娇给自己换上了运动鞋，王喜南能走得稍微快点儿。这家酒店她常来，因为经常有品牌方在这里举办活动，所以她没什么陌生感，打开车门后，弓着腰就往车里坐。

但一只手突然伸到她的面前，用沾了迷药的布捂住了她的口鼻，只片刻，她便失去了所有挣扎的力气。

"你们是谁？！保安！"

从洗手间出来的薛桐刚好看到这一幕，朝四周大喊保安，但王喜南已经被带上一辆车，随后车子立刻冲出了停车场。

而薛桐也以最快的速度上了自己的车，跟了上去。

紧随其后的薛桐，见眼前宽阔的马路逐渐变得狭窄，前面的车驶进了一条漆黑的小路。刚刚在路上，他已经报过警，并且时时向警察同步着地址。

他是一个遇到再大的事都能冷静处理的人，包括此时。

他知道，一旦自己太慌，不但救不了人，还会自身难保。

下午开会的时候，尹海郡就有一种不祥的预感。果然，预感马上应验了。

10分钟前，局里接到了一个报警电话，同事火急火燎地跑来通知他，说出事的是他妹妹王喜南。他带上队里几个同事火速上了车，因为对方涉嫌绑架，上边还派了特警协助。

11月的夜风呼啸着刮过车窗。

韩至光在开车，尹海郡在副驾驶座上憋出了一脖子的汗。他脱了冲锋衣，暂时没把这件事告诉舅舅，手机支架上的手机里一直在联络的人是薛桐。

薛桐冷静地汇报道："他们开车进了岸堤村，从第三条岔路口进来。"

村里的地形比较复杂，即使尹海郡他们开了定位跟踪也需要讲解。

徐东在后座上准确地记录下薛桐的话。

尹海郡摇下车窗，探头看到后面的特警车一直跟着，又缩了回来，对薛桐说："地图显示，我们距离你还有 1.5 公里，你一定要注意安全，电话别挂。"

薛桐："嗯。"

尹海郡拿起平板电脑开始研究岸堤村的地形，由于村子有三条路，并且能直接开出祁南，他立刻联系了最近的公安局，上面很快派了同事对接。

东城警方："有什么需要帮忙的？"

尹海郡有条不紊地说道："有一伙人涉嫌绑架，车尾号为祁 AD01960，我们需要你们帮忙包抄东西两个路口，以及让高速路收费站留意一下。"

"收到。"

"谢谢。"

这时，薛桐像减了速："他们没出村，进了一家带院子的平房，房子里没灯，应该是废弃的。"

尹海郡问韩至光还要多久，韩至光说 5 分钟。

尹海郡对薛桐说："你一个人很危险，等我们到。"

可电话里是薛桐解安全带的声音，他冲手机笑了笑："尹队，你不会让我失望吧？"

"什么意思？"尹海郡有些紧张。

薛桐拿起手机，推开车门："5 分钟、10 分钟，我还是能扛的，超过了，我还真不好说了。"

知道拦不住救人心切的薛桐，尹海郡语气加重地嘱咐："务必小心，我们马上到。"

"嗯。"

薛桐收起手机，面对黑黢黢的村落，树叶被夜风吹落了一地，处在这种阴森的环境里，就是连树叶掉到身上都会产生莫名其妙的恐惧感。不过，他顾不上这些，必须立刻见到王喜南。

院子的门被打开了一半，出身警察世家，薛桐这点儿脑子还是有的，这就像是猎人布下陷阱，故意等待猎物入笼。

但他目前必须确认一件事：王喜南是否在这里。

踏过平坦的水泥地，薛桐边看四周边大步走了进去。推开门后，里面空空的，没有一件家具，没开灯，他只能借助幽暗的光线，看到地上躺着一个人，那人像是被绑着手，一直在踢地，咬着布条，发不出声音。

他稍微走近了一些，确定了那是王喜南。

这时，王喜南踢地的动静越来越大，像是在提醒他。

薛桐感觉一阵风朝自己扑来，敏捷地躲开，一个高大的男人拿着长木棍袭击他，他直接朝男人狠踹了一脚，然后脱了西服外套，卷起衬衫袖子，又踢去一脚。

平时他最喜欢的运动就是搏击，但寡不敌众，与从旁边出来的三个男人一拳一拳地较量后，薛桐还是被压倒在地。

不过这群人不像是来要人命的，带头的文身男蹲下身，打量起薛桐来："薛桐？大老板哪，那么多漂亮的网红都是你捧红的，你应该睡了不少吧？你说你开这种公司，是不是就是为了自己啊？"

几个男人发出了下流的笑声。

薛桐不想和流氓计较，问："要钱？要多少？"

文身男耸了耸肩："我不缺钱。"

"那你要什么？"

"和你聊聊天儿，"文身男指着地上的女人说，"顺便和她叙叙旧。"

薛桐怔了怔。

文身男笑出了难看的眼角纹："我们喜南姐当年可是大红人哪，跟一群小太妹玩得特别开，几年没联系，想我喜南姐了。"

他起身，走到王喜南那边，给她松了绑："没想到啊，你竟然成了大网红，我看你那粉丝量有几千万，牛啊！"

王喜南认得文身男，忍着小腹撕裂般的痛楚，低吼："徐强，你都进去几次了，还死不悔改？"

徐强一把搂住她的肩膀，冲薛桐笑："薛总，薛大老板，你看，我没骗你吧，我们熟得很，我睡过她的两个闺密，我们就是……"顿了顿，他换了个轻佻的口吻，"物以类聚。"

幽暗的光影里，薛桐和王喜南对望着，谁也没出声。

突然，外面传来一阵急促的脚步声。

徐强都是老油子了，自然知道外面是警察。因为这破平房里没有接电，将门推开后，尹海郡几个人只能靠手电筒的光照明，屋里瞬间变得刺眼。

"好久不见哪，尹海郡。"

"原来是你啊，刚出来没几年，又想进去坐坐是吧？"

尹海郡和徐强算是"老朋友"，那次唐樾绑了王喜南，就是徐强带的头，又是朝尹海郡吐痰，又是辱骂他，又是揍他，这张丑恶的脸，他怎么会忘？

徐强特别配合，放了王喜南，还不要脸地耸肩笑道："好久不见我喜南姐了，约她她也不理我，就只能这样带她过来咯。"

"你这是绑架。"尹海郡怒瞪双眼。

徐强一脸不在乎的样子，摸了摸兜里的烟，又放了回去："我不是法盲，当然知道这是绑架，最轻要被判 5 年。"

尹海郡知道他受谁指使，所以才敢如此目无法纪："知道你还干？"

徐强油腔滑调地说："你妹妹连一根毛都没掉，我找个律师帮我打打官司，搞不好我命好不用坐牢。"

尹海郡："……"

一旁的韩至光怒不可遏，骂了一声。

他真想一拳揍得这个无法无天的混混儿找不到北。

沉稳的徐东拉住了他。

徐强的眼神就是对警察、对法律的挑衅。

尹海郡字字用力："我知道你有点儿本事，但你现在还敢动我的人，又落到我的手里，我能让你多坐一年是一年。"

徐强往前迈了一步，低声警告尹海郡："哥们儿，别太爱出头。"

这警告唬不到尹海郡，他拍了拍徐强的肩，瞪眼："你也是。"

"哥，我跟你走。"

一辆车带走了几个熟悉的混混儿，王喜南走到了尹海郡身边。她一半是逃避，一半是依赖自己的哥哥。风刮得她瑟瑟发抖，尹海郡从车里拎出自己的冲锋衣给她披上，刚准备回应她，薛桐拉开车门，冲这边喊起来：

"你坐我的车，警车坐不下。"

其实坐得下，但尹海郡早就知道他们的关系了，安抚着惊魂未定的王喜南："你坐薛总的车，我们这边两辆警车一前一后地护送你们，别怕。"

王喜南低着头，应道："嗯。"

王喜南走向薛桐的车，拉开后座的车门，薛桐撑着车门框说："坐副驾驶座。"

王喜南扭捏了一下，坐去了前面。

薛桐开车很稳，车灯灯光扫过前面坑洼不平的小路，驶到宽阔的平地上后，他平静地问道："好些了吗？"

他的情绪稳定到让王喜南吃惊，她局促地点了点头："嗯。"

"小腹还痛吗？"

"不痛了。"

"一会儿到了好好休息。"

"嗯。"

语气是关心的，但薛桐的表情是冷淡的。

因为徐强说的话有一部分的确是真的，所以王喜南没法儿反驳，他当着薛桐的面揭露了自己好不容易遮掩住的丑陋过去，她不知道薛桐会怎么看自己。

此时她连抬头看他的胆量都没有。

一路上，车里都没有声音。

直到车快开到华茂府时，王喜南鼓了鼓勇气，开了口："薛老板，我有话对你说。"

薛桐没着急答应，而是先将车安全地驶入了地下车库。王喜南见方向不是开去自己的三栋的，而是他的五栋，有点儿着急："薛老板，我得回家。"

倒库停稳车后，薛桐解开安全带："你爸爸不知道你今天发生的事，你这样子不适合回家，你哥让你在我这里住一晚，你爸爸那边他来应付。"

王喜南思绪游离地点了点头："嗯。"

从坐电梯到进家门，王喜南都在想该如何和薛桐坦白，逃避终究不是办法，她必须说出来才舒服。

她叫住了去卧室的薛桐："薛老板，你让我把话说了吧。"

薛桐把手机放在茶几上，做出认真聆听状："嗯，你说。"

站在明亮的光里，王喜南身上的灰尘和瘀青很明显，一条漂亮的亮片礼服被折腾得灰扑扑的，她也顾不上整理凌乱的头发，只想把话说完："刚刚被抓走的混混儿没说错，我读高二下学期前都很不听话，做出了很多不好的事。"

这是她最不堪的过去，提到时，她羞愧地低下了头，扯着裙边，像在接受审讯。

薛桐始终很平静，但就是这种平静让王喜南不安，她打心底里认为，一个普通的男人知道这些事都会对她失望，更别提像他这样家境、自身条件都优越的人。她顿时有一种包装出的天鹅面具被羞耻地撕开的感觉，无地自容。

"所以我一开始没想和你谈恋爱。"

讲着讲着，她忍住了要夺眶而出的泪。

薛桐还是那般平静："嗯，明白。"

王喜南慢慢抬起头，那句"明白"，让她彻底没了信心。她想：他的意思就是分手吧。现在的她很识趣，不会纠缠不休，于是揪着裙边说："那……过了今晚，我们就只做同事。"

几秒的等待，像一年那么漫长。

王喜南最后听到的不是薛桐的挽留，而是一声冷漠的"嗯"。

薛桐的语气变得很客气："外面的浴室你用，我去里面洗。次卧里有你之前留下的睡衣，我一会儿把助眠的香薰给你点上，你好好休息。"

习惯了他缠人的一面，王喜南一时无法适应他骤然冷淡的态度。

从薛桐走进房间的那一刻起，王喜南知道，他们又成了两条平行线。

她骂自己贱，竟然有点儿想哭，这时候才想起他的好。

南城支队。

一队的人刚开完会，尹海郡几个人没走，徐东趁副局长走了后，想多讲几句："那个徐强铁定就是那帮富少爷的出头鸟。"

尹海郡收起笔记本和钢笔："是，徐强高中就和唐樾混，能一直和唐樾玩，不就是因为唐樾能让徐强这只狗吃得饱、住得暖嘛。我查过了，他一个无业游民，父母却能从村里搬到别墅区，帮富少爷们顶顶包，坐几次牢又何妨？"

徐东盖上杯盖，语气嘲讽至极："没想到坐牢还能挣钱。"

尹海郡哼了一声："可不是嘛，你没底线，一样能挣大钱。"

咚咚咚——三下清脆的叩门声响起。

韩至光做了一个恭迎的手势："海哥，嫂子来了。"

尹海郡朝他的胸脯拍了一下，开玩笑呛人："我没你老。"

"哦，那就叫弟妹。"

邱里的白色大衣里是条绸缎长裙，她站在全是男人的会议室里，确实能用人间仙女来形容，就是随意地撩一下头发都让人着迷。

不过，这是人家尹海郡的媳妇，谁也不敢多看，就是真羡慕他命好。

尹海郡还没问邱里怎么不打招呼就来了，她就将手上的袋子提到了桌上，放下的那一刻，在场的所有人，包括尹海郡，表情瞬间僵住。

韩至光先打破了僵局："弟妹上次做的是葡式蛋挞，这次做什么了？"

邱里打了个响指："纸杯蛋糕。"

桌边鸦雀无声。

尹海郡知道这帮兄弟为什么这副死样子，不过这是他媳妇，他必须给面子。他开始给大家分发蛋糕，韩至光此时的脸跟玻尿酸打多了一样，露出整齐的两排牙，笑容僵到要石化。

尹海郡命令他："给我吞下去。"

回到位置上，尹海郡也拿起了蛋糕。

邱里双手托着下巴，瞪着圆溜溜的眼睛，观察着他们所有人的表情，期待得到不错的评价。一下午泡在烘焙店里，她就是为了以后能给家人做甜点。

韩至光呛到了，辣到流泪："不是，弟妹啊，你这蛋糕里放了芥末？"

"嗯，"邱里不觉得哪里有问题，"抹茶里放点儿芥末，应该不错。"

"嗯，应该，应该……"韩至光真不想当小白鼠了。

尹海郡也好不到哪里去，吃的蛋糕是烤焦的，一度苦到觉得比自己过去的命都苦。他们能逃走，他不能，死都要将蛋糕咽下去，不然回去也是死，还得哄小公主。

"弟妹啊，我们要忙了，阿海陪你。"

他们几个端着蛋糕迅速溜走了，将阵地给了这对情侣。

一没人邱里就胆大，哪怕是在公安局里，要不是有监控，她能坐在他的大腿上喂他吃。她难受地保持着分寸，坐在他的旁边，眨着眼睛，嗓音甜甜的："阿海，你吃的是草莓味的，甜吗？"

"甜，"尹海郡哪里敢说不甜，又咬了一大口蛋糕，"比你还甜。"

邱里憋着笑，趁四周没人，咬了一口蛋糕喂到了他的嘴里。

尹海郡推开她："有摄像头。"

邱里委屈地收起了贪玩本性，坐端正了，指着蛋糕盒说："你好好吃，这里还有六个，你要全吃了。"

尹海郡强挤出笑容："嗯。"

这时，门又被叩响了。

门口的韩至光示意了一下，尹海郡端着蛋糕就走了出去。

两个人站在门边说了几句悄悄话，尹海郡难以置信："你没听错吧？"

韩至光指着通道那头的厕所说："绝对没听错，你知道的，周副局嗓门儿大，我在厕所里听得一清二楚，明天估计要开大会讲这件事。"

他听来的消息是——

上面的人同意了晏蓓力成立"富家子弟性交易和其他违法交易调查小组"的申请。

蛋糕的奶油熔化后流到了尹海郡的手指上，他都没察觉，脑袋有些蒙，一时间无法从刚刚得知的炸裂性的消息里缓过神儿来。

第十五章
"Love Game（爱情游戏）"

果不其然，第二天局里就开了大会，不过只有各队的领导能参加。

一早做完孕检的晏蓓力是王业军开车送来的。开完会后，晏蓓力简单地和一队开了个小会，因为很多细节不能公开，她只大致说道，上面的人同意成立"富家子弟性交易和其他违法交易调查小组"，不过由于涉及毒品交易，所以要和缉毒组的同事一起行动。

她也命令尹海郡，将手头上的线人移交给缉毒组的同事。

尹海郡照做。

晏蓓力在办公室里处理了一会儿工作后，就和王业军走了。

看到尹海郡回到办公室，徐东和韩至光把他叫过来，一本正经地提醒他："阿海，我觉得这个唐樾抓你妹妹，又让她毫发无损，估计意不在此，他就是明摆着告诉你，别搞他。"

徐东拍了拍尹海郡的肩："那个徐强的警告还是得听听，你最近别太出头，有什么事我们来做。我担心如果惹急了他，他要搞的就不是你妹妹了，你懂的。"

尹海郡叹了一口气，点头："我明白，最近会低调点儿。"

他用力地拍了拍两位兄弟的肩："谢了。"

这队里就数韩至光机灵，他把椅子拖近了些，像讲悄悄话一样，勾了勾手，把大家引了过来："我听到一个小道儿消息啊，感觉要变天了，听说省厅准备大刀阔斧地整顿内部，也就是大换血。"

大家的脸上都满是震惊。

因为目前处于风口浪尖上，尹海郡让家里人都小心一些，尤其是邱里和王喜南，特别嘱咐了她们最近不要去人少的地方以及不要晚归。他也知道局里内部这些事肯定会传到唐樾和蒋昭逸的耳朵里。果然，阿Ken那边给的消息是，最近他们收敛了很多。

不仅如此，他还从邱里那里得到了一个消息——蒋昭逸被评为祁南大学优秀教授。

这真是讽刺至极。

刚好颁奖的这天尹海郡休假。他知道邱海权也得到了此项殊荣，邱里和舅舅邓兆良都特意过去捧场，于是他也去了祁南大学。

三个人坐在第三排正中间的位子上。

颁奖台上的蒋昭逸穿着一身浅灰色西服，校长正在给他颁奖。其实要是不知道背后那些龌龊事，他确实是天之骄子。

台下掌声雷动。

而蒋昭逸的目光穿过人群，直直地盯向尹海郡。

他就是在公然挑衅：你动不了我。

尹海郡不会被这种垃圾轻易惹怒。他买了一束鲜花送给邱海权，祝贺邱海权。确实，邱海权带过几位历史系的高才生，成了国内赫赫有名的历史学家，这才是名副其实的耕耘者。

颁奖结束后，邱海权带着邱里去了校长办公室。

尹海郡趁邓兆良去洗手间时，在墙角抽了一根烟，可总有人喜欢破坏他愉悦的心情。

走来的人不是蒋昭逸，而是唐樾。

唐樾只笑，没出声。

可无声胜有声，连他的鼻尖喷洒出来的气息，都成了目无王法的挑衅。

唐樾望着天，称赞听起来更像是尖锐的讽刺："尹海郡，其实我还挺佩服你的，你说你，死了妈，又死了爸，还能考上二本学校，当上人民警察，上电视还红了一把，"他轻轻扇了扇自己的嘴，"不，不，不，你最厉害的，还是傍上了一个好老婆。"

尹海郡沉住气，不予理会，不过这烟也没心情抽了，直接掐灭。

"你和邱里打算什么时候结婚哪？"唐樾真像在关心一个老友。

尹海郡脸色很冷："这是我的私事。"

唐樾反驳："尹海郡，你这么说就没良心了。我和邱里好歹也做了几年搭档，她结婚，我怎么都得去，还得给你们送一份大礼。"

他自顾自地说着："你说，我该送你们什么'礼物'呢？"

尹海郡立刻意会到了"礼物"的深层含意。

唐樾只想狠狠地把他踩到脚底踩碎，走近了几步，满眼都是对他的厌恶之色："你知道吗？其实我送过你很多'礼物'。"

他转头时的笑容令人毛骨悚然。

唐樾留下那句意犹未尽的话，就踩着草坪大步离开了。

站在墙角的尹海郡还在反复思考他口中的"礼物"所指的到底是什么。

邓兆良从后面走来，应该是听到了刚刚所有的谈话内容。他拍了拍正在深思的尹海郡，把藏在心底多年的一个秘密说了出来。

这个秘密并不是一件小事，甚至会让邓兆良受到严重的责罚。

尹海郡答应了他，会保密。

两个男人还是很能藏住情绪的，等到邱里出来后，他们说要不要去军哥家吃螃蟹。邱里开心极了，说："我想死军哥的香辣蟹了。"

三个人围成一团。

邱海权孤零零地站在一旁，顶着一张委屈的脸："不带我吗？"

邱里搂着爸爸撒娇："怎么会不带你呢，我们亲爱的邱教授？"她轻轻地在他的耳边调皮地说，"今晚让妈妈吃冷饭。"

邱海权揪了揪她的鼻子："你妈妈要是知道了，打的不是你，是我。"

邱里捅了捅他："不会的，妈妈最爱你了，我知道她天天帮你洗澡搓背。"

听到了其他两个人的笑声，邱海权脸都红了："你一个女孩儿，说话注意点儿分寸。"

她做了个鬼脸："我都要结婚了，稍微没点儿分寸怎么了？"

"真是跟你妈年轻时一个样。"

邱里："……"

几个人在超市里吭哧吭哧地买了一堆吃的东西，抱进王业军家里的时候，晏蓓力都惊呆了，说他们是要把超市搬空吗？邱里说："本小姐心情好，想买多少就买多少，反正有三个男人争着给我买单。"

晏蓓力揉了揉她的脑袋，说她就是个古灵精怪的小公主。

收到通知的王业军已经准备了一大桌的菜，什么香辣蟹、白斩鸡、脆皮烧肉，还有女士们最喜欢的白灼虾、烫青菜，应有尽有。

"舅舅这菜做得比我们家阿姨都好啊！"邱海权夸道。

王业军取下粉色的围裙："以后成亲家了，常来，大门随时敞开。"

氛围其乐融融，大家就像是一家人。

大家聊得欢，只有王喜南闷闷不乐，米饭都没吃两口。

尹海郡问她怎么了，她说昨天工作很累，没休息好。

他没再问。

男人对女人的感情这种事不敏感，察觉到不对劲的是邱里。她挪了挪椅子，小声问："怎么？他还没给你发消息呢？"

她们俩早就是无话不说的好朋友了。

王喜南无精打采地点头："嗯。"

邱里叹气，不知道该怎么安慰。前天晚上，她们打了三个小时的语音电话，王喜南中间哭了三次，邱里挺心疼这个妹妹的。

她说，先吃饭，一会儿去房间说。

王喜南这才勉强动筷。

这顿饭不知什么时候开始了酒桌文化。

王业军和邱海权都是能喝的人，一直碰杯，他们俩连酒品都一样，爱吟诗作对，还是打油诗，对得不亦乐乎。

处在兴头上的邱海权，连手机响了三次都没听到。

最后还是邱里帮忙接的电话，她戳了戳他的腰："爸爸，妈妈来电话了。"

邱海权拿起手机，脸都喝出了高原红，头晕晕乎乎的："你是谁啊？"

邓倩良怒了："邱海权，你喝了多少？"

"你是谁啊？管我，啰唆。"

啪！他挂了电话。

邱海权再次举杯："军哥，我再敬你一杯，你太厉害了，一个人养大两个孩子，比我厉害，是男人中的男人。"

他的确喝高了，讲话都语无伦次了。

王业军一副奉陪到底的架势："邱老师，我们今晚不醉不归。"

"今天我们没老婆。"

"嗯，今天不管她们。"

晏蓓力："……"

其他人拦都拦不住，干脆不管了，让他们随意。

下午，邱里趁着天气好，去了趟东城区的临水街，那是祁南的老街，住户鱼龙混杂。所以，她让夏叔陪自己一起进去找人。

距离要做的那件事还有不到一个月的时间，邱里又拿起了手上的名单，就差两个人了，也是比较难搞定的两个人，她决定再攻克一次最难的韩大爷。

这是她三顾茅庐，显然又失败了。

"小姑娘哪，我老伴儿真没兴趣，你可别来了啊。"

其实难攻克的不是韩大爷，而是他的妻子，一个特别强势的女人。

邱里透过门缝，看到了韩大爷渴望的眼神，只可惜被他的妻子一掌合上门给彻底阻隔了。

眼见还是失败了，邱里抱着册子失望地离开。

夏叔安慰她："小姐，不然我们换个人？"

邱里灰心地点了点头："嗯。"

其实她的确早就可以换人，不必在一个人身上来回浪费时间，但当初报名的时候，这个韩大爷偷偷跑来，在餐厅里一坐就是一个下午，和她说了很多年轻时的回忆和遗憾。所以，她才决定一定要弥补韩大爷的遗憾，只可惜，最后被他强势的妻子发现。毕竟这件事，他妻子反感了二十多年。

明明是带着寒意的初冬，邱里却折腾出了一身汗。

老大爷家住在一个尾楼里，墙壁扶手都是 20 世纪的灰黑水泥色，光一暗，还真有些恐怖，但好在住的人多，一直有人经过。

邱里随着夏叔一起走到了车边。

夏叔看着她上了车后，指着对面不远处的小店铺说："小姐，车里没水了，我去买两瓶水，很快就回来。"

只是稀松平常的一件事，况且路上都有人，邱里没放在心上，窝在副驾驶座上玩手机。

可如果危险要发生，好像人怎么也躲不过。

只是短短几秒钟，邱里就被人拖到了车外，有人明目张胆地劫走了人。那道闪电般的光影从她眼前掠过，她还闻到了什么奇异的味道，片刻后，整个人就失去了知觉。

后一秒，她像掉进了黑云密布的无底深渊，甚至连叫喊的机会都没有。

尹海郡趁下午有空，又去了趟警犬训练营，和"麻辣烫"玩了一会儿后，拍了很多张照片，准备发给邱里。

他的手指按到发送键上的那一秒，夏叔突然来了电话。

电话里的夏叔慌张到声音都在颤抖："小姐被人劫走了。"

听着电话那边的声音，尹海郡耳边似乎传来一阵嗡鸣，大脑一片空白，急促地喘息着，快要窒息了。

短短的两三分钟，尹海郡仿佛失聪般，耳里进不来任何声音，整个人似闷在一个密不透风的网中，心脏绷得死紧。"麻辣烫"似乎同他有心灵感应，不停地用爪子扒他的手臂，汪汪地吠着，这才让他从恐惧情绪中惊醒。

他强迫自己恢复冷静，安抚好"麻辣烫"后，对女训导员说："突然来了案子，我得先走。"

女训导员给"麻辣烫"扣上牵引绳，摸着它的头笑："嗯，你赶紧去忙，况且海啸还有三个月就退役了，你马上就能抱回'儿子'了。"

身心处在高度紧张状态中的尹海郡笑不出来，只点了点头。

不过在临别前，他攥着手机叫住了女训导员："黄队，我想拜托你一件事。"

从警犬训练营地离开后，尹海郡立刻驱车赶回局里。狭窄的车里闷得人透不过气，他摇下车窗，天际只透着残余的一点点光亮，而初冬的风已悄无声息地变得萧瑟，呼吸都化作了一股白烟。

盯着车前合影里邱里甜美的笑容，他握紧方向盘的手骨节泛白："里里，你一定会没事的。"

尹海郡赶回局里时，晏蓓力已经派人先按照夏叔提供的信息出去寻找邱里。晏蓓力拍了拍他的肩："夏叔提供了劫匪的车牌信息，我们已经第一时间联系了交警部门的同事协助，放心，里里一定会没事。"

"嗯。"尹海郡点头，但眼中无光。

做警察的人怎么会不知道绑架意味着会发生什么。那帮人敢在光天化日之下明目张胆地带走邱里，就代表他们一定有着周全的计划。

忽然，尹海郡看到坐在椅子上垂着头的夏叔，他的情绪很不稳定，像哭过。夏叔抬起头，看到尹海郡走过来，激动地抓住尹海郡的手臂："我把小姐弄丢了……我怎么会把小姐弄丢呢？明明……明明我只是去旁边买水……"夏叔惊慌失措，"小姐离我那么近……我一回头……小姐怎么就……"

心里的愧疚感让他再也说不下去，他掩面大哭起来。

尹海郡蹲下身，轻轻拍着他的肩，安慰道："夏叔，跟你没关系，不要自责、内疚，你先回家好好休息，有消息我会随时联系你。"

平复了情绪的夏叔点了点头，却又抓住他的手臂，害怕得双唇发抖："阿海，我……我没敢告诉邓总和邱教授这事。"

尹海郡沉默了一会儿，说："瞒不了的，我来通知他们。我让同事把你送回去。"

夏叔："好。"

让局里的同事送走了夏叔后，尹海郡给邓倩良打了一通电话，虽然忐忑，手机都被掌心里的汗浸湿了，但他还是一五一十地将目前所有的情况告诉了邓倩良。

听到自己的女儿遭遇了绑架，邓倩良惊恐万状。

良久，电话里都没有声音。

刺刺的低频电流声，扯着两个人绷紧的神经。

最后，邓倩良用下命令的口吻字字用力地说："尹海郡，务必带我女儿平安回家。"

指甲掐进掌心，尹海郡对她发誓："放心，我一定会带里里平安回家。"

40分钟前，夏叔看到邱里被几个黑衣男人带进了一辆商务车，情急之下，还是冷静地先拍下了车牌和车型，然后冲进车里，不料却发现车胎竟然被人扎破了。他猜一定是这伙人干的。

不过他没有放弃，锁了车后，又冲向路边，拦下一辆计程车，想着路就一条，这伙人不可能逆行，于是跟了上去，只可惜对方早就不见了踪影。

警方根据有限的信息以及和交通部门取得联系，最后锁定这辆车牌号为祁A×××××的商务车最后一次在监控里出现是位于流沙湾，由于渔村落后，再往深处的崎岖山路上就不再有监控摄像头了。

前面那辆警车里的男刑警气喘吁吁地跑过来说道："车子停在了树林里，里面的人不见了，估计他们换车转移了人。"

韩至光怒到一掌朝树干拍了下去："等抓到这帮人了，非得关他们个十年二十年。"

即便所有人能发怒、紧张，尹海郡也必须保持冷静，摁着太阳穴，缓着气，脖颈儿间出了一层汗。他睁开眼，踩过一地的枯枝败叶，看着树缝里狭窄的光影，皱眉思索。

唐樾和蒋昭逸到底能把邱里转去哪里？

一只从树林里跑过的小野猫让尹海郡回过了神儿，他看了看手表，距离邱里失踪已经过去了一个半小时，没时间在这里瞎琢磨，他和韩至光对上了视线。

尹海郡往警车走去："走，先把附近能搜的地方都搜一遍。"

"嗯，我已经让交警队的同事调取了监控，看看能不能锁定可疑车辆。"韩至光和他向来很有默契。

三辆警车分别从各个路口进行地毯式搜查。

在去另一个村子的路上，尹海郡收到了王喜南的微信。

王喜南："哥，我觉得唐樾刚在社交平台上发的东西很奇怪。"

尹海郡打开截图，定位是在泰国普吉岛，他咬牙唾骂，佩服唐樾的心理素质。这人一面在国内做着丧尽天良的事，一面在国外享受着纸醉金迷的生活。

这世上，人远比鬼可怕。

王喜南立刻发来一个唐樾在社交平台上发布的视频。

尹海郡点开视频，乍一看，没什么特别之处，就是一个玩游戏的视频，仔细琢磨却耐人寻味。这是一款很经典的游戏，马里奥救公主，如果闯关成功，不见得奇怪，但唐樾故意让明明已经快跑到城堡的马里奥选择了自杀，而且配文诡异："水管工哪里配得上碧姬公主？"

王喜南又发来一条微信："我想你应该懂我。"

这次，尹海郡的确和王喜南想到了一起。

唐樾又在明目张胆地挑衅，在兴致勃勃地和他玩一场"马里奥救公主"的游戏。

尹海郡的紧张感开始加剧，不过他依旧让头脑保持冷静。他退出微信，点开地图，在附近看到了一条熟悉的路，不知道自己的第六感对不对，但只要有一丝曙光，他都会抓住。

他略激动地拍了拍前面的座椅椅背："老徐，你让老秦他们在附近继续搜索，我想和上级请示，带我们队的人去另一个地方找人。"

"去哪儿？"韩至光和徐东异口同声。

尹海郡指着地图上的成峰路，说："从流沙湾可以直接开到成峰路上，而成峰路可以直接开到崇燕岛的码头。"他用力地缓了口气，说，"我有预感，他可能会把邱里带到我的老家，崇燕岛。"

徐东身子朝前倾："你确定吗？"

尹海郡眼神灼灼："我不想放过任何一种可能。"

"好。"徐东同意了，毕竟事情迫在眉睫，他们只能派出更多的警力，在任何一个可能的地方进行地毯式搜索。

警车刚掉头，尹海郡补充道："我还要带一个人去。"

"谁？"

两个小时后，大概是晚上 8 点 30 分时，两辆警车到了崇燕岛的码头上。徐东先下的车，一眼就看到了尹海郡口中的"人"，是尹海郡的宝贝"儿子"，警犬海啸。

"海啸！"出警时，尹海郡通常会叫它的工作名字。

"麻辣烫"奔到了尹海郡脚边，警犬车上还下来两名警察，手上牵着各自的警犬，是两只高大威猛的德国牧羊犬。虽然"麻辣烫"在搜救上天赋异禀，但攻击力弱，关键时刻还需要扑咬能力更强的德国牧羊犬。

前面的韩至光给大家开道。

他和前来对接的警察打了招呼，一行人迅速上了两艘执法的警用快艇。

上快艇前，"麻辣烫"一直冲着海叫着。

尹海郡的第六感越来越强烈，他蹲下身问它："闻到了'妈妈'的味道，你就叫两声。"

"麻辣烫"就汪汪叫了两声。

随后，他激动地带着"麻辣烫"上了快艇。

四周是无边的黑暗，还有下雨的迹象，那一点点月光此时都被藏在了厚云之下，黑云压着死寂的海面，笼罩着一种被黑暗深渊包裹的恐怖气息。

快艇划出层层波纹，尹海郡牵着"麻辣烫"站在栏杆前，潮湿又刺骨的海风刮得他脸疼，他将攥紧的手机解开锁屏，看着屏保上那张甜美的笑脸，又一次发誓："里里，我和'麻辣烫'会带你平安回家。"

"麻辣烫"像是听懂了，大声朝海面吠了两声。

它不会说话，但尹海郡听懂了。

它是在说：妈妈，我一定会接你回家。

深冬的山野间，只有穿过树林的山风在呼啸。山间实在太荒凉，连一丝灯光都没有，野猫在丛林里跳跃奔跑的画面都变得阴森。突然，一道闪电划破黑夜，雷鸣滚滚，大雨倾盆而下。

一间废弃屋子里，邱里被绑在一张破烂的、摇晃的木床上，手脚被捆绑住，眼睛被蒙住，嘴上粘着黑色胶带，好在身上的丝绒裙完好无损，并没有被人动过的痕迹。

　　一路上，她都被迷药迷得失去了意识，再醒来时，已经躺在这里。

　　邱里听到了外面的雨声，泥土的腥味里还混杂着不明生物的尸体的腐臭味，刺鼻到让人想吐。窗户像是坏掉的，雨水都溅了进来，冷到了骨子里，她的身子都在发抖。

　　她说不了话，喊不了"救命"。

　　这种看不见、动不了，却能听得一清二楚的感觉，更令她恐慌到窒息。

　　突然，耳边响起了枪声，声音并没有被雨声淹没。

　　不过枪声是从手机里传出来的。

　　邱里害怕得全身紧绷，急促的呼吸像要撑开嘴上的黑色胶带，她差点儿昏厥过去。

　　三年前，她虽然幸运地躲过了加利福尼亚州枪手的子弹，但因为目睹了朋友身亡，并且差点儿就被枪手从衣柜里拎出来，留下了严重的心理创伤。后来，邓倩良给她找了一名华人心理医生，花了一年多的时间治疗，状态才渐渐好转，但她还是怕黑暗，怕突然受惊吓，更怕枪声。

　　好几次，她去找尹海郡，一听到射击训练室里有枪声发出，就会本能地蜷缩到角落里，捂着耳朵闭着眼。

　　还好，这伙人很快关上了音频。

　　他们只是故意想吓吓这位脆弱的大小姐。

　　耳边恢复了安静，邱里揪紧的心慢慢放松，胸口的起伏幅度也慢慢平稳。没过几秒钟，她听到有人向自己这边走来，又一次本能地想躲避，却发现双腿根本挪不动，任何挣扎都是徒劳的。

　　男人撕开了她的嘴上的胶带，将手机放到了她的耳边。

　　听筒里传来熟悉的呼唤声："邱里。"

　　"唐樾？"邱里自然听得出来。

　　唐樾并没有拐弯抹角："邱里，你明明是住在城堡里的碧姬公主，为了一个活在底层的尹海郡，被搅到浑水里也值得吗？"

身处恐惧之中，邱里能听到自己剧烈、沉重的心跳声，虽然双腿在抖，但她还是头脑清晰地回答："那你呢？你明明出身富贵，是一个出色的钢琴天才，却为了追求所谓的刺激、兴奋，一直在挑战法律，你值得吗？"

"我在问你！"唐樾不悦地低吼。

邱里并不软弱："我在回答你。"又冷静地补充道，"因为值不值得，只取决于自己。"

唐樾："……"

被噎住的唐樾像是在那头点了根烟，有打火机点火的声音，他抽了两口烟，说："我以前以为你只是玩玩而已，没想到你还来真的。尹海郡到底有什么魅力，让你……"

"唐樾，"邱里打断了他的话，语气很重，"尹海郡没有你命好，你拥有的东西比他多了成千上万倍。他从来没有故意挑衅你，但是你欺负了他的妹妹，他凭什么不能还手？我们已经退让了，你为什么非要揪着他不放呢？"

电话里传出唐樾的冷笑声："邱里，你退让了吗？你对我做过什么事，你应该清楚。"

邱里怔了怔，心猛跳了几下，说话开始哽咽："是，我是气不过你不把他当人地踩在脚底羞辱，是心疼他连被欺负了都没人可以站出来保护他，就想替他出一口气。我承认我找人举报了你，使你失去了你梦寐以求的入学资格，让你的学业受阻，如果你是因为这件事要报复我，好，我愿意承担后果，但是……"

"但是什么？"唐樾问。

邱里："但是过了今晚，我们之间的账一笔勾销。"

她现在就是掉入魔鬼恶爪里的绵羊，无路可逃，也无法反抗。她敢肯定唐樾不敢杀人，但其他事她不敢保证。她也知道她的骑士一定在寻找自己，但同样，她也做好了最坏的打算。

唐樾轻轻笑了笑："邱里，你比我想的有种。"

邱里没回应。

唐樾忽然话锋一转："邱里，我不会让他们动你，毕竟我们曾经

315

是很默契的搭档，你也帮过我很多，但你和尹海郡确实让我很不爽。"他好玩儿似的笑了笑，"这样，我们赌一把，赌你的王子会不会及时救你出去。"

"你什么意思？"邱里语气急切。

刺激的游戏，唐樾越玩越兴奋："你那边现在应该在下暴雨吧，这荒山野岭的，也不知道会进进出出些什么妖魔鬼怪。我的人不会动你，但你能不能完璧归赵，就看你的命了。"他还打了个响指，"哦，对了，不知道你的王子脑子够不够聪明，知不知道你在崇燕岛？"

邱里深吸了几口气，更慌了。

崇燕岛？

她一直以为自己在祁南，没想到这帮人竟然将自己带到了几百千米开外的岛上，此时更是叫天天不应、叫地地不灵。她知道崇燕岛的荒山有多荒，如果真遇到村落里的流氓坏蛋，她或许一辈子都无法从阴影里走出来。

匆忙的脚步声在雨声里消失，嘴上没了胶带，邱里可以正常出声，但更不敢说话，怕引来坏人。所有压在心底的恐惧感最终还是让她崩溃地哭了，她掐着手心，低低地喊："尹海郡，你给我聪明点儿。"

闪电似乎要将天空劈成两半，惊天动地的雷声响彻整个荒山。尹海郡出生在这里，对岛上的环境很了解。岛上就两座山，一座被开发成了旅游景点，烟火气很旺，大多是居民和租出去的民宿，而此时他正在攀爬的这座山就是保留的野山。

他们兵分两路，从前后两个位置包抄寻人。

尹海郡找了本地的熟人带一队其他队员，他就带着韩至光和徐东几个人从北面往上走。

几个人爬到一半，雨势也不见减弱，砸到他们几个大男人身上都让他们感到骨头疼，但什么恶劣的环境他们都经历过，这点儿小风小浪不值得矫情。而"麻辣烫"也一样，两年前，它迎着大暴雨，连夜在地震中搜救了几十名伤者，没有退缩过一步。

大雨会冲刷掉气味，搜寻的难度会增加，好在邱里前两天落了一条丝巾在尹海郡的车上，他一路拿着丝巾给"麻辣烫"嗅："'儿子'，我们一定要找到'妈妈'，知道吗？"

"麻辣烫"高声急切地叫着，像是在呼唤邱里。

满身雨水的尹海郡，衣服重到往下坠，他拖着艰难的脚步费力地往上爬着，"麻辣烫"奔在前面。它是一只很聪明的搜救犬，能肯定地往一条路上跑，就是在传递正确的信息。

韩至光和徐东他们紧随其后。

如果说这世上真的存在吉人自有天相，那么他们此时一定是受到了老天的庇佑。

只在一瞬，雨势骤然变小。

"雨小了。"韩至光雀跃地伸手接住雨水。

徐东也很兴奋："阿海，这就是好预兆，邱里绝对平安。"

"嗯。"尹海郡突然有了动力，加快了脚步。

几个人踩着泥水又往上走了一段路后，"麻辣烫"突然朝一旁吠起来，树影后面是人逃跑的动静。尹海郡大步冲过去，伸手拎住了一个男人的后衣领。

"警察，别动。"他三两下将男人摁在了草丛里。

男人叫冤："我就是一个路人，路过而已。"

尹海郡一只手扣住他，一只手搜他的身，摸出了一把刀："路人会带刀？"

听到刀，徐东立刻奔了过去，厉声讯问："你把人绑到了哪里？"

男人继续喊冤："警察叔叔，我真不知道你们在说什么。"

"阿海！"韩至光突然大喊了一声。

尹海郡回头，看到韩至光指着另一条小路，隐约还看到"麻辣烫"正在扑咬一个男人。尹海郡把手中的男人交给了徐东，然后火速跑了过去。

"麻辣烫"凶狠地咬住了男人的裤子。

一般来说，受过严格训练的警犬是不会胡乱咬人的，除非它闻到了什么可疑的气味。尹海郡刚准备冲过去，看到戴着鸭舌帽的男人做了一个掏口袋的动作，他猜男人应该是掏刀，立即扑了上去。

韩至光暂时先止住了"麻辣烫"。

尹海郡和男人倒在地上，赤手空拳地较量起来。很快，韩至光也扑了上去，男人还在奋力反抗。虽然雨小了，但环境恶劣，地上的三个人厮打成一团。最后，男人终于被制服，手中紧握的刀哐当落到了地上。在抢刀的过程中，尹海郡的虎口不小心被锋利的刀刃划伤了。

"你没事吧？"混乱的场面里，韩至光看到尹海郡好像受了伤。

尹海郡收起手，忍住疼："没事。"

因为手在流血，他只能吩咐韩至光："搜他的身，他身上肯定有东西。"

韩至光在男人身上摸了一番，在他的内裤的位置摸到了一包白色的粉末。"麻辣烫"冲着粉末不停地吠着，原来这人藏了毒，谜底揭开。

突然，"麻辣烫"飞快地朝旁边的小路奔去。

刚好，从南面上来的警察也爬到了这里，尹海郡带着他们一起跟着"麻辣烫"往上冲去。果然，他的预测是对的，"麻辣烫"撞开了木门，一直吠着。

它不是愤怒，而是喜悦。

随后，尹海郡在屋外听到了邱里兴奋的哭喊声："'麻辣烫'……'麻辣烫'……"

紧接着，他又听到她带着哭腔冲着屋外怒喊："尹海郡，你还能再慢点儿吗？！"

一群人往山下走的时候，雨也彻底停了。

邱里毫发无损地被尹海郡带下了山。她一身冰凉地钻入他的怀里，其实他身上都是雨水，比她的身子更冷，但她就是不想和他分开。

惊魂未定的邱里手脚都在发抖，害怕却又想冲他撒撒气："尹海郡，就是你老跟我说崇燕岛的山上住了一群野人，我刚刚真的好害怕他们冲进来。"

后面跟着的几个大男人没绷住，笑出声来。

救了人，他们都轻松了许多。

尹海郡借着微弱的光线，看到了邱里的脸上的泪痕，回想着刚刚看到的她被绑着的场景，可想而知，那几个小时里，她有多无助、多恐慌。他将她揽得更紧些，恨不得将她牢牢地圈在自己的胸膛里，喉头颤动："里里，对不起，我来晚了。"

被安全感包围的邱里忽然彻底失了控，在他的怀里哭了出来。

回到山下，尹海郡先是给邱里的家人报了平安，然后带着队友在酒店办理了入住手续。一半是尽地主之谊，一半是感谢弟兄们的辛苦，他自掏腰包，请大家在这里好好休息一晚，明天下午再一起回祁南。

他则和邱里回奶奶的三合小院过夜，因为邱里说想回奶奶家了。

分开前，韩至光激动地叫住了尹海郡。

"怎么了？"尹海郡问。

韩至光读着热搜内容："富家子弟在普吉岛聚众淫乱，致未成年少女淹死泳池，嫌疑人中包含三名中国籍男子。"

尹海郡惊讶地皱眉："然后呢？"

韩至光放大了一张照片："你自己看看是谁。"

尹海郡定睛一看："唐樾？"

照片里，脸色憔悴的唐樾双手举高，身边跟着两名泰国警察。

"不只这些，"徐东也刷到了这条热搜话题，打开了里面更多的照片，"还有人清楚地拍到了唐樾和死者在房间里的亲密照。"

唐樾被抓，这的确是一件大快人心的事，但尹海郡也有些疑惑："角度这么多，还拍得这么清晰，感觉有人故意搞他。"

韩至光收起手机，笑道："唐樾这种人，得罪的人多了去了，不是不报，只是时候未到而已。你看，报应现在不就来了吗？"

他握紧拳，一脸爽样："人算不如天算，他现在是在境外犯法，热搜词条马上就要爆了，如果他真杀了人，天王老子都保不了他。"

这一晚像是经历了一场浩劫。

尹海郡只想让邱里泡个热水澡，好好休息一晚，其余的事后面再说。他让韩至光和徐东回了酒店，这时手机在口袋里振动了几下。

他抹掉了屏幕上的水渍，滑开了微信。

邱里靠在他的怀里问:"谁啊?"

尹海郡低头看手机:"舒雁。"

看着看着,他嘴角上扬——是钦佩的笑容。

舒雁发来了一张自己的照片,戴着一顶红色的假发,穿着性感的比基尼,为免显得不雅,她身上披了一件薄外套,坐在普吉岛的沙滩椅上喝饮料。

文字内容是:"尹队,我觉得我好像更适合做卧底。"

雨停了,深夜万籁俱寂,三合院里像是被一层薄薄的雾气笼罩着,十分朦胧,湿冷的风刮在木窗上,与开了暖气的屋里形成了鲜明对比。

受了惊吓的邱里不想和尹海郡分开,做什么都要和他一起。于是他们带着"麻辣烫"在回廊尽头的小木屋里一起洗澡。

两个人一只狗都成了落汤鸡。

"麻辣烫"趴在地上,任"爸爸妈妈""宰割"。

邱里则说起了刚刚在野山上和唐樾的通话内容。

赤着上身的尹海郡边给"麻辣烫"洗澡边夸她:"你真这么说唐樾的?"

"嗯,"平安后的邱里情绪状态好了很多,还有心情傲娇一下,"我虽然长得像个小仙女,但可不是那种只有脸的花瓶,关键时刻,我还挺有临危不乱的本事的。作为刑警的家属,我的智商绝对不能掉线。"

一张白白净净的脸被覆上了几抹红晕,尹海郡就这样望着她。虽然她在笑,但他笑不出来,只有心疼。他不想让她吃苦,不想让她受伤,她就应该在那个被保护的梦幻城堡里安然无忧地生活着。

邱里给"麻辣烫"搓着脑袋,掌心都是泡沫。她感受到了对面那道灼热的目光,轻声抚慰:"尹海郡,不要自责,不要内疚。"

他们之间早就拥有了无声的默契。

尹海郡垂下眼,继续给"麻辣烫"洗澡,但明显心不在焉。

他做不到不愧疚,至少此时做不到。

邱里蹲下身,又挤了点儿沐浴露,揉着"麻辣烫"的脖子。

警犬和警察一样,不出任务时,卸下了浑身的铠甲,变成了憨憨的狗狗。她眼带笑意地看着"麻辣烫"，浅浅的气息喷洒在它的鼻间，话却是说给板凳上的男人听的："我小时候听奶奶说，当时我爸爸刚上小学，她抓了一个强奸犯，那个强奸犯刚刚成年，他的父母因为接受不了事实而失去了理智，有一次竟然拿着刀冲到学校，想捅死我爸爸。其实，作为警察的家属，我已经做好了会遭遇危险的心理准备。"

尹海郡听着这话，胸口起伏得有些急促。

被报复，是每个警察每天面临的风险。

邱里声音很柔："其实鼓励你、支持你做警察，不是因为我有什么虚荣心，希望自己的男朋友是一个大英雄，而是因为，我、晏孝捷、温乔和晏阿姨都看到了你的天赋。"她握住了"麻辣烫"的背上的那只粗糙的手，轻轻摩挲着他受伤的虎口，说，"阿海，不要有压力，今天的事没有人会怪你，你只管好好地在警察这条路上走下去，不要愧对自己所有的努力。"

她没抬头，或许是怕自己会掉泪。

尹海郡亲了亲她的头顶，喉结无声地滚动了一下，应道："好。"

隔日的晴空带着豁然明亮的吉兆。

"一家三口"窝在温暖的房间里沉眠了一夜。"麻辣烫"趴在毛茸茸的地毯上，大床上，尹海郡手臂都被枕麻了也没换过姿势，一直揽着邱里。松松软软的棉被里，充溢着他们温热交织的气息。

先起来的是尹海郡，因为昨晚邓倩良说要坐最早的轮船到崇燕岛见女儿，所以他6点就爬了起来，在厨房里忙活着四个人的早餐——四碗色香味俱全的葱油面，还有几碟可口的凉菜、煎蛋和午餐肉。

他做好面的时候，两位长辈也刚好进了院子。

邓倩良进来就抱住了邱里，邱海权昨天都急哭了，他们反复安慰着受惊的女儿。尹海郡则站在敞开的大厅里，好几个瞬间，都愧疚得不敢抬头看他们。

邱海权不会责怪尹海郡，反而还感激他用最快的速度救出了里里。邓倩良也没有动怒，而是平静地落座，一起吃完了暖胃的早饭。

饭后，尹海郡收拾碗筷，一个人包揽了所有家务。他不觉得这有什么，在他受到的教育里，男人就是应该懂得照顾人。从小奶奶就告诉他，男人在外面要扬得了眉，在家里也要弯得了腰。

后来，邓倩良叫所有人进了屋。

尹海郡给两位长辈端上了茶水，然后站到了邱里身边，低头诚恳地对昨天发生的事表示歉意，希望两位长辈能原谅自己。

"尹海郡，把背挺直了，不用对我们这样。"邱海权其实很不喜欢他卑微的模样，有种自己和妻子不讲道理的感觉。

邓倩良目光平静地望着尹海郡。她不是一个情绪化的人，很多决定不是一夜所做，而是日积月累形成。随后，她将目光挪向了邱里，语气始终强势："我要你们两个，把从高中毕业到现在所发生的每一件事都老老实实地告诉我。"

尹海郡和邱里对望了几秒钟，然后相互点了点头。

"好。"然后，由尹海郡先开了口。

他们大概花了20分钟，将过去所有的事一五一十地向两位长辈坦白了，包括他们和唐樾的过节儿，也包括邱里对唐樾做过的事。

"里里……"听到自己的女儿在背后摆了唐樾一道，邓倩良是不悦的，但最后还是压下了怒气，因为现在的她能理解女儿当时的心境。

邱里双手叠放在腿上，拳头握得很紧，埋头道歉："对不起，我知道我做错了。"

邓倩良闭眼，叹了一口气。

调节气氛的永远是邱海权，他指着趴在门口的拉布拉多，笑着问："海郡，这是你养的狗？"

"嗯，"尹海郡点了点头，"我和邱里一起养的。"

邓倩良看向认错的邱里："刚刚怎么没说养狗的事？"

见妈妈会开玩笑了，邱里就拉着她的手撒娇："妈妈，妈妈……"

邓倩良突然把矛头指向了对着狗傻笑的邱海权："你女儿跟你一副德行，做错了事就知道撒娇。"

邱海权愣了愣，然后继续傻笑。

气氛轻松了许多。

尹海郡叫了一声，"麻辣烫"摇着尾巴就进来了。他摸着它的脑袋说："它是读高三的时候我和邱里一起养的，叫'麻辣烫'，后来我们俩把它送去了警队做警犬，它改了名，叫'海啸'。'麻辣烫'很厉害的，立过很多功，一身荣誉，去年黄县地震，它在暴雨里救出了很多人，其中还包括奄奄一息的孕妇。"

"嗯，"邱里特别自豪，"我'儿子'特别厉害，昨天也全靠'麻辣烫'救出了'妈妈'。"

她一兴奋就口无遮拦，什么夸张的词语都脱口而出。

"真厉害啊！"邱海权继续解围，拍掌夸奖。

尹海郡笑着说："嗯，它还有三个月就光荣退役了。"

邱里又激动了："到时候我要给'麻辣烫'安排相亲。等我和阿海结婚了，我们就可以养一窝狗崽崽了。"

屋子里骤然安静，又有人骤然发出笑声。

这周，唐樾的事在网络上闹得沸沸扬扬，虽然唐家人想办法尽量降低了舆论热度，但敌不过现在网友的战斗力，他过去的黑料都被扒了出来。他已经自顾不暇，邱里觉得自己目前来看很安全，索性让夏叔回家休息一段时间，她也取消了最近的工作安排，不是待在自己家里，就是在王业军家里。

冬至这天，邱海权早上就收到了王业军的微信消息，问他和邓总晚上要不要过去吃饺子和螃蟹。邱海权当然很想去，但也怕再被揍，于是试探性地问了问邓倩良。本来他都没抱希望，没想到邓倩良破天荒地答应了，只是说晚点儿到。

他很兴奋，急匆匆地穿好衣服，说先过去陪军哥买菜。

邓倩良没理他，因为有重要的事要做，让司机速速来接自己。

在公司处理完一堆合同后，邓倩良到了一家花园酒店。今天的下午茶是她组织的，就算这局组得很仓促，但谁又敢驳邓总的面，包括是非缠身的唐母杨真真。

尽管身心俱疲，但杨真真还是来了，打扮得很贵气。

酒店整个花园都被邓倩良包下了，天气甚好，阳光照得草地泛光，圆桌上雕纹的骨瓷盘上，甜点摆放得很讲究，旁边的女人们悠闲地聊天儿，整个画面像是一幅英式的慵懒画卷。

女人们的聊天儿声戛然而止，目光都放到了邓倩良身旁的人身上。女人穿着一身泼墨长裙，外面裹着一件白色大衣，笑意盈盈。谁能不认得余冰？一个外表温婉实则内里犀利的女人。

最害怕余冰的莫过于唐母杨真真，但怕什么来什么，余冰第一个打招呼的就是她："好久不见哪，最近还好吗？"

因为杨真真的小叔子，也就是唐父的亲弟弟，她们之前在一些场合上碰过几次面，杨真真对余冰来说也算是熟脸。

杨真真握住余冰的手，心虚地答："还好，谢谢您能惦记。"

这个圈子里，每个人都披着一张假皮，谁和谁都没真心。

杨真真现在就处于被嘲讽的位置。

儿子涉嫌性侵未成年和谋杀，还被扣在境外调查，这句"还好"，真是让人啼笑皆非。

作为组织者，邓倩良招呼大家继续吃喝。

她是这群人里生意做得最大、身家最多的，哪怕是她们的老公都比不过。所以，她自然是大家巴结的对象，大家不是聊点儿近况，就是替各自的老公聊聊合作的事。

中途，邓倩良将杨真真叫到了走廊一角。

那短短几百米的路上，杨真真内心忐忑，却还在装傻充愣，直到邓倩良毫不留情地扇了她一巴掌，她的手和唇都在发抖，却连半个字都不敢说。

她当然知道邓倩良为什么会发火。

邓倩良指着杨真真，气势完全盖过她："杨真真，你儿子对我女儿做了什么事，你应该很清楚，但我不会找小孩儿的麻烦，只会找你。"邓倩良克制不住愤怒情绪，提高了声音，"我打你，是因为你没有教会儿子如何好好做人。"

她冷冷地盯着杨真真，继续说："我知道你老公的弟弟唐明混得不错，但仗势欺人是要付出代价的，尤其是欺负到了我女儿头上。"

杨真真瑟缩着，不敢出声。

邓倩良最后警告了一次："我告诉你，我邓倩良的生意能做得比你们唐家的大，说明我在各方面都比你们强。"

杨真真惭愧又害怕地连声道歉，头都不敢抬："对不起，对不起……"

她知道，余冰就是邓倩良特别请来打她的脸的。

替女儿教训完杨真真后，邓倩良去了洗手间，刚好遇到了正在洗手的余冰。

余冰笑了笑："解气了？"

邓倩良缓了缓情绪，擦着手："嗯。"

邓倩良和余冰关系好，算是有点儿特别的缘分。

余冰本来只是邓倩良美容院的 VIP，两个人认识后才知道，原来余冰以前追求过邓兆良。那时邓兆良还是初出茅庐的法医，但作为一名名校的高才生，清高的他连着拒绝了余冰三次。不过余冰心大，没放在心上，后来她被副局长看上，再后来，她老公一路官运亨通。

理了理裙子后，余冰从镜子里看着邓倩良："这次内部整顿，杨真真的儿子要是真被判刑了，唐明肯定自身难保。"

邓倩良对上她的目光，点了点头。

出去前，余冰轻松地拍了拍邓倩良的肩："我向来不参加这种局，今天特意来给你撑场面，还真不是看你的面子。"

邓倩良惊了："那是……？"

余冰挽着她的手往外走："我侄子，薛桐。"

邓倩良："……"

薛桐这个名字对邓倩良来说并不陌生，因为两年前，余冰打算把自己的侄子介绍给邱里，奈何被薛桐多次婉拒，所以薛桐这次的行为有点儿让她看不懂。不过她没多想，上了车后，让司机绕去了一个地方。

傍晚，暮色笼罩中的南城分局，有几道人影在会议室里。一队的人刚结束会议，徐东说没事了，让大家先走。尹海郡确实要先走一步，准备回去帮舅舅准备冬至的大餐。

很意外，他在门口遇见了邓倩良。更意外的是，邓倩良提出去超市里转转。

闹哄哄的超市里，经过生鲜区时，环境嘈杂得让本来就摸不着北的尹海郡头更晕了，他看见邓倩良称了一条肥鱼，扔进了推车里。

"你们家里人，没人不吃鱼吧？"今天的她好像变了一个人，柔和了太多。

尹海郡怔了怔，紧张地摸了摸脖颈儿："都吃。"

都是下班来买菜的人，这边确实吵得人头疼，邓倩良索性带着尹海郡去了安静的调料区。

说是来转转，其实她的意图很明显，她是想单独和尹海郡谈谈心。

看出尹海郡很紧张，连推车的手都僵住了，邓倩良笑着说："他们好像都很喜欢你，我一下子成了被排挤的人。"

尹海郡不知道要怎么回应，在邓倩良面前，他总是做什么都显得笨拙。可就是这样的笨拙反应，让邓倩良感受到了他的淳朴和真实。她慢慢往前走着："我听晏孝捷的妈妈说，你两年前把剩下的钱都还上了。"

"嗯，"尹海郡点头，"拖了很久，很不好意思，刚好存够了，就一口气都还了。"

邓倩良抬头望着这个高高大大的男人，印象里，他好像还是那个刚满17岁的男生。那时候她对他悲惨的身世并不同情，但此时似乎和邱海权一样，对他有了一些怜悯心。

"一个人撑过来，挺难的吧？"这是她第一次想关心他。

尹海郡摇了摇头，虽不这么认为，但笑容还是发苦："还好，我不觉得我很惨，至少还有很爱我的舅舅、妹妹以及……"他的声音忽然变得低低的，"邱里。"

邓倩良轻轻一笑，侧头看着他："你就这么喜欢她？"

在家长面前承认这种事，尹海郡真害羞了，不好意思地垂着头，抿着唇，点了点头："嗯，很喜欢，长这么大，我就没见过这么好看的女孩儿。"

一个一米八几的壮汉，竟然红了脸。

邓倩良不是什么冰冷的机器人，也有血有肉，着实被他这句话和呆呆的样子逗笑了。之后，她一边挑着调料一边问："你上次说准备了一个惊喜，是不是可以让阿姨检验检验了？"

尹海郡点头："嗯，准备下周日叫大家来。"

"好，"邓倩良笑着看了他一眼，然后往前走去，"我倒要看看，你到底为我女儿准备了什么惊喜。"

一顿其乐融融的冬至晚餐过后，尹海郡投入了工作中。自从和邓倩良的关系变亲近后，他整个人都精神焕发，像是压在胸口上的最后一块硬石终于被凿开，洒进了天光，这几天，他走路带风，逢人就笑。

这天，尹海郡刚到支队门外，就看到了在门口等自己的夏叔。

夏叔拎起手上的保温壶朝他示意，尹海郡立马接过。他知道是邓倩良让家里的阿姨煲的汤，已经连续三天喝到了热汤。

家里一团和气，夏叔自然也开心，拍了拍身前那两只结实的胳膊，说："今天的鸡汤里放了冬虫夏草，再补壮点儿。"

尹海郡笑着叹气："真不能再壮了，你家小姐说我快成人猿泰山了。"

尹海郡是夏叔看着长大的孩子，夏叔和他向来亲近，讲话有时候也无所顾忌："没事，我家小姐喜欢得很。"

门外的两个大男人有说有笑。

过了一会儿，尹海郡送走了夏叔，回到办公室简单喝了口汤，就被徐东叫去了会议室。

最近让整个一队都雀跃的事是，富家子弟的案子有了突破性进展。虽然唐樾并没杀人，那名泰国籍未成年少女是因为嗑药失足跌落泳池而导致溺水身亡，但他因涉嫌在境外进行毒品交易，被遣返回国接受调查。

唐樾这种阴沟里的人，哪里会讲什么江湖义气？自己被抓了，也不可能让所谓的"朋友"好过，被带到审讯室后就供出了蒋昭逸。不仅如此，他还很会甩锅，说是蒋昭逸带他进的圈子。

审讯室里传来一声冰冷的笑声。

"你笑什么？"唐樾瞪眼，短短一周，他颓废得像换了一副躯壳，沧桑得看不出来是那个意气风发的"钢琴王子"。

尹海郡反瞪他："笑你，笑你不信我说的天道有轮回。"

唐樾不服气地握紧拳："尹海郡，你不要太得意。"

"得意忘形的是你，唐樾。"尹海郡声调不高，但足以震慑对面的男人。

封闭的审讯室里骤然变得安静下来。

唐樾并不会就此认栽，嚣张地说："那个女人是自己摔下去死的，我可没杀人。是，我是在泰国嗑了药，但最多也就是去戒毒所坐坐，一两年我就出来了，你能拿我怎样？"

一旁做笔录的同事唾弃地摇头。

就像在给唐樾最后一点点猖狂的机会，尹海郡不紧不慢地说："我没说你杀了那名泰国少女，把你带过来审讯，也不是因为你嗑了药。"

"那是因为什么？"显然，唐樾已经很不耐烦。

这时，韩至光敲了敲审讯室的门，尹海郡让他把资料和证物放到桌上。

走出去时，韩至光指着唐樾凶道："不判个无期徒刑，也得让你在牢里蹲个十年以上。"

听到"无期徒刑"四个字，唐樾心猛地一紧。

昏暗狭小的房间里，尹海郡能听到唐樾紧促的呼吸声，唐樾甚至已经不敢抬头。尹海郡看着确凿的证据资料，再看向唐樾的眼神变得比之前更狠厉："尹力，你认识吗？"

唐樾眼神突然变得涣散，手也在抖。

尹海郡盯着他，目光没有挪开过一秒："尹力是我的父亲，七年前死于流沙湾的海边，当年警方抓捕到的嫌疑人以劫财失手为由，主动认罪，被判刑十五年，目前已经服刑七年。"

唐樾喉结滚动，慌乱地撇清关系："你和我说这些做什么？关我什么事？"

"慌了？"

"有病。"

做笔录的警察吼道："请注意你的言辞。"

尹海郡拿起那个钢琴钥匙扣，命令唐樾抬头："这是当年警犬在海边嗅到的钥匙扣，我们也和'知和艺术馆'的负责人确认过，当时只做过三个钢琴造型的钥匙扣，一个给了周映希，一个给了邱里，另一个给了你。而当年周映希在英国伦敦，且和尹力无冤无仇，不存在杀害尹力的理由。"

唐樾烦到咬牙切齿:"一个钥匙扣而已……"

"我们要让你认罪,肯定不只有钥匙扣一个证据,"尹海郡语气加重,利落地翻开手中那份《祁南市公安局病理报告书 尸检号:980号尸检》资料,"当年给我父亲尹力做解剖的法医还保留了第一版病理报告书。"

尹海郡抬起眼皮,目光灼灼地盯着他,两道浓眉皱得很紧:"《报告》中指出,在死者的指甲缝中发现了人体的皮屑和血液,怀疑是死者在生前和凶手进行搏斗时留下的。也就是说,我们只要提取你的血液样本进行化验,就可以通过 DNA 比对,确定你是不是当年真正的凶手。"

唐樾的手越颤越厉害,他甚至恐慌到连牙齿都在颤抖。

最后,知道逃不过法律制裁的唐樾交代了当初的犯罪事实。

尹海郡像听了一段漫长又揪心的故事。

当年,再次背上一身债的尹力,听说儿子和一个有钱人家的女儿处上了对象,兴奋地从东南亚跑回祁南。奈何他在儿子这里讨不到一分钱,便把目光投向了前妻的弟弟王业军,可是王业军也凑不够 10 万块钱。于是这让年仅 17 岁却嚣张跋扈的唐樾找到了空子,他给了尹力一笔钱,条件是让尹力带着自己的儿子滚去东南亚。

可和无赖谈条件本来就是天方夜谭,尹力这种早就丧失良知的人哪里知道收手?他拿着钱立刻去赌博,想捞一笔横财回东南亚,没想到输得血本无归。那晚,他先叫王业军到了流沙湾,企图用儿子的安危来威胁王业军,没想到王业军将他揍倒在地,并且撂话:"钱没有,命一条,你敢动阿海和他的朋友,我跟你们同归于尽。"

走投无路的尹力只能叫来了"钱袋子"唐樾,说给最后一笔 100万元,他立刻带着儿子滚去东南亚,要是还想做点儿狠的,他也能把儿子卖到金三角。尹力这丧尽天良的话让唐樾都觉得太难以置信,唐樾没同意给钱,不料却被尹力摆了一道,尹力说有他强奸未成年女孩儿的铁证,要求一手交钱一手换证据。

唐樾不是什么好惹的人,立刻打电话叫了两个壮汉,将尹力打倒在地。满脸是血的尹力拖住了唐樾的腿,两个人在冬夜的沙滩上厮打起来，最后唐樾将尹力活活掐死，扔进了海里。

冰冷的审讯室里，那点儿灯光无法带来任何暖意，让人像是陷进了无边的黑暗里。

三个人的气息过于沉闷。

唐樾知道自己的人生将止步于此，要为自己所做出的事付出沉重的代价。在这一刻，他怕极了，过去那些猖狂的行径马上将成为他做过的一场梦，等待他的将是法律的严惩。

在被警察带走前，他想对尹海郡说句话。

尹海郡同意了。

此时唐樾眼里的泪，是因害怕还是愧疚，并不重要，他松了松抿紧的唇，苦笑道："尹海郡，其实从某种角度上来说，你应该感谢我。如果当年我真的给了你爸爸那100万，你早就被丢到金三角的公海里喂鱼了。你能有现在的生活，是因为我替你解决……"

"唐樾，"尹海郡压住怒意，"不要美化自己的犯罪行为，就算当年你和我爸爸达成了一致，你给了他100万，我也可以明确地告诉你，他带不走我，我不会去东南亚，更不会被贩卖到金三角。"

唐樾屏住呼吸，再次沉默。

尹海郡忍下汹涌的怒气，喉结滚动："这么跟你说吧，我对我父亲并没有太多感情，他就是一个抛妻弃子、好赌成性、道德沦丧的人，他不死在你手上，也会死在别人手上。我想要追查到底的原因，让他死得瞑目是其次，最主要的是，"他的手指向前一指，"我不想让手上沾满血的恶魔逃之夭夭，继续猖狂、无法无天地活在这个世界上。"

唐樾的案件被递交给祁南市中级人民法院受理。而他的"好友"蒋昭逸正在接受调查，蒋家人动用了一切关系保他，但没想到人算不如天算，聚众淫乱的后果要自食，他不幸感染了艾滋病，这对他来说，恐怕是比牢狱之灾更让他绝望的消息。

队里给尹海郡放了一周的假，让他先去忙自己的终身大事。

趁着周五有空，他带着邓兆良一起去了一趟崇燕岛。

天气不错，无垠的海面被阳光铺上了一层浅金色的光，冬日的海不比夏天的燥热，总是有着一份沉稳的安静气息，连渔船也消失得无影无踪。

两个人裹着厚厚的棉服，海风吹乱了他们的发梢。眼前这片海，是尹海郡的妈妈和奶奶的骨灰撒落的一隅，也是他向邱里第一次表白的沙滩。

只是望一眼层层叠叠的洁白浪花，尹海郡心中便感慨万千，对邓兆良说："邓法医，谢谢你，谢谢你冒着风险留下了报告。"

邓兆良将双手揣在口袋里，平静地说道："'为生者权，为死者言'，这八个大字一直刻在我心里。我一直坚信，真相总会大白，总会等到一双正义的手伸进抽屉里，将它再次拿出来，不留凶手在网外，不留冤者在牢底。"

说完，他转头看向尹海郡，脸上浮起轻松的笑容："很幸运，我们等到了。"

"嗯。"

尹海郡回家乡一方面是想散散心，另一方面是想感谢养育自己的土地。这不是突发奇想，而是此行的目的，尹海郡跪在了沙滩上。

邓兆良没拦他，只是默默地转过头，同他一起眺望海面。

尹海郡双手撑在冰凉的沙滩上，听着汹涌的海浪声，看着海面上浮动的光影，先叩了一个头。

这一叩，他感谢父母给了自己生命。

随后，他又连着叩了两次。

第一次，他感谢家人给了自己最正确的教诲。

第二次，感谢广袤的天地给了他一条容身的明路。

抬起头时，尹海郡的头发上沾满了细沙，他又叩了一次，而这一次，他的头深深地埋在沙子里，细沙磨得额头发红，他久久没有抬头。

最后这一叩，他感谢的是自己。

他感谢自己，从未在任何艰难时刻放弃过自己。

忽然，从远方传来了轮船的鸣笛声，声音拉得绵长，在海面上回响。

几分钟过去，尹海郡还是没有起来。邓兆良看到他发抖的手臂，知道他应该是哭了，于是蹲下身，拍着他宽阔的背，自己的眼眶也湿润了。

邓兆良没说话，只是用无声的轻抚动作告诉这个男孩儿——你看，天很高，地很广，远处的鸣笛声，也是在为你欢呼，你的未来只有光明。

周六这天，邱里和以往一样窝在家里运营自己的社交平台。她才是人逢喜事精神爽，最近又涨了几万粉丝，美妆产品主推的腮红系列也卖到断货。喜上加喜的是，韩大爷偷偷给她打来了一个电话，说是老婆同意了。

她开心地握着手机，踮起脚在地毯上跳起了《天鹅湖》。

不过想起一个人，邱里眉头忽然紧皱。

因为尹海郡不知道去哪儿了，一直说自己忙。这个男人吧，好的时候是真好，烦人的时候，她也想一脚踹死他。

这是她第五次给他发去微信——

"今天晚上你必须给我老老实实地待在家里！"

不出意外，消息再次石沉大海。

"尹海郡，你去死……"

邱里刚想扔手机，手机却在振动，可惜不是她期待的人，而是另一个男人。

电话是晏孝捷打来的，他说自己和温乔回了祁南，想见她一面，于是邱里快速收拾了一番，随便穿了一条白裙子和呢子外套就出了门。

但她纳闷儿的是，晏孝捷带她跑来了烟海巷。

车在路边停稳，邱里对她这个发小儿讲话可是毫不客气："晏孝捷，你有病啊？大冬天带我来海边，太冷了，我不要下车。"

她问了几次温乔在哪儿，晏孝捷也不说。

有了两次被恐吓的心理阴影，邱里护住了自己："你该不是想绑架我吧？"

"是啊，"晏孝捷指着车窗外，吓唬这个小公主，"绑你去海里喂鱼啊。"

邱里："……"

这两个人从小只要待在一起就特别闹腾。

下了车后，邱里朝晏孝捷的屁股踹了一脚："你还真是不要脸，让阿海叫你爸爸，怎么，你是也想让我叫你一声……声……"

她越说越不对劲。

见晏孝捷那副死不要脸的无赖样，她烦得骂道："呸！"

没再闹后，邱里和晏孝捷一起走在安安静静的石板路上，但就是这路越走越偏，她都看到岩石了。心里一慌，她扯住晏孝捷的衣角："你到底要带我去哪儿啊？"

"去了你就知道了。"晏孝捷继续领着她往前走。

"别往前走了，我害怕。"

"害怕一时，后悔一辈子。"

"什么意思？"

"就是你猜的那个意思。"

邱里松开了手，突然放慢脚步，认真揣摩着晏孝捷的话。

后悔一辈子？

什么事，她会后悔一辈子？

忽然，邱里眼里像是散落进了一片星光，不可思议地说出了那两个字：

"求婚？"

邱里走到了海岸一侧的礁石边，映入眼帘的并不是荒无人烟的寂寥场景，而是嵌在岩石与海浪里的浪漫装饰。她知道这是尹海郡布置的求婚现场，其实最近她经常幻想，他会怎么和自己求婚，可当她置身在由他打造的幻境里时，她还是捂住了嘴，双眼里涌出了泪花。

五颜六色的鲜花一簇簇地插在岩石的缝隙间，看似随意摆放，可细看，一定是研究过色彩搭配的，挨在一起的娇艳花朵都是那么般配，般配到它们就像是从岩石里自然生长出来的，在一夜间悄然盛开，和傍晚的天光海色浑然相融。

整个场景像是不可用任何形容词描绘的仙境。

海水在脚边像是在轻轻絮语，邱里一步一步地走到岩石间的花丛里。她从来没有想过，岩石里能"长"出花，斜阳细碎的光铺在岩石上，那些郁金香、玫瑰、粉色芍药、满天星像是能一直延伸进平静的海面。

忽然，她看到了岩石上放着的三张卡片。

她先拾起了第一张卡片，上面的话出自纪伯伦的《沙与沫》——春天的花，是冬天的梦。

她抿着唇笑，然后雀跃地拾起了第二张卡片，上面的话出自夏洛蒂·勃朗特的《简·爱》——谁说现在是冬天呢？当你在我身旁时，我感到百花齐放，鸟唱蝉鸣。

"尹海郡，"邱里拿着卡片扭了扭肩，眼睛笑成月牙儿，"你还挺会的嘛。"

马上，她拾起了第三张卡片，上面不是什么书籍的经典语录，而是尹海郡的内心独白——我的生活本是沉寂又阴晦的冬日，是你让我的生命拥有了活力，你是我干枯岩石上盛开的花。

默读着卡片上的字，邱里心底的情绪翻涌，她本来就是一个敏感的人，置身在这样的环境中，撑不过几秒就掉了泪。

最后，是晏孝捷的声音让她缓了过来。

"先别哭，前面还有惊喜。"

邱里又往前走了两步，这次她看到的是一个白色的丝绒盒和一张卡片。她当然激动地先拿起了丝绒盒。打开前，她已经在幻想自己的钻戒有多美，可是里面竟然空空的，什么也没有，她气得捡起卡片，上面写着：

"大笨蛋，来找我和钻戒。"

邱里站起身，冲晏孝捷大喊："我的钻戒和尹海郡在哪儿啊？"

晏孝捷摊手，喊回去："自己的老公自己找。"

邱里很久没有来过烟海巷了，欣赏起了安静的夜色。夕阳像丝绸一样柔和，偶尔还有海风吹来，她又问了问晏孝捷，尹海郡到底藏在哪儿。

晏孝捷只答："你一眼就会喜欢的地方。"

邱里慢慢地走过几间房屋，看到了一面爬满鲜花的围墙，瞬间懂了晏孝捷的意思。是，这的确是她一眼就会喜欢的地方。

好像还有钢琴声从里面传来。

邱里推开白色的木门，那片梦境似乎再次映入眼帘。她走过铺满白色鹅卵石的小路，踏到了青草地上，裙边被海风轻轻吹拂，一大片垂落的粉色花枝将她围住。她伸手碰了碰那娇羞的花蕊，她在笑，花似乎也在笑。

她垂眼，铺着白色蕾丝的长桌上摆放着插满鲜花的玻璃瓶，还有摇曳的烛光。

花瓶下压着一张白色卡片，她拿起，上面是尹海郡写的话——欢迎我的小公主回家。

邱里迫不及待地走进了屋子，很想看看里面的模样。她推开门，先跑出来的是"麻辣烫"，"麻辣烫"冲她欢快地摇着尾巴。她摸了摸它的脑袋，然后继续往里走，里面共三层，被尹海郡改成了她喜欢的法式风格。

从大件家具到每一个小摆设，全是她喜欢的。

忽然，邱里听到了钢琴声，循着声音，扶着木栏走到了二楼。

对着窗户的位置，被夕阳笼罩的男人，西装笔挺地坐在一架钢琴前，弓着背，游刃有余地弹着钢琴。让她吃惊的是，这不是尹海郡请来的人，而是他自己。

应该是学了一段时间，尹海郡弹奏得十分流畅，修长的手指在琴键上弹奏出悦耳清脆的琴声，他的嗓音很好听，与琴声融在一起，像干净清澈的流水。

他很想将这首 *If I Ain't Got You*（《如果没有你》）送给自己从 17 岁一直深爱到 24 岁的女生。

Some people live for the fortune
有人毕生追求钱财
Some people live just for the fame
有人毕生寻求名誉

Some people live for the power, yeah...

有人倾其一生谋求权力……

And I've been there before but that life's a bore

我也曾迷茫于乏味的生活

So full of the superficial

与肤浅的人生

Some people want it all

有人妄图拥有一切

But I don't want nothing at all

而我别无所求

If it ain't you baby...

如果没有你，亲爱的……

But everything means nothing...

但一切都将没有意义……

　　或许是对歌词高度共情，尹海郡闭着眼，每一句歌词仿佛都在他的灵魂里百转千回，然后再从喉咙里唱出来。

　　音符，柔情似水。

　　邱里站在离尹海郡几步之遥的地方，静静地听着。忽然，她半掩着脸，流下了泪，因为想起了某个深冬，那时的尹海郡刚从警校毕业，他们窝在机电厂的老房里聊着未来。

　　憧憬到最美好的那一刻，她提出了一个小小的要求："尹海郡，如果以后你向我求婚，你能不能边弹钢琴边唱英文歌给我听？"

　　他问："你喜欢这样？"

　　"嗯，"她笑，"电影里都这样演的，男人穿着帅气的西服坐在钢琴前，唱着好听的英文歌，然后再拿出钻戒向心爱的女人求婚，多浪漫哪！"

　　…………

　　其实，邱里都忘了自己说过那样的话，可这个男人把她的每个喜好都记在了心里，一一替她去实现。

　　她喜欢城堡，他就给她建造出一座小小的城堡。

　　她喜欢浪漫，他就让鲜花"长"进海里，蔓延在院子里。

她想要在钢琴声里被求婚，他就去学。

邱里听入迷了，以至钢琴声停了，她也没有察觉。直到尹海郡朝她走来，她才从梦境里醒来，可迎接她的又是另一个梦境。她很少看尹海郡穿西装，今天的他帅气得像换了一个人，眼眸里闪烁着光芒，她连眼睛都不想眨一下。

这一晚，她的骑士变成了王子。

尹海郡伸出手，邱里很自然地将手放在他的大掌上，他顺势与她十指紧扣，然后牵着她往楼下走，边走边说："工作一年后，我有了点儿积蓄，于是我开始认认真真地规划我们的未来。我存了一些奖金、工资，又向舅舅借了一些钱，一口气把这栋三层楼的小洋楼买了下来，花了两年的时间，一点点地打造成了你喜欢的小城堡。"

这些事，邱里从来没有听他说起过，他一瞒就瞒了她两年。

"喜欢吗？"尹海郡的声音就在她的耳边。

邱里的瞳仁很亮，她笑得很甜："喜欢。"

"你把眼睛闭起来，我带你去一个地方。"

"好。"

就这样，邱里听话地闭着眼，被尹海郡牵着手，好像穿过了两扇小门，在走廊的尽头停下了脚步。

尹海郡揉了揉她的手背："好了，可以睁开眼了。"

邱里缓缓睁开眼，从黑暗到明亮的那一瞬，仿佛又一次置身在梦境里。

白色的墙壁前摆放着一座小小的许愿池，两个雕刻出来的小天使，一个拿着水壶，一个捧着瓷盆，清澈的水缓缓流入池子里，池水湛蓝清澈，像是一块无瑕的蓝玉。更美的是，许愿池旁各色的绣球花簇拥在一起，还有几束随意摆在了天使的脚边。

流水声很轻，邱里光听着，心灵就像被治愈了。忽然，尹海郡在她面前单膝跪下，即便她已经做好了心理准备，依旧被吓到，紧张到窒息。

尹海郡举着那枚丝绒盒里不见的钻戒，眼里像是有一片宁静温柔的海，装着对她满满的爱意："里里，其实好多话我对你已经说过成千上万遍，我以为我不会紧张，但好像还是很没出息。从策划求婚的第一天开始，每个环节、每个细节我想好又推翻，推翻又重想，很担心你会不满意。"

尽管努力在调整呼吸，可邱里还是克制不住地紧张，垂在两侧的手也在轻颤。

澎湃的情绪像火烧着胸腔，尹海郡将眼泪强行忍下，喉结用力地滚动："里里，我……我……我想……"

那对着镜子排练过一万次的求婚场景，即使准备得再充分，但真正跪在她的面前时，他好像没出息到连一句完整的话都说不出来。

"你想什么啊？"邱里的声音中带了哭腔。

尹海郡咬了咬唇，另一只手握得很紧很紧，终于还是抬起头，说出了那最真挚的心愿："我想娶你回家。"

明明只是一句再简单不过的话，却让两个人同时哭出了声。

因为没有人比邱里更懂眼前这个男人花了多久的时间，付出了多少努力，才能名正言顺地拥有向自己单膝跪下的资格。

尹海郡湿润的眼睛慢慢灼热起来，望着那张流泪的脸颊，看到她的睫毛在轻颤，他的眼中流露出的爱意似海浪般汹涌："我花了半年的时间去做一个许愿池，是因为我人生中的三个愿望都已经实现了。我想每天看着那盛满水的水池，告诉自己——尹海郡，你已经很幸福了，不要贪心，要满足。"

邱里颤抖到无法出声。

"还有……"尹海郡好像还没说完。

邱里愣了愣："还有什么？"

尹海郡指着许愿池里的花束，说："你踮起脚，看看那些花底下有什么。"

到现在了还有惊喜，邱里扶着他的胳膊，稍微踮起脚，刚好能看到花束底下的玄机。她脸颊微微泛红，那样的笑容像她是全世界最幸福的人。

天使脚下的花束边刻了一行字——里里，你就是我的美梦。

邱里止不住地抽泣起来，眼泪滴落进了水池里。

尹海郡又一次抓住了她的胳膊，是想牢牢抓住一辈子的力度，他凝视着她，眼神柔情似水："里里，你愿意嫁给我吗？"

"愿意，"邱里已经哭成了泪人，频频点头，"我愿意，我愿意嫁给你。"

缓了缓情绪，尹海郡将钻戒缓缓套到了她的无名指上："戴进去，这辈子可就不能反悔了啊。"

邱里蹲下身，捧着他的脸颊，像逗小孩儿一样揉搓着他的脸："尹海郡，你讨到老婆了，你的命也太好了吧，娶到了我，我呀，小仙女呀。"

一行行的眼泪模糊了视线，尹海郡猛地箍住了她，大大的手掌撑着她的后脑，吻住了她的唇。没有湿热的深吻，可就是这样一个点到为止的吻，胜过了他们的每一次热烈拥吻。

许愿池里缓缓的流水声，仿佛将时间拉回了七年前。

那天，是尹海郡17岁的生日。

被邱里耍得失去尊严的他落寞地回到家里，泡了一桶泡面，然后点了根烟，当作是自己的生日蜡烛，有点儿仪式感，至少看上去不至于更惨。

他闭眼许了三个愿望。

其实他每年的生日愿望都一样。

第一个：希望自己身体健康。

第二个：希望毕业后能找一份体面的工作。

第三个：希望自己能讨到老婆。

不过，在许到第三个愿望时，他想起了一个人，然后把愿望改了：希望自己变聪明，不再被耍。

但在准备吹灭蜡烛的那一刻，他改变了主意，交叉握紧的双手用力到颤抖。无人的夜晚，没有人看到他崩溃的脆弱样子，也没有人知道最后那卑微至极的愿望。

——"邱里，如果你是真的喜欢我，该多好啊！"

尾 声
粉色大门

求完婚后，邱里这几天和尹海郡一直在研究华茂府的房子如何装修。尹海郡准备打通一间房，给她做衣帽间。她当然美滋滋的，还说，现在他们手头上有两套房，一套在市区，一套在海边，他们看心情随意挑着住。

终于能坦坦荡荡地谈恋爱，邱里更是时刻都能不正经一下。一天，她去接尹海郡，两个人在附近溜达，她说："我看上了一面全身镜，要放到浴室里。"

"在浴室里放全身镜？"尹海郡不理解，他这直男脑袋，认为放个洗漱镜就行了。

眼前明明是宽阔的马路，但邱里看到的是一些不可言说的画面："嗯，我就喜欢镜子，喜欢看你在后面抱着我……"

"里里。"这位小公主总是语出惊人，尹海郡真怕旁边的人听见。

一下想得太刺激，她竟害羞地"啊"了一声，扯住尹海郡的胳膊，脸颊红透了。

尹海郡抚着她的头，轻轻地敲了敲："我真是服了你。"

邱里做了个鬼脸，然后说起了正经事："哦，对了，下周我会很忙，没时间陪你，你欠我的苦力活儿，我会通通要回来的，你赖不掉。"

尹海郡："……"

这一周，邱里确实很忙，忙到和尹海郡都没怎么见面。不光他，连邱家两位长辈也没见到女儿几面，她成天早出晚归。

直到周五，所有人同时收到了一份邱里发出的请柬。

纯白色卡片上，是手写的清秀字迹——粉色大门。

没有人知道"粉色大门"是什么意思，邱里也吊足了大家的胃口，只说这是自己花了三个月打造的"小秘密"。

活动时间在周日下午4点28分，地点在烟海巷的东侧海岸。

被邀请的嘉宾在4点左右就悉数到场，来的不只有邱里的家人、朋友，还有一些比较陌生的脸庞，他们一同坐在海边的白色沙滩椅上。

尹海郡和一队的几个大老爷们儿坐在一起。这还是韩至光、徐东几个人第一次参加这种活动，他们都特意穿了身像模像样的西服。

韩至光扯了扯自己的衣领："哥们儿这身还行吧？"

"衣服行，人不行，"徐东故意笑他，"都三十好几了，赶紧正儿八经地找个对象。"

提到这事，韩至光就头大："是我不想找吗？咱局里八百年也看不到一个女的，"他改口，"晏队不算啊。但是相亲吧，你们也懂，女方不是嫌我工作忙，就是觉得警察这份工作太危险。"

他拍了拍身旁两位兄弟的胸脯，叹气："不是每个女人都像嫂子和弟妹这么善解人意的。"

尹海郡揽上韩至光，冲舞台抬了抬下颌："你弟妹不就是在给你机会吗？一会儿看看有没有心动的姑娘，大胆点儿，主动点儿，早日把自己'嫁'了。"

韩至光缩到他的怀里笑："要不说还是海哥爱我嘛。"

他们的前排是邓倩良和邱海权，温乔和晏孝捷则坐在他们后面。

再后面一排坐的是王喜南，她左边的位子是空的。邱里说，位子留给了薛桐，但不确定他会不会来。不过，等到工作人员快布置完现场时薛桐也没有出现。

王喜南死了心，不再抱期待。

几个工作人员搬上来了一个巨型的投影幕布，摆放在了靠近海岸边的位置，海浪时不时涌到幕布下。

底下的人不难猜出邱里的"秘密"是一场个人演出。

穿着粉色 T 恤的工作人员将投影打开，光束照在白色的幕布上。

上面显示的是数字时钟。

4：22。

4：23。

4：24。

…………

当数字跳动到 4：28 分时，舞台上亮起了灯光。

舞台由几面透明的玻璃围绕而成，透过玻璃能看到海面，因为邱里不想浪费每一丝夕阳的光。当一场演出放在珊瑚红色夕阳笼罩的海边举行时，谁在心中不会惊呼一声，这就是世上绝美的浪漫。

演出开始，先走出来的是邱里和她的老搭档周映希。她穿着一条红色的吊带丝绒裙，长发梳在背后，发间卡着一个蝴蝶发箍，更像是一只穿梭在花间的精灵。

他们的配合依旧完美。

韩至光碰了碰尹海郡："弟妹真漂亮，你上辈子是做了多少好事，能娶个仙女回家？"

尹海郡也学坏了，得意扬扬地耸了耸肩。

而他的目光根本无法从邱里身上挪开。

邱里他们表演完两首曲目后，台下响起一片掌声。

邱里和周映希却都下了台，像是要将舞台送给别人。

突然，舞台的灯光暗下，像是有一群人走到了舞台中央，高矮不一，从剪影里似乎还能看到上了年纪的人。

台下的所有人一头雾水。

当灯光再次亮起时，幕布里浮现了第一行话。

"他们心中，都有一扇铺满玫瑰的粉色大门。"

铠——随着第一声钢琴声响起，灯光打向舞台中央拉着小提琴的女孩儿。

她拉的是那首《玫瑰少年》。

尹海郡惊呆了，因为拉小提琴的女孩儿是蒋昭逸性侵案的受害者付紫。

此时，幕布上浮现一行话："别怕，握住你手上的小提琴，绽放出你最漂亮的笑容。"

邱里将全场最美的灯光给了付紫，给了这个遭遇过不幸却正在涅槃重生的女孩儿。绚丽的灯光和夕阳交织在她的身上，墨绿色的长裙随着海风飘扬，像丝绸拂过，沉浸在音乐里的她，脸上浮现了最美的笑容。

韩至光和徐东也看蒙了，然后同时给尹海郡竖了个大拇指。

当然，这也是送给邱里的。

接着，灯光打到了弹钢琴的男孩儿身上，他看上去十七八岁，眼睛只盯着黑白的琴键，像是融不进周围的人群。

幕布上同时又浮现了一行字："你并不孤独，你自闭的灵魂就是一只独一无二的蝴蝶，它无声地飞过我们身边，我们不敢伸手，是怕扰乱了你的梦。"

尹海郡寻到了邱里的身影，越过人群，他们相视一笑。

这一刻，他懂了她的"秘密"。

尹海郡再回头时，灯光打在了正在拉大提琴的女人身上。她并不年轻，应该是一位母亲，一张原本漂亮的脸上却布满了岁月的痕迹。

他扭头，果然，幕布上的字和他想的一致——你不应该只是妻子，不应该只是妈妈，应该还是你，17 岁的张素婷，你好啊。

幕布上出现了一张老照片，照片上是一个穿着白色礼服的 17 岁少女。

那年，她垂眼看着的那把大提琴，应该是她少女时期的梦想吧。

而此时，台上 42 岁的张素婷默默地流下了两行泪。

台下的人为之沉默，感慨万分。

改编后的曲子加入了和古典乐器相反的现代电吉他。突然，一道光束打在了一个老人身上，他就是邱里磨了许久的韩大爷。他穿着时髦的黑色皮夹克，背着黑色电吉他，戴着酷酷的墨镜，仰着身子激情地拨动着手中的吉他拨片，全情地享受着整个舞台，帅气不输年轻人。

幕布上的字再次浮现："18 岁的你，想组全中国最酷的乐队，可68 岁的你只能望着一把烂掉的吉他发呆。你说，不知道到死还能不能拥有舞台。韩大爷，你今天就是全世界最酷、最帅、最靓的仔。"

原来邱里一直说的韩大爷就是他。尹海郡悄悄朝一侧望去，看到了一个年迈的老人在偷偷擦眼泪，她应该就是韩大爷的妻子了。

演奏还在继续。

灯光熄灭，因为夕阳就是此时最美的灯光。

白色的幕布上，浮动着邱里手写的字，行云流水的字迹温柔又有力量：

"我很幸运，出生在一个无忧无虑的城堡里，我的父母将世间最好的一切给了我，我的目光从来没有触及过那些小小的角落。直到我遇见一个人，他让我第一次知道，原来不是每个人都有能力去打开那扇铺满玫瑰的粉色大门。"

幕布上切换上了一张不同人讲述梦想的照片，配文是："他们说公主就应该配王子，骑士永远只能是守护在墙外的骑士。可是，骑士身上威武的铠甲并不输给王子身上的白色西服。这个世界的真爱，从来不应该分种族、性别，也不应该分阶级。"

这时，幕布上又切换了几对恋人拥吻的照片。

最后一张照片是尹海郡和邱里的合影。

那是尹海郡警校毕业那天，他穿着深蓝色的警察制服，在盛夏的绿荫下，邱里踮起脚，搂着他的脖子和他拥吻，阳光洒在他们的肩上、背后，她用最浪漫的吻在祝福他，未来一定前途光明。

"我爱你，我的大英雄。"

字迹定格在余晖里，许久许久。

邱里的"小秘密"终于用最完美的形式呈现在众人眼前，结束后，她告诉家人，她成立了一个名为"粉色大门"的慈善机构，希望帮助更多没有条件的人去实现他们的梦想。

她向妈妈道歉，说没经允许，私自做了决定。

邓倩良却抱住了她，夸赞她："我们里里真的长大了。"

散场后，工作人员在收拾场地。

直到结束，王喜南都没有看到薛桐。她想：也是，他肯定知道邱里的目的，何必多跑一趟？算了，她已经尽力了，在洗漱间用凉水冲了冲手，缓了缓情绪后走了出去。

在门口，她刚好碰见了许久不见的周映希。

其实那晚在巴黎，他们已经把话说得很清楚。

两个人在走廊里简单地说了几句话。

走到停车场时，王喜南刚拿出车钥匙，背后传来了熟悉的脚步声，着实吓了她一跳。

"怎么？追了我还不到一个月就撒手，准备吃回头草了？"

王喜南："……"

那边，局里这几个人根本闲不住，韩至光跟徐东几个人一直在帮工作人员收拾场地，又是搬椅子，又是搬幕布。

"那个，海哥……啊……"

韩至光刚转身想叫尹海郡，却被眼前突然闯入的女生吓住，他认得，这是付紫。不知道是她的出现猝不及防，还是人长得太漂亮，他的目光开始羞涩地闪躲。

付紫指着椅子问："我刚刚把包挂在一个椅子上了，韩警官，你看到过吗？"

"韩……警……官？"韩至光错愕，握在椅子上的手都出了汗，"你认识我？"

"嗯，"付紫点头，"上次我的案子是你接手的，我记得你。"

不擅长和女生交流的韩至光显得呆呆的："嗯……嗯，是我。"

然后他特别勤快地蹲在地上各种找："我帮你，我帮你找啊，你别急。"

亲朋好友走后，海边恢复了原本的深沉宁静，尹海郡和邱里牵着"麻辣烫"走到了海边。他们抓住了夕阳的尾巴，安安静静地欣赏起冬日海边的日落，即使太阳已经快沉入海底，但海面上还有细碎光斑随着浪花一层层地涌来。

尹海郡将他心爱的女生搂得很紧，把怀里的温度都给她："里里，你很棒。"

邱里靠在他的胸膛上笑："我说了，我不是花瓶。"

他笑着揉了揉她的头。

"为什么是4点28分开始？"关于这个时间，尹海郡很好奇。

这又是邱里的一个小秘密，她踮起脚，凑到他的耳边，说了一段悄悄话。听后，尹海郡吃惊地说道："那个时候你就认识我了？"

"嗯，"邱里点头，"虽然只看到了你的背影和一点点正脸，但是我当时就已经决定，要把你追到手。"

尹海郡对着海浪长叹了一口气："唉，我就是你大小姐的掌中玩物。"

"你不是还在生那件事的气吧？我说过了，我是和她们几个打了赌，但是我真的没想故意戏弄你。"邱里在他的臂弯下缩成一小只，委屈了起来。

尹海郡怎么会生气呢？他俯身亲了亲她的鼻尖，声音很动情："如果大小姐不戏弄我，我怎么会有机会认识你呢？"

"你好恶心。"邱里撑着他的胸口，嫌弃地说道。

尹海郡不用这种油腻的方式逗她了，重新将她搂进怀里。冬日的海风能冷进骨缝里，他拉下棉服，罩住了瘦小的她，两个人又一起望向了宁静的海面。像是潜藏在海际的最后一道阳光照在了她的手上，无名指上的钻戒闪耀着刺眼的光芒。

海风不大，但偶尔也会吹乱邱里的发丝。

尹海郡就时不时替她将发丝别到耳后。对她来说，最有魅力的不是骑士的英勇，而是骑士的温柔。

邱里悦耳的声音散进丝丝海风里："阿海，我有时候在想，如果当时我没有转学，没有为了解除误会一直缠着你，你说，我们是不是就真的成了两条平行线？"

海浪映在邱里清澈的眼睛里，这是她很想问的一件事。

尹海郡听着翻涌的海浪声，有一些记忆像在拉扯他，回忆着七年前的心事，他轻声开了口："也不是。"

"什么？"邱里怔了怔。

回忆像冰冷的海浪般推着尹海郡，他将那些话说了出来："其实删掉你的微信后，我很后悔。每天晚上我都很痛苦、纠结，后来，我给自己定了一个期限，如果三个月后还是忘不了你，我会主动去找你。"

他的声音越来越低，甚至有些卑微："你是不是真心也无所谓，大不了我再被耍一次。"

海浪忽然变得汹涌，在岸边起起落落。

邱里不想让尹海郡为了过去再掉一滴眼泪，所以用一个热烈的吻堵住了他那些自卑记忆。

她要他的世界永远明亮。

邱里闭着眼，纤细的手臂从尹海郡的腰侧绕过，紧紧扣在一起，在呼吸交织、辗转流连的炙热的吻里，她的脑海里浮现了七年前的一些片段。

那天，在晏孝捷的生日派对上，她偷听他打电话，得知那个叫尹海郡的男生马上就到，于是悄悄去了门口的小花园里。从门缝里看到那个高大帅气的男生下了车，她故意摘下自己的胸针，扔进了草丛里。

等到男生进来时，她假装蹲在草丛边找胸针。

果然，这成功引来了他的注意。

那短短的几分钟，她紧张得心里不停地小鹿乱撞。那是她第一次慌乱到不知所措，也是第一次知道喜欢上一个人是什么感觉。

而当年的男生，此时正紧紧地拥着自己。

渐渐暗沉的天色笼住了他们拥在一起的身影。

她在想，她真的没有骗过他。

因为，动心在前，赌约在后。

（全文完）

后　记

　　完结一本，我还是习惯性地写一点儿后记。

　　关于《溺海》，这一本是意外的产物，从开始让尹海郡和邱里拥有了更丰富、独立和完整的人物形象与故事线后，我的写作计划也稍微被打乱，但这是幸福的分岔口。

　　关于写作视角——

　　这是我第一次用男主角视角去阐述一个故事，因为用尹海郡的视角去讲述跨越了七年的故事线，会让我更容易共情。尹海郡和舅舅王业军就是生活在底层的普通人物，也许你我身边就有这样的人。他们住的机电厂，可以对应我外婆家的机械厂，里面每扇旧窗里的人有各自的人生百态，而我只是在现实的基础上虚构出了一对舅甥。

　　我喜欢他们，很喜欢他们，他们善良、坚强、认真，而最终也过上了幸福的日子。

　　关于他们的爱情——

　　其实"穷小子与千金小姐"的故事很难刻画，在我心里，穷小子一夜暴富是不现实的，而千金小姐破产的设定更会让我硌硬，我不喜欢通过抬高一方和贬低一方的身份来达到他们之间的爱情平衡。我个人不喜欢故事太过脱离现实，所以如何刻画出"穷小子"的精神面貌，对我来说成了最难的一件事。

　　对尹海郡来说，在符合他的性格以及能做出改变的人生轨迹里，平凡而伟大的警察是他最能追求到的一份职业。他勇敢、真诚、刚毅、顽强，这是他最优秀的品质，所以在他埋头一路奔跑的过程中，这些品质一旦发光，终将被人发现。

他不需要刻意讨好任何人，就像我也从来没有安排让他为了娶到邱里，而去巴结邱家的两位长辈的情节。他只是在做自己，也做好了也许不会得偿所愿的准备，可就像他对邱里说的那样——就算最后我们没有在一起，我也希望别人在问起你的初恋男女时，你可以很骄傲地对他们说出我的名字，说"他是一个大英雄"。

而邱里，我给她的设定，就是一个住在城堡里的公主，看似柔弱乖巧，其实理智聪明。她不是一个会为了爱情，做出和家人决裂、和男人私奔这种事的恋爱脑女生。所以当尹海郡提出分手时，她尊重并且接受，私下却和妈妈做出了七年的赌约。她用激励的方式陪同尹海郡成长。因为她相信，少年有志，终将耀眼。

而尹海郡没有辜负她的期待。

关于反派——

我花了些笔墨去刻画唐樾和蒋昭逸这两个反派人物，其实很简单，我想用他们的道貌岸然、他们的丑恶去衬托尹海郡、舅舅这群生活在底层的小人物。唐樾和蒋昭逸猖狂过后一落千丈的结局，尹海郡和舅舅在底层挣扎过后耀眼的生活，正是我想表达的"好人会有福气""恶人自有恶报"。

也许你会反驳我这两句话，但在小说的世界里，我必须让真理存在。

最后，我想致敬每一位日夜奋战的警察以及英勇的警犬。

还有一句——我们不是"尹海郡"，但我们也许会经历他遇到的坎坷，而无论如何，都请记得要像他一样，拥有从溺海里涅槃重生的勇气。